ullstein

MIKAELA BLEY

GLÜCKSMÄDCHEN

PSYCHOTHRILLER

Aus dem Schwedischen von Katrin Frey

Ullstein

Besuchen Sie uns im Internet:
www.ullstein-taschenbuch.de

FSC
www.fsc.org
MIX
Papier aus verantwortungsvollen Quellen
FSC® C083411

Deutsche Erstausgabe im Ullstein Taschenbuch
1. Auflage Februar 2017

Titel der schwedischen Originalausgabe: *Lycke* (Lind & Co, Stockholm)
Umschlaggestaltung: ZERO Werbeagentur, München,
nach einer Vorlage von www.designstudioe.com
Titelabbildung: © Miguel Sobreira/arcangel
Satz: Pinkuin Satz und Datentechnik, Berlin
Gesetzt aus der Quadraat
Druck und Bindearbeiten: CPI books GmbH, Leck
Printed in Germany
ISBN 978-3-548-28844-4

Diese Geschichte ist fiktiv. Ich möchte betonen, dass alle Ereignisse und Figuren erfunden und meiner Phantasie entsprungen sind. Ähnlichkeiten mit wahren Begebenheiten und Situationen sind daher reiner Zufall. Ich habe mir allerdings die Freiheit genommen, wirkliche Orte und einzelne Personen des öffentlichen Lebens zu verwenden, um meine Erzählung so glaubwürdig wie möglich zu machen. Ich habe das mit Respekt getan und hoffe, es ist mir gelungen. Die meisten Orte im Buch stimmen mit der Wirklichkeit überein, aber ich habe bestimmte Details geändert.

Für Dag – ich will immer sein, wo du bist.

Prolog

Noch einmal drehte sie sich im Bett um. Sie konnte nicht schlafen. Die Beine wollten keine Ruhe geben.

Sie starrte zur Wand. Schloss die Augen und machte sie Sekunden später wieder auf. Zog sich das Kissen über den Kopf, um die Stimmen auszusperren, aber es nützte nichts.

Die Stimmen wurden nur noch lauter.

»Verzeih mir«, flüsterten sie.

Sie knipste die Nachttischlampe an und ging auf Zehenspitzen zum Schreibtisch. In der obersten Schublade fand sie ein paar Duftradiergummis. Herzen, Sterne, Erdbeeren. Sie riss ein Kaninchen in zwei Teile und steckte sie sich in die Ohren.

Legte sich wieder ins Bett. Löschte das Licht. Tränen liefen ihr übers Gesicht, während sie wisperte:

»Ich bin klein, mein Herz ist rein.
Doch wer soll darin wohnen?
Ich bin ganz allein.«

Freitag, 23. Mai

Ellen 20.25 Uhr

Ellen sah auf die Uhr in der rechten oberen Ecke ihres Bildschirms. Bis zur letzten Nachrichtensendung dieses Abends war es keine zwei Stunden mehr hin.

»Der Tivolipark in Kristianstad ist jetzt völlig überschwemmt«, rief ein Kollege in das Großraumbüro. »Experten zufolge fehlen nur noch wenige Millimeter, bis die ganze Stadt unter Wasser steht.«

Ein Reporter rannte an seinen Platz. Der Abendredakteur hatte ihm verraten, dass die kräftigen Regenfälle in Vagnhärad einen Erdrutsch ausgelöst hatten.

Wind und Wetter. Beides hing Ellen zum Hals heraus.

In der Schlange vor der Kaffeemaschine versammelten sich die Kollegen, die heute schon viel zu lange gearbeitet hatten, und im Kontrollraum hielt die Chefredaktion eine Besprechung ab.

Als Ellen vor vier Jahren bei TV4 anfing, hatte sie sich schicke puristische Büros vorgestellt, aber hier sah es aus wie in jedem anderen Großraumbüro auch. Es war eng zwischen den weißen Tischen, an der Decke brummten die Lüftungsschächte neben den Neonröhren, die auch die kleinste Pore im Gesicht ausleuchteten. Es roch den ganzen Tag nach mitgebrachten Mahlzeiten, die in der Mikrowelle aufgewärmt wurden. Der einzige Unterschied zu normalen Büros waren die Prominenten, die sich in ebensolcher Dichte in den Einzelzellen tummelten wie die Fruchtfliegen. Wahrscheinlich war es auch etwas lauter als im Hauptsitz der Regionalversicherungen, ihrem direkten Nachbarn im Tegeluddsväg in Stockholm.

Ellen warf einen Blick auf den Fernsehbildschirm, der sich den Schreibtisch mit ihrem Computer teilte. Ein gutgelaunter David Hellenius strahlte ihr entgegen und hieß die Zuschauer im *Let's Dance*-Studio willkommen. Ihr fiel wieder ein, dass sie noch die Einladung zum Familiennachmittag von TV4 in Gröna Lund absagen musste. Sie hatte keine Lust, sich zwischen all den glücklichen Familien und den Kindern mit den bunten Eintrittsarmbändern wie der einzige Single vorzukommen.

Sie öffnete ihren Beitrag über den Mord an einer Achtzehnjährigen in Tumba, der heute Abend gesendet werden sollte.

Es war ein langer Tag gewesen. Als Kriminalreporterin hatte sie keine festen Zeiten, sie arbeitete, wenn es nötig war, und wenn man relativ jung war und zu Hause keine Familie auf einen wartete, gab es immer etwas zu tun.

Fröstelnd knöpfte sie ihre schwarze Lederjacke zu. Den ganzen Tag hatte sie ihre Garderobe bereut. Ein Kleid mit nackten Beinen und kurzer Jacke war viel zu wenig, aber wer rechnete denn Ende Mai mit nur acht Grad? Sie hatte fast ein wenig Verständnis für die Zuschauer, die anriefen, um sich über das Wetter zu beschweren, obwohl TV4 kein Wettergott war, sondern nur Prognosen bekanntgab.

Sie sehnte sich danach, endlich nach Hause zu kommen und in die Badewanne zu gehen. Eine fruchtige Duftkerze anzuzünden und die aktuelle Ausgabe der *Vanity Fair* zu lesen, die bereits auf sie wartete.

Sie suchte unter den Stapeln von Zetteln und Zeitungen auf ihrem Schreibtisch nach den Kopfhörern, um sich von dem Lärm abzuschotten. Irgendwann würde sie hier für Ordnung sorgen. Montag vielleicht. Neue Woche, neue Möglichkeiten, wie sie sich Anfang jeder Woche sagte. Ihre guten Vorsätze hielten ungefähr bis Dienstag. Bestenfalls bis Mittwoch.

Die Kopfhörer waren nicht da. Sie drehte stattdessen die Lautstärke auf und klickte auf Play.

Es war immer das Gleiche, wenn sie sich selbst auf dem Bildschirm sah. Obwohl sie mittlerweile daran gewöhnt sein müsste, war sie immer wieder unvorbereitet.

Sie drückte Pause, atmete ein paar Mal tief durch und guckte weiter.

Nach wenigen Sekunden blinkte auf dem Bildschirm eine Meldung von der Nachrichtenagentur Tidningarnas Telegrambyrå auf.

Ein Toter bei Schießerei auf dem Lilla Torg in Malmö.

»Die Malmöredaktion ist bei den tödlichen Schüssen on top«, rief der Redaktionschef, bevor Ellen den Link überhaupt angeklickt hatte.

Der Tod. Ständig wurde sie an den Tod erinnert. Doch sie wollte es so.

Während Ellens Freunde wie angeschweißt vor MTV hockten und stundenlang auf ihre Lieblingsvideos warteten, sah Ellen eine Dokumentation nach der anderen über Morde und Mörder. Sie schnitt Todesanzeigen und Artikel über Leute aus, die keines natürlichen Todes gestorben waren. Schreckliche Unglücksfälle. Dinge, die ihr unter die Haut gingen und sie von sich selbst ablenkten.

Als Kriminalreporterin musste sie jeden Tag an den Tod denken. Ihre Therapeutin war der Ansicht, sie solle sich mit etwas anderem beschäftigen, sie sei besessen vom Tod. Sie müsse ihr Muster durchbrechen. Die Psychologin behauptete, sie ginge mit dem Tod ins Bett. Sie drückte es nicht ganz so aus, aber Ellen interpretierte es so. Ein gesundes Verhalten war es jedenfalls nicht, das war ihr klar.

»Ellen!«, rief plötzlich eine dunkle Stimme in südschwedischem Dialekt durch den Raum. Diese Stimme kannte sie nur zu gut. Ihr Herz schlug sofort schneller.

Als sie aufsah, traf ihr Blick gegen ihren Willen auf seinen.

»Könntest du bitte herkommen?« Er winkte sie zu sich.

Er redete zum ersten Mal mit ihr, seit er vor einer Woche Chefredakteur geworden war. Zum ersten Mal, seit er vor einem Jahr ohne Erklärung mit ihr Schluss gemacht hatte.

Ellen stand von ihrem Platz auf und ging zögernd durch die Redaktion zu seinem Schreibtisch. Sie verfluchte ihre Nervosität und versuchte angestrengt, sich auf ihr Ziel zu konzentrieren, indem sie den Blick auf einen bestimmten Punkt im Blumenstrauß auf dem Empfangstresen hinter Jimmy richtete.

Der vorige Chef war der Einzige in der Redaktion mit einem eigenen Büro gewesen. Jimmy hatte sich entschieden, sich in den Raum hineinzubewegen und »einer von ihnen« zu sein. Aber damit machte er niemandem etwas vor. Seine Aufgabe bestand darin aufzuräumen. Das wusste jeder. Bessere Neuigkeiten für weniger Geld und höhere Quoten. Seit er kürzlich bei einem Sender der Konkurrenz einen Großteil der Mitarbeiter rausgeschmissen hatte, wurde er der Säger genannt.

Ellen zog den Stift aus dem Knoten und ließ ihr langes Haar über den Rücken hinunterfallen.

»Hallo, das ist ja toll.« Er blickte kurz auf, bevor er sich wieder in sein MacBook vertiefte. »Ich muss nur schnell diese Mail verschicken.«

Jimmys Schreibtisch war leer bis auf eine halb ausgetrunkene Tasse mit schwarzem Kaffee und ein Branchenmagazin mit ihm selbst auf dem Titelblatt. Kein Foto. Kein einziger persönlicher Gegenstand.

Genau wie auf ihrem eigenen Schreibtisch.

Ihr Mund war trocken.

Während er auf die Tastatur einhämmerte, betrachtete sie ihn unauffällig von der Seite. Sie hatte immer eine Schwäche für Männer mit großen Nasen gehabt. Seine hohen Wangenknochen wirkten markant, und sein dunkles Haar war kurz.

»So, jetzt aber. Entschuldige, dass du warten musstest.« Er lächelte sie an.

Seine Stimme strahlte Selbstsicherheit in einem Maß aus, das ihrer eigenen Unsicherheit entsprach.

»Du, wie ist eigentlich dein Kontakt zur Polizei?«, fragte er und lehnte sich zurück.

»Gut. Warum fragst du?«

»Du bist doch Kriminalreporterin, oder?«

»Ja«, antwortete sie verwirrt.

Jimmy strich sich durchs Haar, warf zuerst einen Blick auf den Bildschirm und sah dann sie an. »Was weißt du über das verschwundene Mädchen?«

»Was?« Ellen schreckte zurück, als hätte sie sich an seinen Worten verbrannt.

Jimmy zeigte auf eine Mail.

Obwohl es ihr körperlich widerstrebte, beugte sie sich hinunter, um die Zeilen zu lesen:

Achtjähriges Mädchen spurlos verschwunden …

Die Buchstaben verschmolzen miteinander.

»Auf genau so was fahren die Zuschauer ab. *Missing pretty girl*-Syndrom, du weißt schon. Es hätte keinen passenderen Zeitpunkt geben können.« Er schlug mit der Hand auf die Schreibtischplatte, als beglückwünschte er sich zu einem Volltreffer.

Ellen blinzelte einige Male, um sich zu konzentrieren.

Jimmy fuhr fort. »Diese Art von Material brauchen wir. Persönlich. Berührend. Wir dürfen nicht nur über solche Übergriffe berichten. Wir müssen die Situation konkreter darstellen. Verstehst du? Damit die Zuschauer ein Gefühl bekommen.«

Bei ihr funktionierte es auf Anhieb. Sie spürte es im Zwerchfell. Und in den Händen tausend Nadelstiche.

»Sie ist heute aus der Königlichen Tennishalle verschwunden. Am Nachmittag. Wir müssen anfangen. Ich will, dass du …«

Ellen schüttelte den Kopf. »Ist es heute passiert?«

»Ja, heute Nachmittag.«

Ellen streckte sich und versuchte, ihre Lungenflügel mit Sauerstoff zu füllen, aber der Druck auf ihrer Brust hielt dagegen. »Hast du ein Foto von ihr gesehen?« Sie ließ ihrem Ärger freien Lauf.

»Was willst du damit sagen?«

»Du hast es doch *Missing pretty girl*-Syndrom genannt. Ist sie etwa hübsch?«

Jimmy rollte seinen Stuhl zurück. »Ich nehme an, dass du weißt, was ich damit meine.« Er stand auf. »Das ist ein fester Begriff.«

»Glaub mir, das weiß ich. Das *Missing white girl*-Syndrom, wie es eigentlich heißt, ist mir bekannt. Denn weiß ist sie ja wohl. Das wirst du wahrscheinlich schon überprüft haben.« Sie versuchte zu verbergen, dass sie keuchte.

Anstatt zu antworten, hob er seine Laptoptasche auf.

»Hoffst du, dass ihr auch etwas richtig Schreckliches zugestoßen ist?« Ellen hatte sich nicht mehr im Griff. »Dass sie vergewaltigt wurde? Oder vielleicht ertrunken ist? Am besten wäre es, wenn sie zerstückelt worden wäre. Je mehr Teile, desto appetitlicher. Ist dir überhaupt klar, dass wir hier über ein achtjähriges Mädchen sprechen?«

Jimmy sah sich um. Als er begriff, dass die ganze Redaktion zuhörte, sprach er leiser.

»Krieg das raus. Ich will, dass wir von Anfang an dabei sind.« Er klappte sein Notebook zu.

»Von Anfang an ...«

»Ja. Von Anfang an.« Er drehte sich zu ihr um. »Und du frischst bitte deine Kontakte zur Polizei auf. Als Kriminalreporterin müsstest du bereits on top sein.«

Sie wischte sich den Schweiß von der Stirn. »Diese Sache ist aber nichts für die TV4-Nachrichten ...« Er brauchte hier nicht anzukommen und ihr zu erklären, wie sie ihren Job zu machen hatte. »Du glaubst vielleicht, du wärst beim Boulevard gelandet, aber ...«

»Da hast du recht«, fiel er ihr ins Wort. »Es ist keine Nachricht. Bis jetzt. Aber es könnte eine werden, und dann möchte ich, dass wir sie als Erste bringen. Wir können es uns nicht leisten, abzuwarten und nach allen anderen über Ereignisse zu berichten. Wir müssen die Nachricht machen.« Er steckte seinen Computer in die Tasche.

Nun spürte sie die Nadelstiche am ganzen Körper. Ellen wusste genau, was passieren würde.

»Was machen wir, wenn sie nicht hübsch genug ist?«, fragte Ellen.

»Jetzt komm schon, wenn du nicht willst, frag ich eben jemand anders aus der Redaktion.«

Jimmy klemmte sich die Tasche unter den Arm und sah sie müde an. »Ich dachte nur ...«

»Ich mach's«, unterbrach sie ihn.

»Gut.« Jimmy war bereits auf dem Weg zu den Fahrstühlen.

»Der Tod, der Tod, der Tod«, flüsterte sie, als er außer Hörweite war.

Aber es war bereits zu spät. Panik breitete sich in ihr aus.

Ellen 20.40 Uhr

Das kleine Mädchen war acht Jahre alt. Genau wie Elsa damals.

Ellen machte die Augen auf. Blinzelte ein paarmal. Es war warm. Sie zog die Jacke aus. Die Lüftung dröhnte in ihren Ohren. Der Boden unter ihr schwankte, und sie musste sich am Waschbecken festhalten, um nicht zu fallen.

»Der Tod, der Tod, der Tod«, flüsterte sie mit Betonung auf jeder einzelnen Silbe. Der Druck auf der Brust tat so weh, dass sie kaum atmen konnte.

Jemand rüttelte an der Klinke.

Ellen drehte den Wasserhahn ganz auf, beugte sich nach vorn, füllte die gewölbten Hände mit Wasser und spülte ihr Gesicht damit ab.

»Alles okay da drinnen?«

»Absolut«, sagte sie in so normalem Ton wie möglich. Als sie sich im Spiegel sah, senkte sie schnell wieder den Blick.

Atmen, Ellen, versuch zu atmen.

»Hallo?«

»Ja, gleich.« Sie biss sich auf die Lippe und hielt sich mit beiden Händen am Waschbecken fest. Das Wasser rauschte immer noch aus dem Hahn. Sie drehte ihn zu, zog ein Blatt Papier aus dem Spender und trocknete sich ab.

Der Tod, der Tod, der Tod. Es war die Letzte in der Reihe von Therapeuten gewesen, die ihr den Tipp gegeben hatte, etwas vor sich hin zu murmeln, um die Angst in Schach zu halten. Obwohl Ellen den Rat zuerst banal fand, beschloss sie, es auszuprobieren. Sie hatte irgendwo gelesen, dass Astrid Lindgren die Gespräche mit ihren Schwestern mit genau diesen Worten begonnen hatte, damit sie anschließend nicht mehr über das angstbesetzte Thema sprechen mussten. Ellen hatte sich entschieden, die Worte zu wiederholen, die ihr am meisten Angst machten und Erinnerungen wachriefen, die sie gerne ausradiert hätte. Doch das ging nicht. Eine Trauer und eine Sehnsucht, die so endgültig waren wie der Tod an sich. Dennoch funktionierte es manchmal sogar.

Nachdem sie die Hand schon auf die Klinke gelegt hatte, hielt sie einen Moment inne und schnippte hektisch mit den Fingern, um ihr Gehirn doch noch in die Irre zu führen.

Sie musste sich jetzt zusammenreißen, länger konnte sie

hier nicht bleiben. Mit zitternden Händen schloss sie die Tür auf.

»Es gibt übrigens noch mehr Toiletten im Haus«, sagte sie, während sie an der Kollegin vorbei und zurück an ihren Platz eilte.

Sie hatte das Gefühl, von allen angestarrt zu werden. Sie wollte nach Hause gehen, ihre Klamotten loswerden und sich im Bett verkriechen. Sich die Decke über den Kopf ziehen und nichts mehr mitbekommen, aber daran war nicht zu denken.

Als sie nach ihrem Handy griff und Oves Nummer wählte, zitterten ihre Hände immer noch.

»Warum habe ich nicht von dem Mädchen erfahren, das aus der Königlichen verschwunden ist?« Sie machte sich nicht die Mühe, ihn zu begrüßen.

Ove lachte auf.

»Das verstehe ich jetzt nicht ganz, seit wann interessiert ihr euch denn für kleine Ausreißer? Herrscht bei euch schon Saure-Gurken-Zeit? Dabei seid ihr doch so süß.«

Es war nicht zu überhören, wie zufrieden er mit seinem Scherz war. Typisch Göteborger.

Ellen ging in einen der leeren Konferenzräume, um ungestört zu telefonieren.

»Ob das eine Nachricht für uns ist oder nicht, entscheide ich.«

Sie hatten eine Abmachung. Ove war Pressebeauftragter bei der Polizei und über die meisten Vorgänge in der Behörde informiert.

Alle Journalisten arbeiteten mit Leuten zusammen, die ihnen Tipps gaben. So lief das eben. Ellen war nicht stolz darauf, aber dieses Übel ließ sich nicht vermeiden. Ove hatte versprochen, ihr alle relevanten Informationen zukommen zu lassen.

Eigentlich war es nicht verwunderlich, dass Ove sich nicht gemeldet hatte, denn es kam gar nicht so selten vor, wie man dachte, dass Menschen verschwanden, und solange kein Verbrechen dahintersteckte, erfuhren die Nachrichtenredaktionen oft gar nichts davon. Falls doch eine Vermisstenmeldung bis zu TV4 vordrang, warteten sie meistens ab, bis sie mit Sicherheit wussten, dass ein Verbrechen vorlag und ein allgemeines Interesse an dem Fall bestand. Doch mit Jimmy als Chef waren neue Zeiten angebrochen.

»Wieso sagst du, sie wäre eine Ausreißerin? Wisst ihr, ob sie abgehauen ist?«

»Weil es meistens so ist, aber wir haben einen Streifenwagen zur Königlichen geschickt. Die sollen sich mit den Eltern unterhalten.«

Ellen sah Ove vor sich. Er ging wahrscheinlich mit seinem neuen, technisch wahnsinnig avancierten Handy, das er sich extra aus Tokio bestellt hatte, auf den langen Fluren des Polizeigebäudes auf und ab. Beim Reden schüttelte er langsam den Kopf, als würde er zu allem nein sagen. Auf und ab. Das graue Haar mit Wachs perfekt frisiert. Sie nannte ihn die Eule. Nicht nur weil er Ähnlichkeit mit einer Eule hatte, sondern auch, weil die Eule im Volksglauben mit Unglück und Tod verbunden war. So ließ sich ihre Beziehung in groben Zügen zusammenfassen. Die Eule stand zwar auch für Weisheit, aber das konnte Ellen von Ove leider nicht behaupten.

Schließlich überredete sie ihn, sich zu melden, sobald er mehr über das Mädchen wusste.

»Okay, aber falls ihr euch entschließen solltet, das zu bringen, verweist um Gottes willen nicht auf die Polizei«, brummte er, bevor er auflegte. »Wir haben nicht genug Personal, um lauter wertlose Hinweise von der Allgemeinheit entgegenzunehmen.«

Ellen ging zurück an ihren Platz und setzte sich. Ihr Blick blieb am Standbild auf dem Monitor hängen, bei dem sie die Tumba-Reportage angehalten hatte. Sie zitterte noch immer, hatte kalten Schweiß auf der Stirn und war durcheinander. Wie konnte Jimmy sie zu so etwas zwingen?

»Irgendjemand noch einen Freitagabendkaffee?«, fragte Leif. »Man muss das ausnutzen, solange er kein Geld kostet.« Er stand auf. »Der Kaffee, meine ich.«

»Nein danke.« Ellen schüttelte den Kopf.

»Nee, klar, es trifft ja keine Arme«, fuhr er fort.

Sie machte sich nicht die Mühe, die Bemerkung zu kommentieren.

Leifs größtes Problem bestand darin, dass er gegen jede Art von Veränderung war, sein zweitgrößtes seine Unfreundlichkeit und sein drittgrößtes, dass er Ellen nicht mochte. Sie entstammte nicht nur der falschen Gesellschaftsschicht, sie war auch zu jung und unerfahren, um seinen Respekt zu verdienen. Vier Jahre in der Redaktion waren in Leifs Augen gar nichts, und dass sie vom »Internet« kam, der Onlineredaktion, machte die Sache auch nicht besser.

TV4 war ihr erster richtiger Job. Nach der Journalistenausbildung an der Universität Stockholm war sie ein Jahr lang Praktikantin bei CNN in New York gewesen, bevor sie als Onlineredakteurin bei TV4 eingestellt wurde. Da das Onlineangebot keine Priorität hatte, ließ man ihr ziemlich viel Freiheit. Ellen entschied sich, Reportagen über ungelöste Mordfälle, spektakuläre und seltsame Morde zu machen. Einfach alles, was mit Mord zu tun hatte.

Ein Berater, der Strategien entwickelte, um das Internetangebot von TV4 konkurrenzfähig zu machen, wurde auf ihre Arbeit aufmerksam und überredete die Chefredaktion der Nachrichten, Ellen zu übernehmen.

Bei den Nachrichten wurde sie nicht gleich mit offenen Armen empfangen. Man war der Meinung, sie wäre auf der Schleimspur einer glitschigen Bananenschale hereingerutscht oder hätte sich wahrscheinlich eingekauft, da sie mit Nachnamen Tamm hieß und auf Schloss Örelo in Södermanland aufgewachsen war.

Es war ein langer Anstieg mit Gegenwind gewesen, bis sie das Vertrauen der anderen gewonnen hatte, und obwohl Ellen jetzt seit vier Jahren hier arbeitete, war Leif immer noch der Ansicht, sie könne die Informationen von der Polizei nicht richtig einschätzen. Die Liste seiner Kritikpunkte war lang.

»Du hast die Sitzung heute versäumt.«

Ellen blickte vom Monitor auf und sah ihn an. »Ja, ich war in Tumba ...«

»Tja, du musst dich warm anziehen, mit deinen Hobbyprojekten ist bald Schluss.«

Hobbyprojekte? Hatte er vollkommen den Verstand verloren?

»Jetzt wird hier rangeklotzt und aufgejackt, wie Jimmy sich ausdrückt«, sagte Leif mit verstellter Stimme, die verriet, dass ihm der Jargon ihres neuen Chefs nicht gefiel. Er deutete mit seinem fast kahlen Schädel auf Jimmy.

Jimmy saß mit dem Rücken zu ihnen und tippte mit rasender Geschwindigkeit an einer Excel-Tabelle.

Seit er vor einer Woche hier angefangen hatte, arbeitete er rund um die Uhr. Entweder um die anderen zu mehr und noch härterer Arbeit zu inspirieren, oder weil die geplanten Veränderungen so umfassend waren. Es war kein Geheimnis, dass die Zuschauerzahlen stetig sanken und die Produktion von Nachrichten viel Geld kostete.

»Was sind denn das für Floskeln? Die hören sich nicht mal in seinem Dialekt gut an. Man versteht den Burschen kaum. Einmannteams kriegen wir auch. In Zukunft soll man anscheinend alles selbst machen.« Leif schüttelte den Kopf. »Früher war alles besser.«

»Ja, und das war immer schon so«, fügte Ellen hinzu.

»Was hast du gesagt?«

»Dass früher alles besser war. Das war immer schon so.«

Leif grunzte.

Er war bei der Vier, seit der Sender vor über zwanzig Jahren gegründet worden war. Wenn er im Bild war, wurde es quasi schwarzweiß.

Leif war ein guter Journalist und verfügte über einen Erfahrungsschatz, den man sich nur mit dem Alter erwerben konnte. Das war respekteinflößend, und die meisten in der Redaktion schauten zu ihm auf. Außerhalb des Hauses glaubten viele, dass die Moderatoren die Entscheidungen trafen. Aber so war es nicht. Leif verfügte über informelle Macht. Und nun war seine Position gefährdet. Der frühere Chef war Leifs bester Freund gewesen und hatte schon dafür gesorgt, dass Leif ein höheres Gehalt und bessere Arbeitsbedingungen als die meisten anderen in der Redaktion bekam.

»Ich lasse euch jetzt allein. Danke für den Abend. Macht es gut«, sagte Bengt Magnusson auf dem Weg zum Ausgang.

»Hast du morgen frei?« Leif eilte hinter ihm her. »Sag mal, hast du gehört, dass bei *Fakten* gekürzt wird? Was geht hier eigentlich vor sich?«

Ellen öffnete ihren Posteingang, um nachzusehen, ob Ove ihr etwas geschickt hatte, aber es war nur jede Menge Spam gekommen.

»Wir gehen runter ins *Riche* und trinken ein, zwei Bier. Kommst du mit?«, rief Jimmy, der gerade seine Jacke anzog.

Natürlich hatte er das Gefühl, sie auch fragen zu müssen. Ellen schüttelte den Kopf. »Heute Abend nicht. Keine Zeit.«

»Okay. Dann sehen wir uns morgen.«

Ein paar aufgestylte Mädels aus der *Nach zehn*-Redaktion trippelten kichernd hinter ihm her.

Leif kam mit einer Abendzeitung unter dem Arm und einem Becher Kaffee in der Hand zurück.

»Geht Jimmy jetzt? Ich werde nicht schlau aus dem Kerl. Er will, dass wir das Ergebnis von *Let's Dance* in den Nachrichten bringen. Das ist doch totaler Unsinn. Wo soll das alles hinführen?« Er blätterte in der Zeitung. Trank einen Schluck Kaffee.

»Und jetzt sollen wir über ein kleines Mädchen berichten, das seinen Eltern weggelaufen ist? Worauf sollen wir überhaupt den Fokus legen? Wir beschäftigen uns doch sonst nicht mit solchem Kleinkram.«

Ellen beobachtete ihn. »Ist es nicht seltsam, dass das Mädchen dort Tennis spielen wollte, obwohl die Halle wegen Renovierung geschlossen ist?«

Ellen aß oft in der Königlichen Tennishalle zu Mittag, aber in der vergangenen Woche war sie aufgrund von Umbauarbeiten geschlossen gewesen.

Leif zuckte mit den Schultern.

»Und was heißt abgehauen, woher willst du das wissen? Warum sagst du das?« Sie stand so abrupt auf, dass ihr Bürostuhl nach hinten wegrollte.

Leif sah sie an, als ob sie verrückt geworden wäre. Was sie vielleicht auch war.

»Kapierst du nicht, dass ein kleines Mädchen verschwunden ist? Du redest genau wie die Polizei, dabei hast du überhaupt keine Ahnung.«

»Beruhige dich mal, was sind denn das für pubertäre Anwandlungen?« Kopfschüttelnd wendete er sich dem Bildschirm zu.

Ellen griff nach ihrer Jacke und steckte das Notebook in die Tasche.

»Teilzeit?«, rief ihr jemand hinterher, während sie ins Treppenhaus eilte. Die Kollegen ringsherum lachten.

Ellen ging in die Tiefgarage. War sie die Einzige hier, die den Ernst der Lage begriff?

Helena 20.45 Uhr

Der Druck war lähmend, sie bekam kaum noch die Arme hoch. Klar denken konnte sie auch nicht mehr. Hatte sie alles getan, was eine Mutter tun sollte? Hatte sie an alle möglichen Szenarien gedacht? Was war ihr entgangen? Hatte sie alle angerufen? Die Eltern aus der Tennisgruppe. Die Klassenkameraden. Doch niemand hatte etwas gesehen oder gehört. Niemand.

Seit Helena zuletzt auf die Uhr gesehen hatte, waren vier Minuten vergangen.

Sie ging die Stufen zur Königlichen Tennishalle hinauf und stellte sich unter das Vordach, um sich vor dem Regen zu schützen. Nicht, dass es noch eine Rolle gespielt hätte. Ihre Kleidung war durchnässt, die Füße abgestorben und die Finger eiskalt.

Sie wusste nicht, wo sie noch suchen sollte. Im Moment erschien es ihr am klügsten, einfach hier stehen zu bleiben.

Eine Viertelstunde hatten sie und Harald auf die Polizei gewartet. Warum hatte sie nicht früher angerufen? Lycke war schon fast vier Stunden weg gewesen.

Die Wolken ließen es noch schneller dunkel werden, und über den leeren Parkplatz legte sich ein dunkelblauer Schimmer. »Wegen Renovierung geschlossen« stand auf einem orangen Zettel, der an einer der beiden gläsernen Eingangstüren der Tennishalle klebte. Wiedereröffnung in drei Wochen. Die Türen waren abgeschlossen und die Fassade mit einem Baugerüst und einer Schutzfolie bedeckt. Man kam sich vor wie auf einer verlassenen Baustelle. Hinter ihr lag der Lill-Janswald. Norra Djurgården. Vor ihr die Sportplätze von Östermalm IP. Die vertrauten Orte, an denen sie normalerweise laufen ging, erschienen ihr jetzt wie schwarze Löcher.

»Lycke!«, schrie sie aus Leibeskräften, aber der Verkehr auf dem Lidingöväg und der Wind, der gegen die Plane schlug, erstickten ihre verzweifelten Rufe.

Harald stand am Fuß der Treppe im Regen und sah sie mit schwer zu deutendem Blick an.

»Ich verstehe das nicht«, sagte sie. »Wie konntest du das tun? Wie konntest du sie nur hier absetzen?«

»Lass uns bitte nicht noch einmal von vorne anfangen, ich …«

Haralds Telefon klingelte, und anstatt den Satz zu beenden, wühlte er das Handy aus der Innentasche seiner Jacke.

Er entfernte sich ein paar Schritte und sprach leise.

Chloé.

Helena griff nach ihrem Handy. Wen sollte sie anrufen? Selbst wenn sie jemanden gehabt hätte, was hätte sie sagen sollen?

Wieder schaute sie auf die Uhr und dann auf die überschwemmten Sandplätze.

»Was hat sie gesagt?«, fragte sie, nachdem Harald aufgelegt hatte, obwohl sie gerade beschlossen hatte, diese Frage nicht zu stellen.

»Wir halten Chloé aus dieser Sache raus.«

»Raus? Ist es dafür nicht etwas zu spät?« Sie kramte in ihrer Handtasche nach einem Nikotinkaugummi. Mit dem Rauchen hatte sie zwar schon vor zehn Jahren aufgehört, aber nikotinabhängig war sie immer noch. Zwei waren noch in der Packung.

»Wo bleibt bloß die Polizei?« Sie kaute so kräftig, dass sich ihre Kiefermuskulatur verkrampfte. »Ich verstehe nicht …« Sie bekam die Worte nicht heraus.

Als der Streifenwagen auf den Parkplatz fuhr, schlug ihr Herz schneller.

Es war nur ein Auto. Sie hatte mehrere erwartet.

Helena ließ den Wagen nicht aus den Augen, und als er vor ihnen auf dem Kopfsteinpflaster anhielt, hatte sie das Gefühl, sie würde das alles nicht schaffen.

Zwei Polizisten in Uniform stiegen aus.

Harald ging auf sie zu, und Helena blieb dicht hinter ihm.

»Ich bin Harald Höök, Lyckes Vater.« Er streckte die Hand

aus und begrüßte die beiden relativ jungen Beamten. »Das ist Lyckes Mutter, Helena Höök, Verzeihung, Engström.« Während der letzten Worte legte er ihr die Hand auf den Rücken.

Sie wünschte, er würde sie nie wieder wegnehmen.

Im selben Moment war sie weg.

»Jemand muss sie mitgenommen haben«, sagte sie, als einer der Polizisten sie ansah. »Sie müssen uns helfen!«

Die Worte flatterten aus ihr heraus wie schwarze Vögel.

»Haben Sie irgendeinen Grund zu der Annahme, dass jemand das Kind in seine Gewalt gebracht hat?«

Der Polizist, der sich mit dem Namen Fredrik vorgestellt hatte, sah sie ernst an.

Sie schüttelte den Kopf.

»Dann brauchen wir keine übereilten Schlüsse zu ziehen.«

»Wir bedauern den Vorfall wirklich ...«, sagte sein großer und breiter Kollege mit dem kahlrasierten Kopf, dessen Namen sie nicht verstanden hatte.

»Hat sich denn niemand bei der Polizei gemeldet? Irgendjemand muss sie doch gesehen haben. Sie kann doch nicht einfach verschwinden«, fiel Helena ihm ins Wort.

»Nein, wir haben leider nichts gehört. Noch nicht. Aber das wird sich schon aufklären. Wir werden sie finden.«

Fredrik sah seinen großen Kollegen starr an.

Helena begriff, dass dieser soeben den Fehler begangen hatte, ihnen Dinge zu versprechen, die er nicht halten konnte.

»Haben Sie schon die Krankenhäuser angerufen? Oder was macht man normalerweise?«

»Was wir unternehmen, hängt ja von der Situation ab ...«, antwortete Fredrik.

»Könnte sie entführt worden sein?«

»Wir verstehen, dass Sie sich große Sorgen machen, und werden alles tun, um Ihre Tochter zu finden. Jetzt müssen wir den Verlauf der Ereignisse durchsprechen, damit wir uns ein klareres Bild des Vorgangs machen und überlegen können, was zu tun ist«, sagte Fredrik.

»Könnten wir uns ins Auto setzen?«, schlug Harald vor. »Wir stehen seit fast zwei Stunden im Regen, und das geht nicht spurlos an einem vorbei. Weder psychisch noch physisch, wie Sie sicher verstehen.«

Fredrik nickte und hielt ihnen die Wagentür auf.

»Sie hatte doch ihre Jacke an, oder, Harald? Sie muss doch ihre Jacke angehabt haben.«

Harald antwortete nicht.

Sie setzten sich auf die Rückbank. Im Rückspiegel sah sie, dass der größere Polizist sie musterte. Was ging in ihm vor?

Schuldig.

Mit Recht. Ihr Kind war verschwunden.

Die hinteren Türen wurden verschlossen. Harald schien nicht darauf zu reagieren. Der Polizist stierte sie immer über den Rückspiegel an. Sie wollte ihm sagen, dass er aufhören sollte, sie anzustarren, traute sich aber nicht.

Als der Zündschlüssel umgedreht wurde, leuchtete das Armaturenbrett auf. Das Deckenlicht ging an, und die Heizung wurde voll aufgedreht.

Helena beugte sich nach vorne. »Was sollen wir tun, um sie zu finden?«

»Jetzt mal von Anfang an«, sagte Fredrik. »Bevor wir zum nächsten Schritt übergehen, müssen wir uns ein Bild von der Situation machen.«

Er sprach furchtbar langsam. Nur mit Mühe schaffte sie es, sich wieder anzulehnen. Sie betrachtete Harald, der seine Wachsjacke öffnete und sich mit beiden Händen übers Gesicht rieb.

»Wir werden sie finden«, sagte Harald.

Sein blondes Haar war noch genauso dick wie früher, aber die Falten waren tiefer geworden.

»Es wird alles gut«, fuhr er fort und legte ihr seine Hand aufs Knie. »Sei ganz beruhigt. Die Polizei ist da.«

Sie hätte nichts lieber getan, als ihm um den Hals zu fallen und die Sicherheit, die er ausstrahlte, einzusaugen. Sie wollte ihm glauben. Dass alles wieder so werden würde wie früher.

Der Ehering an seinem Finger blitzte im Schein der Deckenleuchte. Sie wandte sich ab und starrte durch die getönte Scheibe. Der Regen lief in Strömen am Glas hinunter.

»Okay, wir besprechen alles von Anfang an. Würden Sie uns bitte erzählen, was passiert ist?« Fredrik zog einen kleinen schwarzen Block und einen Stift aus einer Tasche an seinem Hosenbein.

»Tennis ...«

»Ich ...«

Harald und Helena sahen sich an.

»Fang du an«, sagte Harald.

»Nein, warum denn ich? Es ist doch dein Wochenende ...«

»Okay. Wer hat sie zuletzt gesehen?«, unterbrach Fredrik sie.

»Meine Frau Chloé. Sie hat Lycke zum Tennis gebracht.«

»Obwohl gar kein Tennis war«, fügte Helena hinzu.

»Wann war das?«

»Kurz vor vier. Ich möchte nur betonen, dass Chloé nicht wusste, dass Tennis ausfällt.«

»Wir müssten wohl auch mit Chloé sprechen. Sie wussten also nicht, dass heute kein Tennis stattfindet?«

Helena zögerte einen Moment, dann schüttelte sie den Kopf. Im Augenwinkel sah sie Harald einen Blick auf seine Uhr werfen.

»Fällt Ihnen ein Ort ein, wo Lycke hingegangen sein könnte?«

Beide schüttelten den Kopf.

»Hat jemand einen Schluck Wasser?«, fragte Helena.

»Nein, leider nicht. Hätte Chloé sie auch abholen sollen?«

»Ja«, sagte Harald. »Ich hätte sie leider nicht abholen können, weil bei meiner Arbeit etwas dazwischengekommen war. Also habe ich Chloé eine SMS geschickt und sie gebeten, hierherzufahren, aber später stellte sich heraus, dass sie meine Nachricht gar nicht bekommen hatte.«

»Eine SMS.« Helena spuckte das Wort beinahe aus. »Warum hast du sie nicht angerufen und nach einer Bestätigung gefragt, als du keine Antwort bekamst?«

Harald starrte ins Leere.

»Wer ist denn nun hergekommen, um sie abzuholen?«

»Niemand«, erwiderte Helena und merkte im selben Moment, wie das klang. »Darf ich das erklären? Mir wurde klar, dass irgendwas nicht stimmte, als Harald sie um kurz vor sechs noch immer nicht bei mir abgeliefert hatte. Es ist zwar nicht meine Woche, aber ich sollte sie am Wochenende nehmen. Lycke ist erkältet und soll offenbar nicht den Sohn der beiden anstecken.« Sie sah ihren Exmann vorwurfsvoll an und fuhr fort: »Sie hätten kurz nach fünf bei mir sein sollen. Ich habe versucht, ihn anzurufen, aber als ich ihn nicht erreichen konnte, bin ich hergekommen.«

»Warum das?« Fredrik sah sie fragend an.

»Um nachzugucken, ob er vergessen hatte, sie abzuholen. Es wäre nämlich nicht das erste Mal. Vor ein paar Wochen hat mich eine Lehrerin angerufen, um mir zu sagen, dass ich mein Kind jetzt bitte abholen möge, weil die Schule vor zehn Minuten zugemacht habe.«

Helena hatte eine Wohnungsbesichtigung abbrechen müssen, um Lycke abzuholen und dann zu Harald zu bringen. Der hatte wie immer jede Schuld von sich gewiesen und sie diesmal auf die Nanny geschoben, die aber, wie Helena wusste, mittwochnachmittags immer frei hatte.

Es war nicht zu erkennen, was sich der Polizist aufschrieb, seine Notizen sahen so krakelig aus, dass sie sich fragte, ob er selbst sie später entziffern konnte.

»Als mir klarwurde, dass es irgendeine Art von Missverständnis gegeben hatte, bin ich sofort losgefahren«, verteidigte sich Harald.

»Was machen wir jetzt? Sie müssen anfangen, nach ihr zu suchen! Wann kommt denn Verstärkung?« Helena wischte sich einige Tropfen von der Stirn, wusste aber nicht, ob es Schweiß oder das Wasser aus ihren nassen Haaren war. Die Scheiben waren beschlagen.

»Nur noch ein paar Fragen. Was hatte sie an?«

»Tenniskleidung. Und sie hatte eine rosa Tasche dabei.«

»Hat sie irgendeine Erkrankung?«

»Nein.«

»Haut sie öfter ab?«

»Sie ist noch nie weggelaufen, und sie ist auch gar nicht der Typ dafür«, erwiderte Helena kurz angebunden.

»Sie ist sehr in sich gekehrt und kommt gar nicht auf solche Ideen«, fügte Harald hinzu.

Helena bemerkte das Tattoo des stillen Polizisten, der nur dasaß und sie im Rückspiegel ansah, und versuchte zu erkennen, welcher Satz sich da an seinem Hals hinaufschlängelte.

»Haben Sie ihre Freundinnen angerufen?«

»Ja, natürlich haben wir das.«

»Gut. Die Situation muss schrecklich für Sie sein, aber wir fangen mal mit dem Naheliegendsten an. Sind Sie sicher, dass sie nicht nach Hause gegangen ist? Kinder findet man oft zu Hause wieder. Schlafend in ihrem Bett.«

»Zu meiner Wohnung hat sie keinen Schlüssel, und Harald hat gerade mit seiner Frau telefoniert.«

»Nein, zu Hause ist sie nicht. Ich verstehe ja, dass Sie solche Fragen stellen müssen, aber glauben Sie uns bitte, dass wir schon alles auf den Kopf gestellt haben. Wir wissen nicht mehr, wo wir noch suchen sollen.«

»Täglich verschwinden Hunderte von Menschen, und die

meisten werden gefunden. Oft haben sie ihren Angehörigen nicht von ihren Plänen erzählt.«

Seine Kiefer mahlten.

»Pläne. Sie ist acht Jahre alt.«

»Vermutlich hat sie sich nur im Lill-Janswald verlaufen.«

»Harald, stell dir vor, sie hat keine Jacke an.«

Harald beugte sich vor zum Vordersitz. »Hören Sie mal, mir ist klar, dass Sie alle möglichen Alternativen in Betracht ziehen müssen, aber ich kenne meine Tochter, und sie würde niemals auf eigene Faust losgehen. Sie verschwenden wichtige Zeit. Hören Sie uns lieber zu. Wir müssen sie suchen«, sagte Harald.

Der Regen wurde kräftiger und klang jetzt wie Nägel, die aufs Autodach prasselten.

»Wir tun, was wir können.«

Der Satz klang routiniert und kein bisschen überzeugend.

»Auch wenn es sich um ein großes Gebiet handelt, dürfte sie nicht allzu weit gekommen sein, aber wir schließen nichts aus. Ladugårdsgärdet, Hjorthagen und norra Djurgården. Haben Sie ein Foto von Lycke?«

Helena zog ihr Handy aus der Tasche und wischte sich durch die Galerie, fand aber nur Bilder der Wohnungen, die sie verkauft hatte.

Harald schien das Gleiche zu tun, steckte das Telefon aber wortlos wieder ein.

Helena konnte sich nicht verkneifen, an die vielen Bilder zu denken, die er von seinem Sohn hatte.

Schließlich fand sie ein Foto von Lycke, das an Ostern aufgenommen worden war. Es war nicht besonders gut, aber besser als nichts. Sie waren in Skansen gewesen. Lycke hatte einen Vorderzahn verloren und durfte sich einer alten Familientradition zufolge etwas wünschen. Lycke hatte sich einen Tag mit ihrer Mama in Skansen gewünscht.

Helena erinnerte sich noch, wie überrascht sie gewesen war,

dass sich Lycke kein Fahrrad oder Ähnliches gewünscht hatte, doch Lycke hatte auf ihrem Wunsch beharrt, und obwohl Helena eigentlich keine Zeit hatte, waren sie schließlich hingefahren. Ein weiterer jämmerlicher Versuch, eine gute Mutter zu sein. Gestresst waren sie zwischen den Tieren herumgehetzt. Helena wollte am Nachmittag Wohnungen zeigen und musste noch alles Mögliche vorbereiten. Plötzlich begann Lycke, laut zu schreien und zu weinen. Es war unmöglich, sie zur Ruhe zu bringen. Die Leute warfen ihr vorwurfsvolle Blicke zu. *Schlechte Mutter.* Konzentriert euch auf die Tiere, anstatt uns anzustarren. Sie hatten keine Ahnung, wie Helena sich fühlte.

Sie reichte ihnen das Handy.

»Das ist gut. Sind Sie einverstanden, wenn ich es an mein Handy schicke?«, fragte er.

Helena nickte.

»Was ist der nächste Schritt?«, fragte Harald. »Sollten wir nicht die Heimwehr dazuholen?«

»Wäre es okay, wenn wir eine Tür aufmachen und etwas Luft reinlassen?« Helena rüttelte am Türgriff. »Entschuldigung, könnten Sie die Tür öffnen?«, bat sie erneut und zog die Jacke aus, die klitschnass an ihr klebte.

»Haben Sie Hubschrauber mit Wärmekameras?«, fragte Harald.

»Eins nach dem anderen. Hat Lycke ein Handy?«

Harald schüttelte den Kopf. »Nein, wir haben mal überlegt, ihr eins zu kaufen, aber …«

»Harald hat andere Prioritäten gesetzt«, fiel Helena ihm ins Wort.

»Er soll die Kosten für Lycke übernehmen, hat sich aber stattdessen entschieden, sein Geld nur für die neue Familie auszugeben.«

Ohne ihr Beachtung zu schenken, fuhr Harald fort: »… ich hatte das Gefühl, sie ist noch zu klein.«

»Können Sie die Tür aufmachen, ich brauche wirklich Luft.«

»Wir haben den Fahndungsaufruf auch an die Zentralstellen der Taxi- und Busunternehmen rausgeschickt und rufen jetzt Verstärkung.«

»Bleiben Sie lieber in der Nähe«, sagte der andere Polizist und machte endlich die Tür auf.

Helena stürzte ins Freie. Atmete einige Male tief ein, wandte das Gesicht zum Himmel und ließ die Regentropfen darauffallen.

Ellen 23.00 Uhr

Planlos fuhr Ellen durch die Stadt und versuchte, die Gedanken zu verscheuchen. Mehrmals hatte sie die Nummer ihrer Mutter rausgesucht, sie aber nicht angerufen. Es gab nichts zu sagen. Stattdessen stellte sie die Musik lauter.

Der Regen schlug an die Windschutzscheibe.

Sie konzentrierte sich auf die Musik. Volle Lautstärke, so war es am schönsten.

Anstatt nach Hause zu fahren, und obwohl sie wusste, dass sie es besser nicht getan hätte, beschloss sie, in die Redaktion zurückzukehren.

Sie fuhr am Stadtteil Gärdet vorbei und bog in den Tegeluddsväg ein.

Obwohl die Scheibenwischer hektisch hin und her schwenkten, war an freie Sicht nicht zu denken. Sie nahm sich zum hundertsten Mal vor, die Wischblätter auszuwechseln.

Die Dunkelheit machte es nicht leichter, die Straße zu erkennen. Die Lichtkegel der entgegenkommenden Scheinwerfer stießen auf Wasserlachen.

Als sie sich dem TV4-Haus näherte, fuhr sie aus irgendeinem Grund nicht auf den Parkplatz, sondern weiter bis zum Lidingöväg, der großen Straße, die Lidingö mit Östermalm verband. Die Straße, die mittlerweile von all ihren Freunden befahren wurde. Sobald sie Kinder bekamen, zogen sie in ein Einfamilienhaus auf Lidingö.

Die Ampel an der Kreuzung stand auf Rot.

Ellen ließ ihre Finger am Lenkrad hinuntergleiten. Was machte sie hier eigentlich? Wollte sie zur Königlichen Tennishalle?

Es wurde gelb.

Würde sie das schaffen?

Grün.

Sie klopfte auf das Steuer, um die Gefühle einzudämmen, die sich in ihr breitmachten.

Die Ampel sprang wieder auf Rot.

Sie atmete ein paarmal tief durch.

»Der Tod, der Tod, der Tod!«, brüllte sie.

Dann sah sie einen Streifenwagen durch die Haupteinfahrt auf die Königliche Tennishalle zufahren. Normalerweise war das Tor geschlossen. Wahrscheinlich war es aufgrund der Umstände geöffnet worden.

Der Umstände.

Als es zum zweiten Mal grün wurde, traf sie eine Entscheidung und fuhr hinter dem Streifenwagen her und durch das hölzerne Tor. Sie hielt ein Stück entfernt von den drei anderen Streifenwagen an, die bereits vor der Tennishalle parkten.

Sie hätte hier nicht sein sollen.

Ein Klopfen an der Scheibe ließ sie zusammenschrecken. Sie blickte in ein bekanntes Gesicht und stieß einen stummen Seufzer aus, kurbelte aber die Scheibe hinunter.

»Was macht denn so eine hübsche Lady hier mitten in der Nacht?« Der Anmacher beugte sich nach vorn. »Nutzt du die

Gelegenheit, um dein Auto vom Regen waschen zu lassen, oder bist du vorbeigekommen, weil du wusstest, dass du mich hier treffen würdest?« Er zwinkerte ihr mit einem Auge zu und schnalzte gleichzeitig mit der Zunge. »Scherz beiseite, wir wollen hier übrigens keine Journalisten haben.«

Wie ungewöhnlich, dachte Ellen.

Es regnete ins Auto, und der Wind zerwühlte ihr Haar. »Wie läuft es?«

»Tja, noch nichts Neues, aber es ist gerade eine Hundestaffel eingetroffen, die jetzt die nähere Umgebung durchkämmt. Wir haben sie bestimmt gefunden, bevor du morgen früh aufwachst.«

Er war ebenso groß wie kräftig. Als sie ihn vor vielen Jahren zum ersten Mal gesehen hatte, arbeitete er noch als Türsteher im *Köket*, einem angesagten Club, als sie aufs Gymnasium ging und eigentlich noch zu jung war, um reinzukommen. Trotzdem ließ er Ellen und ihre Freundinnen meistens durch. Sie erinnerte sich noch, dass er immer mit seinen angeblich maßgeschneiderten Klamotten geprahlt hatte, weil er für normale Sachen zu groß und zu muskulös war. Für die Uniform galt vermutlich das Gleiche. Mittlerweile arbeitete er bei der Citypolizei und lief ihr öfter über den Weg. Er wurde der Anmacher genannt. Sie hatte gehört, dass er nicht der Hellste war. Draußen im Feld musste er meistens den Mund halten, damit er sich nicht lächerlich machte. Am Hals hatte er sich den Spruch »If you can't do the time, don't do the crime« eintätowieren lassen.

»Wenn man bedenkt, wie es letzte Woche geschüttet hat, müsste der Wagen allerdings jetzt schon blitzblank sein ...« Er trat einen Schritt zurück, musterte ihr Auto und kam wieder näher. »... oder funktioniert das bei rosa Lack nicht?« Er lachte laut.

»Bestimmt?«, fragte sie.

»Was?«

»Du sagtest, dass ihr sie *bestimmt* findet. Ihr werdet sie ja wohl suchen, bis ihr sie gefunden *habt*, oder?«

»Doch, klar, aber es ist schon spät ...« Er warf einen verstohlenen Blick auf seine Armbanduhr.

»Wie viele Leute von euch beteiligen sich an der Suche?« Sie sah sich ungeduldig um.

»Wir sind so mit vier Wagen unterwegs. Du wirst sehen, wenn wir sie heute Abend nicht finden, dann morgen.« Wieder zwinkerte er.

Bei Gelegenheit musste ihm irgendjemand sagen, dass das nicht cool war.

»Morgen? Kann ich euch irgendwie helfen? Heute!«

Er legte die Finger auf die runtergelassene Scheibe. Sie rochen nach Tabak.

»Das ist ja ein Ding, wir bekommen nicht jeden Tag von Journalisten Hilfe angeboten. Was ist los? Hab ich was verpasst, oder willst du eigentlich nur mit mir abhängen? Ich finde, du solltest nach Hause fahren. Sei so nett und nimm ein bisschen Rücksicht auf die Familie. Morgen früh haben wir hoffentlich bessere Neuigkeiten. Okay?«

Er hatte recht, sie hatte hier nichts verloren.

»Sag Bescheid, wenn du mal eine Probefahrt machen möchtest.« Per Knopfdruck ließ sie die Scheibe hochfahren und startete den Motor.

Doch als sie gerade den Rückwärtsgang einlegen wollte, fiel ihr Blick auf eine Frau mit langen dunklen Haaren, die in Rock und Blazer zusammengekrümmt am Eingang stand. Vermutlich die Mutter des Mädchens.

Ellen zog den Zündschlüssel wieder ab und stieg aus.

»Ich habe dich gebeten, dich hier nicht einzumischen, Fräulein.« Der Anmacher hob die Hand. »Ich sagte doch, dass wir hier keine Journalisten haben wollen.«

»Komm schon. Betrachte mich einfach als gewöhnliche

Mitbürgerin, die bei der Suche behilflich sein will.« Ellen ging zum Eingang hinüber, konnte die Mutter aber nicht mehr entdecken.

Stattdessen sah sie den Einsatzwagen, bei dem die Meldungen aller anderen Streifenwagen zusammenkamen. Die wenigen Polizisten vor Ort hatten sich dort versammelt.

Der Wind pfiff um ihre nackten Beine. Sie zog sich die Lederjacke so weit wie möglich unters Kinn.

Der Anmacher folgte ihr.

»Gute Arbeit«, sagte die blonde Frau mittleren Alters, die mit runtergelassener Scheibe auf dem Fahrersitz saß. Laut dem Abzeichen auf ihrer Brust war sie die Einsatzleiterin.

»Ich habe alles versucht, aber ...« Der Anmacher wirkte plötzlich kleinlaut.

»Aber du bist an der einzigen Aufgabe gescheitert, die ich dir gestellt habe, und zwar, uns Journalisten vom Hals zu halten.« Sie warf Ellen und dem Anmacher einen wütenden Blick zu und widmete sich wieder der Karte, die sie auf dem Armaturenbrett ausgebreitet hatte.

Zwei Polizeianwärter standen neben ihr. Ellen hoffte, dass sie so effektiv arbeiteten, wie sie jung waren, aber irgendetwas vermittelte ihr das Gefühl, dass dies nicht der Fall war. Sie sahen eher aus wie zwei nasse Hunde, die am liebsten nach Hause wollten, um sich mit einem heißen Kakao aufzuwärmen.

Ellen ging zur Einsatzleiterin und räusperte sich.

»Ich weiß nicht, was Sie vorhaben, aber wir versuchen, ein kleines Mädchen zu finden, das verschwunden ist, und haben leider keine Zeit für Journalisten, die hier rumschnüffeln. Haben wir uns verstanden?«

»Aber ...«

»K5 streichen. Ropsten – Königliche«, sagte der Polizist auf dem Beifahrersitz.

Die Einsatzleiterin machte ein Kreuz auf der Karte. Ellen

ging näher an das Autofenster heran und sah, dass die gesamte Karte in Quadrate eingeteilt war. Fast alle waren bereits durchgestrichen.

Ellen zeigte fragend auf die Karte.

»Wir werden sie finden«, sagte die Einsatzleiterin, die wusste, was Ellen sagen wollte. »Aber das Wetter ist nicht gerade auf unserer Seite. Würden Sie bitte zur Seite gehen?«

Ellen tat, was ihr gesagt wurde, blieb aber nah genug an der Fahrertür, um den Funkverkehr und die Meldungen der anderen Wagen draußen im Feld mitzuhören.

Eine Streife teilte mit, dass sie mit einem Hundebesitzer in norra Djurgårdsstaden gesprochen hatten, dem aber nichts von Bedeutung aufgefallen war.

Wieder knisterte das Funkgerät.

»K8 streichen. Sportplatz Östermalm mit Valhallaväg, nichts.«

»Haben Sie überprüft, ob es Überwachungskameras gibt?« Ellen wandte sich an einen der beiden Polizisten, die bibbernd neben ihr standen.

»Ja, aber die funktionieren nicht.«

»Die Plane deckt alle Kameras ab«, sagte der eine und zeigte auf das Gerüst an der Fassade.

Aus der Ferne war ein Grollen zu hören. Eins der wenigen Geräusche, die es schafften, den Wind, die knatternden Planen und die Leinen an den drei Fahnenstangen vor der Tennishalle zu übertönen.

»Hubschrauber im Anflug«, teilte ein Polizist mit, der aus einem anderen Auto ausstieg.

»Wie kommt es, dass Sie bis jetzt keinen Helikopter hier hatten? Sie ist doch schon seit fast acht Stunden weg.« Ellen drehte sich wieder zu der Einsatzleiterin um.

»Wir haben nur zwei Hubschrauber in Mittelschweden, und der eine war gerade auf Gotland, als wir ihn anforderten, und der andere wird für einen Einsatz in Strängnäs verwendet. Machen Sie, dass Sie hier wegkommen!« Die Einsatzleiterin wandte sich an den anderen Polizisten. Die beiden wechselten ein paar Worte, die Ellen nicht verstand.

Das Funkgerät meldete ständig den neuesten Stand, aber es gab nichts Neues. Nur Kreuze auf der Karte.

Über ihnen kreiste der Helikopter. Als sie zum Himmel hinaufblickte, klatschte ihr Regen ins Gesicht. Die Scheinwerfer des Hubschraubers wurden nach unten gerichtet und bewegten sich suchend herum. Sie hätte gerne gefragt, wo die Mutter des Mädchens abgeblieben war, wollte aber nicht den Eindruck erwecken, sie wäre nur hier, um sich an die Familie heranzumachen. Vermutlich saß sie, genau wie der Vater, im zweiten Streifenwagen. Da die Scheiben getönt waren, konnte man nicht hineinsehen.

Vom langen Stehen bekam sie Rückenschmerzen. Sie streckte sich und sah sich um.

Ihr Blick blieb an einem der Sandplätze hängen, die wie Swimmingpools aussahen.

Oh Gott! Der Pool!

Ellen raste über das nasse Kopfsteinpflaster und legte sich bäuchlings auf die kalte Mauer, die das Becken umgab. Sie brauchte nur einen Moment, um das Bassin mit den Augen abzusuchen. Außer zwei leeren Coladosen auf dem Wasser war nichts Auffälliges zu sehen. Obwohl das Schwimmbecken beleuchtet war und sie genau erkennen konnte, dass niemand auf dem Grund lag, stieg sie über die Mauer und ging hinunter an den Beckenrand.

»Was gefunden?«

Der Anmacher war ihr gefolgt.

Ellen ging um das Becken herum, um sich zu vergewissern, ob das Mädchen sich nicht irgendwo in der Nähe versteckte. »Lycke!«, rief sie und schob die Liegestühle zur Seite, die am

Rand aufgereiht waren. Sie drehte noch eine Runde, weil sie das Gefühl nicht loswurde, dass ihr das Wasser etwas sagen wollte.

»Wir haben das Becken schon überprüft. Wir haben das ganze Gelände abgesucht.«

»Sind Sie sicher, dass sie sich nicht versteckt hat?«, fragte sie.

Der Anmacher nickte.

»Kann sie schwimmen?« Langsam sackte ihr Herzschlag wieder unter die Schlüsselbeine.

»Das weiß ich gar nicht«, antwortete er. »Kann man das mit acht? Man macht doch Schwimmabzeichen und so Sachen. Jedenfalls zu meiner Zeit. Wie alt war man damals? Scheiße, ich kann mich nicht erinnern ...«

Ellen wusste genau, welche Schwimmabzeichen man mit acht Jahren schon haben konnte, sagte aber nichts.

»Wo bist du?«, flüsterte sie und schnippte mit ihren steifen Fingern. »Kannst du uns sehen? Hast du dich versteckt?«

Sie sah sich um. Drehte sich im Kreis. Glaubte, etwas zu erahnen. Dunkle Schatten, die durch die Büsche huschten. »Komm raus jetzt, Lycke!«

»Hallo, alles in Ordnung?« Der Anmacher kam auf sie zu.

»Haben Sie das gesehen?«

»Was?

»Da drüben hat sich was bewegt.« Sie zeigte auf das Gebüsch vor dem Sportplatz Östermalm. »Nein, dort!« Jetzt war es hinter dem Tennisplatz. »Haben Sie das gesehen?«

»Ich sehe nur Regen«, sagte der Anmacher.

»Sie ist hier irgendwo.« Um nichts zu verpassen, ging Ellen unruhig weiter.

»Das müssen Halluzinationen sein.«

Der schwache Geruch des Faulbaums steckte wie ein Korken in ihrer Luftröhre. Ellen hustete. Je mehr sie keuchte, desto weniger Luft bekam sie.

»Wollen Sie nicht endlich nach Hause gehen? Diese Kälte tut Ihnen nicht gut.«

Ellens ganzer Körper war taub. Über das Frieren war sie hinaus, und ihre Haare hätte sie auswringen können. Sie waren so nass, als wäre sie eben aus der Dusche gekommen.

Langsam ging sie mit dem Anmacher zu den Autos zurück.

»Warum sucht eigentlich nur die Polizei? Sollte man nicht Orientierungsläufer dazuholen? Freiwillige? Und die Heimwehr?«

»Orientierungsläufer?« Der Anmacher lachte. »Gibt es die heutzutage überhaupt noch?«

»Was weiß ich«, sagte sie. »Oder *Missing People*? Keine Ahnung. Was macht ihr denn, wenn Leute verschwinden? Heutzutage?«

»Es kostet uns mehr Zeit, Leute zu mobilisieren, die helfen wollen, als die Suche selbst durchzuführen. Wir haben nicht genügend Personal«, antwortete er und legte ihr wie zum Abschluss eine Hand auf die Schulter.

»Kann ich euch denn nicht helfen, das zu organisieren?«

Der Anmacher schüttelte nur den Kopf. Sie waren bei den Autos angekommen, und die Einsatzleiterin warf Ellen einen wütenden Blick zu, bevor sie sich wieder dem Gespräch mit ihrem Kollegen auf dem Beifahrersitz widmete.

Die Hubschraubergeräusche entschwanden in immer weiterer Ferne.

»Sind die schon fertig? Sie waren doch gerade erst gekommen? Wollen sie das Mädchen denn nicht mit dem Helikopter suchen?«

»Das haben sie gemacht, aber im Wald ist es fast unmöglich, etwas zu sehen, und das offene Gelände hatten sie schnell abgesucht. Sie haben sie nicht entdeckt.«

»Wir brechen hier ab«, sagte die Einsatzleiterin und machte eine Handbewegung, die Time-out zu bedeuten schien.

»Abbrechen? Was? Sind Sie verrückt? Sie können doch jetzt nicht mit der Suche aufhören!«

»Heute Abend passiert nichts mehr. Die Suche ist abgeschlossen.«

»Aber wir reden hier von einem Kind! Haben Sie mit der Kavallerie gesprochen? Vielleicht können die mithelfen? Die Leibgarde. Rufen Sie im Stall an. Die sind doch hier im Lidingöväg.« Um ihrem Vorschlag Nachdruck zu verleihen, zeigte Ellen in die entsprechende Richtung. »Sie müssen Unterstützung anfordern!«

»Wenn Sie uns jetzt nicht in Frieden lassen, sehen wir uns leider gezwungen, etwas zu tun, was keinem von uns gefallen würde.«

Ellen ignorierte die Warnung. »Wenn Sie jetzt aufgeben, bringe ich das morgen in den Nachrichten. Ich werde berichten, dass Sie nicht alles unternommen haben, was Sie hätten tun können. Morgen ist es vielleicht zu spät. Haben Sie gehört, was ich sage? Holen Sie Verstärkung! Sie können doch nicht einfach nach Hause fahren und ins Bett gehen.«

»Man kann immer noch mehr machen, aber wir müssen auch realistisch bleiben.« Die Einsatzleiterin kurbelte die Scheibe hoch. Die anderen Polizisten setzten sich in die Autos und fuhren auf den Lidingöväg.

»Realistisch?«, schrie Ellen ihnen hinterher.

Chloé 3.45 Uhr

Chloé träumte, sie würde alle Zähne verlieren. Verzweifelt las sie einen nach dem anderen vom Boden auf und drückte ihn wieder ins Zahnfleisch, aber da sie nicht alle gleichzeitig festhalten konnte, fielen sie wieder raus.

Eine langanhaltende Sirene draußen auf der Straße weckte sie.

»Harald!« Sie setzte sich auf dem Sofa auf. Die Sirene entfernte sich. Sicherheitshalber vergewisserte sie sich, ob ihre Zähne noch an Ort und Stelle waren, und seufzte erleichtert, als sie begriff, dass es nur ein Traum gewesen war.

Im Hintergrund lief leise irgendein Shoppingkanal, in dem gerade Trainingsgeräte angepriesen wurden, die wahre Wunder bewirken sollten.

Sie guckte auf ihr Handy. Es war Viertel vor vier Uhr morgens. Keine entgangenen Anrufe. War Harald nach Hause gekommen? Hatten sie Lycke gefunden?

»Harald?«, versuchte sie es erneut und stand vom weichen und warmen Sofa auf.

Sie wischte mit den Zeigefingern die Haut unter den Augen ab, um sicherzugehen, dass ihre Wimperntusche nicht verlaufen war. Dann bog sie mit Zeige- und Mittelfinger den blonden Pagenkopf nach innen und formte das Haar wie mit einer Lockenzange.

Sie nahm das Babyphon von dem Stapel Elternzeitschriften auf dem Wohnzimmertisch und drehte die Lautstärke voll auf. Hörte die leisen Atemzüge ihres Sohnes. Die Anspannung in Nacken und Schultern löste sich ein wenig. Auf dem Display sah sie Ludde. Das Bild war etwas körnig, aber sie konnte erkennen, dass er ruhig und gemütlich in seinem Gitterbett lag.

Am liebsten wäre sie zu ihm ins Zimmer gegangen und hätte ihn aus dem Bett geholt. Sie wollte ihn umarmen. Sich an ihn schmiegen. Ganz fest. Und ihn nie wieder loslassen.

Auf einem der Sessel lag ein Pulli. Er gehörte Lycke. Sofort kam Ärger in ihr auf. Doch diesmal legte er sich schnell wieder. Sie nahm den Pulli und drückte ihn an sich. Ich weiß, dachte sie, sie ist noch ein Kind.

Sie ging durch die Wohnung, aber Harald war noch nicht

nach Hause gekommen. Sie versuchte, ihn zu erreichen, aber er ging nicht ans Telefon. Auf dem Weg in die Küche stolperte sie über einen Farbeimer. Das tat verdammt weh an den Zehen, und außerdem ärgerte sie sich, dass sie mit der verdammten Renovierung niemals fertig wurden. Welcher Idiot stellte denn ausgerechnet hier einen Farbeimer hin? Ludde konnte auch nicht nach Herzenslust herumkrabbeln, ohne Gefahr zu laufen, sich an einem der überall herumliegenden Werkzeuge zu verletzen oder giftigen Lack zu schlucken. Es konnte nicht gesund sein, auf einer staubigen Baustelle zu wohnen. Sie musste Harald erneut bitten, mit den Handwerkern zu reden.

Die Renovierungsarbeiten waren im Gange, seit sie die Wohnung vor über einem Jahr gekauft hatten. In der schlimmsten Phase hatten sie eine Weile in Haralds Hotel gewohnt, aber als die Schlaf- und Badezimmer fertig waren, zogen sie ein. Sie konnten einfach nicht mehr in einem Schlafsack im Hotel übernachten. Da die verschiedenen Hotelgäste Vorrang hatten, waren sie gezwungen gewesen, ständig das Zimmer zu wechseln.

Während der Zeit im Hotel hatte sie Harald kaum zu Gesicht bekommen. Er schien die Gelegenheit zu nutzen, rund um die Uhr zu arbeiten, wenn er sowieso dort war. Jede zweite Woche wohnte auch Lycke bei ihnen. Wenn die Suite besetzt war, brauchten sie zwei Doppelzimmer. Harald und Lycke schliefen immer in einem.

Es war jedes Mal gleich anstrengend. Chloé wusste, dass es nicht richtig war, eifersüchtig auf ein Kind zu sein, aber sie konnte nichts dagegen tun. Harald entschied sich gegen sie und Ludde.

Harald beeilte sich immer, sie daran zu erinnern, dass sie ihretwegen dort wohnten. Sie war doch diejenige gewesen, die so gerne die Wohnung haben wollte. Und natürlich wollte sie die Wohnung, aber er etwa nicht? Sie wollten sie doch beide.

Sobald sie schwanger war, hatten sie mit der Suche nach

ihrer Traumwohnung begonnen. Der Karlaväg war die einzige Straße, in der sie sich vorstellen konnte zu wohnen. Dort war sie aufgewachsen, und alle Schulen, die sie besucht hatte, waren nur einen Katzensprung entfernt gewesen.

Die Sonnenseite sollte es sein, mit Aussicht auf die Allee in der Mitte der Straße. Auf der Höhe von ICA Esplanad. Sie wollte nicht bei Coop am anderen Ende der Straße einkaufen.

Als sie endlich eine Wohnung am richtigen Ort gefunden hatten, die auch noch groß genug war, mussten sie einfach zuschlagen. Sie kauften sie zwar in frisch renoviertem Zustand, aber der vorige Besitzer hatte überhaupt keinen Geschmack gehabt, und der Grundriss war auch alles andere als optimal gewesen.

Sie hatten alles rausgerissen.

Chloé wollte sich gerade einen Becher Tee machen, als sie den Schlüssel in der Wohnungstür hörte. Sie stellte den Wasserkocher ab und eilte in den Flur.

Harald stand wie versteinert auf der Fußmatte und starrte ins Leere. Als würde er sie nicht bemerken. Seine Stiefel waren voller Lehm und seine Sachen klitschnass.

»Nichts?«, fragte sie.

Er schüttelte den Kopf. »Nichts.«

Er klang so erschöpft.

»Das ist ja furchtbar. Wo kann sie nur sein? Was sagt die Polizei?«

Harald sank wortlos in einen Sessel.

»Du musst aus den Klamotten raus, sonst wirst du krank.« Sie wollte ihm helfen, die Jacke auszuziehen, aber er stieß sie weg.

Sie atmete ein paarmal tief ein und versuchte, ihn zu verstehen.

»Brauchst du was? Einen Tee? Ein Glas Wasser?«

Harald legte den Kopf in die Hände.

Sie strich ihm durch das nasse Haar. Drückte ihm einen sanften Kuss auf die Stirn.

»Morgen kommt meine Mutter und kümmert sich um Ludde. Es tut mir leid, dass ich heute Abend nicht mitsuchen konnte. Wir werden sie finden. Versprochen.«

Harald schien sie gar nicht zu beachten.

»Morgen ist alles vorbei. Morgen ist sie wieder hier bei uns.« Sie bemühte sich um einen überzeugenden Tonfall.

Harald stand auf und ging durch den Flur in Richtung Schlafzimmer. Auf halbem Weg drehte er sich um und sah sie mit leerem Blick an. »Ich lege mich hin.«

»Jetzt?«, fragte sie verwundert, ohne ihre Enttäuschung verbergen zu können. »Wollen wir nicht reden?«

»Ich kann nicht mehr. Ich muss schlafen.« Er wandte sich von ihr ab und ging weiter. Seine Stiefel hinterließen nasse Abdrücke auf dem frisch verlegten Fischgrätparkett.

»Ich habe doch den ganzen Abend hier gesessen und mir Sorgen gemacht. Immer wieder habe ich dich angerufen und konnte dich nicht erreichen, und jetzt gehst du einfach ins Bett.«

Die Wut schlug ein wie ein Blitz.

Harald blieb vor Lyckes Zimmer stehen und öffnete die Tür. Er machte das Licht an und schaltete es schnell wieder aus. Warf einen Blick auf den Boden und ging dann ins Schlafzimmer am Ende des Flurs.

Sie blieb ihm auf den Fersen.

»Bist du der Meinung, es war meine Schuld? Ich habe deine SMS nicht bekommen. Ich wusste nicht, dass ich sie abholen sollte. Du kannst dir gerne mein Handy angucken, wenn du mir nicht glaubst.«

Ohne etwas darauf zu erwidern, legte sich Harald angezogen auf die Tagesdecke.

»Kannst du das Licht ausmachen?«, bat er sie.

Chloé stand in der Tür. »Was ist denn jetzt? Bist du sauer, weil ich sie am Lidingöväg abgesetzt habe? Du bist immer so überbehütend. Sie ist übrigens acht Jahre alt. Kann sie das kurze Stück nicht alleine gehen?«, fragte sie.

»Auf jeden Fall kann sie alleine gehen. Nein, ich bin nicht sauer«, antwortete er.

»Zieh dich doch wenigstens aus.«

Eigentlich war ihr egal, welche Auswirkungen seine nasse Kleidung auf die Missonistreifen haben würde, aber sie griff nach jedem Strohhalm, der ihn dazu brachte, ihr zuzuhören.

Haralds Telefon klingelte. Zum ersten Mal, seit er wieder zu Hause war, reagierte er. Hastig zog er das Telefon aus der Hosentasche und meldete sich.

»Hallo? Nein, weiß ich nicht. Ich habe gerade mit der Polizei gesprochen, und die wussten auch nichts Neues. Von denen erwarte ich schon lange nichts mehr. Ja, ich bin gerade zurückgekommen. Unbedingt, versuch jetzt zu schlafen.« Er legte das Handy auf den Nachttisch und stieß dabei versehentlich das gerahmte Bild von ihr und Ludde um, das sie dort hingestellt hatte.

»Wer war das?«, fragte sie, obwohl sie es bereits wusste.

Immer noch mit dem Rücken zu ihr, rollte sich Harald zusammen.

»Warum antwortest du nicht, wenn ich mit dir rede?« Sie klang jetzt hysterisch, das merkte sie selbst, aber sie konnte sich nicht bremsen.

»Weil du noch wütender wirst, wenn ich dir sage, wer das war, und wenn ich ganz ehrlich sein soll, habe ich jetzt nicht die Nerven dafür.«

»Wieso sprichst du mit Helena und nicht mit mir?«

Die Eifersucht hatte sie fest im Griff.

Sie ging zum Bett und packte seinen Arm, damit er sich zu ihr umdrehte. »Bitte, Harald, schließ mich jetzt nicht aus. Weißt du denn nicht, dass ich mir furchtbare Sorgen gemacht habe? Ich habe den ganzen Abend versucht, dich zu erreichen. Warum redest du nicht mit mir?«

Jetzt kamen ihr die Tränen.

»Ich schließe dich nicht aus, Chloé. Es geht nicht um dich. Versuch einfach, das zu verstehen. Lass uns bitte morgen darüber sprechen. Ich muss ein, zwei Stunden schlafen, bevor ich wieder losgehe und weitersuche. Und bitte weck Ludde nicht mit dem Geschrei.«

Chloé schlang ihren Bademantel um sich und knallte so fest die Tür zu, dass die Wände wackelten.

Auf dem Flur sackte sie in sich zusammen. So hatte sie sich das alles nicht vorgestellt.

Samstag, 24. Mai

Ellen 6.30 Uhr

Ellens Finger waren noch immer so steif gefroren, dass sie nicht tippen konnte. Ihr Kleid war feucht, weil sie nicht dazu gekommen war, nach Hause zu fahren und sich umzuziehen.

Sie war direkt zur Arbeit gefahren, um den Fahndungsaufruf zu veröffentlichen und die Besucher der Webseite und die Zuschauer aufzufordern, sich bei TV4 zu melden, falls sie etwas gesehen oder gehört hatten.

Sie zog die nassen, matschigen Schuhe aus und kniete sich auf den Stuhl, um ihre Füße aufzuwärmen.

Da die Polizei unmissverständlich darauf hingewiesen hatte, dass sie wegen Personalmangels keine Hinweise aus der Bevölkerung entgegennehmen wollte, richtete Ellen mit Hilfe eines Kollegen aus der Onlineredaktion eine Telefonnummer und ein Postfach ein, in dem alle Mails, Textnachrichten und Anrufe landeten, die den Fall Lycke betrafen.

Die ganze Nacht hatte sie nach Lycke gesucht. Schließlich hatte sie die Organisation *Missing People* erreicht, die mit Einverständnis der Polizei und der Eltern eine Personenfahndung herausgab.

Es war großartig, wie viele Leute die Organisation an einem regnerischen und kalten Freitagabend zusammenbekommen hatte. Fast zweihundert Personen durchkämmten den Lill-Janswald und norra Djurgården. Sie suchten in den Gräben, auf den Fahrradwegen, im Wald und in Treppenhäusern.

Doch von Lycke fehlte jede Spur.

Wie besessen aktualisierte Ellen den Posteingang mit den Hinweisen der Bevölkerung, aber es war noch nichts Nützliches eingetroffen. Wahrscheinlich lagen die meisten Menschen noch im Bett, dachte sie. Die wenigen Mails, die sie bekommen hatte, waren unseriös. Irgendjemand hatte beobachtet, wie Michel aus Lönneberga Lycke an einer Fahnenstange vor dem Königlichen Schloss hochgezogen hatte, und ein anderer hatte sie in *Let's Dance* tanzen gesehen. Respektlos und ermüdend. Es ärgerte sie, dass Ove recht gehabt hatte. Doch vor allem machte sich ein unangenehmes Gefühl in ihr breit.

Ellen öffnete den Browser und sah nach, ob es im Forum Flashback schon irgendwelche Neuigkeiten zum Thema Lycke gab. Und tatsächlich gab es unter »Aktuelles« bereits einen Thread zu dem verschwundenen Mädchen. Der Fahndungsaufruf war hier ebenso zu finden wie das Foto, das Ellen von der Polizei bekommen hatte.

Normale Statur. Größe 1,30 Meter. Weißes T-Shirt und Tennisrock. Rosa Sporttasche mit Tennisschläger. Langes hellbraunes Haar.

Es gab auch einen Link zu der Meldung der Nachrichtenagentur TT und zwei kurze Notizen von den Onlineausgaben der Boulevardzeitungen. Es wurde gemutmaßt, ob der Vater vielleicht erfahren habe, dass das Kind nicht von ihm sei. Möglicherweise fühlte er sich hintergangen, betrogen und belogen.

Seufzend öffnete Ellen ein neues Dokument, um alles aufzuschreiben, was sie bislang über die Familie in Erfahrung gebracht hatte.

Der Name der Mutter war ziemlich verbreitet. Ellen wünschte, sie hätte irrelevante Erfolge, die Leute mit demselben Namen bei sportlichen Ereignissen erzielt hatten, rausfiltern können. Genau wie die Links zu den Wohnungen, die zum Verkauf standen.

Über Lycke gab es auch nichts. Sie war noch zu jung, um Spuren im Internet zu hinterlassen, und ihren Namen hatte noch niemand veröffentlicht. Bis jetzt.

Ellen vergrößerte das Foto von ihr.

Lyckes Haare wehten im Wind. Es sah aus, als wäre sie in Skansen, hinten bei den Elchen.

Sie war hübsch. Ein Gesicht wie ein Engel, kleines Näschen, leuchtende Augen und lange, sanft gewellte Haare. Ihr Mund war leicht geöffnet, und Ellen erahnte eine Zahnlücke.

»Wo bist du?«, flüsterte sie, als könnte ihr das Foto eine Antwort geben.

»Mit wem redest du?«

Ellen zuckte zusammen. »Mann, hast du mich erschreckt!«

»Oh, Entschuldigung. Alles okay?« Jimmy musterte sie.

Sie zuckte die Achseln.

»Du bist aber früh da.«

»Du auch«, erwiderte sie und warf ihm einen kurzen Blick zu. Sie konnte es sich nicht verkneifen, sich zu fragen, wie der gestrige Abend wohl für ihn geendet hatte. Die Haare standen ihm zu Berge, und er trug einen grauen Kapuzenpulli, Jeans und Vans in Tarnfarben.

»Ich habe eine kleine Meldung für die erste Nachrichtensendung geschrieben.«

»Gut. Worauf legst du den Fokus?«

»Was meinst du damit? Wir fordern die Allgemeinheit auf, uns bei der Suche nach ihr zu helfen. Sie ist schließlich irgendwo da draußen, und wir müssen sie finden. Sprichst du mit dem Redakteur von den Morgennachrichten? Wir müssen die Meldung an so vielen Stellen wie möglich unterbringen.« Sie stand auf. »Jetzt brauche ich einen Kaffee.« Ellen ging in die Küche.

»Du weißt, dass du keine Schuhe anhast, oder?« Jimmy folgte ihr. »Warte mal.«

Ellen blieb stehen.

»Ich habe gerade mit meinem Informanten bei der Polizei gesprochen und erfahren, dass du versucht hast, die Kavallerie zu mobilisieren, dass du *Missing People* angerufen hast und was weiß ich noch alles. Meine Quelle sagte, du hast ihnen gedroht, du würdest in den Nachrichten bringen, dass die Polizei ihre Arbeit nicht ordentlich macht.«

»Du und deine Quellen.« Sie ging weiter.

»Wir sind auf eine gute Beziehung zur Polizei angewiesen. Das ist für unsere Überlebensfähigkeit entscheidend.«

»Ernsthaft?« Ellen blieb stehen und schüttelte den Kopf. »Entscheidend ist, dass das Mädchen lebendig aufgefunden wird. Im wahrsten Sinne des Wortes. Wenn ich dich richtig verstanden habe, bist du der Meinung, wir sollen nichts unternehmen, wenn die Polizei falsch oder gar nicht handelt.«

»Beruhige dich, natürlich beobachten wir die Behörden kritisch, aber in diesem Fall hat die Polizei keinen Fehler gemacht. Die halten sich nur an ihre festen Arbeitsabläufe«, fuhr er fort.

»Ganz genau, und da hast du auch deine Perspektive. Ihre Abläufe taugen nämlich nichts. Sie haben sie nicht gefunden.«

»Nein, aber du auch nicht, obwohl du die ganze Stadt zusammengetrommelt hast. Oder?«

Sie holte tief Luft.

»Sonst noch was?« Sie drehte sich zum Küchenschrank um, ohne seine Antwort abzuwarten.

Konnte er sich wirklich nicht erinnern?

»Ellen?«

»Was?« Widerwillig wandte sie sich ihm wieder zu.

»Wir müssen reden.«

»Dann rede doch.« Sie nahm den letzten sauberen Becher aus dem Schrank und stellte ihn in die Kaffeemaschine. Drückte auf die Taste für den extrastarken Kaffee. Die Maschine brummte, aber es kam nichts raus.

Wütend haute sie dagegen.

»Beruhige dich.«

Ellen drückte noch einmal auf den Knopf und war sehr erleichtert, als Jimmys Telefon klingelte.

»Warte, den Anruf muss ich annehmen.«

Endlich träufelte der Kaffee in die Tasse.

»Da brat mir einer einen Storch, was muss ich da sehen? Ein Schandfleck in unserer Redaktion.«

Es war Philip. Wie üblich sprach er so laut und deutlich, dass ihn jeder in der Küche hören konnte, ob er wollte oder nicht.

»Ich glaube, ich habe dich noch nie zwei Tage hintereinander in denselben Klamotten gesehen. Und noch dazu ohne Schuhe. Wie war er?« Er setzte sein strahlendes Lächeln auf und duftete nach Waschmittel und gewaschenen Haaren.

»Hallo.« Ellen trank einen Schluck von dem heißen Maschinenkaffee.

»Du weißt, dass deine Augen wie zwei frisch rasierte Mösen aussehen, oder?«

Ellen spuckte beinahe ihren Kaffee auf den Boden, schaffte es aber in letzter Sekunde noch, ihn hinunterzuschlucken. »Wie bitte? Spinnst du?«

»Komm zu mir in die Maske, wenn du Zeit hast, ich bring das in Ordnung«, sagte Philip.

»Make-up reicht da nicht.«

»Entschuldige mal, du sprichst mit einem der besten Visagisten Schwedens. Ist dir klar, dass du mich gerade beleidigt hast? Na super.« Philip zog eine seiner hässlicheren Fratzen, war aber immer noch zuckersüß. Goldblonde Locken rahmten sein Gesicht ein, seine Haut sah aus wie Porzellan, und seine langen, dunklen Wimpern waren selbstverständlich nach oben gebogen.

Er kam näher und wisperte ihr ins Ohr: »War es wirklich so gut? Wie oft bist du gekommen?«

»Ellen war die ganze Nacht unterwegs, um nach dem verschwundenen Mädchen zu suchen«, sagte Jimmy, der sein Telefonat schon beendet hatte.

»Du hast was?«, fragte Philip. Er klang jetzt ernst und schüttelte den Kopf. »Sag bitte, dass er zu scherzen beliebt.« Er öffnete den Küchenschrank.

»Es hat niemand nach ihr gesucht …« Die Worte blieben ihr im Hals stecken.

»Ich weiß genau, was du beabsichtigst.« Er fixierte mit seinen Kulleraugen ihre frisch rasierten Mösen. »Aber du bist nicht verantwortlich. Es ist nicht deine Schuld. Hörst du mich?« Er griff nach ihrem Kinn. »Auf das, was passiert ist, hast du keinen Einfluss mehr. Ob du dieses Mädchen nun findest oder nicht. Es wird nichts ändern.«

Philip machte noch einen Schrank auf. »Wollt ihr mich auf den Arm nehmen? Es gibt hier vier Spülmaschinen, aber keine einzige saubere Tasse.« Er nahm eins der DIN-A4-Blätter herunter, mit denen die weißen Hochglanzfronten verziert waren. »Könnt ihr nicht lesen?«, fragte er und hielt den Leuten, die an dem runden Tisch saßen, den Zettel hin. »*Deine Mama arbeitet hier nicht.* Was ist daran so schwer zu verstehen? Das ärgert mich so!« Er knüllte das Blatt zusammen. »Aber vor allem mache ich mir Sorgen. Wahnsinnige Sorgen. Guck dich mal an. Diese Sache hier ist nicht gut für dich.«

Philip kannte sie besser als irgendjemand sonst. Sie waren die besten Freunde, seit sie zusammen die gymnasiale Oberstufe des Internats Lundberg besucht hatten. Sie hatten sich auf Anhieb gefunden. Beide waren gegen ihren Willen auf diese Schule gekommen. Ellen, damit ihre Eltern sie endlich los waren, und Philip, weil sich seine Homosexualität zu Hause bei Familie Lester nicht schickte.

Er nahm eine der vielen schmutzigen Tassen von der Spüle. »Kannst du nicht ausnahmsweise mal an dich denken?«, fragte er, während er den Becher mit der Hand spülte.

»Ellen, wir müssen reden«, sagte Jimmy.

»Na, dann will ich nicht länger stören«, fiel ihm Philip ins Wort. »Ich habe sowieso keinen Bock, hier Kaffee zu trinken.« Er stellte die Tasse auf das Abtropfgestell und trocknete sich die Hände ab. »Wenn ihr euch um euren Kram kümmert, gehe ich Lotta Engberg schminken. Das ist mindestens genauso wichtig. Sie wird nachher Kinderlieder mit einem süßen kleinen Kinderchor singen.« Er zwinkerte mit einem Auge, warf Ellen einen strengen Blick zu und verschwand in der Maske.

»Wir machen ein Meeting, wenn in einer Stunde alle da sind«, sagte Jimmy. »Falls es für dich okay ist, möchte ich, dass du an der Sache dranbleibst.«

Ellen nickte.

»Die Recherche soll Ann übernehmen.« Jimmy nahm sich ein Brötchen vom Frühstücksbuffet auf dem Tresen. »Und Andreas ist dein Kameramann.«

»Ist er zurück?«

»Er fängt heute an. Sein erster Tag nach der Elternzeit. Er hat zwar seit Monaten nicht gedreht, aber er gilt als der Beste. Doch wem sag ich das.« Er sah sie bedeutungsvoll an.

Andreas und Ellen waren ein paarmal zusammen ausgegangen, als sie neu bei TV4 war, aber mittlerweile waren sie nur noch Kollegen.

Jimmy schnitt das Brötchen auf und bestrich es mit Butter. »Dieser Fall ist noch lange nicht vorbei, wenn mich mein Bauchgefühl nicht täuscht, aber das tut es ja selten.« Er hobelte sich Käse ab, legte eine Scheibe Schinken, drei Gurkenscheiben und einen Streifen Paprika darauf und arrangierte das Ganze wie ein Gesicht. »Niedlich, oder?«

Ellen war vollkommen erschöpft und konnte sich kaum noch auf den Beinen halten. Sie hatte seit mehr als vierundzwanzig Stunden nicht geschlafen.

»Alles in Ordnung?« Er nahm ihre Hand.

Sie zog sie weg. »Ja.«

»Okay, entschuldige. Entschuldige, bitte.«

»Ich bin nur müde.«

»Kannst du denn arbeiten?«

»Ja. Wir müssen sie finden.« Sie trank einen Schluck Kaffee.

»Vor allem müssen wir Nachrichten produzieren, und im Moment ist am wichtigsten, dass wir …« Jimmy biss ein großes Stück von seinem belegten Brötchen ab und kaute fertig, bevor er weitersprach. »Sorgst du bitte dafür, dass die Mutter des Mädchens morgen auf dem Sofa im Frühstücksfernsehen sitzt?«

»Was? Bei Tilde?«

»Morgen ist Muttertag.« Er nahm noch einen Bissen. »Das passt wie die Faust aufs Auge.«

Helena 7.30 Uhr

Sie schlug die Decke zur Seite und setzte sich im Bett auf. Es dauerte einige Sekunden, bis sie wieder wusste, was passiert war.

Eine Weile blieb sie, das Gesicht in den Händen und die feuchten Haare vor den Augen, auf der Bettkante sitzen. Sie hatte Kopfschmerzen und einen trockenen Mund.

Offenbar war sie nach dem Duschen eingeschlafen. Sie erinnerte sich, dass sie sich, eingewickelt in das nasse Handtuch, aufs Bett gelegt hatte, um ihren Augen etwas Ruhe zu gönnen. Jetzt war es halb acht. Das hieß, sie hatte fast drei Stunden geschlafen.

Langsam stand sie auf und ging ein paar Schritte. Die Füße taten ihr vom langen Suchen am Vortag weh.

Plötzlich summte es gedämpft. Fieberhaft durchsuchte sie das Bett und fand das Telefon schließlich unter dem Kopfkissen.

»Helena.« Vom lauten Rufen gestern hatte sie kaum noch Stimme, und das Schlucken fiel ihr schwer.

»Hallo, hier ist Jonas Vatt vom *Aftonbladet.* Es tut mir leid, wenn mein Anruf ungelegen kommt, aber ...«

»Das *Aftonbladet?*« Ihre Stimme blieb weg. Sie räusperte sich, um sie unter Kontrolle zu bekommen. »Die Zeitung?«

»Ja, genau. Die größte Boulevardzeitung Schwedens. Entschuldigen Sie bitte, dass ich so früh anrufe«, fuhr er fort. »Zuerst einmal möchte ich Ihnen mein Mitgefühl ...«

Ihr Herz raste. »Was meinen Sie damit? Hat man sie gefunden? Ist sie ...?«

»Äh, nein. Beziehungsweise weiß ich das nicht. Ich habe mich ungeschickt ausgedrückt, ich wollte sagen, wir fühlen mit Ihnen, weil Ihre Tochter verschwunden ist. Wir wollen alles tun, was in unserer Macht steht, um bei der Suche behilflich zu sein, und unsere Leser sind emotional auch sehr beteiligt an dem Fall. Daher möchte ich Sie fragen, ob Sie für uns bloggen würden, damit unsere Leserschaft Ihre Suche verfolgen kann.«

»Verzeihung?«

»Nun, vielleicht schreckt das Wort Blog Sie ab, aber so was muss nicht viel Zeit in Anspruch nehmen. Sie erzählen einfach, und ich schreibe alles auf. Blog nennen wir es vor allem den Lesern gegenüber. Verstehen Sie, was ich meine?«

»Ein Blog?«

»Ja, genau«, sagte er.

»Ist das hier ein Scherz?«

»Nein, ganz im Gegenteil, lassen Sie es mich erklären ...«

Bevor er noch mehr sagen konnte, legte sie auf.

Es juckte an ihren Armen. Der Juckreiz breitete sich aus bis zu den Schultern. Während sie wie verrückt kratzte, ging sie die entgangenen Anrufe durch. Keine einzige bekannte Nummer.

Sie hörte die Nachrichten auf der Mailbox ab. Sechs verschiedene Zeitungen und Webseiten wollten sie interviewen.

Jetzt juckte es am ganzen Rücken, aber sie kam nicht dran.

Helena zog ihren Bademantel an, ging in die Küche und fummelte die oberste Schublade unter der Arbeitsplatte heraus. Obwohl sie seit fast vier Jahren hier wohnte, hatte sie noch immer nicht die Griffe an die weißen Küchenfronten geschraubt. Sie hatte es mehrmals versucht, aber jedes Mal aufgegeben und es schließlich so gelassen. Mittlerweile hatte sie sich daran gewöhnt.

Die Schublade war randvoll. Sie ließ ihre Finger über die verschiedenen Schachteln und Dosen wandern, bis sie beim Paracetamol ankam. Schließlich fand sie auch noch Nikotinkaugummis und steckte sich schnell zwei in den Mund. Sie öffnete den Schrank und nahm Mehl, Zucker, Haferflocken und eine Backmischung für Muffins heraus, deren Haltbarkeitsdatum seit Monaten überschritten war. Eigentlich hatte sie die irgendwann mit Lycke zusammen backen wollen, aber nie reichte die Zeit. Helena schob ihre Hand ganz tief in den Schrank, wo vielleicht noch eine Schachtel Zigaretten lag, und wühlte sich noch weiter hinein. Aber da war nichts.

Stattdessen steckte sie sich zwei Alvedon in den Mund, legte den Kopf in den Nacken und schluckte sie ohne Wasser hinunter.

Sie ging ans Fenster und sah auf die Nybrogata hinaus. Der Bürgersteig war leer. Es war Samstagmorgen, und die Leute lagen noch im Bett und schliefen. Als wäre nichts passiert. Das Regenwasser floss in Strömen die leicht abschüssige Straße hinunter.

Es juckte noch immer, und die Kratzspuren an ihren Armen leuchteten in zornigem Rot.

Sie musste die Polizei anrufen, scheute sich aber davor. Vielleicht sollte sie lieber Harald anrufen.

Die ganze Nacht hatten sie nach Lycke gesucht. Erst um vier Uhr morgens hatten sie aufgegeben. Harald war nach Hause zu seiner Familie gefahren, und Helena hatte hierher zurückkehren müssen. Sie sah sich um und erinnerte sich plötzlich an die Mail.

Sie musste sie löschen.

Sie rannte in den Flur. Setzte sich an den kleinen Schreibtisch, der so schmal war wie ihr Laptop.

Sie wohnten in einer kleinen Dreizimmerwohnung. Lyckes Zimmer, ihr eigenes Schlafzimmer und ein kleines Wohnzimmer. Für mehr hatte das Geld nicht gereicht.

Vier Millionen hatte sie bei der Scheidung von Harald bekommen. So viel war sie wert. Das stand auf ihrem Preisschild. Es war viel Geld, aber für Harald war es nichts. Er merkte keinen Unterschied im Portemonnaie, konnte ihr oder vielmehr Lycke aber offenbar trotzdem nicht mehr geben.

In einem anderen Stadtteil hätte sie sich natürlich eine größere Wohnung kaufen können, aber sie wollte in Östermalm leben. Es war nicht das schönste Haus in der Straße, aber es war funktionell. Es gab eine Tiefgarage, und die Raumaufteilung war günstig. Eine gute Investition. Falls der Immobilienmarkt irgendwann kippte. In letzter Zeit war es schwierig, Wohnungen zu verkaufen. Selbst in hervorragender Lage und topsaniert. Die Leute saßen auf ihrem Geld.

Der Computer brauchte wie üblich eine ganze Weile, bis er hochgefahren war. Ihr Puls stieg in die Höhe. Während sie wartete, trommelte sie mit den Fingern. Warum hatte sie die Mail nicht gelöscht, bevor sie ins Bett gegangen war? Was, wenn er sie gefunden hatte? Konnte man erkennen, ob er sie gelesen hatte? Sie wusste nicht, wie man das machte.

Als der Computer lief, loggte sie sich ins Mailprogramm ein und scrollte nach unten. Ihr fiel nicht ein, wie der Tennislehrer hieß. Sie gab »Tennis« ins Suchfeld ein und fand schließlich die Mitteilung, dass das Training ausfiel. Sie klickte auf Löschen.

Im selben Augenblick klingelte das Telefon. Sie zuckte zusammen. Fühlte sich beinahe ertappt. Bevor sie dranging, löschte sie alles, was sich im Papierkorb befand.

Die Polizei wollte, dass sie im Polizeipräsidium erschien.

⋆ ⋆ ⋆

Fünfunddreißig Minuten später betrat sie gemeinsam mit Harald eins der Vernehmungszimmer im Polizeipräsidium Stockholm.

Der Raum war klein und sah mit dem Laminat und dem typischen Behördenmobiliar wie ein schlichtes Büro aus. Die Wände sollten vermutlich weiß sein, wirkten aber eher gelblich. Die Gardinen hätten schon vor Jahren gewaschen werden müssen.

Sie war zum ersten Mal in dem großen Gebäude auf Kungsholmen. Abgesehen von der Wartezeit in der Schlange, wenn sie ihren Pass erneuern lassen musste. Aber das machte man in einem anderen Teil des Gebäudes.

Obwohl sie auf dem kurzen Weg vom Auto nass geworden war, behielt sie die Jacke an. Sie ballte die Hände zu Fäusten und vermied es auf diese Weise, irgendeinen Gegenstand zu berühren, während sie auf einen der Stühle zuging und sich setzte.

Ihnen gegenüber saßen zwei Polizeibeamte in Zivil, die sie noch nicht gesehen hatten. Beide Männer waren in der Endphase des mittleren Alters angekommen. Einer stellte sich als Wachhabender vor, der andere als Leiter der Voruntersuchungen.

Beide Bezeichnungen jagten ihr einen Schauer über den Rücken.

Der Wachhabende hieß Michael und blätterte in seinen Unterlagen, der andere, Lars, gab etwas in den Computer ein.

Beide trugen karierte Hemden, die in den Hosen steckten. Der Voruntersuchungsleiter hatte sein Mobiltelefon in einer wasserdichten Hülle am Gürtel seiner dunkelblauen Jeans befestigt. Beide hatten eine schlechte Haltung und gebeugte Nacken.

Vermutlich kam das von all den belastenden Erlebnissen hier, dachte sie und streckte den Rücken.

Hinter ihnen hingen nichtssagende Poster von IKEA, auf denen Silhouetten von Großstädten abgebildet waren. Das eine zeigte New York vor dem 11. September. Die andere Stadt konnte sie nicht einordnen.

Sie wollte den Polizisten so viele Fragen stellen und hätte gerne um ein Glas Wasser gebeten, wartete aber schweigend ab.

Harald saß erschöpft neben ihr.

»Kennen Sie die?«, fragte der Voruntersuchungsleiter plötzlich und drehte den Monitor in ihre Richtung.

Helena zuckte zusammen und hielt sich die Hand vor den Mund. »Wo haben Sie die gefunden?«

Es war ein Foto von Lyckes Tasche.

»Was hat das zu bedeuten?« Sie verstand es nicht. Ihr brach der Schweiß aus, und an einem Schulterblatt begann es zu jucken. Dann sprang der Juckreiz auf das andere über und kroch ihr den Rücken hinunter.

»Im Rålambshovspark«, antwortete der Polizist trocken.

»Rålambshovspark?« Haralds Stimme zitterte. »Warum dort? Können Sie mir das erklären?«

»Ich kann natürlich nachvollziehen, dass Sie eine Menge Fragen haben, und wir werden sie beantworten, so gut wir können.« Der Wachhabende sprach schleppend. »Zum gegenwärtigen Zeitpunkt ist schwer zu sagen, was der Fund zu bedeuten hat.«

»Wir versichern Ihnen jedoch, dass wir die Sache sehr ernst nehmen. Die aufgefundene Tasche deutet mit hoher Wahrscheinlichkeit darauf hin, dass Lycke gegen ihren Willen irgendwohin verbracht wurde.«

Harald lehnte sich zurück und breitete ratlos die Arme aus. Als wäre es vorbei. Aus.

»Wir haben den Verdacht, dass sie ein Opfer von Menschenraub ist.«

Menschenraub ... Allein das Wort fraß sie von innen auf.

»Hoffentlich irren wir uns, aber wir haben Anzeige wegen Menschenraub erstattet und leiten eine Voruntersuchung ein.«

Helena suchte Haralds Augen, aber er starrte ins Leere.

»Wir haben die Tasche zur Untersuchung in die Kriminaltechnik geschickt, müssten aber wissen, was sich vorher in ihr befand, damit wir ermitteln können, ob etwas fehlt.« Er griff zum Stift und machte sich bereit zum Schreiben.

Helena und Harald saßen schweigend da.

»Entschuldigung«, sagte der Wachhabende, damit er eine Antwort bekam. »Ich verstehe, dass Sie einiges zu verdauen haben, aber Sie müssen zumindest versuchen, uns zu helfen, indem Sie unsere Fragen beantworten.«

»Unbedingt.« Harald räusperte sich. »Aber um ehrlich zu sein, weiß ich nicht, was in der Tasche ist. Unsere Nanny hat sie gepackt.«

»Sie heißt Mona ...«, fügte Helena hinzu, aber plötzlich herrschte in ihrem Gehirn Stillstand. Sie konnte sich nicht mehr erinnern, wie Mona mit Nachnamen hieß, obwohl sie jahrelang bei ihnen gearbeitet hatte. »Weißt du ihren Nachnamen noch?«, fragte sie Harald, der bedauernd den Kopf schüttelte.

»Wir werden Ihnen und den Menschen in Ihrem Umfeld, die möglicherweise wissen, wo Lycke sein könnte, weitere Fragen stellen müssen. Reine Routine. Wir würden auch gerne Speichelproben von Ihnen nehmen, um Ihre DNA, die sich mit

Sicherheit auf der Tasche befindet, von vornherein auszuschließen. Auch wenn Sie die Tasche nicht selbst gepackt haben, sind Sie bestimmt in Berührung mit ihr gekommen. Außerdem brauchen wir Lyckes Zahnbürste oder Ähnliches, um ihre DNA sicherzustellen.«

»Das Ergebnis bekommen wir spätestens am Mittwoch«, meldete sich der Voruntersuchungsleiter zu Wort. »Aber bis dahin haben wir sie hoffentlich gefunden.«

Überzeugend klangen seine Worte nicht, aber Helena musste sich trotzdem an ihnen festhalten, um nicht vollkommen die Kontrolle zu verlieren.

Der Voruntersuchungsleiter warf einen gebieterischen Blick in Richtung des Wachhabenden, der daraufhin sofort den Raum verließ.

In Helenas Handtasche summte ihr Handy, aber sie ging nicht dran.

»Wir würden uns gerne Lyckes Computer ansehen, falls sie einen hat. Und andere Dinge, die uns vielleicht Hinweise geben.«

Der Polizist, der noch dasaß, sah zuerst Harald und dann eine ganze Weile Helena an.

»Sie besitzt keinen eigenen Computer, aber sie durfte sich manchmal meinen alten ausleihen«, sagte Harald.

»Okay. Bestimmt versuchen jetzt viele, Sie zu erreichen. Einerseits Ihre Angehörigen, aber auch die Presse. Da der Druck heute Morgen so groß war, haben wir um elf eine Pressekonferenz angesetzt.« Er warf einen Blick auf die Uhr. »Das ist in zwei Stunden, und es wäre wahrscheinlich gut, wenn Sie ein paar Worte sagen würden. Damit die Meute später nicht vor Ihrer Tür steht.«

»Was?«, brach es aus Helena heraus, bevor sie sich wieder im Griff hatte. Womit hatte sie das verdient? Blogs, Pressekonferenzen?

»Ganz ruhig.« Harald sah sie mit seinem überzeugenden Blick an. »Ich finde auch, dass wir tun müssen, was wir können.«

Bilder der Eltern des verschwundenen kleinen Mädchens namens Madeleine McCann flatterten durch ihr Bewusstsein. Die Tochter der Engländer war vor einigen Jahren, als die Familie in Portugal Urlaub machte, plötzlich verschwunden und wie vom Erdboden verschluckt. Die Eltern hatten jede Menge Interviews gegeben, aber ihre Tochter hatten sie noch immer nicht gefunden.

»Wir brauchen jetzt jede Unterstützung, die wir bekommen können, und es klingt vielleicht komisch, aber die Medien haben eine viel größere Reichweite als wir. Und Sie können mir glauben, dass es angenehmer ist, mit Journalisten auf einer Pressekonferenz zu sprechen, als sie hinterher am Hals zu haben. Richtige Geier sind das.«

Wieder musste sie an die Familie aus England denken. Die Eltern waren wie Verdächtige dargestellt worden.

»Was sollen wir denn Ihrer Ansicht nach sagen?«, fragte Harald.

»Die Entscheidung liegt bei Ihnen, aber ich an Ihrer Stelle würde die Allgemeinheit um Hilfe bitten. Irgendjemand muss ja etwas gesehen haben. Sie haben noch ein paar Stunden Zeit, um sich vorzubereiten. Wir gehen das Ganze vorher gemeinsam durch.«

Helena hoffte, dass Harald sich an die Worte des Polizisten erinnern würde. Sie selbst konnte sich kaum konzentrieren.

»Ich muss Ihnen noch einige Fragen stellen«, fuhr er fort und drückte auf einem schwarzen Aufnahmegerät herum.

»Es ist 8.40 Uhr, Vernehmungszimmer 3 ...«

Während der Polizist weitere Einzelheiten auf Band sprach, drehte sich Helena nervös zu Harald um.

»Wir werden Sie später einzeln vernehmen. Eine reine Formalität. Kein Grund zur Beunruhigung, aber wir müssen einige Fragen stellen und einige Angaben vervollständigen«, erklärte er und sah sie unter buschigen Augenbrauen an. »Wo genau befanden Sie sich, als ... ich bitte um Verzeihung«, er warf einen Blick auf seine Unterlagen, »als Lycke verschwand?«

»Ich war bei der Arbeit«, antwortete Harald schnell.

Offenbar etwas zu schnell für den Geschmack des Polizisten, der eine weitere Frage hatte. »Seien Sie bitte nicht gekränkt, das ist reine Routine, aber kann das jemand bezeugen?«

Harald nickte und schrieb einen Namen auf den Zettel, der vor ihm lag.

Der Polizist drehte sich zu ihr um.

»Ich war auch bei der Arbeit.«

»Kann das jemand bezeugen?«

Helena schrieb den Namen einer ihrer Kolleginnen auf. Sie musste sie anrufen, sobald sie das Gebäude verlassen hatte.

Der Wachhabende kam zurück und setzte sich neben seinen Kollegen. Sie nickten einander zu, als hätten sie eine schweigende Übereinkunft getroffen.

»Ist die Familie denn mal bedroht worden?«, fragte der Wachhabende.

»Bedroht? Wie meinen Sie das?«, fragte Helena. Allmählich wurde es stickig im Raum.

»Hat Sie jemand bedroht?«

Helena sah Harald an, doch der schüttelte den Kopf.

»Hat jemand Geld von Ihnen verlangt?«

»Was? Haben Sie den Verdacht, dass sie entführt wurde?« Vor Aufregung stammelte sie fast.

»Wir müssen uns alle Möglichkeiten offenhalten«, antwortete der Wachhabende.

»Aber ...« Harald verstummte wieder. Seine Schultern sackten immer weiter nach unten.

»Ich möchte, dass Sie uns vertrauen. Falls jemand Geld gefordert hat, damit Sie Ihre Tochter zurückbekommen, sagen Sie es uns! Wir wissen, wie man mit solchen Situationen umgeht. Falls es so ist, müssen Sie es uns erzählen. Wir hatten übrigens schon öfter den Fall, dass Entführer den Eltern mit dem Schlimmsten drohten, wenn sie zur Polizei gingen, aber wir haben bewährte Methoden, um damit umzugehen. Sie brauchen keine Angst zu haben.«

Drohungen? Lösegeld? Sie war umgeben von einem Wust aus Wörtern, die keinen Sinn ergaben. Plötzlich lief alles wie in Zeitlupe ab.

»Hatten Sie das Gefühl, verfolgt zu werden?«

»Gibt es jemanden, der Lycke Schaden zufügen möchte?«

Nein! Nein! Nein! Aufhören!

»Hatte sie Freundinnen in der Schule?«

»Ja, einige.« Harald war zum Glück im Vollbesitz seiner geistigen Kräfte und beantwortete die Fragen.

»Ihres Wissens nach gab es also niemanden, der ihr etwas antun wollte?«, fragte der Voruntersuchungsleiter noch einmal.

Helena rieb sich die Augen und sah die beiden Polizisten an. Dann schüttelte sie den Kopf.

Der Voruntersuchungsleiter hämmerte auf seine Tastatur ein.

»Gibt es noch etwas, das wir wissen müssen?« Er sah zuerst sie und dann Harald an. »Wie sieht Ihr persönliches Verhältnis aus?«

»Wie meinen Sie das? Wir sind ja geschieden, und Harald ist wieder verheiratet ...« Helena verstummte.

Der Polizist wartete darauf, dass sie den Satz beendete.

»Glauben Sie, sie ist tot?« Haralds Frage riss ein Loch in den Raum.

Helena hielt den Atem an.

»Diese Frage können und wollen wir nicht beantworten. Es deutet nichts darauf hin, und es bringt auch nichts, wenn wir hier solche Spekulationen anstellen. Wir suchen nach Ihrer Tochter, und solange wir nichts anderes erfahren, gehen wir davon aus, dass sie noch am Leben ist.«

Ellen 8.10 Uhr

»Tut mir leid, dass ich mich verspätet habe.« Ellen machte die Tür zum Konferenzraum *Hey Baberiba* hinter sich zu. Alle anderen hatten sich bereits versammelt. »Ich habe gerade mit der Polizei gesprochen. Sie haben Lyckes Tasche im Rålambshovspark gefunden. In drei Stunden ist Pressekonferenz.«

»Gut, die müssen wir im Netz live übertragen. Sorgt dafür, dass sie im Frühstücksfernsehen dafür werben«, sagte Jimmy, der ganz vorne saß. »Kriegen wir das noch in die nächste Nachrichtensendung rein?«

»Klar.« Ellen gab Andreas hastig ein Küsschen auf die Wange, bevor sie sich setzte. »Schön, dass du wieder da bist.« Sie waren ein gutes Team.

»Danke, ich freue mich auf die Arbeit. Auch wenn Samstag ist.« Er lächelte, aber seine Augen waren rotgerändert. »Ein Kind erfordert eine psychische Umstellung, aber zwei Kinder eine physische. Ich bin vollkommen am Ende.«

Er hatte sich nicht verändert. Eine weite Jeans und ein noch weiteres T-Shirt mit der Aufschrift »Fuck the Fuckers« in Großbuchstaben.

»Warte ab, bis du drei Kinder hast«, sagte Ann, die ihnen gegenübersaß. »Und es wird kein bisschen leichter, wenn sie älter werden, kann ich dir sagen.«

Das Glas von Krimiann war immer halb leer. Sie hieß zwar eigentlich Ann, aber Philip und Ellen nannten sie Krimiann.

Angeblich las sie nur das Feuilleton des *Svenska Dagblad* und war über kommerzielle Inhalte, also im Grunde alles, was auf TV4 lief, erhaben, aber in Wirklichkeit las sie nur Krimis. Das wusste Philip von einer Kollegin aus der Maske. Die beiden waren nämlich im selben Buchclub.

»Was wissen wir?« Jimmy strich mit beiden Händen über den rotlackierten Tisch. Hinter ihm hingen Plakate der Erfolgsserie *Lost* zwischen Bildern aus *Bananas in Pyjamas*.

»Okay.« Ellen schloss den Projektor an ihren Computer an. »Lycke Höök, acht Jahre. Tochter von Harald Höök und Helena Engström.«

Das Foto von Lycke erschien auf der weißen Tafel.

»Sie ist seit sechzehn Stunden verschwunden. Und wurde zuletzt vor der Königlichen Tennishalle gesehen.«

Ellen öffnete das Dokument mit den Fakten, die sie über die Familie zusammengestellt hatte.

»Lyckes Vater betreibt das Ruby am Norrmalmstorg, ein Hotel in Familienbesitz. Helena ist Immobilienmaklerin. Sie sind beide in Djursholm aufgewachsen und leben heute nicht weit voneinander entfernt in Östermalm. Beide gehören zum 65er Jahrgang. Haralds Frau Chloé Höök ist jünger. Sie ist 77 geboren und hat eine eigene Firma, pausiert aber im Moment, weil sie in Elternzeit ist. Bis jetzt hat sie keinen Pfifferling verdient. Das Ziel ihrer unternehmerischen Tätigkeit ist die Produktion von biologischer Kindernahrung.«

»Oberschicht also.« Jimmy stand auf und griff zu dem Stift auf der Ablage des Whiteboards. »Okay, von welchen möglichen Szenarios können wir ausgehen?« Er schrieb ein Wort an die Tafel.

Gekidnappt?

Ellen öffnete einen Stadtplan von Stockholm, auf dem sie die Tennishalle und den Rålambshovspark eingekreist hatte. »Laut Polizei wurde die Tasche hier gefunden.« Sie klickte mit der Maus auf die Stelle. »Also am anderen Ende der Stadt. Das heißt, entweder hat sie jemand gegen ihren Willen dorthin verbracht, oder ...«

»Okay, was hältst du davon, wenn wir erst mal mit dem journalistischen Schwerpunkt anfangen?«, sagte Jimmy.

»Ich dachte, das hätte ich gerade gemacht«, antwortete Ellen.

»Was wissen wir, das außer uns niemand weiß? Hier ist vermutlich ein Verbrechen begangen worden.«

»Ja. Die Polizei geht von einem Verbrechen aus, aber das muss ja nicht heißen, dass es zu spät ist, um sie lebend zu finden.«

»Nein, natürlich nicht.« Leif blickte von dem Boulevardblatt auf, in dem er geblättert hatte. »Sie hat sich bestimmt nur irgendwo versteckt und kommt bald raus und sagt ›guck-guck‹!«

»Findest du das lustig?«, fragte Ellen.

Leif grinste. »Wen verdächtigt die Polizei?«

»Bis jetzt niemanden. Sie haben mit der Familie und dem engsten Umfeld des Mädchens gesprochen.«

»Gibt es denn einen möglichen Verdächtigen?«

»Im Moment nicht«, sagte Ellen. »Jedenfalls meiner Quelle zufolge«, fügte sie hinzu. »Hast du andere Informationen?«

»Nein.« Er zuckte die Achseln.

Leif beugte sich zu Krimiann hinüber und flüsterte ihr etwas zu, was Ellen nicht verstand.

»Wenn du etwas zu sagen hast, sag es laut.« Ellen sah ihn an.

»Wie machen wir jetzt weiter?« Jimmy klopfte mit dem Stift auf die Tafel.

»Wisst ihr, dass in Schweden jedes Jahr tausendfünfhundert Kinder verschwinden?«, fragte Krimiann.

Jimmy, der gerade etwas ans Whiteboard hatte schreiben wollen, drehte sich um.

»Ist das wahr? Darüber will ich mehr wissen. Wir machen was zu dem Thema. Gut, Ann.« Nachdem er die Ziffer auf die Tafel geschrieben hatte, hielt er inne. »Aber wahrscheinlich sind da viele Einwanderer mitgerechnet.«

»Verzeihung?«, fragte Ellen, als wäre ihr etwas im Hals stecken geblieben. »Was spielt das deiner Ansicht nach für eine Rolle?«

»Das spielt natürlich gar keine Rolle. Es ist genauso schlimm, ich hatte nur den Neuigkeitswert und den journalistischen Fokus im Sinn. So müssen wir da rangehen.«

Ellen drehte sich zu Krimiann um. »Ich habe von der Statistik noch nie gehört. Kann das wirklich stimmen?«

»Natürlich stimmt das«, antwortete sie. »Aber meistens kommt es weder zu massiven Polizeieinsätzen, noch erfährt die Öffentlichkeit davon. Oft sind die Kinder von einem Elternteil entführt worden. Wenn ich ehrlich sein soll, hat mich die Zahl auch überrascht. Polizei und Medien schalten sich ja nur ein, wenn noch eine Partei außer den Eltern beteiligt ist.«

»Ja. Und wenn es um weiße Kinder aus der Oberschicht geht«, murmelte Ellen.

»Exakt«, sagte Jimmy in so scharfem Ton, als hätte er den letzten Nagel in einen Sarg eingeschlagen. »Das ist die bittere Wahrheit. Ich weiß genau, wie ungerecht die Welt ist, wenn man kein Geld hat und etwas dunkler aussieht als der Durchschnittsbürger in diesem Land.« Er fuhr sich durch das dunkle Haar, um seine Aussage zu betonen. »So ist das eben, aber es spielt keine Rolle für uns. Wir sind aus einem anderen Grund hier.«

»Ich verstehe das nicht. Wieso wird die Polizei nicht eingeschaltet, wenn hinter dem Verschwinden des Kindes ein Elternteil steckt?«, fragte Ellen.

»Weil das oft unter Sorgerechtsstreitigkeiten eingeordnet ...«

»Stopp! Können wir uns jetzt bitte auf Lycke konzentrieren«, fiel Jimmy ihr ins Wort. »Wir haben nicht den ganzen Tag Zeit.« Er sah gestresst auf seine Uhr.

»Der Tag der vermissten Kinder ist am 25. Mai«, sagte Andreas, der mit seinem Handy beschäftigt war.

Alle drehten sich zu ihm um.

»Ist doch krass, oder?« Er lächelte verlegen.

»Ja, das kann natürlich sein. Irgendjemand hat sie entführt, um die Allgemeinheit auf diesen Tag aufmerksam zu machen. Das Ganze ist nichts als eine PR-Maßnahme.« Ellen zwang sich zu einem Lächeln.

»Ach, Quatsch.« Er lachte. »Ich dachte, es wäre vielleicht von Interesse.«

»Ann, du findest alles über die Familie heraus«, sagte Jimmy.

»Keiner von denen hat ein Vorstrafenregister.«

Bedächtig stellte Krimiann ihre Teetasse neben den Teller, auf dem zwei *Skorpas* mit Marmelade lagen. Sie drehte die Tasse so, dass alle die Aufschrift lesen konnten: Beste Mama der Welt.

»Lycke besucht die Cedergrenska-Schule in Östermalm. Eine Privatschule oder Freie Schule, wie man das heutzutage nennt. Jedenfalls wird Gewinn angestrebt. Genau die Art von Schule, die es meiner Meinung nach gar nicht geben sollte.«

»Danke, Ann, dann kennen wir jetzt deinen politischen Standpunkt zu dieser Frage«, seufzte Jimmy.

Ellen konnte sich den Gedanken nicht verkneifen, dass Krimiann dringend mal wieder ihren Haaransatz nachfärben müsste. Sie hatte einen zwei Zentimeter breiten asphaltgrauen Streifen auf dem Kopf.

»Sprich weiter, Ellen«, sagte Jimmy müde.

Ellen ging nach vorne ans Whiteboard und nahm Jimmy den Stift aus der Hand.

»Wir müssen sie finden. Was tun wir?«, fragte sie ungeduldig.

»Nein, die Frage muss lauten: Wie machen wir gute Nachrichten?«, berichtigte Jimmy sie, machte ihr aber trotzdem Platz.

»Pädophile«, fügte er hinzu und setzte sich. »Schreib das dazu.«

Als ob er gesagt hätte, was er zu Mittag essen wollte. Ellen hoffte, dass niemand merkte, wie sehr ihre Hand zitterte, während sie an die Tafel schrieb. Dann unterstrich sie das Wort »gekidnappt«, das Jimmy weiter oben notiert hatte.

»In Anbetracht der Vermögensverhältnisse der Familie wäre das möglicherweise naheliegend. Meinem Informanten bei der Polizei zufolge haben sie noch keine Forderung erhalten, aber die kann ja noch kommen.« Ellen schrieb noch ein Wort an die Tafel.

Die Familie.

»Nur weil sie weiß ist und der Oberschicht angehört, müssen wir das ja nicht von vornherein ausschließen«, verdeutlichte sie.

»Welches Motiv sollten die denn haben? Ist der Vater pädophil?«, fragte Andras.

»Nein«, sagte Krimiann. »Jedenfalls ist er nicht vorbestraft.«

»Die Mutter«, sagte Ellen, »könnte es ja genauso gut gewesen sein.«

Krimiann seufzte. »Und warum sollte die Mutter deiner Ansicht nach ihr Kind entführen?«

»Keine Ahnung, aber sie hat das Mädchen vielleicht aus Versehen getötet und anschließend irgendwo versteckt. Oder sie will sich am Vater rächen. Wer weiß? In den USA gab es einen Fall, da hatte ...«

»In den USA, ja«, fiel Krimiann ihr ins Wort.

»Das klingt total pervers«, sagte Andreas.

»Du fändest es also perverser, wenn die Mutter ihrem Kind etwas angetan hätte, als wenn der Vater sie sexuell missbraucht hätte?«

»Äh, nein. Was?«

»Können wir weitermachen?« Jimmy kippelte auf den hinteren Beinen seines Stuhls.

Ellen räusperte sich. »Ja. Wir werden versuchen, mit den Freunden, Nachbarn und Angehörigen zu sprechen, aber in einem vernünftigen Rahmen. Die Drecksarbeit sollen die Boulevardblätter machen.«

»Absolut, aber wir schlagen als Erste zu.«

»*Missing People* durchkämmt jetzt um zehn die Gegend. Wir schaffen es leider nicht, dabei zu sein und mitzusuchen, weil gleichzeitig die Pressekonferenz stattfindet.«

»Mitsuchen? Wieso sollten wir das tun? Wenn ihr nach irgendwas Ausschau haltet, dann nach Nachrichten«, korrigierte Jimmy sie noch einmal.

Ellen setzte sich auf ihren Platz.

»Entschuldige, ich habe es nicht so gemeint ...« Jimmys Blick veränderte sich.

In ihrer Handtasche vibrierte es. Ohne nachzudenken, ging Ellen an ihr Mobiltelefon.

»Ich habe dich gerade in den Nachrichten gesehen.«

Ellen stand auf und schob ihren Stuhl an den Tisch.

»Ich verstehe das nicht, wieso musst ausgerechnet du über das vermisste Mädchen berichten?«

»Hallo. Ja, genau.« Ellen bemühte sich um eine neutrale Stimmlage, damit niemand im *Hey Baberiba* etwas merkte. Trug sie zu dick auf, um noch glaubwürdig zu wirken?

»Es ist so schrecklich. Warum machst du das?«

Ellen ging zur Tür. »Auf jeden Fall.« Sie hörte, wie ihr gekünstelter Ton von den Wänden widerhallte.

»Nach allem, was wir durchgemacht haben, würde kein normaler Mensch so etwas tun.«

Ellen versuchte, mit Handy, Tasche und Laptop jonglierend, ihre Karte durch das Lesegerät zu ziehen, um hinauszukommen.

»Ich bin nicht normal«, antwortete Ellen leise und hoffte, dass niemand im Raum sie gehört hatte. Schweißtropfen liefen ihr den Rücken hinunter. Sie musste hier raus. Noch einmal schob sie die Karte hinein.

»Vielen Dank, sehr freundlich«, zischte sie den Kollegen zu, als es im Schloss endlich klickte und die Tür aufging.

»Was hast du gesagt?«, fragte ihre Mutter.

Im Flur lehnte sich Ellen an die Wand.

»Denk an die Familie des kleinen Mädchens. Du wirst doch wohl nicht vergessen haben ... Weißt du noch, wie wir von den Journalisten behandelt wurden?«

»Aber natürlich weiß ich das noch.«

»Sei doch nicht so hart. Was willst du denn damit beweisen, Ellen?«

Ellen antwortete nicht.

»Wie kannst du dich nur solchen Themen widmen, ich verstehe das einfach nicht, wie kannst du nur so etwas Würdeloses tun?« Sie schluchzte.

»Ich versuche, sie zu finden. Das ist alles!« Sie musste sich zusammenreißen, um ihre Mutter nicht anzuschreien.

»Was passiert ist, ist passiert und lässt sich nicht wiedergutmachen«, fuhr ihre Mutter fort.

»Ich weiß«, wisperte Ellen, während ihr die Tasche aus den Händen glitt und auf den Boden fiel.

»Wir bekommen sie nicht zurück.«

Ellen machte die Augen zu.

Mona 10.10 Uhr

Jeder Muskel schmerzte.

Mona griff sich an die Brust. Hier tat es am meisten weh. Ihr Herz pochte so heftig.

In der Nacht hatte sie fast kein Auge zugetan. Die Angst und das Unwetter hatten sie bis in die frühen Morgenstunden wachgehalten. Schließlich hatte sie eine oder zwei Beruhigungstabletten genommen. War ins Bett gegangen und hatte alles Weitere den Tabletten überlassen.

Eigentlich wäre sie am liebsten nie wieder aufgewacht.

Obwohl es schon nach zehn war, hatte sie sich noch nicht angezogen.

Sie setzte sich auf das Sofa und versuchte, ein Kreuzworträtsel in der Tageszeitung zu lösen, aber sie brachte keinen einzigen Buchstaben zustande.

Draußen vor dem Fenster goss es in Strömen. Im Hintergrund hörte sie die U-Bahn am Bahnsteig halten. Obwohl sie am U-Bahnhof Abrahamsberg wohnte, seit sie erwachsen war, hatte sie sich nicht an das Geräusch gewöhnt. Noch immer riss das Knirschen der Bremsen sie nachts aus dem Schlaf. Sie hatte den Vermieter mehrmals gebeten, dickere Fensterscheiben montieren zu lassen, aber er hatte sich geweigert. Es kostete zu viel Geld. Dabei hatte sie nur drei Fenster und eine Balkontür.

Sie tauschte das Kreuzworträtsel gegen ein Buch aus. Nachdem sie ein und dieselbe Seite unzählige Male gelesen hatte, schaltete sie den Fernseher an.

Im Flur klingelte das Telefon.

Sie steckte die Füße in ihre Pantoffeln und schnürte den dünnen Bademantel zu. Zögerlich ging sie in den Wohnungsflur und nahm den Hörer ab.

»Mona Pärsson.« Während sie sich meldete, strich sie das Häkeldeckchen unter dem Telefon glatt.

»Hier Martin Jansson von der Polizei, mein Anruf kommt hoffentlich nicht …«

»Haben Sie sie gefunden?«, fragte Mona, bevor er den Satz beenden konnte.

»Leider nicht, aber ihre Tasche. Oder vielmehr ihren Rucksack.«

Der Druck auf ihrer Brust nahm zu. Sie wusste es schon aus den Nachrichten.

»Wir haben gehört, dass Sie die Tasche gepackt haben. Ich würde gerne wissen, was drin war.«

Mona geriet vollkommen aus der Fassung.

Sie versuchte, sich zu erinnern.

»Ja, das ist richtig. Ich habe es so gemacht wie immer, habe ihre Tenniskleidung eingepackt, die Turnschuhe, ein Handtuch ... oder nein, kein Handtuch, aber ein Duschgel. Da sie sich immer in der Schule umgezogen hat, weiß ich nicht, ob sie noch andere Dinge in die Tasche gepackt hat.«

»Können Sie sich an noch etwas erinnern?«

»Nein, oder doch, ein Haargummi.« Ihre Haare waren offen gewesen.

»Okay ...«

Er klang ein wenig enttäuscht. Sie hoffte, dass sie ihn mit den Informationen versorgen konnte, die er brauchte.

»Gibt es etwas, das ich tun kann?«

»Im Moment nicht, aber im Laufe des Tages wird ein Kollege von mir Kontakt zu Ihnen aufnehmen, um weitere Fragen zu stellen. Wir brauchen auch eine Speichelprobe von Ihnen, damit wir Ihre DNA bei der Untersuchung der Tasche ausschließen können.«

»Natürlich, rufen Sie einfach an. Darf ich fragen, wo Sie die Tasche gefunden haben?«

»Im Rålambshovspark.«

Mona dachte nach. »Das ist doch am anderen Ende der Stadt.«

»Ja, genau. Leider muss ich hier weiterarbeiten. Danke für Ihre Hilfe.« Er legte auf.

Mona sackte auf den Hocker neben dem dazugehörigen

Tischchen aus Kiefernholz. Dann nahm sie erneut den Hörer ab. Überlegte kurz, wen von beiden sie anrufen sollte, und wählte schließlich Haralds Nummer, weil es immer noch seine Woche war.

Nachdem es dreimal geklingelt hatte, ging er dran.

»Wisst ihr schon was?«, fragte sie.

»Nein, noch nichts Neues.« Er klang erschöpft. »Wo kann sie denn nur sein? Du musst uns helfen, du bist die Einzige, die sich mit ihr auskennt.«

Mona schüttelte den Kopf. »Ich kann es beim besten Willen nicht begreifen. Lycke verschwindet doch nicht mal eben. Ich verstehe das einfach nicht.«

»Könnte sie abgehauen sein?«

Mona dachte an den Streit gestern.

»Aber sie ist doch nicht die Art von Kind, das abhaut, oder?«, fuhr er fort.

Ein Kind, dachte sie und stutzte über seine Formulierung. »Eigentlich nicht.« Sie zögerte. »Aber in den letzten Wochen hat sie so traurig gewirkt.«

»Was meinst du damit?«

Du hast wirklich gar nichts mitbekommen, dachte Mona. »Es ist nicht leicht in Worte zu fassen, aber sie war so still und in sich gekehrt.« Sie konnte sich nicht überwinden, es ihm zu erklären. Es hätte ihm nur wehgetan, aber niemandem genützt.

»Still ist sie immer.«

Mona antwortete nicht. Was sollte sie dazu sagen?

»Versuch doch bitte, noch mal zu überlegen, ob sie gestern, als du sie zur Schule gebracht hast, etwas Auffälliges gesagt oder getan hat.«

Ein paar Sekunden lang war es still.

»Nein, aber ich habe ihr angesehen, dass sie traurig war.«

Wieder herrschte Schweigen, und Mona dachte an den Vortag. Der Freitagmorgen war schrecklich gewesen. Als sie um kurz nach sieben in Lyckes Zimmer kam, saß das Mädchen auf dem Bett und rieb ihre Finger hektisch an der Jeans.

»Was machst du da?«, fragte Mona und hielt ihre Hände fest, damit sie damit aufhörte.

Lycke drehte den Kopf weg. »Ich wusste das nicht«, wisperte sie.

»Wovon sprichst du?«

Im selben Augenblick wurde an die Tür geklopft, und noch bevor Mona oder Lycke etwas sagen konnte, stand Chloé im Zimmer.

Lycke umklammerte Monas Hand.

»Gut, dass du hier bist.« Chloé sah Mona an. »Ich habe Lycke schon erklärt, dass sie nicht meine teure Seife benutzen darf, die man in Schweden nicht bekommt. Für dich gibt es eine andere Seife im kleinen Badezimmer.« Sie sah Lycke an. »Diesmal macht es nichts, aber ich möchte, dass es nicht wieder passiert. Okay?«

Lycke nickte, ohne aufzublicken.

»Würdest du mich bitte anschauen, wenn du mit mir redest?«

Lycke hob langsam den Kopf und flüsterte: »Okay.«

»Danke, und jetzt vergessen wir das Ganze und versuchen, den Tag zu genießen.« Mit diesen Worten verließ sie den Raum.

»Mach dir nichts draus«, flüsterte Mona und tätschelte ihre Wange.

Doch Lycke rubbelte weiter an ihrer Jeans herum. »Ich muss den Geruch wegkriegen«, sagte sie. »Der Duft muss weg!«

Mona wusste nicht, wie sie Lycke beruhigen sollte, und hielt sie nicht mehr davon ab.

Nach einer Weile hörte sie auf zu reiben. »Entschuldige.« Sie sah Mona mit blauen Augen voller Tränen an.

»Komm, wir ziehen dir einen Pullover an und frühstücken.« Sie streichelte Lyckes rosige Wangen.

Mona stellte Lycke das Frühstück hin und nutzte die Gelegenheit, ein bisschen Geschirr abzuspülen, als sie Harald und Chloé im Flur streiten hörte.

Wie üblich ging es um Lycke.

Diesmal behauptete Chloé, sie habe Lycke husten gehört. Nun wollte sie nicht, dass Lycke am Wochenende bei ihnen übernachtete, damit sie ihren kleinen Bruder nicht ansteckte.

Mona hatte bei Lycke keinerlei Anzeichen einer Erkältung bemerkt.

Am Ende gelang es Chloé, Harald dazu zu überreden, dass er Helena anrief, damit diese sich um Lycke kümmerte. Die beiden schrien sich am Telefon an.

Sie warf einen Blick in Richtung Küchentisch. Lycke hatte ihr Frühstück nicht angerührt und hielt sich die Ohren zu.

Mona ließ ein Glas fallen, das im Spülbecken in tausend Scherben zerbrach.

»Lycke ist ein kluges Mädchen. Sie wusste genau, worum es ging«, sagte sie leise zu Harald, bereute es aber sofort.

»Was hast du gesagt?«

»Nichts.«

»Wie auch immer, bleib bitte zu Hause, falls sie bei dir auftaucht. Ich zahle natürlich.«

»Ich will kein Geld.«

»Könnte sie nicht doch bei einer Freundin sein? Ist die Polizei mit dir durchgegangen, bei wem sie sein könnte? Ich glaube, sie haben uns einige Namen genannt ...«

»Harald. Sie hat keine Freunde.«

Am anderen Ende wurde es still.

Mona wollte nicht von den Mädchen aus der Klasse erzählen, die so gemein gewesen waren, als sie Lycke in der Schule ablieferte. Sie begrüßten Lycke nicht einmal, obwohl sie manchmal sogar die Initiative ergriff und versuchte, Kontakt aufzunehmen, immer seltener allerdings.

Mona hatte mehrmals mit den Lehrern gesprochen, damit die Schule etwas unternahm. Doch sie bekam immer nur zu hören, im Moment stünde zu viel an, und sie würden sich nach den Sommerferien um die Sache kümmern.

Nach den Sommerferien.

Mona hatte unzählige Male versucht, Harald und Helena zu erzählen, wie es Lycke in der Schule ging, aber sie hatten nicht zugehört.

Nach dem Telefongespräch blieb Mona auf dem Hocker sitzen. Den Hörer ließ sie in ihren Schoß fallen.

Sie wollte gegen dieses Gefühl im ganzen Körper angehen und nicht zulassen, dass es von ihr Besitz ergriff.

Lycke war vier Jahre alt gewesen, als Mona bei Familie Höök zu arbeiten anfing. Damals hatten sich die Eltern gerade getrennt, und es war für alle eine schmerzhafte Zeit gewesen.

Es war nicht die erste Scheidungsfamilie, in der Mona arbeitete. Trennungen waren voller Hass. Sie konnte das nicht verstehen, und letztendlich mussten immer die Kinder darunter leiden. Wie sie es auch drehte und wendete, sie konnte beim besten Willen nicht nachvollziehen, wie es so weit kommen konnte.

Doch dies hier ging über alles andere hinaus. Es war schlimmer. Nicht nur, weil Lycke ein ganz besonderes kleines Mädchen war. Sie war so einsam und verletzlich.

Ellen 10.50 Uhr

Noch zehn Minuten bis zur Livesendung. Jimmy hatte beschlossen, die Pressekonferenz auch live auf TV4 zu übertragen. Passt perfekt zur Zielgruppe, behauptete er.

Andreas stellte die Kamera auf, und Ellen ging ein letztes Mal ihr Manuskript durch.

Die gesamte Presse hatte sich im Polizeipräsidium in Kungsholmen versammelt. Jede Zeitung, jede Webseite und alle Fernseh- und Radiosender hatten Vertreter geschickt. Obwohl der Raum bereits überfüllt war, strömten immer noch mehr Journalisten herein. Sie hatte schon lange nicht mehr einen solchen Ansturm erlebt.

Ellen biss sich auf die Lippe und versuchte, sich zu sammeln. Sie hielt das Mikrophon mit der großen roten Vier in der Hand.

»Deine Wimperntusche ist verlaufen. Wir können erst loslegen, wenn du das in Ordnung gebracht hast.« Andreas zeigte auf ihr rechtes Auge.

Sie behalf sich mit ein bisschen Spucke. Andreas schüttelte den Kopf.

Ellen rieb weiter unter ihrem Auge herum. Die Haut brannte schon, und das Gedränge machte sie nervös. In diesem Moment hätte sie lieber beim Radio gearbeitet.

»Jetzt mach schon, Ellen, das muss so schnell wie möglich weg. Wir fangen gleich an.« Er stellte die Kameraweite ein.

Sie nickte, er hatte recht.

Sie zog ihren Spiegel aus der Tasche, versuchte immer noch, die Mascara zu entfernen, und tupfte schließlich noch mehr Make-up oben drauf. Philip hatte gute Basisarbeit geleistet, aber aufgrund des Regens und der Wärme im Raum musste das Ganze aufgebessert werden.

»Können Sie nicht aufpassen?«, sagte sie zu jemandem, der ihr einen Stoß in den Rücken versetzt hatte. Sie prägte sich ein, wo die Notausgänge waren, und rechnete sich im Geiste aus, wie lange sie brauchen würde, um den Raum zu verlassen, falls sie es nicht aushielt.

Noch einmal las sie das zerknitterte Manuskript durch, das sie auf der Fahrt ins Polizeipräsidium skizziert hatte. Sie zurrte an ihrem Kleid, bis es richtig saß, holte tief Luft und versuchte, alle Geräusche und Bewegungen um sie herum auszublenden.

Andreas nickte. Sie hielt sich das Mikrophon vor den Mund und schaute in die Kamera.

»Ich stehe hier im Polizeipräsidium von Stockholm ...« Sie ließ das Mikrophon sinken. »Nein, ich muss das umschreiben. Das kann ich einfach nicht sagen. Es ist viel zu platt.« Sie kramte in ihrer Handtasche nach einem Stift, fand aber keinen und musste mit dem Kajal vorliebnehmen. Ohne zu wissen, was sie ändern wollte, kritzelte sie drauflos.

»Komm schon, Ellen. Schalt ein. Die Zeit rennt.«

Die Zeit rennt, die Zeit rennt. Als ob sie das nicht wüsste.

Noch einmal richtete sie den Blick in die Kamera. Holte tief Luft.

»Ich stehe hier ...« In ihrem Kopf stand alles still. »... wie ein Vollidiot.«

»Jetzt reiß dich zusammen, verdammt«, sagte Andreas.

Er klang verärgert, und sie konnte ihn verstehen. Das hier passte nicht zu ihr. Normalerweise sprach sie auf Anhieb frei.

»Stress mich nicht«, erwiderte sie bestimmt und wischte sich den Schweiß von der Stirn. War noch Zeit zum Nachpudern?

Reiß dich zusammen!

Die Journalisten um sie herum redeten alle durcheinander, das Stimmengewirr war ohrenbetäubend. Von dem Geruch nach nasser Kleidung wurde ihr schlecht. Schließlich gelang ihr eine ganz passable Einleitung. Sie war gerade fertig, als die Tür am anderen Ende des Raums aufging.

Das Gemurmel verstummte. Nur noch vereinzelt klickten Blitze.

Ove kam als Erster herein und stellte sich aufs Podium.

Ellen erklärte den Zuschauern, was passierte und was von der Sendung zu erwarten war. Sie las wörtlich die Pressemitteilung ab, die die Polizei heute Morgen herausgegeben hatte.

Schweiß lief ihr den Rücken hinunter. Zum Glück war sie nicht mehr im Bild.

Nach Ove kam sie, die Mutter.

Sie sah kaputt aus, aber wie hätte es anders sein sollen nach einer vermutlich vollkommen schlaflosen Nacht.

Ihr leerer Blick schnitt ihr ins Herz. Ellen sah ihre eigene Mutter vor sich und spürte, wie sich ihr Zwerchfell verkrampfte.

Lycke hatte Ähnlichkeit mit ihrer Mutter.

Der Vater kam gleich hinter ihr. Auch er wirkte mitgenommen. Die beiden sahen aus wie zwei angeschossene Tiere, als sie sich auf dem Podium hinter den Mikrophonen aufstellten.

Andreas drängelte sich mit den anderen Fotografen um das beste Bild.

Ellen war froh, dass sie im Moment nicht viel machen musste und in Ruhe die Eltern beobachten konnte. Die Mutter verzog keine Miene. Sie stand reglos da und starrte einen Punkt im Saal an. Ellen versuchte zu erkennen, ob sie ihren Blick auf etwas Bestimmtes gerichtet hatte, aber sie hatte ihn wahrscheinlich einfach irgendwohin geheftet, wie man das eben machte, wenn man nicht das Gleichgewicht verlieren wollte. Das dunkelblaue Kleid war hauteng. Ihr Gesicht wirkte spitz.

Der Vater verlagerte das Gewicht von einem Bein aufs andere, fummelte an seinem Ehering herum und drehte an einem Schräubchen seiner Armbanduhr.

Ohne die Hintergründe ihrer Scheidung zu kennen, empfand Ellen spontane Wut auf den Vater, der eine neue Familie gegründet hatte.

»Willkommen. Mein Name ist Ove Svensson, ich bin der Pressesprecher der Polizei. Ich möchte mich erst einmal dafür bedanken, dass Sie gekommen sind.« Wie eine Eule bewegte er den Kopf vor und zurück. »Lycke ist gestern Nachmittag vor der Königlichen Tennishalle verschwunden.«

Auf die weiße Leinwand hinter dem Podium wurde das Foto

von Lycke projiziert. Ove gab einen Kommentar zu dem am Morgen gefundenen Rucksack von Lycke ab. In Anbetracht des Fundortes hatte man das Suchgebiet justiert, und die Polizei ging nun eher von Kindesraub aus und verhielt sich dementsprechend. Es war eine dahingehende Anzeige erstattet worden.

»Was machst du da?«, fragte Andreas.

»Wieso?«

»Hör auf, mit den Fingern zu schnipsen.«

»Entschuldige.« Ellen fächelte sich mit ihrem Manuskript Luft zu.

Ove beendete seine Einführung und stellte Lyckes Vater vor. Er blickte über die Heerscharen von Journalisten hinweg und betrachtete dann ratlos die Mikrophone, weil er nicht wusste, in welches er sprechen sollte.

Ellen schwankte.

»Alles okay?«, flüsterte Andreas ihr ins Ohr.

»Ich glaube schon. Ich bekomme nur so schlecht Luft hier drinnen, und ich weiß nicht, aber mir ist irgendwie schwindlig.«

»Hören Sie mich?«, fragte Lyckes Vater und tippte mit dem Zeigefinger auf das Mikro. Er räusperte sich und holte tief Luft. »Tja, ich bin also der Vater von Lycke, Harald Höök. Erst einmal möchte ich mich für Ihre Unterstützung bedanken. Danke, dass Sie uns bei der Suche nach Lycke helfen. Es war für die ganze Familie eine furchtbare Nacht. Wir können nur hoffen, dass wir sie unversehrt wiederfinden, und sind wirklich auf Ihre Hilfe und die der Allgemeinheit angewiesen.«

Immer wieder brach seine dunkle und vordergründig entschlossene Stimme und ließ die unterschwellige Angst durchschimmern.

»Wer auch immer unser Mädchen in seiner Gewalt hat ...« Er schaute durchdringend in die Kameras. Es war schwer, sich von seinem intensiven Blick loszureißen. Das Gleiche galt für das Bild von Lycke hinter ihm. »Ich bitte Sie, geben Sie das Mädchen ihrer Mutter zurück.« Er warf Lyckes Mutter einen hastigen Blick zu, bevor er sich wieder den Journalistenmassen zuwandte. »Geben Sie sie ihrem Vater und ihrem kleinen Bruder und allen anderen, die sie lieben und vermissen, zurück.«

Jetzt zitterte seine Stimme. Er strich sich mit der Hand über die Wange, als würde er eine Träne wegwischen. Er drehte sich um und betrachtete das Foto.

Die Mutter zeigte noch immer keine Regung, sondern starrte nur vor sich hin.

Harald lehnte sich ans Rednerpult. Ove kam zu ihm und legte ihm eine Hand auf die Schulter.

Ellen wischte sich die Stirn ab.

»Falls Sie Fragen haben, dürfen Sie sie jetzt gerne stellen. Sie haben zehn Minuten«, sagte Ove.

»Was ist Ihrer Tochter Ihrer Ansicht nach zugestoßen?« Ein Reporter vom *Aftonbladet* spuckte die erste Frage aus.

Unsicher sahen die Eltern zunächst einander und dann Ove an.

»Die Eltern werden nur Sachfragen beantworten. Spekulationen überlassen wir Ihnen«, sagte Ove.

»Gibt es einen Verdächtigen?«

»Glauben Sie, dass sie entführt wurde?«

»Geht es um Geld?«

Die Fragen prasselten auf sie ein.

»Wir können nichts ausschließen, aber wir haben keine Lösegeldforderungen erhalten, die auf diese Art von Entführung hindeuten würden.«

»Könnte es sich um einen Pädophilen handeln?«, fragte einer der Journalisten.

Vor dieser Frage hatte es Ellen gegraut. Vor dieser Theorie. Am liebsten hätte sie sie gar nicht an sich herangelassen. Sie versuchte, die Reaktion der Eltern zu deuten, aber deren Mienen waren unergründlich. Der Gedanke musste ihnen doch auch gekommen sein.

»Wir können, wie gesagt, nichts ausschließen.«

Die Mutter hatte noch immer kein Wort gesagt.

»Haben Sie Hinweise bekommen, die irgendwohin führen?«

»Wir haben Hunderte von E-Mails erhalten, aber bis jetzt war kein nützlicher Anhaltspunkt dabei. Wir fordern die Allgemeinheit auf, sich weiterhin zu melden, wenn jemand etwas gesehen oder gehört hat. Wir arbeiten so schnell, wie wir können, und tun alles, was in unserer Macht steht, um Lycke wohlbehalten zu finden.«

»Wie kann sie einfach verschwinden? Gibt es keine Zeugen?«

»Haben Sie die Grenzen abgeriegelt?«

»Eine Frage nach der anderen«, sagte Ove. »Wie gesagt, wir können nichts ausschließen, aber es besteht kein Grund zu der Annahme, dass sie entführt wurde.«

»Warum?«

»Auf die Einzelheiten können wir nicht eingehen, aber der aufgefundene Rucksack deutet darauf hin.«

»Wer hat den Rucksack gefunden?«, fragte Ellen, so laut sie konnte.

Ove räusperte sich. »Wie gesagt, wir können nicht ins Detail gehen.«

»Müssen sich andere Eltern Sorgen um ihre Kinder machen?«, fragte jemand anderes.

»Darauf deutet momentan nichts hin.«

Ein Summen ging durch den Raum.

»Ich habe eine Frage an die Eltern«, rief jemand. »Glauben Sie, dass Ihre Tochter noch lebt?«

»Keine Spekulationen, wie gesagt ...« Ove wirkte angestrengt.

»Doch, ich beantworte die Frage gern.« Harald trat vor. »Es gibt überhaupt keinen Grund, zu glauben, sie wäre nicht mehr am Leben, keinen Beweis, dass sie zu Schaden gekommen ist. Wir müssen sie nur finden, bevor ihr etwas zustößt. Bitte, helfen Sie uns, unsere Lycke zu finden.«

* * *

Ellen trommelte mit den Fingern aufs Lenkrad, während sie darauf wartete, dass Andreas seine Kameraausrüstung in dem kleinen Kofferraum ihres Autos verstaute.

Von Sekunde zu Sekunde klopfte sie fester auf das Steuer. Was auch immer Harald Höök gesagt hatte, sie hatte das Gefühl, dass die Polizei bereits von Lyckes Tod ausging. Sie sagten es nicht geradeheraus, aber zwischen den Zeilen. Hatten sie wirklich schon aufgegeben?

Eine Fliege sirrte um sie herum. Sie versuchte, sie mit der Hand wegzuwedeln, aber das Tier ließ sich nicht verscheuchen.

Ellens Telefon piepte. Der Anruf kam von Oves Handy mit der Prepaidkarte.

Ich habe neue Infos für dich. Tu, was du zu tun hast, und dann ruf mich an.

»Mach schnell!«, sagte sie zu Andreas, obwohl er gerade fertig war und sich auf den Beifahrersitz setzen wollte. Er war im Regen triefnass geworden.

»Komm mal runter. Wenn du es so wahnsinnig eilig hast, kannst du mir ja helfen.« Er rückte seine Kappe zurecht und wischte sich die Hände an der Jeans ab. »Besonders groß ist dein Auto nicht.«

»Willkommen zurück bei der Arbeit.« Sie legte den Gang ein, bevor Andreas die Beifahrertür zugemacht hatte.

»Geht es dir jetzt besser?«, fragte er, während sie vom Parkplatz herunterfuhren.

Sie nickte. »Mir tun die Eltern nur so furchtbar leid.« Sie konzentrierte sich auf den Verkehr. »Wir müssen noch am Kiosk vorbei, ich brauche Kaffee.« Sie drehte die Stereoanlage auf, um sich Nachfragen zu ersparen.

»Wie ich höre, hast du deine musikalischen Interessen nicht verändert«, sagte Andreas laut, um Lady Gaga zu übertönen.

Er hatte sich immer über ihren viel zu kommerziellen und oberflächlichen Musikgeschmack beschwert. Er selbst hörte nur Hip-Hop ohne jegliche Melodie.

Für Ellen war Musik ein Heilmittel, mit dem sie ihre eigenen Gefühle ausblenden konnte, wenn das Mantra nicht funktionierte. Je lauter, desto besser. Die Musik hatte die gleiche Wirkung wie ein Horrorfilm, wie Boxtraining oder Pornos. Alle diese Dinge brachten sie auf andere Gedanken und hielten ihr die Angst vom Leib.

Sie stellte die Musik noch lauter. Allmählich entspannte sich ihr Körper.

Sie fuhren über die Barnhusbro in Richtung Vasastan. Dann die abschüssige Tegnérgata hinunter.

Die Straßen waren fast menschenleer. Die Leute scheuten den Regen.

Sie bogen in den Sveaväg ein, wo man den großen Pfützen kaum ausweichen konnte. Da der Kiosk auf der anderen Straßenseite lag, musste sie an der Ecke Odengata einen U-Turn machen.

»Wenn ich so ein Auto hätte wie du, würde ich mir das verkneifen.«

Ellen parkte vor dem Kiosk neben der Handelshögskola, direkt vor dem U-Bahn-Eingang in der Rådmansgata.

»Gott sei Dank bin ich nicht du, denn sonst hätten wir die halbe Stadt nach einem freien Parkplatz abgesucht.« Sie öffnete die Fahrertür, als gerade kein Auto vorbeifuhr. »Bleib hier, ich bin gleich wieder da.«

»Was soll das eigentlich? Kannst du nicht bei der Arbeit Kaffee trinken?«

Sie kam zum Glück nicht mehr dazu, ihm zu antworten, bevor die Tür zugefallen war, und rannte zum Kiosk, um nicht vollkommen durchnässt zu werden.

Wie immer stand Anette an der Kasse. Ihre Haare waren röter als je zuvor. Dazu trug sie passende Plastikohrringe, wie man sie früher als Kind in Chipstüten gefunden hatte.

»Hallo.« Sie kaute intensiv Kaugummi. »Kann ich was für dich tun?«

»Ja, bitte.« Ellen zwang sich zu einem Lächeln. »Ein Redbull und einen Kaffee. Oder lieber zwei. Zwei große.«

Anette nickte und stellte die Pappbecher in die Maschine. »Ist da heute jemand müde?« Sie schmatzte weiter. »Wir haben leider keine Zimtschnecken. Die sind heute Morgen nicht geliefert worden. Typisch, ausgerechnet am Samstag, wenn sich die Leute mal was gönnen.«

Viel mehr gab es dazu nicht zu sagen, fand Ellen und nickte.

Anette drückte die Deckel auf die Becher und stellte sie in die Halterung.

»Zahlst du bar oder mit Karte?«, fragte sie und zwinkerte mit einem schwarz umrandeten Auge. Es waren kaum noch Wimpern übrig.

»Bar.« Diskret reichte Ellen vier Tausender über den Tresen. Das muss reichen, dachte sie, nahm ihr Papptablett und ging zur Tür.

»Bis bald«, rief Anette ihr gekünstelt hinterher.

Bevor Ellen ins Auto stieg, versuchte sie noch einmal, Ove zu erreichen. Meistens ließ er sie nicht lange warten.

Ellen 12.30 Uhr

Als Andreas und Ellen zurück in die Redaktion kamen, gingen sie auf direktem Weg in einen der kleinen Schneideräume.

»Nein, mach kein Licht an«, sagte sie zu Andreas. »Es soll dunkel sein.«

Sie saugte die Stille in dem schallgedämpften Raum in sich auf. Lehnte sich zurück und versuchte, die Situation im Geiste zusammenzufassen, während Andreas das Material einspielte.

Nach einer Weile überlegte sie laut. »Meine Quelle bei der Polizei hat mir erzählt, dass sie unter einschlägig bekannten Pädophilen nach ihr beziehungsweise nach Hinweisen auf ihren Verbleib suchen. Der Kreis dieser Personen, die wegen sexueller Vergehen verurteilt wurden, umfasst zweiundfünfzig Personen.«

»Warum haben sie das auf der Pressekonferenz nicht erwähnt?«

Ellen zuckte die Achseln. »Sie haben doch gesagt, dass sie nichts ausschließen können.«

Denn so funktionierte das. Aber wie der Deal zwischen ihr und Ove aussah, würde sie Andreas nicht verraten. Und auch sonst niemandem.

»Es gibt da ein paar Dinge, die ich nicht verstehe«, sagte sie stattdessen. »Irgendjemand hat Lycke in seine Gewalt gebracht, aber warum hat er oder sie den Rucksack zurückgelassen? Falls sie entführt worden ist, müsste es doch eine Lösegeldforderung geben, aber die Polizei behauptet, die Eltern hätten keine bekommen.«

»Aber Kindesentführung schließt die Polizei nicht aus.«

»Stimmt, aber wenn die Kidnapper nicht an Geld interessiert sind, was wollen sie dann?«

Nachdem Andreas die Kamera an den Computer angeschlossen hatte, erschienen Tausende von Standbildern auf dem Monitor, während das Ganze auf der Festplatte gespeichert wurde.

»Dann hat irgendein widerlicher Pädophiler sie in die Finger gekriegt. Seitdem ich selbst Kinder habe, kann ich das Wort kaum aussprechen. Ekel und Wut überfluten mich«, sagte Andreas.

»Warum hätte ein Pädophiler den Rucksack liegenlassen sollen?«

»Vielleicht war es eine Impulshandlung, und er hat Panik bekommen.« Andreas zuckte mit den Schultern.

»Falls er in Panik geraten ist und die Tasche weggeworfen hat – was hat er dann mit Lycke gemacht?«

Ellen dachte genauso schnell nach, wie sich die Bilder von der Pressekonferenz auf dem Monitor aneinanderreihten.

»Vielleicht ist es ein Paar, das keine Kinder zur Welt bringen kann und ...«, sagte Andreas.

»Sie ist acht Jahre alt. Kein Säugling.«

»Das stimmt natürlich«, sagte Andreas.

»Eigentlich sollte ich vielleicht mit Clara aus der Programmabteilung sprechen. Sie macht *Das Unbekannte.*«

»Ist das nicht ein bisschen sehr weit hergeholt?«

»Vielleicht fällt denen etwas auf, was sonst niemand bemerkt.«

»Das ist doch Hokuspokus.«

»Überhaupt nicht. Hast du die Sendung schon mal gesehen?«

»Nein.«

»Clara hat anfangs auch nicht dran geglaubt, aber nun hat sie ihre Sicht total verändert. Das ist kein Hokuspokus, kann ich dir sagen. Diese Menschen ...«

»Sehen Tote.« Er lachte.

»Hör auf. Wir dürfen nichts unversucht lassen.«

»Ich kapiere aber nicht, warum die Polizei nicht sagen will, wer die Tasche gefunden hat. Ist das nicht seltsam?«

»Weißt du, wieso?« Sie sah ihn an. »Weil sie es nicht wissen. Der Rucksack ist am Samstagmorgen ganz früh am Empfang abgegeben worden, und da ist niemand auf die Idee gekommen, dass er Lycke gehören könnte. Sie wissen nur von einem Hundebesitzer, der im Rålambshovspark Gassi gegangen ist, denn den hat die Überwachungskamera am Empfang aufgenommen. Laut meinem Informanten haben sie sonst nichts. Sie versuchen nur, ihre eigene Schlampigkeit zu verbergen.«

Ein Ping beendete die Einspielung des Filmmaterials. Auf dem Monitor war eine Großaufnahme von Lyckes Mutter zu sehen.

»Ist es nicht irgendwie merkwürdig, wenn Angehörige sich auf einer Pressekonferenz äußern?«, fragte Andreas.

»Ja, da hast du recht. Man hat gleich das Gefühl, sie haben etwas zu verbergen.« Ellen griff nach ihrem Handy und schrieb eine Mail an Krimiann.

Ann, kannst du mal nachsehen, ob es beim Amtsgericht Akten zu einem eventuellen Sorgerechtsstreit um Lycke gibt? Danke.

Chloé 15.30 Uhr

Vorsichtig öffnete sie Luddes Zimmertür. Er lag in seinem Gitterbett und schlief, als wäre nichts passiert. Chloé stieß einen Seufzer der Erleichterung aus, weil er nicht aufgewacht war, als die Polizei ihre Hausdurchsuchung, oder was immer das gewesen war, durchgeführt hatte. Zum Glück hatte sie die Beamten davon abhalten können, das Zimmer zu betreten, in dem Ludde schlief, obwohl es schon später Nachmittag war. Irgendwie hatte sie das Gefühl, dass Babys mehr verstanden, als die Leute ahnen, und sie wollte nicht, dass er in diesen Alptraum mit hineingezogen wurde.

An der Decke drehten sich die Sterne des Nachtlichts. Die

neuen Verdunklungsrollos funktionierten richtig gut und ließen überhaupt kein Tageslicht herein.

Es war erniedrigend gewesen, Polizisten im Haus zu haben. Sie hatten alles angefasst und fast alles auf den Kopf gestellt. Was glaubten sie denn, hier finden zu können? Und all diese Fragen. Sie hatte Lycke zuletzt gesehen, bevor sie verschwand.

Als sie sich auf Zehenspitzen Luddes Bettchen näherte, trat sie versehentlich auf die französische Spielzeuggiraffe, die ein Quieken von sich gab. Sie hob sie auf und räumte sie in eine der Spielzeugkisten in Form von Waggons, die an einer Lok hingen, auf der Ludde leidenschaftlich gerne herumkletterte.

Sie beobachtete ihn, während er so niedlich schnaufte. Haralds und ihr kleines Baby.

Wenn Harald mit seiner Exfrau auf einer live übertragenen Pressekonferenz zu sehen war, fiel es ihr schwer, zu glauben, dass sie noch immer eine kleine Familie waren. Auch wenn sie gewusst hatte, dass es dazu kommen würde, konnte sie sich nicht daran gewöhnen, dass er vor ihr ein anderes Leben gehabt hatte und dass ihr seine Vergangenheit ständig um die Ohren gehauen wurde.

Bei Chloés und Haralds dritter Verabredung hatte er sie mit einer Reise nach Paris überrascht. Er hatte einen Tisch in ihrem Lieblingsrestaurant reserviert und ihr irgendwann zwischen Austern und Champagner erzählt, dass er verheiratet war und ein Kind hatte.

Damals hatte sie nicht viel darüber nachgedacht. Sie war auch nicht übermäßig erstaunt gewesen. Da er gut zehn Jahre älter war als sie, hätte sie sich eher gewundert, wenn er keine Familie gehabt hätte. Es spielte auch keine Rolle. Er war derjenige, mit dem sie ihr Leben verbringen wollte. Er verkörperte alles, was sie sich je von einem Mann gewünscht hatte, und er war ein richtiger Kerl. Bei Harald fühlte sie sich geborgen. Ganz im Gegensatz zu ihren früheren Beziehungen – mit Grünschnäbeln im Vergleich zu Harald. Er war ein echter Gentleman, der wusste, wie eine Frau behandelt werden wollte.

Auch wenn ihre Freunde sie warnten, hatte sie nie in Zweifel gezogen, dass er seine Frau für sie verlassen würde.

Dass sie attraktiv war, hatte sie immer gewusst, aber Harald vermittelte ihr das Gefühl, etwas ganz Besonderes zu sein, auf eine Weise, die sie nicht gewohnt war. Er sah mehr als nur ihr Äußeres. Er fand sie lustig. Er hörte zu und fand, dass sie etwas zu sagen hatte.

Doch in letzter Zeit war es immer öfter zum Streit gekommen.

Am Montag, als Harald von der Arbeit nach Hause kam und sich neben sie auf das Sofa setzte, war das Ganze eskaliert.

»Kalle, du weißt schon, unser PR-Mann, den du heute kurz beim Mittagessen getroffen hast, kann gar nicht aufhören, davon zu schwärmen, wie hübsch du bist. Der Ärmste, seine Frau ist so langweilig, dass einem die Füße einschlafen. Komm mal her.« Er zog sie an sich und knöpfte langsam ihre Bluse auf. »Ich glaube, dir ist gar nicht klar, wie froh ich bin, dass ich dich habe.«

»Doch.« Sie lächelte. »Wart ihr befreundet?«

»Wer ist wir?«

»Kalle, seine Frau, du und Helena?« Sie knöpfte ihre Bluse wieder zu.

Harald schob ihre Hände entschieden zur Seite und ließ seinen Blick unter ihre Bluse wandern.

»Ich finde es grauenhaft, dass du ein Leben vor mir hattest.«

Er strich ihr die Haare hinters Ohr. »Das war kein Leben.«

»Wie konntest du dann so dumm sein, ein Kind mit ihr zu bekommen?« Sie rückte ein Stück von ihm ab.

»Glaubst du nicht, dass ich es anders gemacht hätte, wenn ich dazu in der Lage gewesen wäre?« Er zog sie wieder an sich.

»Ich verstehe das aber nicht. Wie konntest du dich denn überhaupt in sie verlieben?«

»Hör jetzt auf. Ich will nicht an Helena denken. Ich will nur an dich denken.« Zärtlich küsste er sie aufs Ohr und tastete sich langsam an ihrem Hals hinunter, bevor er wieder aufblickte. Behutsam nahm er ihr Kinn in die Hand und sah sie ernst an. »Ich hatte keine andere Wahl, sondern habe getan, was von mir erwartet wurde. Es war das einzig Normale. Sich ein Kind anschaffen. Ich habe es nicht gewagt, sie zu verlassen. Ich kann es nicht erklären. Nichts wünschte ich mir sehnlicher, als dass ich dich früher kennengelernt hätte. Aber das weißt du doch schon. Wie oft müssen wir noch darüber reden?« Er steckte die Hand in ihre Jeans und griff nach ihrem Höschen.

»Lass das.« Sie stand vom Sofa auf.

»Jetzt hör bitte auf damit. Ich halte es nicht mehr aus. Wenn ich noch ein Wort über Helena und Lycke höre, dann ...«

»Dann?«

»Es reicht. Du gehst zu weit. Verstehst du das?« Er verließ das Fernsehzimmer.

Chloé folgte ihm in den Flur, wo sie sah, wie er seine Wachsjacke anzog, den Schlüsselbund von dem schmalen Tisch nahm und wortlos aus der Wohnung verschwand.

Sie rannte hinter ihm her ins Treppenhaus.

»Wenn du jetzt gehst, brauchst du gar nicht wiederzukommen. Kapierst du das? Hörst du mich?«, schrie sie ihm hinterher.

Die Haustür fiel ins Schloss. Er war weg.

Erst am Tag darauf kam er zurück und weigerte sich, zu sagen, wo er gewesen war. Chloé ließ die Sache auf sich beruhen, aber er benahm sich die ganze Woche merkwürdig und wirkte verärgert.

Vorsichtig stupste sie Ludde an, um sich zu vergewissern, ob er noch atmete. Mit einem leisen Wimmern drehte er sich um. Am Hinterkopf kräuselten sich die blonden Babyhaare.

Sie ging ums Bettchen herum, damit sie sein Gesicht sehen

konnte. Er war so schön. So perfekt. Sie konnte sich kaum losreißen. Am liebsten hätte sie stundenlang so dagestanden und ihn angesehen, wenn er schlief.

Sie drückte seine kleine Hand, bevor sie den seidenen Morgenmantel fester schnürte und den Raum verließ. Warum meldete sich Harald nicht?, dachte sie auf dem Weg ins Badezimmer.

Sie hatte es vom Boden bis zur Decke mit grünem Marmor fliesen lassen. Es sah aus wie ein richtiges Hotelbadezimmer. Sie liebte es.

Ihr Blick fiel auf die Seife am Waschbecken. Das schlechte Gewissen pirschte sich wieder heran. Sie war zu hart gewesen, als Lycke die falsche Seife genommen hatte, aber Chloé mochte es nicht, wenn Lycke ihr Badezimmer benutzte. Es war ihr ganz privates Reich, in dem sie ihre eigenen Sachen aufbewahrte, und sie wollte nicht, dass hier ein Kind alles vollschmierte.

Irgendwas an Lycke brachte sie immer aus der Fassung. Gestern war es die Seife gewesen. Es war nicht leicht, mit dem Kind einer anderen zusammenzuleben, das sie zudem ständig an Haralds Vergangenheit erinnerte.

Chloé drehte den Hahn auf, rieb ihre Hände mit der Seife ein und saugte den herrlichen Duft in sich auf.

Sie wusste, dass sie überreagiert hatte, aber Lycke musste lernen, welche Regeln hier in Chloés und Haralds Zuhause galten. Und wo gehobelt wurde, fielen Späne. Sie hatte eine undankbare Rolle. Trotzdem war es gut, dass sie nicht nachgegeben hatte, redete sie sich ein.

Am Anfang ihrer Beziehung hatte Harald behauptet, er liebe die »Stürme in ihrem Wasserglas«, die Fülle an Gefühlen, die in ihr tosten. Oft sagte er, sie sei das genaue Gegenteil seiner früheren Frau. Damals hatte sie das als Kompliment aufgefasst. Heute kamen ihr mitunter Zweifel, und sie wurde furchtbar eifersüchtig.

Sie sah vor sich, wie Helena auf der Pressekonferenz neben ihrem Mann gestanden hatte. Vollkommen kontrolliert, hatte sie keine Regung gezeigt. Wollte er vielleicht doch lieber eine Frau wie Helena haben? War er vielleicht bei ihr, wenn er spurlos verschwand? Vielleicht sogar in diesem Moment?

Chloé öffnete den Morgenmantel und nahm ihre Brüste in die Hände. Sie hob sie ein wenig an und betrachtete sie lange. Dann ließ sie sie wieder hinuntersacken.

Sie sahen aus wie zwei leere Plastiktüten mit einem bisschen Brei unten drin.

Eine Freundin von Chloé hatte in einer Zeitschrift gelesen, dass es Männern gefiel, wenn Brüste Hallo sagten. Chloé wusste nicht genau, was das bedeutete, aber sie war sich sicher, dass ihre nicht Hallo sagten.

Sie sagten gar nichts. Sie hatten alles gesagt.

Ihr Bauch dagegen hatte viel zu sagen. Er stand fast weiter vor als ihr Busen. Sie war immer schlank gewesen, aber sobald sie ein Kilo zunahm, bekam sie einen dicken Bauch.

Sie musste laufen gehen. Hinterher Kaffee, ein Ei und eine halbe Pampelmuse. Jetzt war Schluss mit den Ausnahmen.

Sie zog die Schublade unterm Waschbecken heraus und sah, dass alles durcheinander war. Schmutzige Polizistenfinger.

Außerdem hatte die Polizei nicht davor zurückgeschreckt, eine Speichelprobe von ihr zu verlangen. Sie hatte sich jedoch geweigert. Ihre DNA als Referenz, oder wie sie das nannten. Wie war sie nur in dieses Schlamassel geraten?

Dann hatten sie Haralds alten Computer eingesteckt, den Lycke sich immer auslieh. Und ihr iPad. Konnten sie darauf alles sehen, was sie googelte?

Auch Lyckes Haarbürste hatte die Polizei mitgenommen. Und ein Tagebuch.

Sie hatte gar nicht gewusst, dass Lycke Tagebuch schrieb. Laut den Polizisten war das Buch versteckt gewesen, aber sie hatten ihr nicht verraten, wo sie es gefunden hatten, und auch nicht, was darin stand.

Hoffentlich brauchte sie sich keine Sorgen zu machen.

Ellen 22.45 Uhr

Die letzte Sendung war geschafft. Im Laufe des Tages war nichts Neues ans Licht gekommen. Es gab nur Spekulationen. Ellen hatte ein paar hilfreiche Updates von der Polizei bekommen und wusste jetzt Genaueres über die Suche, aber Lycke waren sie nicht näher gekommen. Bis jetzt hatte man der Öffentlichkeit nicht mitgeteilt, dass man auch in Pädophilenkreisen suchte, aber man bat die Allgemeinheit weiterhin um Mithilfe.

Viel zu rastlos, um nach Hause zu fahren, kurvte Ellen mit dem Auto durch die Stadt.

Es war zwar Samstagabend, aber niemand saß draußen. Die Bürgersteige waren wie leergefegt, und auf den Straßen schien aufgrund des Regens Eisglätte zu herrschen.

Langsam fuhr sie den Valhallaväg in Richtung Gärdet. An der Fußgängerampel bei Fältöversten überquerte ein Mann die Straße. Sie bremste und nutzte die Gelegenheit, um das Ladekabel für ihr Mobiltelefon zu suchen. Sie fluchte, als ihr klarwurde, dass sie es bei der Arbeit vergessen haben musste. Ihr Handy war mausetot. Seufzend betrachtete sie den Mann. Er hatte weder einen Regenschirm noch eine Regenjacke, sondern trug nur einen Wildlederblouson. Mit gebeugtem Rücken schleppte er zwei halbvolle Einkaufstüten.

Irgendetwas an der Haltung des Mannes weckte die Erinnerung. Er war noch genauso schmal, und die wenigen Haare, die er auf dem Kopf hatte, waren grau.

Was macht er hier?, dachte sie. Wohnt er hier?

Sie wollte schon die Scheibe herunterlassen und nach ihm rufen, ließ es aber doch bleiben. Vermutlich würde er verschwinden, bevor sie aus dem Auto gestiegen war. Was sollte sie tun?

Er hatte sie nicht gesehen, da war sie sich sicher.

Sie fuhr ein Stück weiter, bog hinter dem Einkaufszentrum ab, suchte einen Parkplatz und rannte zurück zu dem Fußgängerübergang.

Sie eilte über die Straße und am Parkplatz vorbei, lief über die Gegenfahrbahn des Valhallaväg und wurde beinahe überfahren. Sie trat in eine tiefe Pfütze und wurde bis zu den Waden klitschnass. Sie blickte nach links und rechts, konnte ihn aber nicht entdecken.

Sie beschloss, am Tessinpark entlang die De Geersgata hinunterzugehen. Auf Höhe der Storskärsgata sah sie ihn plötzlich und wurde langsamer, damit er sie nicht bemerkte. Er blieb ein Stück entfernt von ihr vor einer Haustür stehen und gab den Code ein.

Sobald er im Hauseingang verschwunden war, spurtete sie hin, so schnell sie konnte, und bekam die Tür in letzter Sekunde noch zu fassen.

Leise machte sie sie hinter sich zu. Sie hörte ihn die Treppe hinaufgehen, und dann klimperte im ersten Stock ein Schlüsselbund.

Ellen betrachtete die Tafel mit den Namensschildern im Eingang, begriff aber schnell, dass das keinen Sinn hatte, weil er sich vermutlich nicht unter seinem echten Namen eingetragen hatte.

Im ersten Stock gab es zwei Türen. Sie klingelte zweimal an der linken, bevor eine ältere Dame aufmachte.

»Ich bin hier ganz alleine mit den Katzen. Wer sonst noch im Haus wohnt, weiß ich nicht mehr. In der Nachbarwohnung wohnen so viele verschiedene Menschen, wie das Jahr Monate hat. Es ist schier unmöglich, die auseinanderzuhalten. Ich glaube, die Wohnung wird kommunal vermietet. Möchten Sie ein Ochsenauge?«

»Nein, danke. Haben Sie hier zufällig ein kleines Mädchen gesehen?«

»Nee, wirklich nicht, in diesem Haus wohnen doch keine Kinder. An und für sich höre ich ja nicht mehr gut, aber Kinderstimmen kann ich erkennen, die klingen wie Musik in meinen Ohren. Möchten Sie ein Ochsenauge?«

Ellen bedankte sich und klingelte nebenan. Niemand öffnete.

»Hallo?«, rief sie in den Briefschlitz. »Ich glaube, ich habe einen Schlüssel gefunden, der Ihnen gehört.«

Sie vernahm Geräusche in der Wohnung, und dann ging langsam die Tür auf.

»Was denn für ein Schlüssel?«, fragte er und schob sein zerfurchtes Gesicht in den Türspalt.

»Hallo, dürfte ich vielleicht reinkommen? Ich muss mit Ihnen reden.«

Er riss die kleinen Augen auf. »Kenne ich Sie?«

»Nein, aber wir sind uns schon mal begegnet, und ich weiß, was Sie getan haben.« Sie biss sich auf die Lippe und versuchte, ruhiger zu werden. »Ich muss mit Ihnen reden.«

Ellen hatte den Satz kaum zu Ende gebracht, bevor er einen Schritt zurücktrat und die Tür zudrückte.

»Warten Sie mal.« Sie steckte ihren Fuß in den Spalt. »Vielleicht kann ich Ihnen helfen.«

»Wie kommen Sie auf die Idee, ich bräuchte Hilfe?«

»Lycke«, rief sie in die Wohnung und stellte sich auf die Zehenspitzen, um über ihn hinweg in den Flur zu schauen.

»Was machen Sie da?«, zischte er und versuchte, sie wegzustoßen, aber Ellen gab nicht nach.

»Wenn Sie mich nicht reinlassen, schreie ich noch lauter, aber ich nehme an, Sie wollen keine Aufmerksamkeit erregen.« Ellen griff nach der Tür und wollte sie ganz öffnen.

Plötzlich erlahmte sein Widerstand, und er ging einen Schritt zurück. Ellen fiel fast in die Wohnung.

Als er die Tür hinter ihr schloss, wurden ihre Knie plötzlich weich. Sie hoffte, dass er nicht bemerkte, wie sehr sie zitterte. Erst jetzt wurde ihr bewusst, was sie hier machte. Es war alles so schnell gegangen. Sie tastete nach ihrem Handy in der Jackentasche, doch dann fiel ihr wieder ein, dass der Akku leer war. Trotzdem zog sie es heraus und tat, als würde sie draufschauen, damit er wusste, dass sie ein Mobiltelefon dabeihatte.

»Ich bin allein«, sagte er.

Ellen holte tief Luft, bevor sie an ihm vorüberging. Er drückte sich mit den Händen hinterm Rücken an die Wand.

»Heißen Sie immer noch Lars?«, fragte sie, bevor sie die dunkle Wohnung aus den Dreißigerjahren betrat.

Er schüttelte den Kopf.

»Erinnern Sie sich noch an mich?«

»Nein.« Er stierte sie an.

In der Wohnung waren kaum Möbel. In einem der beiden Zimmer stand ein ungemachtes Feldbett mit einer dünnen Matratze. Daneben ein Glas Wasser und eine Rolle Toilettenpapier. In einer Ecke eine Stehlampe. Ellen wollte das Deckenlicht einschalten, aber es funktionierte nicht.

»Wohnen Sie hier?« Sie klopfte an die Wand.

»Ja. Was wollen Sie eigentlich? Wenn Sie nicht gehen, rufe ich die Polizei.«

»Tun Sie das.« Ellen hoffte, dass diese sich beeilte. »Vielleicht sind sie schon unterwegs«, fuhr sie fort, um seine Reaktion zu sehen.

Er stand jedoch immer noch reglos da und hielt die Hände hinter den Rücken.

Ellen betrat den Raum, der vermutlich als Wohnzimmer gedacht, aber vollkommen kahl war. Nur ein Haufen Zeitungen lag auf dem Fußboden. Sie trat dagegen und stellte fest, dass es verschiedene Tageszeitungen waren.

Es dauerte nicht lange, bis sie sich vergewissert hatte, dass Lycke nicht hier war.

In der Küche standen die beiden Einkaufstüten, die er geschleppt hatte.

Ellen schaltete das Licht in der Dunstabzugshaube ein und nahm die Einkaufstüten auf der Arbeitsplatte in Augenschein.

»Kakao? Warum haben Sie Kakao gekauft?«, fragte sie und nahm die Packung Kakaopulver aus der Tüte, wühlte weiter und entdeckte eine Schachtel Butterkekse. »Sind die nicht für Kinder?«

»Was wollen Sie eigentlich von mir, darf ich nicht essen, was ich will?«

Ellen drehte sich um. Sie war nicht darauf vorbereitet gewesen, dass er so dicht hinter ihr stand. Die Dunstabzugslampe flackerte.

»Wer sind Sie überhaupt?« Er fixierte sie mit seinen kleinen Augen.

Ellen sah sich um und schnipste lautlos mit den Fingern, bevor sie seinen Blick erwiderte.

»Erkennen Sie mich nicht wieder? Ich arbeite bei TV4. Wir sind uns vor drei Jahren im Zusammenhang mit dem Prozess gegen Sie über den Weg gelaufen, und jetzt suche ich nach einem vermissten Mädchen.« Indem sie viel zu schnell sprach, verriet sie, wie unwohl sie sich fühlte. Sie bereute, dass sie in die Wohnung eingedrungen war. Außer der alten Dame mit den Ochsenaugen nebenan wusste niemand, dass sie hier war. Sie zog das Handy aus der Tasche, warf einen diskreten Blick darauf. Hoffentlich konnte er nicht erkennen, dass das Display schwarz war.

Er machte einen Schritt auf sie zu und war nun so nah, dass sie seinen muffigen Mundgeruch wahrnahm.

»Dann müssten Sie wissen, dass ich keine Mädchen mag.«

Ellen versuchte, sich zu erinnern. Sie sah jedoch nur einen Haufen Kinder vor sich. Es spielte keine Rolle, ob es Mädchen oder Jungs waren. »Es waren Kinder.«

In Lars' Wohnung in Göteborg waren über 12 400 pornographische Bilder von Kindern und fast 2000 Filme auf einer Festplatte gefunden worden. Lars und seine Komplizen wurden dank eines Hinweises von einem deutschen Polizisten gefasst.

»Lycke«, rief Ellen ein letztes Mal, um ganz sicherzugehen, dass sie nicht hier war. Sie nahm ihren Mut zusammen und drängte sich an ihm vorbei in den Flur, öffnete die Badezimmertür und zog den Duschvorhang zur Seite.

»Wo haben Sie sie versteckt?«, fragte sie Lars, der inzwischen einen anderen Namen hatte, den sie gar nicht wissen wollte.

»Verschwinden Sie.« Er ging zur Wohnungstür und öffnete sie. »Ich könnte Sie wegen Hausfriedensbruchs anzeigen. Gehen Sie, bevor es unschön wird.«

Ellen tat, was er sagte. Lycke war nicht in der Wohnung.

Draußen auf der Straße fühlte sie sich vollkommen leer. Langsam ging sie zum Einkaufszentrum Fältöversten und zu ihrem Auto zurück, ohne sich etwas daraus zu machen, dass sie im Regen klitschnass wurde. Sie hatte sich fahrlässig verhalten. Sie stellte sich vor, was hätte passieren können, und dachte an die Kinder aus dem Prozess gegen Lars, an seine heruntergekommene Wohnung, an Lycke.

Als sie angekommen war, sah sie sich um. Das Auto stand nicht da. Hatte ich es nicht hier geparkt?, fragte sie sich. Vielleicht hatte sie es auf der anderen Seite des Einkaufszentrums abgestellt. Sie kramte in ihrem Gedächtnis. Es war alles so schnell gegangen. Hatte sie vollkommen den Verstand verloren?

Dann hörte sie, wie sich ganz in der Nähe etwas bewegte. Sie wandte sich in die Richtung, sah aber nichts und stellte fest, dass sie sich das Geräusch eingebildet haben musste. Ihre Nerven waren zum Zerreißen gespannt. Sie schien beim kleinsten Laut zusammenzuzucken.

Wieder hörte sie etwas. Ellen wirbelte herum und drehte sich einmal um sich selbst. Sie schaute in Richtung Karlaplan und dann zum Valhallaväg.

War er ihr gefolgt?

Ellen 23.15 Uhr

»Wo bist du gewesen?«

Hastig drehte sich Ellen um und sah Jimmy auf sich zukommen.

»Bist du verrückt? Du erschreckst mich ja zu Tode!«

»Entschuldige, das war keine Absicht.«

»Was machst du hier?« Jetzt war sie noch verwirrter.

»Das müsste ich eigentlich dich fragen. Und warum hast du dein Auto vor der Tiefgarage abgestellt?«

»Was?«

»Der Abschleppdienst hat versucht, dich zu erreichen, und am Ende haben sie bei uns in der Redaktion angerufen, weil du unsere Parkerlaubnis an der Scheibe hast. Warum war dein Handy abgeschaltet?«

»Akku leer. Wo ist mein Auto?«

»Da wir dich nicht erreichen konnten, blieb dem Abschleppdienst nichts anderes übrig, als es mitzunehmen. Die Leute kamen nicht aus der Tiefgarage.«

»Ist das ein Scherz?«

»Nein, du kannst es morgen abholen. Wo bist du gewesen?«

»Warum bist du hier?«, fragte sie anstelle einer Antwort.

»Ich hab mir Sorgen gemacht ...«

Sie verstand kein Wort.

»Komm, ich bringe dich nach Hause.« Als er auf seinen Schlüssel drückte, blinkte der Wagen vor ihr auf. »Steig ein.«

Ellen wehrte sich nicht. Sie war viel zu durcheinander, um Widerstand zu leisten.

Sie fuhren den Strandväg hinunter, passierten das Grand Hôtel und kamen am Schloss auf Skeppsbron vorbei, ohne ein Wort zu sagen.

»Willst du auf eine Tasse Tee mit hochkommen?«, fragte sie, als er vor ihrem Hauseingang stehenblieb.

»Ein andermal.«

»Das war ein Witz.« Sie öffnete die Tür.

»Warte mal, ich muss noch etwas sagen.« Er packte sie am Arm und hielt sie davon ab, aus dem Auto auszusteigen. »Ich habe das Gefühl, wir müssen reden. Du weißt schon, dieser letzte Abend ...«

»Lass es bleiben, Jimmy. Das ist vergangen.« Sie schloss die Tür und eilte auf den Eingang zu. Gab den Code ein und warf noch einen Blick über ihre Schulter, bevor sie ins Haus ging. Jimmy stand noch da.

Ellen betrat den Fahrstuhl, drehte den Schlüssel um und fuhr in den ersten Stock.

Das Haus stammte aus dem siebzehnten Jahrhundert und gehörte ihrer Großmutter. Der Lift endete in ihrer Wohnung, und manchmal bekam sie unerwarteten Besuch von Nachbarn, aber die kannte sie gut, sie gehörten alle zur Familie von Blaten. Das Erdgeschoss war an einen Bäcker vermietet, der das leckerste Gebäck in der ganzen Stadt herstellte.

Die Fahrstuhltüren öffneten sich, und sie gelangte direkt ins große Zimmer. Abgesehen von zwei Schlaf- und dem Badezimmer bestand die Wohnung im Prinzip nur aus diesem großen Raum. Rechts war die Küche, in der Mitte das Wohnzimmer und hinten am Fenster, das auf den Kai hinausging, war ihre Arbeitsecke. Die Wohnung war ein wenig schief, und die Fassade hatte sich aufgrund von Bewegungen im Untergrund kräftig nach hinten geneigt.

Sie trat ans Fenster und blickte auf Skeppsbron hinunter. Jimmy war weggefahren.

Lange hatte sie sich erträumt, dass er sich erklären würde, und nun bereute sie, dass sie ihm das Wort abgeschnitten hatte. Doch was gab es eigentlich noch zu sagen, dachte sie, warf ihre Lederjacke zur Seite und schleuderte die Schuhe von den Füßen. Sie hatte sich seit gestern Morgen nicht umgezogen, geschweige denn geduscht.

Sie ging ins Schlafzimmer und weiter ins Badezimmer. Zog ihre Sachen aus und ließ sie auf dem Boden liegen. Bereits als ihre Füße die warmen Steinplatten berührten, spürte sie, wie ihr Körper allmählich weicher wurde. Sie drehte den Wasserstrahl auf, bis der Druck stimmte und die Temperatur so heiß war, dass sie sich fast verbrühte.

Nach dem Duschen schlüpfte sie in ihren großen Bademantel und setzte in der Küche Teewasser auf. Zum Glück hatte sie am Donnerstag eingekauft. Butter, Käse, ein halbes Sauerteigbrot und eine große Packung veganes Eis.

Sie legte alles auf die Arbeitsplatte und machte sich zwei Brote, während in dem schwarzweißen Porzellanbecher der Tee zog.

Bei Ellen war alles schwarzweiß. Sie mochte gerade Linien und starke Kontraste. Vielleicht, um ihr inneres Chaos aufzuwiegen, oder als Reaktion auf die geblümten Tapeten und die antiken Möbel in allen Farben des Lichtspektrums, von denen sie während ihrer Kindheit auf Örelo umgeben gewesen war.

Die drei Zimmer in diesem Stockwerk waren bei Ellens Einzug behutsam renoviert worden. Sie hatte sich entschieden, den alten Charme des Hauses mit den weißen Deckenbalken zu erhalten. Boden und Wände waren weiß gestrichen. Die Küchenschränke waren zum Verdruss ihrer Mutter schwarz, doch was spielte das für eine Rolle? Sie kam sowieso nie zu Besuch. Farbenfroh waren nur die Bücher und Zeitschriften. Es gab keinen Balkon, aber wenn man in den tiefen und langen Erkern saß, hatte man einen Blick auf Skeppsholmen und Blasieholmen. Ellen hatte alles mit Kissen und Schaffellen ausgepolstert, und es waren schon viele Gläser Wein hier getrunken worden.

Sie griff nach dem Teller mit den Butterbroten, nahm den Tee in die andere Hand und ging zu dem Bücherregal hinüber, das die beiden Fenster einrahmte. Sie stolperte über die Jacke auf dem Fußboden und fluchte, als ihr der heiße Tee auf die Finger kleckerte. Auf unwesentliche Dinge wie Kleidungsstücke und Kleinkram erstreckte sich ihre Ordnungsliebe nicht.

Das Bücherregal hingegen war genau sortiert. Die Bücher waren nicht nach dem Alphabet oder nach Farben geordnet, wie manche Leute es machten, sondern nach Kriminalfällen.

Es war Literatur über verschiedene Morde aus aller Welt und auch aus früheren Zeiten. Bücher über Obduktionen waren darunter. Über das Anfertigen von Täterprofilen. Zeitungsausschnitte.

Sie hatte auch einiges auf dem Computer, aber das meiste hatte sie ausgedruckt und in Ordnern archiviert. Nun hatte sie auf den Festplatten fast nur noch Filmmaterial.

Das Bücherregal hatte sie fest einbauen lassen. Es ging bis unter die Decke, und sie hatte eine hohe Leiter, um die oberen Fächer zu erreichen.

»Das Regal des Todes«, nannte Philip es. Einmal hatte er in betrunkenem Zustand ein Buch herausgezogen und laut vorgelesen, wie eine Frau ihren Mann umgebracht hatte. In allen Einzelheiten. Anschließen hatte er angeblich wochenlang nicht geschlafen und sich unzählige Falten um die Augen zugezogen.

Ellen lächelte darüber, dass er immer so schamlos übertrieb.

Vor dem Bücherregal hatte sie ihren Schreibtisch. Keinen klassischen, sondern einen alten Arbeitstisch, den sie gefunden hatte, als die alte Schmiede auf Örelo saniert wurde. Sie hatte ihn mit nach Stockholm genommen und sich eine Glasplatte dafür anfertigen lassen, um eine glatte Oberfläche zu bekommen.

Sie stellte den Becher auf den Schreibtisch und biss von einem Käsebrot ab, bevor sie auch den Teller absetzte.

Eines Abends vor einigen Jahren hatte Philip wissen wollen, welche Morde sie am schrecklichsten fand, und nach ihren Top Five gefragt. Er hatte immer Schwierigkeiten gehabt, ihr Interesse an dem Thema nachzuvollziehen, und überlegte, ob das Ergebnis vielleicht seiner Liste der fünf besten Wimperntuschen ähnlich sein würde. Aber dann wurde ihm klar, dass der Vergleich hinkte, weil es ja vollkommen von der Beschaffenheit der Wimpern der jeweiligen Trägerin und der beabsichtigten Wirkung und so weiter abhing.

Da hatte es Ellen seiner Ansicht nach viel leichter. Sie sah das zwar anders, aber obwohl es so viel Schreckliches gab, dass es schwer war, eine Rangliste zu erstellen, nannte sie ihm zumindest die Fälle, die ihr als Erstes in den Sinn kamen.

»Christine Schürrer, die Deutsche, die 2008 in Arboga zwei kleine Kinder getötet hat. Nina Äikiä, die 2005 in Göteborg ihren zehnjährigen Sohn Bobby, der an einer nicht übermäßig großen Entwicklungsstörung litt, gefoltert und getötet hat. Irma Grese, deutsche Wächterin in einem Konzentrationslager. Myra Hindley, die Mitte der Sechziger in Manchester Kinder und Jugendliche folterte, misshandelte und ermordete. Diane Downs, 1983, Arizona. Sie hat ihre drei Kinder erschossen, um ihrem Freund näher zu sein.«

»Igitt. Wie widerlich, dass du auch die Jahreszahlen auswendig weißt«, sagte Philip.

Sie saßen in je einem Fenstererker, schlürften Rotwein und blickten auf Franska Bukten hinaus.

»Warum stehen nur Frauen auf deiner Liste? Keine Männer, und übrigens auch keine Schwulen.«

Ellen trank einen Schluck und dachte nach. Er hatte recht, auf ihrer Liste waren nur Frauen. Darüber hatte sie sich selbst noch nie Gedanken gemacht. Sie ging die Liste im Stillen noch einmal durch und überlegte.

»Weil sie so furchtbar sind. Weil es besonders weh tut. Stell dir mal diese Deutsche vor. Siehst du sie nicht vor dir?«

»Doch. Hässlich.«

»Sie hat zwei unschuldige Kinder aufgrund eines Eifersuchtsdramas getötet. Wie kann man so was machen? Ich verstehe das einfach nicht.«

»Da stimme ich dir zu, sie muss vollkommen geistesgestört gewesen sein.«

»Nein, eben nicht, jedenfalls wurde keine psychische Störung diagnostiziert.«

»Also war sie nur abgrundtief böse. Es gibt aber doch bestimmt jede Menge Männer, die ähnliche Verbrechen begangen haben, und warum hast du zum Beispiel nur eine weibliche Lagerwärterin? Ist sie deiner Meinung nach schlimmer als ein männlicher Aufseher im Konzentrationslager?«, fuhr er fort.

Nach einer gewissen Bedenkzeit nickte sie.

»Warum denn? Ich kapier das nicht, obwohl ich es eigentlich genauso sehe. Frauen sollten nicht morden. Es steht ihnen nicht, aber trotzdem.«

In diesem Moment und an diesem Ort wurde ihr bewusst, welchen Nervenkitzel das Thema auslöste. Wenn Frauen einen Mord begingen, war es besonders schrecklich. Es widersprach allen Normen für weibliches Verhalten. Sobald man von einer

Mörderin sprach, musste man hinzufügen, dass sie furchtbar böse war. Oder vollkommen verrückt. Das musste man sagen, um nicht den Glauben an die Menschheit zu verlieren. An Männer stellte man keine so hohen Erwartungen.

Die Erinnerung an den Abend rief ihr etwas ins Gedächtnis.

Sie stieg die Leiter zur Hälfte hinauf und betrachtete das Regalfach mit der Aufschrift »Kinder«. Sie holte einige der Bücher herunter, in denen sie die Antwort finden zu können glaubte. Und einen Ordner mit Zeitungsartikeln.

Bevor sie den Bücherstapel auf den Schreibtisch legte, schob sie die Zeitungen, die Quittungen und den ganzen anderen Müll zur Seite. Setzte sich. Knipste die Lampe an, die wie eine Maschinenpistole mit schwarzem Schirm aussah.

Es dauerte ungefähr eine Stunde, bis sie das Gesuchte in einem Buch mit dem Titel *Suffer the Little Children* fand. Ellen rieb sich die Augen, versuchte aber, ihre Müdigkeit zu ignorieren.

South Carolina, USA, 1994. Der FBI-Agent Gregg McGroy berichtet von einer Phantomentführung. Eine Mutter ist mit ihrer Tochter zu einem Shoppingcenter unterwegs, als die Mutter plötzlich Bauchschmerzen bekommt, zurück zur Wohnung rennt und das Kind auf der Straße zurücklässt.

Als sie wiederkommt, ist die Tochter weg. Die einzige Spur von dem Mädchen ist ein Fäustling.

Genau der war Ellen in Erinnerung geblieben. *Der Fausthandschuh.*

Hastig überflog sie den Text.

Vieles an der Geschichte war suspekt. Warum hatte die Mutter das Kind auf der Straße stehenlassen, anstatt es mit in die Wohnung zu nehmen? Es war unlogisch. Ellen dachte über Lycke und das Tennistraining nach. Die Eltern hätten doch an den Regen denken müssen, da Lycke draußen auf dem Sandplatz spielte, aber was wusste Ellen schon von gestressten Eltern kleiner Kinder? Seltsam war es trotzdem.

Des Weiteren hatte die Mutter aus South Carolina bei der Polizei angerufen und gesagt, ihre Tochter sei gekidnappt worden. Ihre Wortwahl machte die Polizei stutzig. Warum war das ihr erster Gedanke?

Nach einigen Tagen bekam die Mutter den anderen Fäustling geschickt, in einem Päckchen ohne Absender.

Ellen las eifrig weiter und kam bald zu der Stelle, die sie gesucht hatte.

Falls es sich um Kidnapping handelte, hätten die Entführer vorsichtiger sein müssen. Wenn Entführer sich an ein Kind heranmachten, hinterließen sie meist so wenige Spuren wie möglich. Hätten sie Geld gewollt, wäre sofort eine Lösegeldforderung gekommen. All das war logisch. Doch warum hatten sie dann die Tasche zurückgelassen?

Sie las weiter.

»Wenn jemand absichtlich eine Spur hinterlässt, ist das meistens ein Hinweis auf Tod.«

Tod.

Entweder aufgrund eines Unfalls oder absichtlich herbeigeführt. Die Entführung war eine Art, den Tod zu kaschieren. Nach einer Weile hatte die Mutter gestanden. Sie hatte ihr eigenes Kind getötet.

Ellen holte einige Male tief Luft. Sie hatte den ganzen Tag vergeblich versucht, Lyckes Eltern zu erreichen. Entweder sie gingen nicht ran, oder sie hatten ihre Telefone ausgeschaltet. Einfach anklopfen wollte sie nicht. Zum einen gehörte sie nicht zu dieser Art von Journalisten. Dann hätte sie auch für die Boulevardpresse arbeiten können. Zum anderen wusste sie genau, wie beschissen es den Eltern im Moment ging.

Hatte jemand Lycke zufällig ausgewählt, sie sich geschnappt und versehentlich getötet?

War es ein Unfall gewesen?

Sie blätterte in der aktuellen Tageszeitung bis zu den Seiten über Lycke und wühlte Stecknadeln und eine Schere aus ihrer Kramschublade in der Küche. Sie schnitt das Foto von Lycke aus und befestigte es hinter dem Sofa an der Wand.

Dann ging sie ins Schlafzimmer. Auf allen vieren räumte sie die Bücher aus dem Regal links neben dem Bett.

Der Karton stand ganz hinten, sie erreichte ihn nur mit ausgestrecktem Arm. Seit sie auf Skeppsbron wohnte, hatte sie ihn nicht mehr angerührt.

Sie fegte den Staub vom Deckel und zögerte einen Moment, bevor sie die Schachtel öffnete.

Als Erstes fand sie die Halskette und dann ein Foto.

Mit zitternden Händen band sie sich die Kette um, der Verschluss machte ihr Schwierigkeiten. Das Foto nahm sie mit ins Wohnzimmer und hängte es direkt unter das Bild von Lycke.

Lange stand sie da und starrte an die Wand. Ihre Augen füllten sich mit Tränen, sie musste sich abwenden.

Was zum Teufel mache ich hier eigentlich?, dachte sie. Der Tod, der Tod, der Tod.

Doch das half nicht.

Aus purer Verzweiflung griff sie zum Telefon und rief Ove an, es spielte keine Rolle, wie spät es war. Sie musste mit Lyckes Mutter sprechen. Es gefiel ihr nicht, aber vielleicht war dies die einzige Möglichkeit.

Sonntag, 25. Mai

Helena 9.00 Uhr

Wie in einem Film. Oder genau wie im Fernsehen.

Langsam strich Helena mit der Hand über das knallrote Ledersofa, und ihr Blick flackerte zwischen den verschiedenen Bildschirmen hin und her, die sie im Aufenthaltsraum umgaben. Es erschien ihr vollkommen unwirklich, dass sie gleich im Studio sitzen und mit Tilde de Paula plaudern würde.

Das Thema des sonntäglichen Morgenmagazins war der Muttertag, und im Studio buk Leila pastellfarbene Torten für die wunderbaren Mütter im Land, die für all das, was sie im Laufe des Jahres für ihre Kinder getan hatten, eine frisch gebackene Torte verdient hatten. Sahnige Torten für die perfekten Mütter, denen nie der Geduldsfaden riss und die immer für ihre Kinder da waren, egal, wie schlecht es ihnen selbst ging. Die sich selbst nicht so wichtig nahmen, weil die Kinder bei ihnen immer an erster Stelle standen. Die nie das Zähneputzen ausfallen ließen oder vergaßen, Vitamin D zu verabreichen, und jeden Tag in aller Ruhe mit den Kindern Hausaufgaben machten. Die niemals schrien. Oder ihre Kinder verloren.

Helena atmete bedächtig und wandte sich dem Frühstücksbüffet zu, das im Raum aufgetischt worden war. Obwohl sie seit Freitag kaum etwas zu sich genommen hatte, reizten sie die Erdbeeren, die frischen Croissants und die anderen Dinge, die sie normalerweise gerne aß, nicht im Geringsten.

Die Wände waren schwarz gestrichen. Es war bei weitem

nicht so glamourös hier, wie sie sich einen Fernsehsender vorgestellt hatte. Ganz ähnlich wie beim Kinderkriegen, dachte sie, aber darüber sprach niemand. Ein Kind zu bekommen, war ein Synonym für Glück, Liebe und Euphorie. Für alle. Alle außer Helena. Erwartungen bilden eine Wirklichkeit, die nicht existiert, versuchte sie, sich selbst zu trösten.

Ein gestresster Mann mit Headset rannte vorüber und blieb ruckartig vor einem der Monitore am anderen Ende des Raums stehen.

»Mach schon, Leila, jetzt leck ein bisschen Teig ab und lächle so wundervoll, wie nur du es kannst.« Er schlug sich mit der geballten Faust in die Hand.

Helena richtete den Blick auf den Bildschirm in ihrer Nähe und sah direkt in die treuen Kulleraugen der Fernsehköchin.

Vor ihr auf dem Tisch lagen die Tageszeitungen. Fette Überschriften riefen nach Lycke, und auf der Titelseite eines Boulevardblatts war ein großes Foto von ihr zu sehen. Helena drehte die Zeitung um.

Sie hatte die Zeitungen schon gelesen, obwohl sie eigentlich gar nicht wissen wollte, was geschrieben wurde, aber es blieb ihr nichts anderes übrig, denn sonst hätte sie überhaupt nichts erfahren. Die Polizei gab sich wenig Mühe, sie auf dem Laufenden zu halten.

Das Jucken begann. Angestrengt leistete sie Widerstand.

Dieser Ove von der Polizei hatte sie über eine Kolumne im Netz informiert, in der es um ihre kühle Ausstrahlung in der gestrigen Pressekonferenz ging, und er war der Meinung, dass es gut für sie wäre, heute im Frühstücksfernsehen aufzutreten, um der Öffentlichkeit einen anderen Eindruck zu vermitteln.

Wer hatte das Recht, sich darüber ein Urteil zu bilden?, fragte sie sich und spürte, wie ihre Wangen vor Wut glühten.

Es war ungerecht. Sorgen und Kummer machten, was sie wollten, und ließen sich nicht steuern. Sie konnte sie weder erzwingen noch zurückhalten. Vor allem hatte sie keine Lust, ihre Gefühle mitzuteilen. Niemandem. Was wusste denn dieser Kolumnist über sie? Nichts. Wurde von ihr erwartet, dass sie zusammenbrach, weil sie die Mutter war? War es einfach nicht denkbar, dass sie die Fassung bewahrte?

Harald dagegen. Er war nach der Pressekonferenz gefeiert worden. An ihn als Vater wurden offenbar ganz andere Erwartungen gestellt.

Soll ich das hier wirklich machen?, überlegte sie. Ist es klug?

Sie musste schon wieder pinkeln, obwohl sie in der letzten halben Stunde dreimal auf der Toilette gewesen war. Sie kniff die Beine zusammen. Steckte sich einen Nikotinkaugummi in den Mund.

Ein älterer Herr mit einem großen Papagei auf der Schulter setzte sich auf das Sofa gegenüber. Nachdem er sie kurz begrüßt hatte, unterhielt er sich mit seinem Vogel.

Es war, als wäre sie in eine Art Scheinwelt geraten.

Der Sportreporter Peppe Eng schnappte sich im Vorbeigehen ein Croissant. Von dem Vogel im Raum nahm er überhaupt keine Notiz, er war wohl Alltag für ihn.

Vielleicht umso seltsamer, dass sie hier war.

Helena sah auf die Uhr. Sie konnte sich kaum noch zusammenreißen und stand auf, um auf die Toilette zu gehen.

»Stehen bleiben, wo wollen Sie hin? In wenigen Minuten kommen die Nachrichten, und dann müssen Sie rein.«

Der mit dem Headset hatte sie aufgehalten.

»Ich muss Ihnen noch das Mikro anstecken.« Er hielt ein kleines Mikrophon und eine Dose in der Hand, die er hinten an ihrer Hose feststeckte.

»Aber ...«

»Kein Aber, jetzt geht es ruck, zuck. Was dagegen, wenn ich Sie ein bisschen begrapsche, während ich das Mikro befestige?«

Ohne ihre Antwort abzuwarten, schob er ihre Bluse hoch.

Sie wagte nicht zu protestieren. Sein Mundgeruch verriet übermäßigen Kaffeekonsum. Sie atmete durch den Mund, um ihrer Übelkeit nicht noch mehr Nahrung zu geben. Was, wenn sie sich übergeben musste?

Im Hintergrund begannen die Nachrichten. Sie sah ein Bild von Lycke. Schloss die Augen.

»So, jetzt kommen Sie bitte mit.«

Sie gingen eine Treppe hinauf und eine andere wieder hinunter. Helena hatte Schwierigkeiten, sich zu orientieren.

Vor einer großen Tür, die wie ein Garagentor aussah, blieben sie stehen. Darüber leuchtete eine rote Lampe. Sendung.

»Pscht«, ermahnte er sie und öffnete vorsichtig die Tür.

Sie gelangten in einen Raum, der ihr wie ein dunkler Hangar vorkam. Schwarzer Stoff hing vor den Wänden, und auf dem Fußboden ringelten sich Kabel. Helena tat ihr Bestes, um nicht draufzutreten. Weiter hinten erstrahlte das Studio wie eine Erscheinung.

Der Mann signalisierte ihr stumm, dass sie stehen bleiben sollte. Sie hörte Tildes Stimme.

»Als Nächstes geht es um Lycke, die am Freitag vom Tennistraining verschwunden ist. Sie ist jetzt seit zwei Tagen und ...«

Helena wünschte, sie wäre aufs Klo gegangen.

»Helena, die Mutter von Lycke, ist heute hier bei uns, um von diesen furchtbaren Tagen zu erzählen. Außerdem haben wir Besuch von der bezaubernden Carolina Gynning, Model, Moderatorin und Schmuckdesignerin, sie ist schwanger und spricht mit uns über das Stillen und andere schöne Dinge. Wir sind gleich wieder da.«

»Werbung.« Der Studiomann winkte sie heran.

Atmen, dachte sie und strich sich die Haare aus dem Gesicht.

»Sie können nun reingehen und sich gegenüber von Tilde an den Tisch setzen.« Er deutete auf den freien Platz.

Tilde stand auf und begrüßte sie. Helena bemühte sich, das Zittern ihrer Hände zu verbergen.

Tilde lächelte sie freundlich an. Irgendjemand zählte rückwärts. Helena konnte die Person nicht erkennen, weil die starken Lampen sie blendeten.

»Drei, zwei, eins.«

Tilde sprach in die Kamera. »Es sind jetzt zwei Tage vergangen, seitdem das Unvorstellbare geschehen ist. Lycke ist hier im Zentrum von Stockholm vom Tennistraining verschwunden. Ihre Mutter Helena Engström ist heute hier, um von diesen schrecklichen Tagen und der Suche nach ihrer Tochter zu berichten. Es ist furchtbar, und man hat natürlich Mitgefühl mit der engsten Familie und allen Angehörigen. Mir als Mutter macht das, was da draußen passiert, besondere Angst. Wir haben unsere Reporterin Ellen Tamm gebeten, Eltern in der Stadt ein paar Fragen zu stellen.«

Helena schaute auf einen kleinen Bildschirm neben ihnen. Sie erkannte die Reporterin wieder. Die Leute redeten über ihre Tochter. Irgendwelche Leute auf der Straße redeten über ihre Tochter. Fremde.

Sie trank einen Schluck Wasser aus dem Glas, das vor ihr stand, und sah auf dem Bildschirm, wie die Kamera auf ihr Gesicht zoomte. Sie erstarrte.

»Herzlich willkommen, Helena. Sie sind Lyckes Mutter.«

Sollte sie Tilde anschauen oder in die Kamera?

»Wie geht es Ihnen?«, fuhr Tilde fort, als Helena sich gesetzt hatte.

Helena holte tief Luft und konzentrierte sich.

»Tja, was soll man da sagen? Die vergangenen Tage waren fürchterlich. So etwas durchzumachen, wünsche ich meinem ärgsten Feind nicht.«

Tilde nickte, als würde sie es verstehen. Aber wie sollte sie? Niemand konnte das.

Helena sprach weiter. »Wir können nichts tun, außer zu suchen, aber wo? Jede Minute erscheint einem wie eine Stunde, wenn man sich immer nur fragt, wann dieser Alptraum endlich endet, und gleichzeitig Angst vor dem Ende hat, weil dann vielleicht alles noch schlimmer wird.«

Sie zupfte an den Ärmeln ihrer Bluse und verspürte im selben Augenblick am ganzen Körper den Juckreiz.

»Irgendwo da draußen gibt es jemanden, der weiß, wo meine Lycke ist, und ich bitte Sie, geben Sie sie uns zurück. Bitte.«

Während sie das sagte, sah sie in die Kamera. Es kam ihr am natürlichsten vor. Aber der Rest. Klang der Satz einstudiert?

Ihr Puls schoss in die Höhe, und ihre Arme juckten jetzt wie verrückt.

»Starke Worte«, sagte Tilde. »Liebe Zuschauer, bitte geben Sie auf unserem Twitteraccount derfalllycke gerne Hinweise oder Kommentare dazu ab. Sie bitten jemanden, Ihnen Ihre Tochter wiederzugeben. Was veranlasst Sie zu der Annahme, jemand hätte das Kind in seine Gewalt gebracht? Fühlten Sie sich beobachtet oder gar bedroht?«

Helena konnte nicht mehr. Warum hatte sie sich darauf eingelassen? Sie wollte wegrennen. Nach Hause. Die Tür abschließen. Stattdessen machte sie weiter. Wie ein Roboter.

»Die Polizei glaubt, dass es sich um Menschenraub handelt, und die Frage, ob wir uns bedroht fühlten, erscheint mir merkwürdig. Die Polizei hat uns das auch gefragt. Mir graust allein bei dem Gedanken, aber mir fällt nichts ein, was darauf hindeuten würde. Wenn wir geahnt hätten, dass irgendeine Gefahr besteht, hätten wir sie doch niemals alleine an der Tennishalle abgesetzt. Dass so was passiert, malt man sich doch in seinen wildesten Phantasien nicht aus.«

»Lycke war in der vergangenen Woche bei ihrem Vater, weil Sie geschieden sind und gemeinsames Sorgerecht haben«, sagte Tilde.

»Ja, genau.«

»Hat er manche Dinge anders gesehen oder erlebt?«

»Nein, soweit ich weiß, nicht. Ich glaube, das hier könnte jedem passieren. Lycke hatte nur das Pech, zum falschen Zeitpunkt am falschen Ort zu sein.«

»Glauben Sie, dass sie noch lebt?«

Es war nicht leicht, mit dieser Frage umzugehen. Helena nahm einen tiefen Atemzug.

»Das weiß ich nicht. Und ich habe auch nicht genug Kraft, um Spekulationen anzustellen, aber mir ist bewusst, dass die Zeit nicht auf unserer Seite ist.«

Bevor sie antwortete, warf Tilde einen ausweichenden Blick auf ihr Manuskript.

»Aber die Hoffnung stirbt zuletzt, oder?«

»Ich hoffe nur, dass derjenige, der sie in seiner Gewalt hat, gut für sie sorgt ...« Helena trocknete ein paar Tränen unter den Augen. »All das ...«, die Worte blieben ihr im Hals stecken, »was eine Mutter sich so wünscht.«

»Ich weiß genau, was Sie meinen. Ich glaube, es gibt viele Mütter, die gerade an einem solchen Tag mit Ihnen fühlen und sich in Ihre Ängste hineinversetzen können. Am Freitag ist Lycke verschwunden. Wie waren die letzten Tage für Sie?«

Das kann sich niemand vorstellen, dachte Helena und trank einen Schluck Wasser, bevor sie antwortete.

»Furchtbar. Ich kann gar nicht beschreiben, wie schrecklich es war. Und immer noch ist. Mir lässt der Gedanke keine Ruhe, dass es vielleicht noch schlimmer wird. Wie soll ich damit fertigwerden? Wie viel kann ein Mensch verkraften? Das Ganze ist wie ein Alptraum, aus dem man nicht erwacht.« Sie wischte sich die Wangen mit der Hand ab.

Ein Foto von Lycke erschien im Bild. Helena entspannte sich und nutzte die Gelegenheit, um ihre Tränen zu trocknen und an der Bluse zu zupfen.

»Erzählen Sie doch ein bisschen von Lycke«, bat Tilde.

»Sie war, ist, ein wunderbares kleines Mädchen. Sie ist so süß, der süßeste Schatz auf der Welt, wie Sie auf dem Bild sehen. Der Tag, an dem Lycke geboren wurde, war der glücklichste Tag in meinem Leben. Davon hatte ich jahrelang geträumt, eigentlich schon immer. Das ist ja schließlich der Sinn des Lebens. Mutter zu werden.«

»Es geht unglaublich zu Herzen, wenn man Ihnen zuhört. Ich kann die Tränen kaum zurückhalten. Trotzdem wurde Ihnen Gefühlskälte vorgeworfen.«

Helena seufzte. »Das habe ich auch gelesen. Aber wie soll man denn sein? Wie sieht man aus, wenn man sich Sorgen macht und nicht geschlafen hat? Welchen Eindruck macht so ein Mensch? Ich weiß nicht, was ich zu diesen Vorwürfen sagen soll. Wer bestimmt, wie ich reagiere? Es geht doch um meine Tochter, die ich mehr liebe als alles andere.«

Tilde nickte.

»Was passiert jetzt?«

»Wir suchen weiter und hoffen, dass alle die Augen offen halten.«

»Ja.« Tilde schaute in die Kamera. »Wenn Sie etwas gesehen oder gehört haben, rufen Sie bitte unsere Servicenummer an. Vielen Dank, dass Sie hergekommen sind und mit uns gesprochen haben, Helena.«

Tilde lächelte und sah dann wieder in die Kamera.

»Wir wollen rasch das Thema wechseln. Superfrau, Autorin, Künstlerin, Schauspielerin, Model, ja, die Liste ist endlos, ich werde richtig neidisch ...«

Es war zu Ende. Tatsächlich. Helena fühlte sich vollkommen leer.

Ellen 9.30 Uhr

Vor den Bildschirmen im dunklen Kontrollraum klatschten alle in die Hände.

Alle außer Ellen. Sie hatte Schwierigkeiten damit, sich über den Erfolg des Senders mit dem Fall Lycke zu freuen.

Als sie die Mutter im Morgenmagazin sitzen und mit Tilde sprechen sah, schämte sie sich, dass sie Ove überredet hatte, Helena dorthin zu schicken.

Doch ihr war nichts anderes übriggeblieben. Sie hoffte, dass Philip in der Maske gute Arbeit geleistet hatte. Außerdem rief sie sich ins Gedächtnis, dass die Mutter von sich aus gerne in die Sendung wollte, um ein vorteilhafteres Bild von sich zu vermitteln, nachdem sie auf der gestrigen Pressekonferenz sowohl auf die Medienleute als auch auf die Allgemeinheit einen gefühlskalten und ungerührten Eindruck gemacht hatte. Hier war es ihr zumindest gelungen, Emotionen zu zeigen.

Aber irgendetwas war seltsam. Sie dachte über das nach, was sie gestern über die Mörderin ihrer eigenen Tochter und den zurückgelassenen Fausthandschuh gelesen hatte. Helena hatte über Lycke gesprochen, als würde sie nicht mehr existieren.

Ellen erschauerte.

Jimmy stand ein Stück von ihr entfernt. Kurz streiften sich ihre Blicke, bevor sie lieber wegsah.

Er hatte etwas Besonderes an sich. Sobald er einen Raum betrat, umgab ihn eine Aura, während alles ringsherum verschwamm. Fast als würde ein automatischer Bildfilter ihren Blick nur scharf stellen, wenn sie ihn ansah. Wie sollte sie aushalten, ihn die ganze Zeit in ihrer Nähe zu haben?

Eine der Kameras war immer noch auf Lyckes Mutter gerichtet.

Der Studiomann entfernte des Mikro, und sie schien sich unwohl zu fühlen, als er ihr das Kabel aus der Bluse zog.

Ellen dachte an ihre Stimme, die so scharf geklungen hatte. Ebenso scharf, wie ihr Gesicht spitz wirkte. Sie konnte nicht verstehen, warum sich viele so verhielten, als wäre Lycke tot.

Ellen griff nach dem kleinen Schmuckstück an der silbernen Kette, die sie seit vielen Jahren um den Hals trug. Es stellte eine Seerose dar.

Jimmy knuffte sanft gegen ihre Schulter und riss sie aus ihren Gedanken. »Gute Arbeit, Ellen. Ich hätte nie gedacht, dass du sie hierherkriegst. Und die hübsche Umfrage heute Morgen ist dir auch gelungen. Man spürt förmlich die Angst der Eltern rund um den Karlaplan.«

»Sinnlos, wenn du mich fragst«, sagte sie.

Sie merkte an seinem Mundgeruch, dass er am Vorabend aus gewesen war. Er musste noch weitergezogen sein, nachdem er sie abgesetzt hatte.

»Zwei Abende hintereinander? Nicht schlecht«, sagte sie vorwurfsvoll und bereute sofort die Härte in ihrer Stimme.

»Tja, die guten Quoten muss man natürlich ausnutzen.« Er lachte auf. »Aber heute bin ich schon ein wenig müde.«

Sie wollte fragen, wo er gewesen war, hielt sich aber zurück. Sie war seit über einem Jahr nicht mehr in sein Leben involviert, warum sollte sie sich jetzt plötzlich dafür interessieren? Das hatte er gar nicht verdient.

»Das kenne ich.« Sie wedelte seine Fahne weg, die momentan vor allem nach Bier roch.

Zwei Seiten derselben Medaille. Einige Leute feierten hohe Zuschauerzahlen, die sie einem kleinen vermissten Mädchen zu verdanken hatten, und im anderen Teil des Hauses trauerte eine alleinstehende Mutter um ihre verschwundene Tochter.

Ellen war froh, dass es nicht ihre Mutter war, die da eben von Tilde interviewt worden war. Erneut rief sie sich ins Gedächtnis, warum sie das morgendliche Interview organisiert hatte.

Was, wenn sie in den Aufenthaltsraum für die Studiogäste hinunterrannte und mit der Mutter sprach? Um sich ein Bild von ihr zu machen. Und ihr ein paar Fragen zu stellen. Doch sie musste sich beherrschen. Sowohl die Mutter als auch Ove hatten es zur Bedingung gemacht, dass sich ihr außer Tilde keine Journalisten näherten.

Aber niemand konnte Philip davon abhalten, in der Maske mit ihr zu reden.

Das Telefon klingelte, und Ellen verließ den Kontrollraum, um den Anruf entgegenzunehmen.

»Hallo Mama.«

»Arbeitest du?«

»Ja.«

»Ich dachte, du würdest heute nach Hause kommen. Es ist Muttertag, und wir wollten doch zusammen auf Örelo zu Abend essen. Dein Bruder und seine Familie kommen.«

Das hatte sie vollkommen vergessen. Ellen biss sich auf die Lippe.

»Entschuldige, Mama, ich kann heute nicht kommen, ich habe zu tun.«

Lange war es still. »Ich verstehe, das ist wichtiger.«

»Es ist ein kleines Mädchen. Sie ist acht Jahre alt, Mama. Ich muss ...«

Es klang, als wäre die Verbindung unterbrochen, aber dann war Margareta wieder zu hören. »Ich weiß.«

Sie legten auf, und Ellen fühlte sich völlig leer.

Sie musste sich vor der Sendung heute Abend auf die Pädophilen konzentrieren, die die Polizei ins Visier genommen hatte. Ansonsten würde ihr Jimmy die Leviten lesen. Und vielleicht hatte er recht. Lars' Gesicht tauchte vor ihrem inneren Auge auf.

Am Morgen waren Krimiann und Ellen zusammen die Sexualstraftäter durchgegangen, die wieder auf freiem Fuß waren.

Es war jedoch schwer, sich ein deutliches Bild zu machen. Ove wollte natürlich keine Namen nennen, und in gewisser Hinsicht hatte sie das Gefühl, dass sie sich in diesem Punkt ohnehin keine Hoffnungen zu machen brauchten. Wenn die Polizei ihr Augenmerk bei diesem Fall auf irgendetwas richtete, dann auf die Pädophilen.

Die Polizei tat angeblich, was sie konnte. Sie überprüften die Taxifahrten von und zur Königlichen Tennishalle und dem Rålambshovspark. Sie kontrollierten die Falschparker in dem Gebiet und putzten bei den Leuten in der Umgebung beider Orte die Klinken.

»Wir sprechen mit Zeitungsboten, Nachtwächtern, Männern vom Wachschutz und dem Personal der U-Bahn. Wir sichten das Material aus den Überwachungskameras, soweit es zur Verfügung steht. Wir geben unser Bestes«, sagte Ove.

Aber das reicht nicht.

Sie schrieb eine Mail an Krimiann. Kannst du mir eine Liste der alten Fälle schicken, bei denen innerhalb der vergangenen zwanzig Jahre Kinder verschwunden sind? Egal, wie schwierig und abstoßend es war, das Material durchzuackern, vielleicht würde sie einen Hinweis finden.

Das Handy piepte. Eine SMS von Philip.

Komm in 30 min zur Laderampe!

Mona 9.55 Uhr

Die Tränen steckten ihr immer noch im Hals wie ein Kloß, den sie weder hochwürgen noch runterschlucken konnte. Zum ersten Mal seit langem beschloss sie, am Sonntagsgottesdienst teilzunehmen.

Sie war müde. Erschöpft. Obwohl es schon fast zehn war, hatte sie sich noch nicht angezogen. Auf dem Tisch vor ihr lag die Zeitung von heute. Sie hatte sie nicht einmal aufgeschlagen. Das Foto von Lycke auf der Titelseite machte ihr Angst, und die Überschriften schrien sie so laut an, dass sie sich am liebsten die Ohren zugehalten hätte.

Es war alles so schrecklich, und das Traurigste daran war, dass es im Grunde allen egal war. Außer ihr.

Mitten zwischen den schwarzen Worten über das Unglück und die Finsternis standen geschmackloserweise ein Hinweis auf einen Artikel zum Muttertag sowie Tipps, wie man am besten die eigene Mutter feierte. Mona schob die Zeitung beiseite und widmete widerwillig ihrer eigenen Mutter einen Gedanken.

Laut den Ärzten war sie aufgrund ihrer Alkoholabhängigkeit von innen verfault. Sie war nicht die Art von Frau, die man am Muttertag feierte. Es gab viele Mütter, die das nicht verdient hatten. Einen Augenblick lang überlegte Mona, ob es das Schicksal von bösen Menschen war, von innen zu verfaulen. Sie hoffte fast, dass es so war.

Sie trank einen Schluck von ihrem Tee, der inzwischen kalt war. Die Wanduhr tickte. Sie hielt sich an der Stuhllehne fest und schaffte es schließlich aufzustehen. Ihre Beine fühlten sich bleischwer an, und jede Bewegung kostete sie große Anstrengung. Trotzdem musste sie sich aufraffen, zur Kirche gehen und für die kleine Lycke beten.

Nachdem sie das Haus verlassen hatte, spannte sie ihren Regenschirm auf. Das Unwetter hatte über Nacht nicht nachgelassen. Dieser Regen war einfach schrecklich. Sie konnte sich gar nicht erinnern, wann es zuletzt so stark geregnet hatte. Ihre Unruhe wurde dadurch noch verstärkt.

Die Stäbe im Schirm standen in alle möglichen Richtungen ab, und durch kleine Löcher tropfte Wasser.

Die Schmerzen quälten sie bei jedem Schritt, aber sie konnte sie nicht genau lokalisieren, sondern hatte das Gefühl, dass es am ganzen Körper weh tat.

Ihr kleiner roter Golf stand auf dem abschüssigen Abrahamsväg, und sie zog schon mal den Schlüssel aus der Tasche.

Wie immer beschloss sie, an dem Haus im Leksandsväg in Nockeby vorbeizufahren, und blieb am Ende des Wendehammers zwischen all den schönen Einfamilienhäusern aus den Zwanzigern stehen. Sie stieg aus, spannte wieder ihren Schirm auf und blickte den steilen Abhang hinunter. Dies war keine Straße, auf der man kleinen Kindern das Fahrradfahren beibrachte, aber für sie war der Platz perfekt geeignet, weil sie von hier aus in den Garten sehen konnte.

Am intensivsten waren die Erinnerungen in den Sommermonaten. Dann konnte sie sich mühelos vorstellen, wie alles ausgesehen hatte, als sie an diesem Tag im Juni vor sechsundvierzig Jahren in diesen Garten geguckt hatte. Sie konnte sich noch immer an Glückstaumel erinnern, der von ihrem ganzen Körper Besitz ergriff, als sie ihn zum ersten Mal sah. Er hatte in der Hollywoodschaukel gesessen und die Zeitung gelesen, und wenn er vor- und zurückschwang, quietschte es leise. Elegant war er. Der attraktivste Mann, den sie je gesehen hatte.

Eine junge Frau hatte einem kleinen Jungen, der auf einem Gartenstuhl auf der Veranda saß und mit den Beinen baumelte, Limonade gebracht. Im Schatten eines Apfelbaums hatte ein Kinderwagen gestanden.

Das Ganze war so schön gewesen und so schrecklich idyllisch. Genau so hatte sie sich ihr Leben erträumt. Am liebsten wäre sie über den Zaun gesprungen, ihm um den Hals gefallen und ein Teil des bezaubernden Szenariums geworden. Doch sie tat, was die Frau vom sozialen Dienst ihr geraten hatte.

Sie hielt sich zurück. Bis heute. Manche Wunden verheilten nie, und sie spürte den Schmerz bis heute.

Es war kalt und stürmisch. Sie musste den Regenschirm kräftig festhalten. Der Garten mit den blühenden Apfelbäumen war noch genauso schön. Obwohl der Regen die meisten Frühlingsdüfte erstickte, roch es leicht nach Faulbaum. Der Strauch wurde von Jahr zu Jahr größer und wunderbarer.

Viele verschiedene Familien hatten in dem Haus gewohnt. Die Fassade hatte mehrmals die Farbe gewechselt, und die Vorhänge und Gartenmöbel waren ausgetauscht worden, aber nichts konnte sie dazu bringen, zu vergessen.

Sie schüttelte den Kopf, faltete den Regenschirm zusammen und setzte sich ins Auto, um zur Kirche in Bromma zu fahren.

* * *

Nach dem Gottesdienst blieb sie noch, um zu beten und Kraft zu sammeln. Sie saß ganz allein in der Kirchenbank.

Hier fühlte sie sich sicher. Sie war all die Jahre hergekommen. Seit ihre Mutter verstorben war.

Draußen heulte der Wind, aber die Wettermächte konnten ihr nichts anhaben. Nicht hier drinnen.

Als sie die Augen schloss, sah sie Lyckes unschuldiges Gesicht vor sich.

Monas kalte und vernarbte Hände flochten sich ineinander, während sie leise vor sich hin murmelte:

»In der stillen Zeit der Nacht
Halten deine Engel Wacht
Dann kann das Böse mir nichts tun
Und ich kann in Frieden ruhn.«

Ellen 10.15 Uhr

Ellen sagte hallo zu Viljar und den anderen Männern aus der Technik und trat auf die Laderampe hinaus, mittlerweile der einzige Ort, wo man noch rauchen durfte. Hier traf man sich auch, um sich ungestört zu unterhalten.

An der Wand standen ein kleiner Tisch und zwei Stühle. Sie setzte sich und wartete auf Philip. Der Regen ließ sich von der Überdachung nicht abhalten, und Ellen ärgerte sich, dass sie ihre Jacke nicht mitgenommen hatte. Auf dem Tisch standen einige leere Kaffeetassen und ein Aschenbecher, daneben lagen aufgeschlagene Boulevardzeitungen des Tages. Obwohl sie bereits alles gelesen hatte, was am vergangenen Tag über Lycke geschrieben worden war, blätterte sie bis zur Mitte, hatte aber erst die Einleitung gelesen, als sie gestört wurde.

»Ich habe dich runtergehen gesehen und möchte etwas mit dir besprechen.«

Es war Jimmy.

Ellen faltete die Zeitung zusammen und fragte sich, warum er ihr auf die Laderampe gefolgt war. »Okay.«

»Wie geht es dir?«

»Gut.«

»Ich habe einige Zuschauerkommentare zur Sendung gestern Abend gelesen. Da fallen ziemlich harte Worte.«

»Ach ja?« Sie biss sich auf die Lippe und wusste nicht, worauf er hinauswollte.

»Vor allem über dich und deine Beiträge. Fühlst du dich bedroht?«

»Bedroht?« Sie blickte auf.

»Ja, wie gesagt, freundlich sind die Kommentare nicht.«

»Nein.« Sie bemühte sich, ungerührt zu wirken, wusste aber genau, worüber er redete. Netzhass. Trolle. Es war immer schlimmer geworden. Obwohl sie nicht zu den bekanntesten

Leuten in ihrer Branche gehörte, wurde sie von vielen bösartig angegriffen. Kaum war sie auf dem Bildschirm zu sehen, prasselten die fiesen Kommentare per E-Mail, auf der Homepage von TV4 oder bei Facebook auf sie ein.

»Viele machen sexuelle Anspielungen.«

Jetzt stand sie auf. Es war ihr unangenehm, wenn er auf sie hinuntersah und gleichzeitig über Sex sprach.

»Es werden Kommentare zu deinem Körper abgegeben«, fuhr er fort.

Nein, jetzt soll er aufhören, dachte sie und genierte sich fast. Sie fürchtete sich beinahe vor dem, was er als Nächstes sagen würde.

»Warum sitzt du hier und liest Kommentare über mich?«

»Das ist Teil meines Jobs, und es ist nicht so, dass du nicht anziehen dürftest, was du willst, aber ich dachte nur ...«

»Ja, ich weiß«, unterbrach sie ihn. »Aber ich versuche, diesen Mist nicht zu beachten. An den Wochenenden ist es immer schlimmer. Die Leute sind besoffen und haben nichts Besseres zu tun, als irgendwelchen Kram im Internet zu kommentieren. Das sollte man einfach ignorieren.« Sie wollte dieses Gespräch beenden.

»Ich weiß nicht recht. Sag ruhig Bescheid, wenn es dir unangenehm wird. Ich möchte jedenfalls, dass du weißt, wie ernst ich solche Themen nehme. Ich meine es nur gut mit dir.«

Na toll, dachte sie, nickte aber. Hatte er wirklich das Recht, hier zu stehen und sich Sorgen um sie zu machen, nur weil er jetzt ihr Chef war?

»Okay. Danke.« Sie setzte sich wieder.

Sie überlegte, ob sie nachsehen sollte, welche Kommentare er gemeint hatte, beschloss aber, es bleiben zu lassen. Ihre Psyche hatte schon genug zu verkraften.

Netzhass war zu einem großen Problem geworden. Die Redaktionsleitung hatte in Erwägung gezogen, die Kommentarfunktion auszuschalten, aber E-Mails konnte man dann immer noch schicken. Außerdem hatte sie ein offizielles Facebookprofil. Wenn man im Fernsehen zu sehen war, gehörte das zum Job. Sie versuchte, nicht darüber nachzudenken und es sich nicht zu Herzen zu nehmen. Sie hatte im Leben Schlimmeres erlebt. Solange sie das Zeug nicht lesen musste, konnte sie Distanz dazu wahren. Schwieriger war es, wenn Drohbriefe in ihrem Briefkasten landeten, aber das kam äußerst selten vor.

»Okay, warten wir ab, wie sich die Sache entwickelt.« Er öffnete die Tür zur Technik.

»Gut«, antwortete Ellen.

Im gleichen Moment, als die Tür hinter Jimmy ins Schloss fiel, kam Philip auf die Laderampe gesprungen.

»Ma chérie!« Er klatschte in die Hände und ließ sich lächelnd neben ihr nieder. »Stell dir mal vor, wir würden jetzt in Paris sitzen, du und ich, in einem altehrwürdigen, ganz traditionellen kleinen Café mit dieser ursprünglichen Atmosphäre. Diesen Parkplatz, die Laderampe, die verrotteten Stühle und all die hässlichen Klinkerbauten rings um uns musst du dir einfach wegdenken.«

»Alles klar.« Ellen lachte. »Heute fahren wir nach Paris.«

Auch wenn man von hier aus nicht den schönsten Blick hatte, liebte es Ellen, hier zu sitzen.

»Wie geht es dir?«, fragte Philip und kniff ihr fürsorglich in die Wange. »Was wollte Jimmy?«

»Nichts, Chefin«, sagte Ellen mit gequältem Grinsen und zuckte mit den Achseln. »Hast du mal eine Zigarette für mich?«

»Aber sicher.« Er zog ein Päckchen Ökozigaretten aus der Tasche und hielt es ihr hin.

Sie steckten sich beide eine an und schauten auf den Parkplatz.

»Sollen wir uns Austern bestellen, bevor wir den Eiffelturm besteigen?«

»Hör auf und erzähl schon, was hat sie gesagt?«

Viljar kam raus auf die Laderampe. Er pfiff eine Melodie vor sich hin, die Ellen nicht kannte, aber sie klang hübsch. Er hob einige Pakete an.

»Was trägst du da um den Hals?«, fragte Philip.

Ellen griff nach ihrer Kette, drückte sie ganz fest und verbarg sie unter ihrem Shirt. »Nichts.«

»Ganz ehrlich, Ellen, ich sage es jetzt zum letzten Mal, ich finde nicht, dass du dich mit dieser Sache beschäftigen solltest.«

Sie vermied es, etwas darauf zu erwidern.

»Es geht dir nicht gut. Das sehe ich dir an.«

Ellen blickte in den Regen, der auf den Asphalt prasselte.

»Was hat sie gesagt?« Sie tippte auf die Zeitung, auf deren Titelseite ein großes Bild von Lyckes Mutter auf der Pressekonferenz zu sehen war. »Ich will alles wissen. Was hältst du von ihr?« Ellen blätterte zu den Seiten sechs und sieben. »Hast du das gelesen? Zwischen den Zeilen werfen sie ihr vor, sie hätte Lycke beim Tennis vergessen, und es sei ihre Schuld, dass Lycke nicht mehr da ist.«

»Du glaubst doch auch, dass sie es war«, sagte Philip.

»Das habe ich nicht gesagt, sondern nur, dass etwas nicht stimmt, und ich wäre ganz sicher nicht mit meinem Verdacht an die Öffentlichkeit gegangen, bevor ich nicht über alle nötigen Informationen verfüge.«

»Stimmt, aber du liest ja auch zwischen den Zeilen. Sie beschuldigen sie nicht. Aber, ja, ich weiß nicht, sie wirkt schon ziemlich creepy.«

»In welcher Hinsicht?«

»Sie war eiskalt und hat kaum ein Wort gesagt. Ich bringe die meisten zum Quatschen, aber bei ihr hatte ich keine Chance.«

»Worüber habt ihr denn geredet?«

»Keine Ahnung, über den Kaffee, das Wetter, ich habe ihr gesagt, wie leid mir das alles tut. Tja, was soll man auch sagen, es war nicht so einfach. Ich habe getan, was ich konnte, aber es ist nicht toll gelaufen. Als sie dann vor der Kamera drauflosplapperte, habe ich einen richtigen Schock bekommen. Das hörte sich an wie abgelesen. Und es ist extrem seltsam, dass sie so aussehen wollte.«

»Wie denn?«

»So fertig.«

»Aber es ist doch logisch, dass sie das tut, ihre Tochter ist weg. Das Aussehen des Vaters würdest du niemals kommentieren.«

»Äh, doch.«

»Okay, du vielleicht, aber sonst niemand.«

»Das Abartige ist, dass ich sie so schminken sollte, traurig und fertig. Ist das nicht vollkommen absurd? Wer will denn so was?«

Helena 17.50 Uhr

Bevor sie den Hauseingang am Strandväg betrat, blickte sie ein letztes Mal über ihre Schulter, um ganz sicherzugehen, dass niemand sie beobachtete. Das Letzte, was sie jetzt gebrauchen konnte, waren öffentliche Vorwürfe, weil sie arbeitete. In Anbetracht der Umstände hätte sie keine Wohnungsbesichtigungen machen dürfen. Sie sah die Überschriften schon vor sich. Aber sie würde verrückt werden, wenn sie nur darauf wartete, dass die Polizei sich meldete. Da saß sie tatenlos rum und guckte ständig auf die Uhr.

Sie stellte das Schild am Eingang auf und ging die Treppe hoch. In zehn Minuten würde die Besichtigung beginnen.

Ein muffiger Geruch strömte in den Hausflur, als sie die Wohnungstür aufschloss. Hier hatte seit Wochen niemand mehr gewohnt. Es roch nach Tod. Alle Wohnungen, in denen jemand gestorben war, rochen ähnlich.

In der kleinen Gästetoilette im Flur betrachtete sie sich im Spiegel. Verbitterung hatte Besitz von ihr ergriffen und ließ sich nicht abwaschen. Ganz egal, wie viele Diäten sie machte, wie oft sie ins Fitnessstudio ging und wie viele Glückspillen sie futterte. Sie kriegte sie nicht weg.

Sie hoffte, dass während der Besichtigung kein Interessent sie erkannte.

Nachdem sie ein paar Lampen angeschaltet und gelüftet hatte, wirkte die Wohnung ein wenig gemütlicher.

In der Küche erblickte sie das alte Radio. Sie drehte an den Reglern. Zuerst knisterte es, dann füllte Abba den Raum. Sie stellte die Musik lauter.

Im Wohnzimmer trat sie ans Fenster und schaute hinaus. Der Wind war stärker geworden, und auf dem Wasser in der Nybrovik bildeten sich Schaumkronen. Auf dem Strandväg war so viel Verkehr wie immer. Das Leben der anderen spielte sich ab wie sonst auch, während sie sich in einer Art Vakuum befand. Sie wünschte, sie säße in einem der Autos, irgendwohin unterwegs.

Am liebsten hätte sie ihr Leben noch einmal von vorne angefangen.

Es klingelte an der Tür. Es war das junge Paar, das einen Termin vereinbart hatte, um sich die Wohnung anzusehen. Helena stellte sich vor und überreichte jedem einen Prospekt.

Zum Glück schienen sie sie nicht zu erkennen. Es rechnete wahrscheinlich niemand damit, dass sie hier stehen und eine Wohnung präsentieren würde.

Sie ließ den beiden Zeit, sich umzuschauen, und blieb im Hintergrund. Sie hatte nicht die Nerven, von dem altehrwürdigen Gebäude, den phantastischen Fußböden und der Lage zu schwärmen. Nicht heute.

Aus der Distanz beobachtete sie, wie die zwei von einem Zimmer ins andere gingen und dabei entzückt aufeinander einflüsterten. Sie kicherten. Und umarmten sich. Ein richtiges Leuchten ging von ihnen aus. Sie konnten es kaum erwarten, dass die Zukunft begann.

Tu es nicht. Er wird dich verlassen. Für eine Jüngere. Alle machen das. Das Leben wird nicht so, wie du es dir vorstellst.

Noch immer konnte sie mitten in der Nacht von Haralds Worten und diesem Gefühl totaler Machtlosigkeit aus dem Schlaf gerissen werden. Sie konnte nichts dagegen tun. Sie konnte ihn anschreien oder beschimpfen, so viel sie wollte.

Es war vor vier Jahren am Tag vor Heiligabend gewesen.

Sie hatte eine Weihnachtsplatte aufgelegt. Sie hörten fast nie Musik zu Hause, aber sie hatte beschlossen, dass Weihnachten gut werden sollte. Eigentlich hatte sie keine Energie, aber sie gab sich wirklich Mühe. Sie hielt sich über Wasser. Alles sollte perfekt sein.

Der Weihnachtsschinken stand im Ofen, den Baum wollte sie in aller Ruhe mit ihm gemeinsam schmücken, wenn Lycke im Bett war. Helena hatte einige gute Weine gekauft. Die Geschenke hatte sie drei Monate zuvor besorgt. Sie würden in England Jagdurlaub machen, denn für Harald war Jagen das Schönste auf der Welt, und Helenas Eltern kannten jemanden, der jemanden kannte, der jemanden kannte. Sie würden nur zu zweit verreisen, ganz ohne Kind, das Aufmerksamkeit verlangte und Energie raubte. Genau das brauchten sie. Zeit für sich.

Harald kam in die Küche, als sie gerade nach einem Rezept ihrer Mutter Hering einlegte. Sie begriff sofort, dass etwas nicht stimmte. Er hatte weder Schuhe noch Jacke ausgezogen. Sein Blick war müde und trotzdem hellwach.

»Ist etwas passiert?« Ihre Finger steckten im Heringsglas.

Wortlos sah er sich in der Küche um. Vielleicht um einen letzten Blick auf das zu werfen, was er hinter sich lassen wollte. Als wollte er sich zusätzliche Kraft holen. Um ihr wirklich zu beweisen, dass sie nicht gut genug war.

»Ich habe jemanden kennengelernt.«

So sagte er es. Ohne Umschweife. Ungefähr so, als müsste er zugeben, dass er die Milch vergessen hatte.

»Wovon redest du? Was heißt kennengelernt?« Sie ließ es nicht an sich heran. Oder kaufte sich Zeit. Wollte es nicht verstehen. Von ihren Händen tropfte Essig.

»Es tut mir leid. Ich habe nicht gewollt, dass es so kommt. Glaub mir. Ich werde heute Abend einen Koffer packen und ins Hotel gehen. Nach Weihnachten regeln wir alles.«

»Aber ...«

»Du weißt doch selbst, dass es zwischen uns nicht gut gelaufen ist. Ich kann mich nicht mal erinnern, wann wir uns zuletzt angefasst haben. Ganz ehrlich, seit wir Lycke haben ...«

»Wie bitte? Was redest du da für einen Stuss? Du kannst mich doch nicht einfach hier mit Lycke alleinlassen.«

Sie starrte den Hering an. Wusste nicht, was sie mit den Gedanken und Gefühlen machen sollte, die durch ihre Blutbahnen rasten.

»Morgen ist Heiligabend.« Eigentlich spielte das keine Rolle, aber irgendwie schien es ihr von Bedeutung zu sein. Es war das Einzige, was sie herausbrachte.

»Verzeih mir, es tut mir wirklich leid, dass es so gekommen ist, aber ich kann mit diesem Selbstbetrug nicht mehr leben. Es geht einfach nicht. Und da wir mit deinen Eltern feiern, dachte ich, dass es nicht so schlimm ist. Ihr habt es sowieso schöner ohne mich.«

Sie wusste nicht, woran sie sich festhalten sollte. Sie versuchte zu verstehen, was er da gerade gesagt hatte. Wer war er? Wer war dieser Mensch in ihrer Küche, der sie und ihre Tochter am Tag vor Heiligabend verließ? Und sie zum kleinsten und einsamsten Menschen auf der Welt machte.

Wollte er Weihnachten mit *ihr* feiern?

»Wie kannst du mir das antun? Und Lycke? Deiner Tochter!«

War sie jetzt allein für Lycke zuständig? Schon bei dem Gedanken bekam sie wacklige Knie. Wie sollte sie das schaffen?

»Ich kann nichts dagegen machen. Es tut mir leid, Helena, aber ich habe mich verliebt und kann diese Gefühle nicht mehr ignorieren.«

Ich kann nichts dagegen machen. Ich habe mich in eine andere verliebt. Die Worte hallten in ihrem Kopf wider.

Sie konnte schreien, so viel sie wollte.

»Es tut mir leid, Helena. Ich kann nichts dagegen machen. Ich habe mich verliebt.«

»Gehört ein Liegeplatz dazu?«

Helena zuckte zusammen. Der junge Mann blickte aus dem offenen Fenster auf die Bootsstege am Strandväg hinunter.

»Ja, auf jeden Fall.« Helena zwang sich zu einem Lächeln. »Und die Mitgliedschaft im Königlichen Motorbootsverein. Steht alles im Prospekt.«

»Aha«, antwortete der junge Mann ganz nonchalant, als wollte er sich nicht anmerken lassen, dass er beeindruckt war, aber solche Spielchen durchschaute sie schon lange.

Das Paar sah sich weiter um.

Helena versuchte, die Erinnerungen aus dem Kopf zu bekommen. Den Geruch nach Hering und die Weihnachtsmusik.

»Entschuldigen Sie, wissen Sie, ob das hier eine tragende Wand ist?«

Sie räusperte sich und bemühte sich um Konzentration. »Ja, das ist eine tragende Wand, aber die dort drüben und auch diese hier können sie verschieben.« Sie zeigte auf die Wände. »Sie brauchen nur erst eine Genehmigung von der Hausgemeinschaft.«

»Oh, dann könnten wir hier vielleicht ein Kinderzimmer einrichten«, zwitscherte sie beglückt.

»Ja, wir würden uns dann noch mal melden«, sagte der Mann, dessen Begeisterung etwas abgeflaut war.

»Unbedingt«, antwortete Helena. »Aber warten Sie nicht zu lange. Heute Nachmittag guckt sich ein anderes Paar die Wohnung an, und der Verkäufer möchte die Angelegenheit vor Mittwoch zum Abschluss bringen.«

Immer dieselben Phrasen und Tricks.

Die Frau sah ihren Angetrauten schmachtend an und schmiegte sich an ihn, als die beiden gingen.

Die Tür fiel ins Schloss, und es war wieder still.

Sie setzte sich aufs Sofa und starrte die gelbgestreifte Tapete an. Sie war verblichen. Schön. Helena stellte sich vor, was die Tapete alles erlebt hatte. Welche Geschichten sie gesammelt hatte, seit sie hier an der Wand hing. Die Streifen verschwammen, und ihre Augen fühlten sich heiß an. Aber es kamen keine Tränen.

Das Mobiltelefon in ihrer Hand vibrierte. Sie schaute auf das Display. Harald hatte eine Nachricht geschickt. Er wollte sich mit ihr treffen und fragte, wo sie sei.

Sie überlegte eine Weile, bevor sie zurückschrieb, dass sie im Strandväg war.

Ich komme dahin, bin in 5 min da, antwortete er.

Helena stand auf und ging ins Badezimmer, sprühte sich eine doppelte Ladung Mundspray in den Mund, träufelte in jedes Auge ein paar Tropfen Cleareyes, strich ihr Kostüm glatt und steckte sich zwei Nikotinkaugummis in den Mund, bevor sie auf die Straße hinunterging.

Ellen 20.00 Uhr

Die Polizei war nicht weitergekommen, die Ermittlungen deuteten in keine bestimmte Richtung. Es waren auch keine neuen Hinweise von Bedeutung eingetroffen. Ellen hatte versucht, Lyckes Eltern, den Tennistrainer und Freunde der Familie zu erreichen. Aber niemand wollte mit den Medien sprechen. Es war ihr gelungen, mit einigen Eltern von Lyckes Mitschülern in Kontakt zu treten, aber niemand schien etwas zu wissen. Offenbar war auch keins der Kinder enger mit Lycke befreundet gewesen. Es war, als ob keiner in der Klasse sie richtig kannte. Die Eltern machten sich vor allem Sorgen um ihre eigenen Kinder und stellten Ellen eine Menge Fragen, die sie nicht beantworten konnte.

Die Leute, die Ketten gebildet und Wälder und Parks durchkämmt hatten, hatten nichts gefunden. Filmmaterial aus Überwachungskameras wurde gesichtet, die Wächter an den Eingangssperren der U-Bahn wurden befragt, aber von Lycke gab es keine Spur.

Sie hatte das Gefühl, auf der Stelle zu treten, während die Zeit voranschritt. Sie musste umdenken. Was hatten sie und die anderen übersehen?

Sie musste raus aus dem Büro. Irgendetwas tun.

Abgesehen von ein paar Autos der Nachrichtenredaktion war die Tiefgarage unter dem TV4-Haus sonntags fast leer.

Ellen drehte den Zündschlüssel um und hatte gerade den Rückwärtsgang eingelegt, als ihr Telefon klingelte. Sie zog das Handy aus der Tasche.

Jimmy. Er hatte immer noch seine alte Nummer.

Sie ließ es ein paarmal klingeln und dachte darüber nach, wie oft sie gehofft hatte, dass er sie anrufen würde. Aber so hatte sie es sich nicht vorgestellt. Mittlerweile hätte auch *Chef* auf dem Display stehen können.

»Ellen.« Sie bemühte sich, kurz angebunden zu klingen.

»Ich bin es. Schalte bitte den Motor aus. Ich bin hier unten in der Tiefgarage.«

»Was? Warum das denn?« Sie sah sich um.

Aber er hatte bereits aufgelegt.

Widerwillig drehte Ellen den Zündschlüssel wieder zurück. Im Rückspiegel sah sie ihn zielstrebig die Parkplatzmarkierungen überqueren und näherkommen.

Die Erinnerung an diesen letzten Abend drängte sich ihr auf. Sie hatten sich einige Monate lang sporadisch getroffen. Wenn es nach Ellen gegangen wäre, hätte sie am liebsten jeden Tag mit ihm verbracht, aber Jimmy wollte nicht, dass es zu schnell ging. Sie trafen sich nie bei ihm zu Hause, weil er mit seiner Schwester zusammenwohnte. Ellen lernte sie während ihrer gesamten Beziehung nicht kennen, aber Jimmy war nicht der Typ, den man unter Druck setzte oder mit zu persönlichen Fragen belästigte. Er zeigte deutlich, dass er nicht über sich selbst sprechen wollte, und obwohl sie Journalistin war und alle Tricks kannte, mit denen man Leute zum Reden brachte, hatte sie bei ihm keinen Erfolg. Und Ellen war viel zu verliebt gewesen, um Forderungen zu stellen. Sie traute sich nicht.

Eigentlich war er ein typischer »Kapitel-1-Mensch«. Weiter kam sie bei ihm nicht. Die anderen Kapitel ließ er sie einfach nicht lesen.

Trotzdem war es ein wunderschönes Kapitel gewesen, das sie immer wieder gerne las, und ihr Interesse an den nächsten Kapiteln nahm stetig zu. Sie wusste, wenn sie erst weitergekommen wäre im Buch, wenn er sie hereingelassen hätte in seine Sphäre, dann würde er sie nie wieder loslassen. So fühlte es sich an, und sie war die ganze Zeit so nah dran gewesen.

Die Art, wie er ihr zuhörte. Sie auf den Arm nahm. Mit ihr lachte, und dass er sie auf eine Art anfasste wie noch niemand je zuvor. All das löste etwas aus, das fast schmerzhaft schön war. Sobald sie ihn roch, röteten sich ihre Wangen. Bei ihm verlor sie vollkommen die Kontrolle.

Philip war der Meinung, dass Jimmys Buch vielleicht nur ein Kapitel enthielt. Dass dieses Werk vor allem aus einem hübschen Umschlag bestand. Aber so war es nicht. Das wusste sie. Zwischen den Buchdeckeln steckte mehr.

An diesem Abend hatte sich etwas gelöst. Sie aßen zusammen in einer Eckkneipe in Gamla Stan, und zuerst verhielt er sich merkwürdig. Er antwortete nur kurz auf ihre Fragen. Sein Blick flackerte unruhig hin und her, und er machte insgesamt einen zerstreuten Eindruck.

»Ist irgendwas nicht in Ordnung?«, fragte sie, als sie bei ihr zu Hause in den Fahrstuhl stiegen. Es war fast so, als würde er auf Distanz gehen, und im Nachhinein war ihr ja auch klar, dass er genau das getan hatte.

»Komm«, sagte er und fasste sie am Kinn. Dann küsste er sie auf dem ganzen Weg bis oben.

Schon im Flur zog er ihr das Shirt über den Kopf. Legte die Hände um ihre Brüste. Er berührte sie, als wäre sie eine Porzellanpuppe, das Schönste, was er je berührt hatte.

Sie erzitterte. Schließlich stand sie splitternackt vor ihm. Er küsste sie. Zuerst auf den Mund, dann auf den Hals und dann weiter unten. Er trug sie zum Bett.

Er brachte sie dazu, alles loszulassen. Es war, als würde er sich öffnen und sie in seine Welt hereinlassen. Als könnte er nicht genug von ihr bekommen.

Danach wickelten sie sich in eine Daunendecke und setzten sich in einen der Erker. Das Fenster stand offen, und vom Wasser wehte ein lauer Wind herein. Sie teilten sich eine Flasche Wein und rauchten eine Zigarette.

Und dann erzählte Ellen die Geschichte, die sie nur ganz wenigen Menschen anvertraut hatte. In dem Moment fühlte es sich so richtig an.

Jimmy hörte zu. Er nahm auf, was sie sagte, ohne ein Urteil zu fällen. Er tat auch nicht so, als wüsste er, wie es ihr ging und was sie empfand. Es schien eher so, als wollte er ihr näherkommen. Als wollte er ihr helfen, das Böse loszuwerden, diese Schuld und die Angst, die sie fest im Griff hatten.

Sie weinte, und er trocknete ihre Tränen. Dann schlief sie in seinen Armen ein.

Am nächsten Morgen war er weg.

Eine Woche lang rief sie ihn fieberhaft an, aber er ging nicht ans Telefon. Zum Schluss wurde es zu erniedrigend, und sie hörte damit auf. Ellen tat alles, was in ihrer Macht stand, um sich nicht mit ihm am selben Ort zu befinden, und schaffte es, ihm nicht über den Weg zu laufen.

Jetzt stieg sie aus und knallte mit Wucht die Tür zu. »Was soll das? Ist das eine Art Manndeckung, was du hier mit mir machst?«

Wollte er etwa da weitermachen, wo er gestern aufgehört hatte? Plötzlich bekam sie Angst, dass er sie um Verzeihung bitten würde, weil er sie verletzt habe, aber das Gefühl gehabt habe, es sei besser so, und der ganze Mist. Das war jetzt über ein Jahr her. Sie war darüber hinweg und wollte nie wieder darüber reden.

Nie wieder.

»Wo willst du hin?« Er machte ein ernstes Gesicht.

»Arbeiten«, antwortete sie und merkte selbst, dass sie sich wie ein trotziger Teenager anhörte. Sie drehte ihre Haare zu einem Knoten oben auf dem Kopf zusammen.

»Ohne Andreas?«

Sie nickte. Ein Kameramann verschreckte mit seiner Ausrüstung manche Leute, und es war manchmal einfacher, allein zu recherchieren und Andreas später dazuzuholen. Außerdem musste sie etwas unternehmen. Telefonisch war niemand zu erreichen.

»Ich sehe, du hast dein Auto abgeholt.«

Wieder nickte Ellen.

»Vielleicht solltest du an der Volkshochschule mal einen Kurs in der Kunst des Parkens belegen.« Er grinste.

Ellen sah auf den Betonboden hinunter und merkte, dass sie genau zwischen zwei markierten Parkplätzen stand. »War was Wichtiges?« Sie hatte keine Lust, hier zu stehen und Smalltalk zu machen.

»Ja, tatsächlich.«

Das kann nicht wahr sein, dachte sie, und lehnte sich an ihren Wagen, um wenigstens eine gewisse Stütze zu haben, wenn gleich die Demütigungen auf sie einströmten. »Ich habe kein Interesse daran, mit dir über ...«

»Ich möchte, dass wir Anzeige erstatten«, unterbrach er sie.

»Anzeige?«

»Ja, wegen der Sache, über die wir auf der Laderampe gesprochen haben. Ich begreife nicht, wieso du diese Drohungen nicht ernster nimmst. Dass sich der Ton im Netz verschärft hat, ist das eine, aber du darfst dir nicht alles gefallen lassen. Ich als dein Chef kann das jedenfalls nicht. Ich würde mir wünschen, dass wir uns zusammen hinsetzen, die Drohungen sichten und anschließend mit vereinten Kräften eine Anzeige bei der Polizei erstatten.« Jimmy zog sein Handy aus der Tasche. »Sieh dir das mal an. Ich kann verstehen, dass du das nicht lesen willst, aber ich als dein Chef möchte dagegen vorgehen. Schließt du auch nachts deine Tür ab? Ich möchte auch nicht, dass du abends alleine nach Hause gehst. Nimm ein Taxi, und gib mir die Quittungen. Egal, ob du beruflich oder privat unterwegs warst.«

Ellen nickte. Biss sich auf die Lippe. Hatte er unbedingt *als dein Chef* hinzufügen müssen?

»Liest du wirklich nie, was im Forum oder in den Kommentarspalten über dich geschrieben wird? Ich überlege, ob wir diese Funktion abschalten sollten. Bekommst du viele Mails? Wenn du möchtest, kann ich sie für dich rausfiltern lassen.«

»Nein danke, nicht nötig. Ich lösche sie ungelesen, und wie gesagt, ich habe gelernt, diese Zuschauerkommentare zu ignorieren. In Anbetracht deiner Reaktion ist das wahrscheinlich auch besser so.« Sie grinste.

»Darüber macht man keine Witze, Ellen, das sind Drohungen. Und zwar richtig fiese. Die müssen wir ernst nehmen. Ich will, dass wir Anzeige erstatten.«

»Und was soll das deiner Ansicht nach bringen? Der Polizei ist das egal, dein Vorgänger und ich haben deswegen schon mal Anzeige erstattet, aber das Verfahren wurde sofort eingestellt. Ich kann das auch verstehen, denn was soll man dagegen machen? Es sind doch nur leere Drohungen. Die Leuten schreiben unheimlich viel Mist im Netz.«

»Das ist eine ernste Sache, Ellen.« Er zog sein Telefon aus der Tasche und wischte auf dem Display, bis er einen bestimmten Kommentar auf ihrem offiziellen Facebookprofil gefunden hatte. »Hier schreibt zum Beispiel ein Paul Lundskog.« Er hielt das Telefon hoch, damit sie den Text lesen konnte.

Ich werde dich vergewaltigen, du verdammte Hure.

»Das ist doch nicht normal.« Jimmy strich sich schwer atmend durchs Haar.

Ellen nahm Jimmy das Telefon aus der Hand und klickte sich bis zu Pauls Profil durch. »Er wohnt in Stockholm. Offenbar in Enskede. Dreiundzwanzig Jahre alt.«

»Dass sie so was von ihrem eigenen Account aus schreiben. Die müssen einen totalen Schuss haben. Kopfschuss. Wissen die nicht, dass das verboten ist?«

Ellen wählte die Nummer der Telefonzentrale von TV4. »Könnt ihr mich mit einem Paul Lundskog aus Enskede verbinden?«

»Was machst du da, Ellen?« Jimmy versuchte, ihr das Telefon aus der Hand zu nehmen.

»Warte mal.« Sie wendete sich ab.

Es dauerte nur wenige Sekunden, bis es tutete.

Ein Mann meldete sich. Er klang, als hätte er geschlafen.

»Hallo, hier ist Ellen Tamm von TV4.«

»Äh, okay ...«

»Warum schreibst du auf meiner Facebookseite, dass du mich vergewaltigen wirst? Du weißt, dass das eine Drohung ist, oder? Ich habe Anzeige erstattet, und die Polizei ist bereits auf dem Weg zu dir nach Hause. Es geht hier um zwei Jahre Gefängnis. Nicht besonders schlau, jemanden auf Facebook zu bedrohen, wo man nicht anonym bleiben kann.«

»Was? Wollen Sie mich verarschen? Mit wem spreche ich?«

Jetzt war er definitiv wach.

»Ellen Tamm. Wir werden zur Primetime eine Sendung machen, in der wir die Namen und Adressen aller nennen, die mich im Netz bedroht haben. Dieses Telefonat wird aufgenommen. Ich habe deinen Eltern die Sendezeit schon geschickt. Super. So machen wir es. Danke schön.« Sie legte auf.

Jimmy starrte sie an.

»Ich muss jetzt wirklich los.« Sie stieg ins Auto. Machte die Tür zu und atmete ein paarmal tief durch, bevor sie den Motor anließ.

Sie parkte rückwärts aus und rollte in Richtung Ausfahrt. Im Rückspiegel sah sie, dass Jimmy ihr hinterherschaute.

Sie drehte das Radio voll auf. Bevor sie in den Tegeluddsväg eingebogen war, klingelte ihr Handy. Sie stellte die Lautstärke leiser und meldete sich, ohne vorher zu gucken, wer anrief.

»Hallo.«

»Ist da Ellen Tamm von TV4?«

Es war eine Männerstimme. Sie kam ihr bekannt vor, aber einordnen konnte sie sie nicht. »Wer will das wissen?«

»Hier ist Harald Höök, der Vater von Lycke.«

Ellen stieg auf die Bremse. Seit der Pressekonferenz am Vortag versuchte sie, ihn zu erreichen.

»Können wir uns treffen?«, fragte er. »Es gibt da etwas, worüber ich gerne mit Ihnen sprechen würde.«

Ellen 21.00 Uhr

Er führte sie in den Salon, wie er ihn nannte. Der Raum war wie ein Boutique-Hotel eingerichtet, und sie konnte nicht nachvollziehen, warum jemand mit kleinen Kindern so wohnte. Jedes Detail war durchdacht. Es war kein Zufall, dass diese kleine Silberschale ausgerechnet auf jenem Fotobuch neben einem Kunstwerk aus Glas stand. Die grauen Kissen waren perfekt nach Farbschattierung sortiert, und der ganze Raum verströmte die Aura eines Elefanten. An den Wänden hingen Gemälde und Fotos in schwarzen Rahmen. Über dem Sofa hing ein großes Porträt eines älteren Mannes, und an der Wand gegenüber ein Bild von einem kleinen Jungen im Matrosenanzug.

»Setzen Sie sich.« Er zeigte auf einen der drei Sessel, der gemeinsam mit dem Sofa einen Kreis um den großen Messingtisch in der Mitte bildete.

Ellen tat, was er gesagt hatte. »Was Sie durchmachen, tut mir wirklich leid«, sagte sie dann.

Harald nickte und setzte sich auf das Sofa. Er trug einen grauen Kaschmirpullover mit Rundhalsausschnitt und Jeans. Trotz dunkler Augenringe und schon seit einigen Tagen überfälliger Bartstoppeln wirkte er attraktiv. Sein Haar war voll und seine Haltung stattlich.

Eine Tür ging auf, und eine Frau kam herein.

»Bist du schon zurück?«, fragte Harald verwundert.

Ellen drehte sich um und betrachtete die große, schlanke Frau mit den perfekt frisierten Haaren.

»Das ist meine Frau Chloé«, sagte er.

Chloé gab Ellen die Hand, bevor sie sich neben ihren Mann aufs Sofa setzte. Eine richtige Galionsfigur, dachte Ellen.

»Ich habe einen Spaziergang mit unserem Sohn gemacht«, erklärte sie und legte eine Hand auf Haralds Bein.

»Ellen arbeitet bei TV4«, sagte Harald.

Chloé nickte.

»Würdest du uns bitte Kaffee einschenken?«, bat er sie.

Hastig zog sie die Hand weg und griff nach der Silberkanne auf dem runden Sofatisch.

»Danke«, sagte Ellen und sah sich um. Ihr Blick blieb an den Fotos auf dem Sideboard hängen. Es waren fröhliche und schöne Urlaubsbilder, aber auch Studioaufnahmen darunter. Auf keinem davon war Lycke zu sehen.

»Möchten Sie Milch?«

»Nein, danke.« Ellens Blick wanderte weiter zu dem großen Porträt über dem Sofa. Der ältere Mann starrte sie unverwandt an.

»Das ist mein Vater. Er wacht über mich.« Harald musste husten.

»Ist er nicht mehr am Leben?« Ellen trank einen Schluck von dem heißen Kaffee.

Harald drehte sich zu dem Porträt um.

»Doch, natürlich. Und wie. Ich habe das Bild dort hingehängt, damit ich nie vergesse, mein Bestes zu geben. Es klingt vielleicht albern, aber mein Vater hat die Hotelkette gegründet, und ich hatte die Ehre, das Unternehmen zu erben, als er in den Ruhestand ging. Wobei, was heißt schon Ruhestand. Er ist immer noch im Vorstand und trifft im Grunde die Entscheidungen.«

»Haben Sie Geschwister?«, fragte Ellen.

»Ja, einen älteren Bruder.«

»Arbeitet er auch in der Firma?«

»Nein, er ist nach London gezogen, als sich unsere Eltern

scheiden ließen. Er betreibt eine Bar oder so etwas in der Art. Wir sind unheimlich verschieden. Für das Familienunternehmen hat er sich nie interessiert.«

»Ihre Eltern sind also geschieden?«

»Ja, wessen Eltern sind das heutzutage nicht? Ich hatte gehofft, meinen Kinder das ersparen zu können, aber ...« Wieder hustete er. »Doch nun zur Sache«, fuhr er fort. »Es tut mir leid, dass ich eine Weile schwer zu erreichen war. Ich habe Ihre Nachrichten auf dem Anrufbeantworter gehört. Sie müssen entschuldigen ...«

»Ich verstehe Sie.« *Besser, als Sie sich vorstellen können.*

»Was ich Ihnen zu sagen habe, klingt vielleicht seltsam, aber ich brauche Ihre Hilfe.«

»Meine Hilfe?«

»Ja.« Er warf einen Blick in Chloés Richtung. »Liebling, würdest du uns bitte einen Moment allein lassen?«

Verwundert sah Chloé zuerst ihn und dann Ellen an.

Ellen wusste nicht, wo sie hinschauen sollte, und zupfte an ihrer Jeansnaht herum.

»Ich habe sowieso zu tun.« Ruckartig stand Chloé auf.

Ellen sah ihr hinterher, bis sie außer Hörweite war.

»Ich habe Sie am Freitag bei der Königlichen Tennishalle gesehen«, begann Harald. »Ich saß in einem der Streifenwagen.«

Ellen nickte.

»Ich weiß, dass Sie diejenige waren, die Missing People angerufen und versucht hat, die Kavallerie zu mobilisieren. Ich bin Ihnen dankbar, aber ich verstehe nicht, warum Sie so ein Interesse daran haben, meine Tochter zu finden?« Er fixierte sie.

»Wir wollen sie alle finden, und ich möchte mithelfen.« Sie zuckte mit den Schultern.

»Ich verstehe nicht, warum die Polizei sie nicht findet. Die haben doch modernste Technik, Internet, Medien, Spezialeinheiten und was weiß ich nicht alles, aber trotzdem nicht eine einzige Spur.«

Harald wirkte wütend, und sie konnte ihn gut verstehen.

»Nein, und die Hinweise aus der Bevölkerung haben auch nichts gebracht.« Ellen senkte den Blick.

»Wir müssen sie finden. Ich habe mit Lyckes Mutter gesprochen, wir sind uns einig. Wir wollen einen Finderlohn anbieten, und Sie sollen unser Angebot verbreiten.«

Er fuhr fort, bevor sie etwas sagen konnte.

»Die Polizei hat mir davon abgeraten, weil wir damit womöglich Trittbrettfahrer anlocken, aber ich habe leider kein Vertrauen mehr in die Ratschläge der Polizei. Es passiert nichts, ich muss etwas unternehmen. Können Sie mir helfen? Kann TV4 senden, dass wir Finderlohn anbieten, und dann mit uns gemeinsam die Hinweise durchgehen?«

Erschöpft lehnte er sich zurück und sah sie an. »Helfen Sie mir?«, fragte er ungeduldig. »Zwei Millionen für denjenigen, der sie findet oder uns den entscheidenden Tipp gibt. Schaffen Sie es noch, das in den Abendnachrichten zu bringen?«

Ein Blick auf seine goldene Armbanduhr bestätigte ihr, dass zwei Millionen keinen armen Mann aus ihm machen würden. Warum nicht noch mehr anbieten?, dachte sie. Falls es etwas nützte.

Bis zu den Nachrichten um 22 Uhr war noch eine Stunde Zeit. Vielleicht würde es ihnen gelingen, das Angebot schon heute Abend zu senden.

»Ich werde sehen, was ich tun kann.« Sie zog ihr Handy aus der Tasche und schrieb Andreas eine SMS.

»Was hat Lycke für eine Beziehung zu Ihrer neuen Frau?«, fragte sie, nachdem sie die Nachricht abgeschickt hatte.

»Eine gute. So gut wie möglich, nehme ich an. Es ist nicht ganz einfach, sich plötzlich um ein Kind kümmern zu müssen, das nicht das eigene ist.«

Genauso schwierig, wie seinen Papa plötzlich mit einer Fremden teilen zu müssen.

»Erzählen Sie mir von Lycke«, sagte sie stattdessen.

Harald schlug ein Bein über das andere und holte tief Luft. »Was soll ich sagen ... sie ist gut in der Schule.« Er stellte beide Füße wieder auf den Boden und beugte sich nach vorn. »Sie ist still und zieht sich oft zurück. Introvertiert.«

»Warum ist sie das Ihrer Ansicht nach?«, fragte Ellen.

»Was soll ich dazu sagen, wir Menschen sind eben verschieden.« Er zuckte die Achseln.

»Hat sie eine diagnostizierte Störung oder so?«

»Störung? Nein, nein.« Er unterstrich seine Worte mit erhobenen Händen. »Wissen Sie, die Scheidung und so. Sie hat es nicht ganz leicht gehabt. Ihre Mutter hatte eine Wochenbettdepression und konnte sich ihrer Tochter am Anfang nur schwer öffnen, und ich, ich war vielleicht nicht immer da.«

Er legte den Kopf in den Nacken.

»Was ist Ihrer Meinung nach passiert?«, fragte Ellen.

»Wenn ich das wüsste. Ich habe überhaupt keine Ahnung. Glauben Sie mir, ich bin im Geiste schon Hunderte von möglichen Szenarien durchgegangen, aber ich verstehe es nicht.«

»Haben Sie Feinde?«

»Nein, soweit ich weiß, nicht.«

»Niemand hat Geld von Ihnen verlangt?«

»Wissen Sie was, ich wünschte fast, es wäre so, denn dann könnte ich sicher sein, dass sie noch lebt. Aber so tappen wir total im Dunkeln.«

Ellen nickte.

»Hat Lycke Freundinnen?«

»Ja, natürlich.«

»Wer ist ihre beste Freundin?«

Harald durchbohrte sie mit seinem Blick. »Warum fragen Sie das?«

»Ich würde gerne mit ihr reden. Oder mit ihm, falls sie mit einem Jungen befreundet ist.«

»Warum?«

»Um eventuell eine neue Spur zu entdecken. Bringt sie oft Freunde mit nach Hause?«, fuhr Ellen fort.

»Das nehme ich doch an, oder wie meinen Sie das?«

»Ich habe mit einigen Eltern von Mitschülern gesprochen, und von denen schien noch niemand bei ihr zu Hause gewesen zu sein. Wie kommt das? Hat sie nie mit Klassenkameraden gespielt?«

»Ich möchte lieber nicht, dass Sie sich unter den Freunden umhören …«

»Wird sie gemobbt?«

»Gemobbt?« Das Wort schien ihn zu treffen wie ein Schlag ins Gesicht. »Lycke wird nicht gemobbt.«

Ellens Telefon piepte. Es war Andreas.

»Sie können mich auch in den Sender begleiten und ein kurzes Interview geben, die Zeit ist knapp. Wir müssen spätestens in einer Viertelstunde da sein. Dürfte ich mal schnell auf die Toilette?«, fragte Ellen.

»Unbedingt. Im Flur links.«

Harald blieb auf dem Sofa sitzen, während Ellen durch das Esszimmer und die Küche in den Flur ging.

Chloé war nirgendwo zu sehen. Abgesehen von einer brummenden Spülmaschine war alles still.

Ellen gelangte durch den Flur in den hinteren Teil der Wohnung.

An einer der geschlossenen Türen hing ein handgeschriebener Zettel. *Lycke.*

Ellen sah sich um, klopfte leise, öffnete dann vorsichtig die Tür und trat ein. Das Zimmer war kühl und roch sauber. Sie schaltete das Licht an und machte die Tür hinter sich zu. Im Verhältnis zu der großen Wohnung war der Raum klein. Ein typisches Mädchenzimmer, stellte sie fest und dachte an ihr eigenes in dem Alter zurück. Die typische Einrichtung und die Plakate für Mädchen durfte sie nie haben. An den handgemalten Blumentapeten auf Örelo hängte man keine Poster auf. Stattdessen hingen rechts und links vom Bett Porträts ihrer Eltern.

Lyckes Bett war klein und vollgestopft mit farbenfrohen Kissen. Daneben ein Nachttisch mit einem Wecker und einem halbvollen Wasserglas. In einer Ecke stand eine Stoffkiste voller Kuscheltiere. Ihr Schreibtisch war genauso unordentlich wie Ellens. Federmäppchen, Stifte und Zeichenblöcke lagen wild durcheinander, und darauf thronte ein rosa Sparschwein.

Über dem Schreibtisch hing ein Klassenfoto. Ellen sah sich die Mitschüler an und fand, dass sie zwar klein, aber entschlossen und weltgewandt wirkten.

Neben dem Foto waren Zeitungsausschnitte über Hunde und Kaninchen aufgehängt worden. Ellen nahm ein Foto von einem süßen kleinen Labradorwelpen in die Hand, der Ähnlichkeit mit dem Hund aufwies, den sie selbst in ihrer Kindheit gehabt hatte, Tessin.

Eine der Schreibtischschubladen war voller Duftradiergummis. Ellen griff nach einem Herz und roch daran. Erdbeere. Manche Dinge im Leben einer Achtjährigen waren noch genauso wichtig wie vor zwanzig Jahren.

»Was machen Sie hier?«

Plötzlich stand Chloé in der Tür.

Rasch steckte Ellen den Radiergummi ein.

»Entschuldigung, ich habe gesehen, dass dies Lyckes Zimmer ist, und wollte nur kurz ... Wir müssen jetzt schnell in die Redaktion, damit die Sache mit dem Finderlohn noch gesendet wird.« Mit diesen Worten drängte sie sich an Chloé vorbei und ging durch den langen Flur auf den Eingang zu.

»Was für ein Finderlohn?«, fragte Chloé, die hinter ihr herlief. »Und wer ist wir?«

Zum Glück brauchte Ellen diese Frage nicht zu beantworten, weil Harald ihnen entgegenkam.

»Das erkläre ich dir später.« Bevor er in seine Wachsjacke schlüpfte, küsste er sie hastig auf die Wange. »Ich bin bald wieder da.«

Ellen griff nach ihrer Tasche und ihrer Regenjacke und folgte ihm ins Treppenhaus.

»Wir nehmen die Treppe.« Er rannte los. »Der Aufzug braucht zu lange.«

Ellens Auto stand direkt vor dem Haus.

»Nehmen Sie Ihr eigenes Auto, wir treffen uns bei TV4. Fahren Sie mir hinterher, ich zeige Ihnen, wo Sie parken können.«

Vor dem Einsteigen blickte sie am Haus hinauf. An einem der Fenster sah sie Chloé stehen und sie anstarren.

Ellen 22.30 Uhr

Das Interview mit Harald war überraschend gut geworden. Er wirkte emotional, aber gefasst und konzentriert. Ganz anders, als Ellen selbst sich fühlte. Sie und Philip saßen im Auto und fuhren gemeinsam zu TV4.

»*Rainy days never say …*«, sang Philip und bewegte dazu die Füße im Takt, doch dann hielt er abrupt inne. »Warte mal.« Er klang enttäuscht. »Ich kann mich nicht mehr erinnern. *Rainy days never say* … was denn?«

Ellen konzentrierte sich darauf, den großen Wasserlachen auszuweichen.

»*Raindrops keep falling on my head*? Nee, das ist ein anderer Song, oder?

An der roten Ampel beim Stadion musste sie anhalten. Ungeduldig klopfte sie aufs Lenkrad.

»Es muss *goodbye* heißen. *Rainy days never say goodbye.* Schrecklich.«

Philip guckte leicht gekränkt aus dem Seitenfenster, war aber kurz darauf wieder guter Dinge.

»Wie wäre es hiermit?«, fragte er. »Hab ich heute im Radio gehört ... *It's raining again.*«

»Jetzt hör endlich auf, ich hab keine Lust zu singen«, sagte Ellen.

Nun saßen sie schweigend da, jeder in seine eigenen Gedanken versunken. Philip starrte aus dem Seitenfenster. Ellen geradeaus.

»Sie ist zwei Millionen wert«, sagte Ellen. Sie fragte sich unwillkürlich, was ihr eigener Vater für sie bezahlt hätte. »Zwei Millionen.« Aber im Nachhinein ist man immer klüger.

»Der Tod, der Tod, der Tod«, flüsterte sie und hoffte, dass Philip sie nicht hörte.

Doch er drehte sich zu ihr um, und sie spürte, wie ihr sein Blick buchstäblich unter die Haut ging und alles analysierte, was in ihr vorging.

»Weißt du, was ich so merkwürdig an dir finde, Ellen? Ich habe es schon oft gesagt und sage es noch einmal. Als dein bester Freund.« Er sprach ruhig und so deutlich, als wäre sie zwölf Jahre alt. »Du musst dir einen anderen Job suchen. Du lebst vom Tod und gehst gleichzeitig zu einer Psychologin, die dir beibringen soll, mit den Gefühlen, die der Tod in dir auslöst, umzugehen. Das passt nicht zusammen. Du bist eine tickende Zeitbombe, die demnächst explodiert. Du musst was tun. Verstehst du das? Du brabbelst ständig dieses Mantra, oder wie man das nennen soll, und schnippst mit den Fingern und bekommst Panikattacken und was weiß ich alles. Wie lange soll das noch so weitergehen? Ich ...«

»Es reicht. Lass uns lieber singen«, sagte Ellen, ohne ihn anzusehen.

»Ich lasse aber nicht locker. Ich habe über etwas nachgedacht. Hör mir mal zu. Ich habe neulich eine Reportage über Soldaten in Afghanistan gesehen. Vielleicht war es auch ein anderes Land, aber sie sahen ziemlich gut aus. Weißt du, wie sie das Blut nennen, das wie Regentropfen aussieht, nachdem man jemanden in den, sagen wir mal, Kopf geschossen hat? Weißt du das?«

Ellen schüttelte den Kopf und wusste nicht, was das mit der Sache zu tun hatte.

»*Pink mist.*«

»*Pink mist?*« Sie warf ihm einen kurzen Blick zu.

»Verstehst du?«

»Nein. Ich weiß nicht mal, ob ich das verstehen will.«

»Du fährst einen rosa Porsche. Du fährst im Tod herum. Überall bist du vom Tod umgeben. Das ist richtig unheimlich.« Aus dem Augenwinkel sah sie, dass er sie unverwandt anstarrte.

»Was? Wer von uns beiden ist eigentlich gestört?«, fragte sie. »Willst du damit sagen, dass ich in den Blutspritzern von toten Menschen durch die Gegend fahre? Fang jetzt nicht damit an, dass ich Rosa gar nicht verdient habe. Farbpsychologie interessiert mich nicht.«

»Ganz ruhig, damit du mich auch wirklich falsch verstehst. Du weißt, dass ich dich liebe, aber dieses vermisste Mädchen, das ist nicht gut. Du musst dich zuerst um deinen eigenen Scheiß kümmern. Niemand kann nachvollziehen, was du durchgemacht hast, aber das nützt nichts. Es wird sich nichts ändern, nur weil du das Mädchen findest. Oder auch nicht«, fügte er hinzu.

»Vielleicht mache ich meine Arbeit genau deshalb. Das ist meine Art, mich damit auseinanderzusetzen.«

»Keine tolle Methode. Guck dich mal an. Du scheinst innerhalb von ein paar Tagen mehrere Kilo abgenommen zu haben. Du schläfst kaum noch und hast seltsame Ticks.«

»Aber du glaubst doch, verdammt noch mal, nicht im Ernst, dass ich ein rosa Auto habe, weil man Blutspritzer *Pink mist* nennt? Da fragt man sich ja, wer von uns eigentlich Hilfe braucht.«

»Ich weiß nicht, Ellen. Ich weiß nicht.« Nun hörte er sich an wie eine echte Drama Queen. »Du schleppst einen Eisklotz aus Trauer mit dir herum. Der muss auftauen.«

»Wow. Hast du das von Dr. Phil?«

Ihr Handy piepte.

»Das war meins. Kannst du mal nachgucken?« Ellen bog in die Sturegata ein.

»Sehe ich aus wie dein Sekretär?« Er wandte sich von ihr ab. »Können wir die Heizung runterdrehen? Es ist hier ja so heiß wie beim Bikramyoga.« Demonstrativ öffnete er seine Jacke.

»Jetzt schau nach, wer mir eine Nachricht geschickt hat. Vielleicht ist es was Wichtiges.«

Seufzend zog Philip ihr Handy aus der Tasche und guckte auf das Display. »Oh! Ach, so ist das.« Er grinste.

»Was ist denn? Wer hat geschrieben?« Sie versuchte, sich das Handy zu schnappen, aber Philip wich ihr geschickt aus.

»Also?«

»Jimmy.«

»Was schreibt er?«, fragte sie ungeduldig.

»Er bedankt sich für den schönen Abend und findet dich in deinem Krankenschwesternkostüm total lecker.« Philip klopfte ihr lachend auf die Schulter. »Sieh mal an.«

»Mann, bist du krank im Kopf. Was steht da?«

»Wieso?«

»Da steht, du sollst ihn anrufen. Typische Umschreibung dafür, dass er dich in deinem leckeren Krankenschwesternkostüm sehen will.«

»Seltsamerweise hatte ich mich aber als Maiskolben verkleidet.«

»Wieso das denn?«

»Weil das auch total sexy aussieht. Hauteng.«

Sie lachten.

»Ist es anstrengend für dich, mit ihm zu arbeiten?« Erneut breitete sich eine ernste Stimmung im Auto aus.

»Es ist total ekelhaft, weißt du das? Ich habe keine Ahnung, warum ich ihn nicht einfach vergessen kann. Ich will überhaupt nicht an ihn denken. Ich war doch über ihn hinweg.«

»Weil du verliebt bist.«

Sie antwortete nicht.

»Weißt du, was ich glaube? Er hat es geschafft, dir nahezukommen, und wenn jemand erst einmal so weit bis zu einem vorgedrungen ist, kann man diese Person nur schwer loslassen. So ist es eben. Du hast dich ihm offenbart.«

Ellen wechselte das Thema. »Du musst mich auf einen kleinen Ausflug begleiten.« Sie fuhr die Kungsgata hinauf.

»Bist du wahnsinnig? Diese Teile der Stadt betrete ich nie. Bring mich sofort zurück nach Östermalm. Ich verlasse gerade meine Komfortzone.«

»Wir holen uns nur einen Kaffee, und dann fahre ich dich zur Patricia, wo du dich wieder zu Hause fühlen kannst, obwohl die Patricia ja eigentlich in Söder liegt.« Sie lächelte.

»Ja, aber von dort aus kann ich Gamla Stan und Östermalm wenigstens sehen. Kommst du nicht mit?«

»Nein, ich muss nach Hause und arbeiten. Darf ich die SMS mal sehen?«

»Ach, die hat er an die ganze Redaktion geschickt. Zuschauerzahlen.«

Ellen versuchte, ihre Enttäuschung zu verbergen. »Du, übrigens, die Stiefmutter. Die war gruselig.«

»In welcher Hinsicht?«

»Irgendwie hat sie alles im Auge behalten. Unzufrieden und eifersüchtig. Ich weiß nicht. An der ganzen Familie ist irgendetwas merkwürdig.«

»Oh mein Gott, was für ein Leckerbissen, wenn die böse Stiefmutter hinter Lyckes Verschwinden stecken würde. Spieglein, Spieglein an der Wand ... Entschuldige. Ich weiß, darüber macht man keine Witze.«

»Weißt du, dass in der Originalversion von Aschenputtel, bei Hänsel und Gretel ist es übrigens genauso, die echte Mutter die Böse war? Man hat das später geändert und Stiefmütter daraus gemacht, damit es leichter zu verdauen ist.«

Ellen 23.00 Uhr

»Hallo?«, rief sie, als sich die Fahrstuhltür zu ihrer Wohnung öffnete. Die Worte prallten von den Wänden ab und erreichten absolut niemanden.

Sie versuchte, sich vorzustellen, wie es wäre, mit jemandem zusammenzuwohnen, der jetzt auf sie zugekommen wäre, sie auf den Mund geküsst und ihr gesagt hätte, wie wunderbar sie war, dass er die Sauna angeheizt und Feuer im Kamin gemacht, Spaghetti bolognese gekocht, einen Film besorgt und Blumen gekauft hatte und mit dem Hund rausgegangen war.

Allmählich bereute Ellen, dass sie Philip nicht zum Sonntagsclub auf der Patricia begleitet hatte.

Die verwelkten Blumen auf dem Esstisch verströmten einen ekligen Geruch, und außer dem Regen, der auf die Dachpfannen trommelte, war es still.

Hör auf, dich selbst zu bemitleiden, dachte sie und zog die nasse Jacke und die Schuhe aus.

Der Fußboden knarrte, während sie durch die Wohnung ging und die Lampen einschaltete. Sie beschloss, ein paar Kerzen anzuzünden, und blieb vor dem Kamin stehen, den sie seit letztem Winter nicht benutzt hatte. Sie überlegte, ob sie sich aufraffen sollte, ein Feuer zu machen, und entschied sich, es wirklich zu tun. Sie konnte nicht ihr ganzes Leben damit verbringen, auf jemanden zu warten. Lebe jetzt, ermahnte sie sich selbst und legte ein paar Holzscheite in das flackernde Feuer.

Die Einsamkeit war mittlerweile ihr Normalzustand, und so würde es wahrscheinlich auch bleiben. Zumindest meinte das ihre Psychologin. Sie behauptete, Ellen wage nicht, jemanden an sich heranzulassen. Aber wieso hatte sie, eine unheilbare Romantikerin, solche Angst vor der Liebe? Das passte nicht zusammen. Oder war zumindest eine ungerechte Kombination. Nach dem, was ihr mit Jimmy passiert war, würde sie nie wieder die Kontrolle aufgeben. Sie hatte panische Angst davor, jemanden so nah an sich heranzulassen, jemandem zu vertrauen und ihm ihre Geschichte zu erzählen, um dann enttäuscht zu werden, oder, noch schlimmer, jemanden zu verlieren.

»Warum bist du Single?«, fragten die Leute immer. Die Frage hing ihr zum Hals heraus. Was erwiderte man auf etwas, das wie ein Vorwurf klang? Oder als ob sie eine Krankheit hätte.

Eigentlich war sie genauso ein »Kapitel-1-Mensch« wie Jimmy, aber ohne spannende Fortsetzung. Sie hatte nur eine dunkle Vergangenheit. Wer würde sie noch wollen, wenn er gewusst hätte, was sie getan hatte? Das hatte ihr Jimmy bewiesen. Als sie es endlich gewagt hatte, sich ein Herz zu fassen und zu springen, hatte er sie zwar zuerst aufgefangen, aber als ihm klarwurde, wie schwer die Bürde war, hatte er sich anders entschieden. Er wollte nichts mit ihr zu tun haben, und eigentlich konnte sie ihn verstehen. Wie hätte sie sich selbst verhalten?

Spaghetti bolognese, das wäre es jetzt gewesen. Sie musste auf andere Gedanken kommen.

Sie öffnete den Kühlschrank und starrte Butter und Käse an. Daneben lag nur ein Weinöffner, den sie an seinen Platz in der Schublade räumte.

Wenn einem niemand etwas zu essen machte, musste man das Problem anders lösen, sagte sie sich und griff zum Telefon. Urban Deli am Nytorg kochte besser als jeder Mann. Sie hatten zwar keinen Lieferservice, aber sie ließ sich das Essen für gewöhnlich mit dem Taxi kommen.

Wein hatte sie auf jeden Fall zu Hause. Ohne einen Blick auf das Etikett zu werfen, entkorkte sie eine Flasche Rotwein. Der Duft, den der Wein verströmte, und das knisternde Kaminfeuer stopften zumindest einige Löcher. Vorübergehend.

Sie schenkte sich ein Glas ein und trank einen großen Schluck. Während sie auf das Essen wartete, ließ sie sich ein Bad ein. Kippte alle möglichen Öle hinein, zündete die Duftkerzen auf der Fensterbank an und ließ sich langsam in das heiße Wasser sinken. Schloss die Augen. Konnte sie sich aufraffen, eine Gesichtsmaske aufzutragen? Eigentlich wäre es nötig gewesen, wie so viele andere Dinge. Sie hatte nicht die Kraft. Nicht heute Abend.

Als ihre Muskeln gerade anfingen, sich zu entspannen, klingelte es am Fahrstuhl.

Jetzt schon?, dachte sie und verspürte ein Ziehen im Bauch.

Sie stieg aus der Wanne, zog ihren Bademantel über und wickelte sich einen Handtuchturban um den Kopf. Drückte auf den Fahrstuhlknopf und wartete.

Die roten Fahrstuhltüren glitten auseinander.

»Jimmy?«, fragte sie erstaunt und knotete ihren Bademantel fester zu. »Was machst du hier?« Sie verfluchte sich selbst, weil sie nicht geschaut hatte, wer unten stand, bevor sie auf den Knopf gedrückt hatte.

»Lieferservice.« Er überreichte ihr eine Tüte. »Ich bin unten dem Taxifahrer über den Weg gelaufen und habe ihm gesagt, dass ich das Essen auch mit hochnehmen kann.« Er grinste. »Urban Deli also. Aus Söder? Und ich dachte, du kaufst nur in der Markthalle in Östermalm ein.«

Seufzend nahm sie ihm die Tüte ab.

»In Anbetracht dieser Drohungen solltest du dir die Leute, die du reinlässt, genauer angucken.«

Ellen nickte, da hatte er recht.

»Willst du mich reinbitten, oder soll ich hier im Fahrstuhl stehen bleiben?«

»Entschuldige.« Widerwillig trat sie einen Schritt zurück und machte ihm Platz. Das heiße Bad hatte sie ins Schwitzen gebracht, der Wein hatte das Seine dazugetan, und der Gedanke, dass sie fast nackt vor Jimmy stand, ließ sie erröten. Ihm konnte das nicht entgangen sein, aber er unternahm nichts, damit sie sich wohler fühlte. Falls er dazu überhaupt in der Lage gewesen wäre.

Sie ging zum Tisch hinüber und nahm die offene Weinflasche in die Hand.

»Möchtest du auch?«, fragte sie, während sie ein zweites Glas holte.

»Nein, danke. Ich gehe jetzt. Ich bin nicht gekommen, um dir was zu essen zu bringen oder Wein mit dir zu trinken. Ich wollte dich anrufen, aber ... ich habe mir schon gedacht, dass du in der Badewanne liegst.« Er musterte sie von Kopf bis Fuß. »Ich habe einen Stapel Papier aus dem Drucker dabei. Du hattest Ann gebeten, dir ähnliche Fälle aufzulisten.« Er wühlte in seiner Tasche. »Ich dachte, du willst sie dir vielleicht heute Abend ansehen, dann brauchst du es morgen nicht zu machen.«

»Danke.« Sie nahm ihm den Stoß aus der Hand. »Willst du mir nicht dabei helfen?«, fragte sie, bereute es aber im nächsten Augenblick.

Jimmy sah sich um. Zum Glück schien er die Frage gar nicht gehört zu haben.

»Herrlich hier bei dir. Mit Kaminfeuer und so. Erwartest du Besuch?«

Ellen schüttelte den Kopf. »Ich dachte, du wärst heute früher nach Hause gegangen.«

»Ja, ich war schon zu Hause, aber wie gesagt, ich dachte, du könntest diese Unterlagen vielleicht gebrauchen, und da habe ich mich noch mal auf den Weg gemacht.«

»Warte zwei Sekunden, ich ziehe mir schnell was an«, sagte sie und verschwand im Schlafzimmer, bevor er etwas sagen konnte.

Hastig streifte sie ein Top über und schlüpfte in ihre Jeans, und als sie das Zimmer gerade verlassen wollte, kam ihr die Idee, noch ein wenig Parfum aufzusprühen.

Als sie zurückkam, hatte er immer noch die Jacke an. Mit zwei Filmen in der Hand stand er am Wohnzimmertisch.

Es dauerte eine Weile, bis sie reagierte.

»Nein!«, schrie sie und rannte auf ihn zu. »Leg die weg!«

»Interessante Filmauswahl!«, sagte er lachend und hielt die Filme so, dass sie nicht herankam.

»Ein Horrorfilm«, fuhr er fort, studierte, was auf der Rückseite stand, und ließ seinen Blick zur anderen Hülle hinüberwandern, »... und ein Porno.« Lachend las er die Beschreibung vor.

Sie schlug nach ihm und versuchte, ihm die Filme zu entreißen, aber er war zu groß und zu breit, als dass sie auch nur eine Chance gehabt hätte. Sie spürte, wie sie rot anlief, und trank das ganze Glas Wein in einem Zug aus.

Er sah sie an und legte die Filme auf den Tisch.

»Was ist das hier?« Er zeigte auf die Fotos über dem Sofa.

Sie zuckte mit den Schultern und schenkte sich Wein nach.

»Ganz im Ernst.«

»Ich versuche nur, mir einen Überblick zu verschaffen. So arbeite ich.« Plötzlich wollte sie, dass er ging.

Er nickte, und dann standen sie eine Weile schweigend da.

»Du, das mit dem Finderlohn und dem Exklusivinterview mit dem Vater war gute Arbeit.« Jimmy stupste sie an den Arm. »Wie hast du sein Vertrauen gewonnen?«

Sie antwortete nicht, weil sie unsicher war, was er meinte.

»Wie war er? Betucht?«

»Betucht?«

»Ja, reich. Macht dich das an, oder wirst du nur von Pornofilmen geil?« Wieder lachte er.

»Nein, das macht mich nicht an, aber ich kann verstehen, dass Frauen auf ihn abfahren. Er kann charmant sein.«

»Und? Hat er damit bei dir Erfolg?«

»Nein, wirklich nicht. Nichts ist so unsexy wie ein Mann, der sich nicht für seine Kinder interessiert. Ich habe den Eindruck, dass er ein miserabler Vater ist. Es scheint, als würde er seine Tochter überhaupt nicht kennen. Und er kümmert sich nicht richtig um sie.«

»So ist das wahrscheinlich, wenn man sich scheiden lässt. Vielleicht darf er sich ja gar nicht um sie kümmern. Ich meine, vielleicht lässt die Mutter ihn nicht. Kann sein, dass er sie nur jedes zweite Wochenende sieht, und dann hat man natürlich nicht so eine enge Beziehung.«

»Er hat sie sogar jede zweite Woche, also genauso viel wie die Mutter.«

»Ich weiß ja auch nicht, aber ich habe Freunde, die den ganzen Mist gerade durchmachen. Widerlich.« Er sah auf die Uhr. »Ich muss jetzt leider los, aber ich wäre gerne geblieben, um mir zumindest einen der Filme gemeinsam mit dir anzugucken. Vielleicht ein andermal. Heute Abend hast du ja noch was vor.« Er zeigte auf den Papierstapel auf dem Tisch. »Ruf mich an, falls irgendwas ist.«

»Gehst du denn ans Telefon?« Sie konnte es sich nicht verkneifen.

Er sah sie an, sagte aber nichts. Wahrscheinlich war es am einfachsten so. Für beide.

»Wir sehen uns morgen«, sagte er kurz angebunden und drückte auf den Fahrstuhlknopf.

Wie versteinert blickte sie ihm hinterher. Nachdem sich die Fahrstuhltüren geschlossen hatten, warf sie sich auf das Sofa und vergrub ihr Gesicht in den Kissen.

Eine Weile später saß sie im Erker und schaute in den Himmel, der dunkel, aber bewegt war. Auf ihrem Schoß lag der Stapel Papier.

Sie brauchte nicht lange zu blättern, um zu finden, was sie suchte. Es war gleich der zweite Fall. Das Mädchen auf dem Foto sah sie mit entschlossener Miene an. Ellen wandte sich schaudernd ab und betrachtete die wenigen Autos unten auf der Straße.

Dann erinnerte sie sich an den Radiergummi in ihrer Jackentasche. Sie hielt sich das herzförmige Erdbeergummi an die Nase. Fast durchzuckte es sie, als hätte sie an etwas viel Stärkerem geschnuppert. Auch das Foto des Hundes fand sie in ihrer Tasche.

Ellen holte noch mehr Stecknadeln aus ihrer Kramschublade und bohrte sie so dicht nebeneinander in die Wand, dass sie den Radiergummi drauflegen konnte. Neben das Foto von Lycke hängte sie den niedlichen Labrador, der genauso aussah wie Tessin.

Es war noch Wein in der Flasche, und sie trank ein paar Schlucke, obwohl sie wusste, dass sie lieber aufhören sollte, wenn sie am nächsten Tag kein Wrack sein wollte.

Plötzlich spürte sie ein Stechen in den Fingern. Sie stellte das Glas ab und piekte sich mit einer Stecknadel in die Fingerkuppen, damit das Stechen aufhörte, war aber erst beim Ringfinger, als das Piepen des Telefons sie unterbrach. Während sie zum Sofatisch hinüberging und nach ihrem Telefon griff, steckte sie sich die Finger der anderen Hand in den Mund, um die Blutung zu stoppen.

»Jimmy« stand auf dem Display.

Für welchen Film hast du dich entschieden?

Wieder schämte sie sich. Am liebsten hätte sie den ganzen Abend ungeschehen gemacht. Eigentlich wäre es vielleicht am besten gewesen, einfach einen der Filme einzulegen, um ihre Gedanken zu vernebeln.

Sie warf das Telefon auf das Sofa, aber in dem Moment, als es landete, piepte es erneut.

Hör endlich auf!

Doch diesmal war die Nachricht nicht von Jimmy, sondern von einer unbekannten Nummer geschickt worden.

Ellen klickte die Nachricht an. Ein Bild. Das Mobiltelefon glitt ihr aus den Händen und fiel auf den Boden. Sie versuchte, langsam zu atmen. Starrte an die Wand und redete sich ein, sie müsste sich verguckt haben. Dann riss sie sich zusammen und hob das Handy auf. Das Foto in der Nachricht und das an ihrer Wand waren identisch.

Warum? Sie begriff es nicht. Wer machte so was?

Sie suchte nach der Nummer, aber die Nachricht war natürlich von einer nicht registrierten Prepaidkarte gesendet worden.

Der Raum drehte sich. Am Ende musste sie sich am Sofa festhalten, um nicht zusammenzubrechen. Sie stierte die Wand an.

»Warum?«, schrie sie. »Was ist hier los?«

Montag, 26. Mai

Ellen 7.00 Uhr

Ellen wachte auf, weil sich etwas auf sie legte.

Sie schlug die Augen auf und sah sich um. Es dauerte einige Sekunden, bis sie begriff, wo sie war.

»Hast du hier geschlafen?« Jimmy breitete die Jacke aus, mit der er sie zugedeckt hatte.

Ellen zog sie noch weiter hoch, bis fast ihr ganzes Gesicht darunter verborgen war. Sie roch seinen Duft und verabscheute die Wirkung, die er auf sie hatte.

»Ja, ich glaube schon«, flüsterte sie. Sie wagte kaum, sich zu fragen, wie es ihr ging. Sie versuchte, sich auszustrecken, um die Blutzirkulation in den Beinen wieder in Gang zu bringen, nachdem sie zusammengekauert in dem harten Sessel in dem kleinen Konferenzraum namens Spurlos gelegen hatte. »Wie spät ist es?«

»Kurz nach sieben.« Jimmy setzte sich in den Sessel gegenüber.

Ellen setzte sich auf und bewegte ihre eingeschlafenen Arme.

»Warum hast du hier geschlafen? Ich war doch gestern Abend noch spät bei dir …«

Ellen legte den Kopf zurück und schloss die Augen. Sie wollte nicht mit ihm reden und nicht an den gestrigen Abend denken. Fühlte sich vollkommen matt und ausgehöhlt.

Doch was spielte das eigentlich für eine Rolle? Zögerlich zog sie ihr Telefon aus der Handtasche neben dem Sessel. Sie hatte keine Lust mehr, sich deswegen den Kopf zu zerbrechen. Sie öffnete ihre Nachrichten und reichte Jimmy das Handy. »Als du gestern weg warst, habe ich das hier von einer geheimen Nummer bekommen.«

Jimmy nahm das Telefon in die Hand, sah aber erst nach kurzem Zögern auf das Display. Schweigend betrachtete er das Bild. »Bist du das?«

Ellen schüttelte den Kopf und biss sich fest auf die Lippe. Atmete langsam ein und aus. »Bin ich das?« Das Blut rauschte in ihren Adern, und sie konnte nicht mehr an sich halten. »Willst du mich verarschen? Kannst du dich denn an gar nichts erinnern?«, schrie sie und warf seine Jacke auf den Boden.

Jimmy schaute noch einmal auf das Handy. »Das ist das gleiche Bild wie bei dir zu Hause an der Wand …«

»Elsa. Das ist Elsa! Weißt du nicht mehr, was ich dir in der Nacht, als du mit mir Schluss gemacht hast, über meine Schwester erzählt habe?«

Wieder sah Jimmy auf das Display und nickte dann langsam. »Doch, ich erinnere mich.«

»Irgendein krankes Arschloch hat mir gestern ein Bild von Elsa geschickt. Ein Foto von meiner toten Zwillingsschwester.«

Jimmy stand auf und ging in dem kleinen Raum auf und ab.

»Lies, was da steht.«

Jimmy schüttelte den Kopf.

»Gib mir das Handy!« Sie stand auf, riss es ihm aus der Hand und las laut vor: »Wenn du nicht aufhörst damit, blüht dir das gleiche Schicksal wie deiner Schwester.« Sie sah Jimmy an. »Wer macht so was? Will diese Person, dass ich sterbe?« Sie konnte die Tränen nicht mehr zurückhalten. »Als ob all das nicht schon genug wäre. Ich hatte Angst allein zu Hause, aber da ich nicht wusste, wo ich hinsollte, bin ich hierhergekommen.« Ihr Mund war trocken, und die Beine trugen sie nicht. Sie sackte auf dem Fußboden in sich zusammen.

»Lass mich los«, sagte sie, als Jimmy nach ihrer Hand griff. »Ist es nicht merkwürdig, dass ich ein Bild von Elsa bekomme, obwohl ich nur dir davon erzählt habe?«

Jimmy wandte sich zu ihr um. »Was meinst du damit? Doch, vielleicht ist das seltsam, aber es kann ja auch jemand aus deiner Kindheit gewesen sein. Ich weiß nicht, Ellen.«

»Seltsam. Weißt du, was ich seltsam finde?« Sie stand ruckartig auf. »Soll ich dir all die seltsamen Dinge auflisten, die in den vergangenen Tagen passiert sind? Du bist der Einzige hier, der weiß, dass meine Zwillingsschwester verschwunden ist, als wir acht Jahre alt waren, und du, *du* bist derjenige, der mir den Fall Lycke aufs Auge drückt und von mir verlangt, dass ich die Zuschauer zu Tränen rühre. Ist dir eigentlich klar, wie krank das ist? Dann schickt mir so ein Arschloch ein Foto von Elsa und wünscht mir den Tod. Und all das passiert ausgerechnet jetzt?« Sie rang nach Luft. »Bist du auf die Idee gekommen, weil sie auch acht Jahre alt ist?«

Jimmy senkte den Blick.

»Hast du dir erhofft, dass ich zusammenbreche, damit du spannendere Nachrichten senden kannst? Du fängst von den Drohungen gegen mich an, und plötzlich schickt mir jemand anonym ein Foto von meiner toten Schwester. Wie kann das überhaupt sein? Was? Kannst du mir das erklären?«, brüllte sie.

»Beruhige dich.« Jimmy streckte die Hand aus, um sie zu besänftigen. »Du glaubst doch nicht wirklich, dass es so ist. Es tut mir leid. Ich gebe zu, dass das Ganze nicht gut gelaufen ist, aber wenn ich dich nicht gefragt hätte, wäre es auch nicht besser gewesen. Was hätte ich denn machen sollen? Und außerdem warst du, um ganz ehrlich zu sein, am besten geeignet für den Fall. Kannst du dir vorstellen, wie Leif über ein vermisstes Mädchen berichtet? Ich verstehe deine Wut, aber ich würde dich nie mit Absicht verletzen. Niemals.«

Das hast du bereits.

Sie zitterte am ganzen Körper. Sie faltete die Hände, um das Zittern unter Kontrolle zu bekommen.

»Weißt du, was an diesem ganzen Durcheinander auch merkwürdig ist?«, fuhr sie mit letzter Kraft fort. »In dem Stapel mit den alten Fällen, den du mir gestern Abend freundlicherweise nach Hause gebracht hast«, sie biss sich so kräftig auf die Unterlippe, dass sie Eisen schmeckte, »lag Elsas Fall fast ganz oben. Was für ein Zufall.« Sie lachte auf.

»Was willst du damit sagen?«

Plötzlich bekam sie kein Wort mehr heraus. Der ganze Raum drehte sich, und sie musste sich an der Wand festhalten, um nicht umzufallen.

Jimmy kam auf sie zu. Er blieb stehen und musterte sie mit diesem Blick, vor dem sie solche Angst hatte. Er verurteilte sie. Diesen Blick kannte sie aus ihrer Familie – deshalb erzählte sie nie, was passiert war, als sie acht Jahre alt war.

Ellen wich ein paar Schritte zurück.

Er nickte langsam. »Wir müssen Anzeige erstatten. Du musst überlegen, wer das gewesen sein könnte und warum dir jemand ausgerechnet jetzt so etwas schickt.«

Mona 8.00 Uhr

Die U-Bahn donnerte über die Tranebergbro. Mona war froh, dass sie das Auto zu Hause gelassen hatte. Sie war heute nicht in der Lage zu fahren.

Seit Lyckes Verschwinden waren drei Tage vergangen. Ein endloses schwarzes Loch aus Wehmut.

Der Zug fuhr in den Tunnel.

Als sie am Östermalmstorg ausstieg, wusste sie kaum noch,

wie sie dorthin gekommen war. Ihre Beine waren schwer, und etwas schnürte ihr die Brust zusammen.

Langsam ging sie zur Nybrogata. Sie kam nie zu spät, aber an diesem Morgen war alles anders. Hin und wieder musste sie stehen bleiben, um nach Luft zu schnappen.

Sie steckte den Schlüssel ins Türschloss der Wohnung im Karlaväg und wartete einen Augenblick ab, bevor sie ihn umdrehte. Sie hatte Angst vor dem, was sie dahinter erwartete. Angst, mit Lyckes Abwesenheit nicht umgehen zu können.

Normalerweise war es hier lebhaft und in Bewegung, aber jetzt herrschte ohrenbetäubende Stille.

»Hallo«, sagte sie leise und sah sich im dunklen Eingangsbereich um. Keine Lycke kam durch den Flur angeschlichen und nahm sie in den Arm.

Die Umarmung am Morgen war meistens hölzern. Als wäre Lycke enttäuscht und wütend auf sie, weil sie sie am vergangenen Abend und über Nacht allein gelassen hatte. Montags war es am schlimmsten. Dann hatten sie sich tagelang nicht gesehen und brauchten einen langen Anlauf. Lycke schien Mona fast zu bestrafen, weil sie sie das ganze Wochenende sich selbst überlassen hatte.

Lycke erzählte selten, was sie empfand oder wie es ihr ging. Manchmal brachte Mona Bücher aus der Bibliothek mit und las sie ihr vor. Diesen alten Trick hatte sie schon oft angewendet, um Kinder zum Reden zu bringen. Märchenbücher, die von Scheidungen handelten, von Familien, in denen man nur jede zweite Woche zu Hause war, vom Gefühl, unsichtbar zu sein, und von Problemen mit Freunden. Einsamkeit. Die Liste der Themen war lang. Bei gesprächigeren Kindern funktionierte es meistens, und ab und zu auch bei Lycke.

Vorigen Montag war die Umarmung fast ganz ausgeblieben. Das Wochenende war offensichtlich anstrengend gewesen, und Lycke war die ganze Woche noch in sich gekehrter als sonst.

Sie stellte ihren etwas widerspenstigen Regenschirm weg und hängte ihren Mantel in der Garderobe auf.

Sie stand im Eingangsbereich und wusste nicht, ob sie nach rechts zu den Schlafzimmern oder nach links in Richtung Küche, Wohn- und Esszimmer gehen sollte.

Eigentlich war es Helenas Woche, aber als sie gestern mit Helena sprach, waren sie übereingekommen, dass es keinen Sinn hatte, heute zu ihr zu kommen. Mona war schließlich angestellt, damit sie sich um Lycke kümmerte. Dann rief Harald an und bat sie, Chloé zu unterstützen, und sie brachte es nicht übers Herz nein zu sagen. Sie mussten sich gegenseitig Beistand leisten.

Widerwillig schlüpfte sie in ihre Hausschuhe. Die Unruhe rieb sie innerlich auf, und sie wusste nicht, wo sie anfangen sollte.

»Hallo, da bist du ja.«

Chloés Stimme zerteilte die Stille.

Mona strich ihre Bluse glatt und zupfte am Rock, bevor sie sich zu Chloé umdrehte, die ihr im Flur entgegenkam.

»Ludde war die ganze Nacht wach, ich bin total am Ende. Hier steht alles Kopf. Er ist gerade eingeschlafen, und ich muss mich jetzt auch hinlegen. Kannst du ihn bitte im Auge behalten?« Sie ging zur Wohnungstür und kontrollierte, ob sie abgeschlossen war. »Ich bin vollkommen paranoid und habe das Gefühl, dass es jemand auf uns abgesehen hat. Lass niemanden rein. Versprich mir das.«

Mona nickte. Auf eine düstere Art hatte Chloé sie immer fasziniert. Wie konnte sie so liebevoll zu ihrem eigenen Kind und gleichzeitig so kalt zu Lycke sein? Das war zu hoch für sie. Chloés Verhalten war so widersprüchlich wie die Bibel.

»Ludde liegt in seinem Bett. Sein ganzer Rhythmus ist am Wochenende durcheinandergeraten. Wir müssen wieder mit Gina Ford oder Anna Wahlgren anfangen, oder welche Methode auch immer wir angewendet haben.« Sie krempelte die

Ärmel ihres Morgenmantels hoch. »Ich kann mich nicht mal mehr an das Buch erinnern, verstehst du, so müde bin ich.« Sie betastete ihre Wangen. »Oh mein Gott, ich habe ja immer noch die Maske im Gesicht. Die ist schon viel zu lange drauf. Das kann die Haut so stressen, dass es das Gegenteil bewirkt.« Sie raste ins Badezimmer.

»Erledigst du auch den Abwasch?«, rief Chloé aus dem Badezimmer. »Das wäre nett.«

»Ja, klar«, murmelte Mona. Obwohl Putzen nicht zu ihren Aufgaben gehörte, mochte sie sich nicht beklagen, und außerdem mussten sie jetzt zusammenhalten. Und das Scheppern des Geschirrs würde hoffentlich wenigstens ihre sorgenvollen Gedanken übertönen.

Als Erstes sah sie nach Ludde, der in seinem Gitterbettchen schlief. Es sah so friedlich aus, wie er da mit ausgebreiteten Armen auf dem Rücken lag.

Sie streichelte seine rosigen Wangen ganz vorsichtig, damit er nicht aufwachte. Zum Glück hatte er keine Ahnung, was da draußen los war. Er war noch nicht mit dem Bösen in Berührung gekommen und das würde hoffentlich auch nie geschehen.

Mona ging in die Küche und räumte die Überbleibsel des Frühstücks auf. Und des ganzen Wochenendes, wie sie feststellen musste, als sie die Berge von Geschirr sah. Obwohl sie zwei Spülmaschinen besaßen, hatten die beiden es nicht geschafft, auch nur einen einzigen Teller und eins der Gläser hineinzustellen.

Sie nahm die gelben Putzhandschuhe aus dem Schrank unter der Spüle und streifte sie über ihre vernarbten Hände. Der Gummigeruch vermischte sich mit dem der eingetrockneten Essensreste.

Sie atmete durch den Mund und machte sich daran, ein Schälchen Babybrei sauberzuschrubben. Sollte es wirklich so enden?

Die Schale rutschte Mona aus der Hand und fiel mit einem lauten Klirren in das Keramikbecken. Sie hielt einen Moment inne, weil sie befürchtete, Chloé hätte sie gehört.

Sie ließ die Hände ins Spülbecken hängen und sah durchs Fenster in den dichtbelaubten Garten.

Lyckes rosa Fahrrad lehnte am Schuppen.

Vater lass die Augen dein über meinem Bettchen sein.

Mona holte einige Male tief Luft, bevor sie sich an die Breifläschchen machte.

Am Freitag war sie zu Karls Abiturfeier eingeladen. Um Karl hatte sie sich viele Jahre gekümmert. Wie groß er geworden war. Freitag war auch der Tag, an dem sie in den Ruhestand gehen würde. Es passte alles so perfekt, hatte sie gedacht, als sie die Einladung im Briefkasten fand. Nun war alles nur noch finster. Aber sie wollte den süßen Bengel so gerne in den Arm nehmen. Sie vermisste ihn, wie sie alle Kinder vermisste, die sie betreut hatte. Wie sollte sie ohne all diese Goldschätzchen zurechtkommen? Die Erinnerungen wärmten ihr das Herz.

»Was machst du denn für einen Krach, sei bitte vorsichtig.« Chloé kam in die Küche.

Sie hatte sich immer noch nicht angezogen, und Mona wäre um den Anblick dieses Gerippes in Unterwäsche lieber drum herumgekommen. »Tut mir leid.«

»Am Freitag hast du ja schon ein Glas kaputtgemacht.«

Mona wollte nicht daran zurückdenken, aber es war unvermeidlich. Sie hatte ein Glas ins Spülbecken fallen lassen. Am Tag, als Lycke verschwand. Harald telefonierte mit Helena und bat sie, Lycke am Wochenende zu nehmen.

Chloé war diejenige, die Lycke nicht hierhaben wollte. Und dieser charakterlose Harald ließ seine Frau bestimmen und seine Tochter leiden.

Als Chloé sich hautnah an ihr vorbeizwängte, durchfuhr Mona ein Schauer.

Chloé zog die Schublade neben ihr heraus und suchte etwas.

»Ist Ludde krank?«, fragte Mona.

»Wie meinst du das?« Chloé hörte auf zu wühlen.

»Ich dachte nur, weil ihr solche Angst hattet, dass Lycke ihn ansteckt. Deswegen wolltet ihr doch, dass Lycke das Wochenende bei Helena verbringt.«

Chloé starrte sie mit wässrigen Augen an.

Mona wusste, dass sie sich auf dünnem Eis bewegte. Doch was spielte das für eine Rolle? Mittlerweile war alles egal.

»Ach, ja, genau«, antwortete Chloé. »Ludde ist es zum Glück erspart geblieben.« Sie machte die Schublade zu.

»War es denn wirklich eine gute Idee, Lycke zum Tennis zu schicken, obwohl sie krank war?«

Chloé zuckte mit den Schultern. »Keine Ahnung. Wie meinst du das? Ich habe nicht entschieden, dass sie zum Tennis geht.«

Das ist wahr, dachte Mona, aber du hast entschieden, dass sie am Wochenende nicht hier sein darf. Du wolltest sie aus dem Weg haben, damit du Familie spielen und so tun kannst, als gäbe es Lycke nicht. »Dabei wirkte sie gar nicht krank, als ich sie zur Schule gebracht habe.« Mona drehte den Wasserhahn auf und spülte einen Teller ab.

Chloé schien nicht auf ihre Worte zu reagieren oder vermied es bewusst, etwas darauf zu erwidern. Wahrscheinlich wusste sie genauso gut wie Mona, dass Lycke gesund gewesen war. Chloé fand immer einen Vorwand, Lycke wegzuschicken. Chloé wollte Lycke nicht hierhaben. Von Anfang an nicht.

Das Schlimmste daran war, dass Lycke es merkte.

»Willst du das Wasser wirklich laufen lassen, wenn du gar nicht abwäschst?«, fragte Chloé.

»Entschuldige.« Während Mona mit dem nächsten Teller weitermachte, rückte sie ein Stück von Chloé ab.

Chloé lehnte sich an die Arbeitsplatte. »Könnte Lycke sich nicht selbst etwas angetan haben?«

Mona brauchte eine Weile, um die Frage zu begreifen. »Warum sollte sie?«

Wieder zog Chloé die knochigen Schultern hoch. Verstand sie den Ernst der Lage nicht? Oder tat sie genau das?

Mona starrte in die Spüle. Die Essensreste hatten den Abfluss verstopft, und das Wasser lief nur langsam hindurch.

»Machst du bitte auch die Wäsche?« Chloé ging zum Wasserhahn und füllte ihr Glas. »Ich muss mich jetzt hinlegen.« Chloé steckte sich eine Tablette in den Mund, trank einen Schluck Wasser und sah Mona an. »Was ist? Warum starrst du mich so an? Ich habe die ganze Nacht nicht geschlafen und fühle mich nicht gut. Deswegen nehme ich jetzt eine Schlaftablette.« Sie schleppte sich ins Schlafzimmer. »Weck mich nur, falls Harald anruft.« Weg war sie.

Mona fragte sich, wo Harald steckte. Hatte er nicht zu Hause übernachtet, oder hatte er sich heute Morgen früh auf den Weg gemacht?

Kraftlos sank Mona auf einen Küchenstuhl. Nach ein paar tiefen Atemzügen stand sie wieder auf. Es blieb ihr nichts anderes übrig, als weiterzumachen. Beten nützte nichts.

Auf dem Weg zur Waschmaschine kam sie an Lyckes Zimmer vorbei. Sie blieb stehen und betrachtete lange die geschlossene Tür, bevor sie beschloss, sie aufzumachen. Die Tür knarrte.

Das Zimmer sah nicht so aus, wie sie es Freitag zurückgelassen hatte. Das Bett war zerwühlt. Auf dem Schreibtisch herrschte ein einziges Chaos.

Sie nahm sich die Freiheit, die Vorhänge aufzuziehen und ein wenig Licht hereinzulassen. Sie nahm den Hund, Lyckes liebstes Kuscheltier, in die Hand und drückte ihn an sich. Als sie den Geruch des Hundes mit geschlossenen Augen einatmete, sah sie Lycke fast vor sich.

Dann entdeckte sie das lila Ballettkleid auf der Bettkante. Mona hatte es ihr geschenkt, aber Lycke hatte noch keine Gelegenheit gehabt, es anzuziehen, obwohl sie davon träumte, Ballerina zu werden. Mit ihren rauen Händen befühlte sie das Tüllröckchen, das einen zerbrechlichen Eindruck machte. Wie alle Träume des Mädchens.

Mona hob den Blick und betrachtete Lyckes Klassenfoto an der Wand.

»Was machst du hier?«

Ruckartig drehte sich Mona um.

»Niemand darf hier rein. Geh sofort raus«, sagte Chloé.

»Entschuldige.« Mona senkte den Kopf und eilte zur Tür.

»Merkst du nicht, dass Ludde wach ist? Ich kann nicht schlafen, weil er so laut schreit.«

»Das habe ich nicht gehört ...«

»Nein, aber ich. Wir dürfen hier nicht rein, hat die Polizei gesagt.« Sie machte die Tür fest zu.

Lyckes handgeschriebener Zettel lag auf dem Fußboden. Mona wagte nicht, ihn aufzuheben. Sie würde es später tun müssen.

Stattdessen eilte sie zu Luddes Zimmer hinüber und schlich sich hinein. Wie erwartet lag er in seinem Bettchen und schlief. Vorsichtig tätschelte sie seine Wange, ohne dass er davon aufwachte. Er hatte nicht geschrien.

Als Mona zurück zum Wäscheraum ging, hatte sich Chloé wieder ins Bett gelegt. Mona traute sich kaum, einen Blick auf Lyckes Zimmertür zu werfen, und der Zettel auf dem Fußboden war weg.

Hatte Chloé ihn weggeworfen?

Sie ging in den Wäscheraum und begann seufzend, die Schmutzwäsche zu sortieren.

Ein schwarzer Haufen.

Socken, Hosen, Handtücher. Alles, was dunkel war, landete auf demselben Haufen.

Rosa.

Sie suchte alle rosafarbenen Kleidungsstücke zusammen. Warum durfte sie Lyckes Zimmer nicht betreten? Konnte es wirklich sein, dass die Polizei es untersagt hatte?

Sorgfältig legte sie Lyckes Pullis, Kleider und Strumpfhosen auf einen kleinen rosa Haufen. Sie nahm ein bedrucktes T-Shirt in die Hand. Eine Katze mit Sonnenbrille. Sie drückte ihr Gesicht daran und sog den Duft ein.

Lycke.

Sie konnte sich nicht länger beherrschen und spürte, wie ihr eine Träne über die Wange rann. Ich kann ihre Sachen nicht waschen, dachte sie. Ich kann ihren Duft nicht abwaschen. Ich kann doch Lycke nicht wegwaschen. Sie wischte sich das Gesicht ab und faltete feinsäuberlich das T-Shirt und anschließend die restlichen Kleidungsstücke auf dem rosa Haufen zusammen.

Alles, was blau war, warf sie unbesehen auf einen Haufen.

Weiß.

T-Shirts. Strümpfe. Eklige Bettlaken. Ihre Bettwäsche anzufassen, war für sie das Ekelhafteste überhaupt. Der Bettgeruch ließ sich nur schwer ausblenden. Hastig warf sie das Bettzeug zur Seite. Etwas zu hastig. Schmerz schoss ihr in den Rücken.

Sie beugte sich hinunter, um das letzte Kleidungsstück aufzuheben.

Haralds T-Shirt.

Als sie es auf den Haufen mit der weißen Wäsche legte, wurde sie stutzig.

Sie nahm das T-Shirt erneut in die Hand, breitete es aus und entdeckte im unteren Bereich einen großen Fleck. Ohne darüber nachzudenken, fuhr sie mit dem Finger über den Fleck.

Sie erstarrte. Die Hand zuckte zurück.

Es sah aus wie Blut und fühlte sich an wie Blut. Getrocknetes Blut.

Ein Knall in ihrer Brust.

Sie wollte schreien, hielt sich aber zurück. Das kann nicht wahr sein, dachte sie.

Chloé 15.00 Uhr

Chloé lehnte am Türrahmen und starrte Harald und Helena an, die am Küchentisch saßen.

Auf dem Fußboden saß Ludde und drückte auf alle Knöpfe an seinem Feuerwehrauto. Die schrillen Sirenen taten in den Ohren weh.

»Diese Ungewissheit ist furchtbar, ich schaffe das nicht.«

Harald beugte sich nach vorn und legte seine Hand auf Helenas. »Wir haben einen Plan, und wir werden sie finden.«

Chloé wollte hinzustürzen und seine Hand wegreißen.

»Glaubst du das wirklich?« Helena sah Harald lange an.

»Wir konzentrieren uns jetzt auf die Sache mit dem Finderlohn, und die Polizei durchsucht die nähere Umgebung.«

»Aber wie kommt es, dass sie Lycke noch nicht gefunden haben, wenn sie vermuten, dass sie hier in der Nähe ist?«, mischte Chloé sich ein.

Harald und Helena sahen sie wortlos an und wandten sich dann wieder einander zu.

Niemanden interessierte, was sie zu sagen hatte.

Harald war heute Nacht nicht nach Hause gekommen, nicht ans Telefon gegangen, und als er schließlich über die Türschwelle trat, hatte er seine Exfrau dabei. Chloé hätte gerne gefragt, wo er gewesen war, wollte ihn aber nicht in Helenas Anwesenheit zur Rede stellen. Dass Harald woanders geschlafen hatte, brauchte sie nicht zu wissen. Falls sie das nicht bereits tat.

»Hab ich denn nicht recht? Müssten sie sie nicht inzwischen gefunden haben?«, fuhr Chloé fort.

»Ich weiß es nicht.« Harald warf ihr einen kurzen Blick zu.

Die beiden hätten sie selbst dann ignoriert, wenn sie gesagt hätte, sie wisse, wo Lycke sei.

Als sie gestern mit Ludde unterwegs gewesen war, hatte sie die zwei zusammen gesehen. Sie spazierten nur wenige hundert Meter vor ihr den Strandväg entlang. Chloé war ihnen gefolgt. Sie sah, wie sie sich mit einer Umarmung verabschiedeten, die einen Tick zu lange dauerte.

Als sie dann nach Hause kam, saß diese Journalistin auf ihrem Sofa, und urplötzlich sollten sie demjenigen, der Lycke fand, Unmengen von Geld zahlen. Ihr Geld. Natürlich würden sie das machen, aber Harald hätte es doch vorher mit ihr besprechen können. Er war zu TV4 gefahren und anschließend nicht nach Hause gekommen.

»Weißt du noch, warum wir sie Lycke genannt haben?«

Harald nickte. »Sie sollte Glück bringen.«

Dann drehte sich Helena zu Chloé um. »Könnte man diese Sirene vielleicht abschalten?«

»Entschuldige?« Chloé ballte die Fäuste. »Harald, könnte ich dich mal unter vier Augen sprechen?«

»Nicht jetzt, Chloé.« Er schüttelte den Kopf.

Etwas Hartes und Kantiges stieß an ihren Fuß.

»Au! Hör auf, Ludde, du tust Mama weh.«

Ludde nahm sein Feuerwehrauto unter den Arm und krabbelte schnell in die Küche.

»Warte, Ludde, es tut mir leid.« Sie wollte den Arm nach ihm ausstrecken, aber er war zu schnell, und außerdem konnte sie sich nichts Entwürdigenderes vorstellen, als hinter ihm herzulaufen wie ein Kindermädchen.

Ludde dackelte auf Harald zu und versuchte, auf seinen Schoß zu klettern.

»Jetzt nicht, Ludde.« Harald scheuchte ihn weg. »Kannst du ihn bitte nehmen, Chloé?«

Dafür bin ich gut genug, dachte sie und blieb in der Tür stehen.

Ludde hing immer noch an Haralds Bein.

»Nimmst du ihn jetzt? Wir versuchen hier, ein Gespräch zu führen.« Harald nahm Ludde das Auto aus der Hand und legte es für ihn unerreichbar auf den Tisch.

»Er ist doch noch ein Kind.« Chloé ging zu ihm und nahm ihn auf den Arm. »Dein Kind. Unser Kind.« Sie verließ die Küche.

Rasch zog sie Ludde an, setzte ihn in den Kinderwagen, fuhr mit dem Fahrstuhl nach unten und trat hinaus auf den Karlaväg. Dort steckte sie sich die Kopfhörer in die Ohren und zog sich die Kapuze ihrer Regenjacke über den Kopf.

Was immer auch passieren würde, immerhin hatte sie Ludde, dachte sie und wählte die Nummer ihrer Mutter, die sofort ans Telefon ging.

»Ich halte das nicht aus, Mama, du hättest sehen sollen, wie die beiden zusammen in unserer Küche sitzen.«

Chloé erzählte von Harald und Helena.

»Aber daran ist doch nichts Merkwürdiges, du musst versuchen, die beiden in dieser Situation zu unterstützen.«

»Das versuche ich ja, aber sie wollen nicht mit mir reden. Harald übernachtet noch nicht mal zu Hause. Es ist, als wäre ich gar nicht da.« Sie schob ihre Hand unter den Regenschutz, um Ludde einen Schnuller in den Mund zu stecken. »Ganz ruhig, Ludde. Ich schaffe das nicht, Mama, ich bin kurz vorm Durchdrehen.«

»Beruhige dich mal.«

»Ich habe Angst«, flüsterte sie und warf einen Blick über ihre Schulter, um sich zu vergewissern, dass niemand sie gehört hatte, aber zum Glück waren bei diesem Wetter nicht viele Leute unterwegs.

»Wieso hast du Angst?«

»Ich schaffe das nicht.« Ihre Augen füllten sich mit Tränen. »Ich habe solche Angst, dass sie mich verdächtigen, Mama. Stell dir mal vor, die Polizei findet heraus, was für Schwierigkeiten ich mit Lycke hatte.«

»Aber das ist doch kein Verbrechen, mein Schatz.«

Chloé tupfte sich das Gesicht ab.

»Viele Menschen haben Schwierigkeiten mit ihren Stiefkindern. Das ist kein Vergehen. Weißt du noch, wie es bei mir und Bengt und seinen ungezogenen Söhnen war? Erinnerst du dich?«

Sie erinnerte sich. Aber das half nicht.

Nach dem Tod von Chloés Vater waren einige Männer mit ihren Kindern ein- und wieder ausgezogen. Ein Versager nach dem anderen. Keiner konnte die Lücke füllen, die ihr Papa hinterlassen hatte. Niemand. Bis sie Harald kennenlernte.

»Mama«, schluchzte sie und nickte gleichzeitig zwei Müttern zu, mit denen sie sich oft in der Krabbelgruppe unterhielt. Die beiden wurden langsamer, als sie Chloé bemerkten, und wollten offenbar stehen bleiben und ein Gespräch mit ihr anfangen.

Chloé zeigte auf ihr Headset, um zu signalisieren, dass sie beschäftigt war. Jetzt bereute sie, dass sie sich in der Krabbelgruppe so oft über Lyckes seltsames und schlechtes Benehmen ausgekotzt hatte. Angst rieb sie von innen auf. Warum musste sie immer gleich allen auf die Nase binden, wie sie sich fühlte?

»Die Polizei hat mich gefragt, warum ich wollte, dass Harald einen Vaterschaftstest macht.«

»Wieso denn, was hat das damit zu tun? Das ist doch so lange her, und ihr wart da noch gar nicht verheiratet.«

»Das verstehe ich nicht, was ist so merkwürdig daran, dass ich wissen wollte, ob Lycke wirklich von ihm ist?«

»Und was hat die Polizei gesagt?«

»Sie wollten wissen, warum, und ich habe es ihnen gesagt.« Chloé zitterte. »Bestimmt hat Helena es ihnen erzählt.«

»Ich glaube, du bist müde und kannst im Moment nicht klar denken. Kann ich dir irgendwie helfen, meine Süße? Soll ich mich ein paar Stunden um Ludde kümmern, damit du dich mal ausruhen kannst?«

»Nein, danke.« Sie konnte Ludde nicht abgeben. Nicht einmal bei ihrer Mutter, nicht jetzt. Er war alles, was sie hatte.

»Eine Sache kannst du aber für mich tun«, sagte sie. »Falls die Polizei oder Harald dich fragen, wo ich Freitagnachmittag war, sag doch bitte, ich war bei dir.«

Ellen 19.30 Uhr

Ellen las ihre Karte ein und ging, nachdem sie auf der Laderampe eine Zigarette geraucht hatte, in die Redaktion.

Sie hatte das Gefühl, alle starrten sie an. Sie vermied es, jemanden direkt anzuschauen, denn sie hatte keine Ahnung, wem sie vertrauen konnte und wer wovon wusste.

Nachdem sie einen langen Beitrag über Lyckes Schule gemacht und sich von der Polizei auf den neuesten Stand hatte bringen lassen, schloss sie sich an einem Schneideplatz ein.

Im Laufe des Tages war nichts Neues herausgekommen.

Ein Jucken war ihr unter die Haut gekrochen. So viele Gefühle zirkulierten in ihren Blutbahnen, und sie war immer noch wütend auf Jimmy.

Er hatte sie heute mehrmals angerufen, aber sie wollte nicht mit ihm reden. Was hätte sie sagen sollen? Seine fadenscheinigen Ausflüchte wollte sie ohnehin nicht hören.

Der Beitrag über die Schule und der aktuelle Stand der Suche nach Lycke waren an diesem Montagabend das wichtigste Thema in den Nachrichten um 19 Uhr gewesen, und falls nichts Weltbewegendes passierte, würde das in der Sendung um 22 Uhr genauso sein. Dicht gefolgt von den Regenmassen, in denen das Land ertrank.

Ellen packte gerade ihre Sachen zusammen, als ihr Telefon klingelte. Da es eine unterdrückte Nummer war, zögerte sie einen Moment, bevor sie dranging.

»Hier ist Ellen.«

Schweigen.

»Hallo. Hier ist Ellen von den TV4-Nachrichten. Ist da jemand?«

Immer noch stumm. Ellen starrte den Hörer an, als könnte er ihr verraten, wer anrief.

»Hallo!« Nun klang sie wütend.

»Die Unwahrheit zu sagen, ist hässlich. Das müssten Sie eigentlich wissen. Furchtbar ist das.«

»Verzeihung«, sagte Ellen ein wenig verwundert. Die Person am anderen Ende hörte sich an wie eine ältere Dame. »Mit wem spreche ich?«

»Das ist alles ein einziges Lügengebräu.«

»Wenn Sie sich beschweren möchten, wenden Sie sich bitte an unseren Ombudsmann.« Ellen bereute, dass sie ans Telefon gegangen war. »Möchten Sie, dass ich Sie gleich durchstelle?« Aus alter Gewohnheit behandelte sie ältere Menschen mit fast übertriebener Höflichkeit, versuchte aber, damit aufzuhören.

»Nein, ich will mit Ihnen sprechen. Sie sind diejenige, die Unwahrheiten hinausposaunt.«

»Es tut mir leid, aber ich weiß nicht, was Sie meinen. Von welchen Unwahrheiten sprechen Sie?«

»Sie haben behauptet, dass heute in der Schule getrauert wurde.«

»Aha.« Allmählich begriff Ellen, worum es ging.

»Sie behaupten, die Leute da wären um Lycke besorgt, aber sie ist denen vollkommen egal. Immer schon gewesen. Alles Heuchelei.«

Ellen streckte sich.

»Kennen Sie Lycke gut? Gehören Sie zur Familie?«

Ihr Herz schlug schneller.

»Das spielt keine Rolle. Ich möchte weder meinen Namen sagen, noch offenbaren, in welcher Beziehung ich zu Lycke stehe, denn ich möchte mich an diesem ganzen Theater nicht beteiligen. Die Leute sollten sich schämen. Furchtbar ist das.«

»Wofür denn schämen?« Ellen wollte verstehen, was die Dame meinte.

»Warum versuchen Sie, den Anschein zu erwecken, Lyckes Schicksal würde vielen Menschen das Herz brechen? Sind Journalisten denn so leicht zu bestechen? Lernen Sie denn nicht in der Ausbildung, ihre Quellen zu hinterfragen oder wie das heißt? Genau deswegen sieht unsere Gesellschaft jetzt so aus, weil Sie nämlich gar nicht in der Lage sind, etwas zu hinterfragen!«

»Möchten Sie den Fall aus Ihrer Sicht schildern?« Ellen griff nach einem Stift.

»Nein danke, mit Leuten wie Ihnen rede ich nicht. Das war alles, was ich zu sagen hatte.«

»Warten Sie ...«

Die Dame hatte aufgelegt.

Ellen rief an der Rezeption an.

»Kannst du mal nachsehen, wer mich eben angerufen hat? Ich brauche den Namen und die Nummer.«

Sie überhörte das Seufzen der Empfangsdame, lehnte sich zurück und überlegte, was die ältere Dame eigentlich gesagt hatte.

Ellen blieb nicht viel Zeit zum Überlegen, bevor die Frau von der Rezeption wieder anrief.

»Die Nummer gehört einem Harald Höök.«

Ellen 20.00 Uhr

Eine halbe Stunde später stand Ellen im Abrahamsväg und blickte an dem gelben Klinkerbau mit den orangefarbenen Balkonverkleidungen aus Blech hinauf.

Die Nummer hatte sie zu Lyckes Kindermädchen Mona geführt. Offenbar übernahm Harald die Gebühren.

Ellen hatte Mona gegoogelt, aber keinen einzigen Treffer erzielt. Es war geradezu unglaublich, dass man durchs Leben kommen konnte, ohne auch nur die geringste Spur im Netz zu hinterlassen.

Nachdem sich Ellen ausgiebig für die falsche Darstellung entschuldigt und versichert hatte, ihr Möglichstes zu tun, um den entstandenen Eindruck zu korrigieren und Lycke zu finden, gelang es ihr schließlich, ein Treffen zu vereinbaren. Ohne Kameras natürlich.

»Kommen Sie rein«, sagte Mona argwöhnisch und wich scheu zurück in den engen, dunklen Flur. Sie sah ganz anders aus als erwartet. Sie war klein und untersetzt und um einiges älter, als Ellen sie sich vorgestellt hatte. Mit ihrer kleinen runden Brille erinnerte sie an Tante Berg aus *Lotta zieht um.*

Behutsam streckte Ellen die Hand aus, um Mona zu begrüßen. Sie befürchtete, sie könnte der alten Dame einen Schreck einjagen, doch diese drückte überraschenderweise schmerzhaft kräftig zu.

»Darf ich Ihnen die Jacke abnehmen?«

Ellen nickte und entschuldigte sich, weil die Jacke vor Nässe triefte. Genau wie ihre durchweichten Chucks.

Während sie Mona ins Wohnzimmer folgte, sah sie sich diskret um, vermied es aber, den Eindruck zu vermitteln, sie würde herumschnüffeln.

Es war eine gemütliche kleine Zweizimmerwohnung. Die alles andere als minimalistische Einrichtung bestand aus Kiefernmöbeln, Blümchengardinen und Unmengen von Stickbildern und getrockneten Blumen an den Wänden.

Ellens Aufmerksamkeit blieb an einem Sprichwort über dem Sofa hängen. Es war ihre eigene Lieblingsweisheit.

»Ich versuche auch immer, so zu denken.« Ellen zeigte auf die gerahmte Stickerei.

Ohne Regen kann nichts wachsen.

»Aha.« Mona seufzte laut. »In den letzten Tagen habe ich überlegt, den Spruch abzuhängen.«

Ellen lächelte.

»Aber ich nehme an, Sie sind nicht gekommen, um sich mit mir über Lebensweisheiten zu unterhalten.« Mona musterte Ellen skeptisch.

»Das stimmt. Ich würde Ihnen gerne ein paar Fragen über Lycke stellen, um mir ein klareres Bild von ihrer Person zu verschaffen und hoffentlich meine Arbeit besser machen zu können. Ich habe, wie Sie sehen, keine Kamera dabei.« Ellen streckte die Arme über den Kopf, um zu beweisen, dass sie nichts zu verbergen hatte.

Mona begutachtete sie von Kopf bis Fuß.

»Ich habe Ihnen ja vorhin schon gesagt, dass ich für solche wie Sie wenig übrighabe, also für Journalisten. Es tut mir leid, aber in meinen Augen ergötzen Sie sich nur am Elend von anderen. Sie übernehmen keine Verantwortung.«

»Schade, dass Sie das so empfinden.«

»Es bedeutet aber nicht, dass ich Ihnen eine Krankheit wünsche. Sie frieren ja, Kindchen. Ihre Füße und die Hose sind klitschnass.«

Ellen blickte an sich hinunter und merkte, dass sie feuchte Fußspuren hinterlassen hatte.

»Warten Sie, ich hole Ihnen ein trockenes Paar Socken.«

»Nicht nötig.« Bevor Ellen sie bremsen konnte, war sie verschwunden und mit Strümpfen und einer Decke zurückgekehrt.

Ellen bedankte sich, zog frische Socken an und wickelte sich in die weiche Fleecedecke. Die trockenen Füße fühlten sich richtig angenehm an.

»Möchten Sie einen Kaffee?« Mona ging in die Küche.

»Gerne.« Ellen nutzte die Gelegenheit, um sich ein bisschen genauer umzuschauen. Im Bücherregal standen drei gerahmte Fotos. Lycke erkannte sie auf Anhieb, aber die beiden anderen Kinder hatte sie noch nie gesehen.

»Ich muss mich für mein Verhalten vorhin entschuldigen, normalerweise rufe ich nicht einfach Leute an, um sie zu beschimpfen«, rief Mona aus der Küche.

»Kein Problem«, sagte Ellen laut genug, um das Scheppern in der Küche zu übertönen.

»Ich gucke sonst nie TV4, da kommt viel zu viel Werbung.«

»Ja, das sagen viele.« Ellen lächelte in sich hinein und wunderte sich, dass die Leute nicht müde wurden, immer denselben Kommentar abzugeben.

»Entschuldigung, jetzt war ich wohl wieder unfreundlich.« Mit einem Tablett in den Händen kam Mona aus der Küche.

»Nein, gar nicht, daran bin ich gewöhnt«, sagte Ellen. »Wer sind denn die zwei anderen Kinder?« Sie zeigte auf die Fotos.

»Das sind Karl und Alice. Sie habe ich betreut, bevor ich bei Familie Höök anfing. Sie sind jetzt groß.« Sie platzierte das Tablett auf dem Wohnzimmertisch.

»Haben Sie sich schon immer um Kinder gekümmert?«

»Im Großen und Ganzen schon.« Mona stellte zwei Kaffeetassen, eine kleine Zuckerschale und ein Milchkännchen auf den Tisch. »Setzen Sie sich, ich hole den Kaffee.«

»Wie kommt es, dass Sie für Familie Höök arbeiten?«, fragte Ellen, nachdem sich Mona zu ihr auf das Sofa gesetzt hatte.

»Das ging über den Nannyservice«, sagte Mona. »Nur damit Sie Bescheid wissen, ich habe Schweigepflicht. Wenn Sie wüssten, wie viele Leute hier angerufen haben, seit Lycke ...« Sie verstummte. »Eigentlich will ich mit keinem von euch reden, aber ich kann auch nicht tatenlos hier rumsitzen und mitansehen, wie die Leute Mitgefühl heucheln.« Sie deutete auf den Fernseher.

Ellen nickte, und Mona schenkte den Kaffee ein.

»Seit wann sind Sie bei Familie Höök?«

»Tja, wie viele Jahre mögen das gewesen sein?« Mona dachte nach. »Schon fünf? Ja, seit der Scheidung ihrer Eltern.«

»Also vier«, berichtigte Ellen sie und bemerkte Erstaunen in Monas Gesichtsausdruck. Ihre vernarbten Hände zitterten, als sie die Kaffeetasse anhob.

»Ich dachte, es wären mehr gewesen. Wie auch immer, in ein paar Wochen höre ich auf.« Sie lächelte. »Ich bin fünfundsechzig Jahre alt und gehe im Sommer in den Ruhestand.«

»Und was wollen Sie dann machen?«

»Tja, was macht man dann? Entweder wartet man, dass irgendwas wächst.« Sie warf einen Blick auf das Sprichwort hinter ihnen. »Oder man wartet auf den Tod«, fügte sie grimmig hinzu. »Hoffentlich dauert es nicht zu lang.« Sie blinzelte hinter der runden Brille.

Vollkommen ruhig hatte sie es ausgesprochen. Ellen zog daraus den Schluss, dass sie keine Angst vor dem Tod hatte. Sie wünschte, sie könnte selbst so empfinden. Hoffentlich entwickelte man diese Einstellung, wenn man älter wurde.

Sie tranken ihren Kaffee und hörten die Bremsen quietschen, wenn die U-Bahn am Bahnsteig unten neben dem Haus hielt.

»Standen Sie, Verzeihung, oder stehen Sie und Lycke sich nahe?«

Ellen konnte nicht erkennen, ob Mona auf den Versprecher reagiert hatte. Sie hoffte, er war unbemerkt an ihr vorübergegangen. Monas Augen füllten sich mit Tränen, während sie langsam nickte.

»Sehr nah.« Vorsichtig setzte sie ihre Tasse ab.

»Was ist Ihrer Ansicht nach passiert?« Ellen legte Mona eine Hand auf die Schulter, und nun brannten auch ihre Augen.

Mona drehte sich schwer atmend zu Ellen um.

»Ich kann nicht verstehen, warum sich jetzt plötzlich alle für Lycke interessieren. Das hat doch vorher auch niemand getan. Mir tut alles weh, wenn ich daran denke.« Sie wendete sich ab.

»Wie meinen Sie das?«, fragte Ellen.

»Lycke hat es nicht leicht. Mehr kann ich dazu nicht sagen.«

»Glauben Sie, es liegt daran, dass sie ein Scheidungskind ist, oder hat es einen anderen Grund?«

Anstatt zu antworten, schenkte Mona Kaffee nach.

»Wie gesagt, ich habe Schweigepflicht.« Sie sah Ellen ernst an. »Aber eins sage ich Ihnen. Behalten Sie das im Hinterkopf.« Sie streckte den Zeigefinger hoch. »Nicht alle Menschen eignen sich als Eltern.«

Ellen wollte sie gerade bitten, den Satz zu präzisieren, doch Mona fiel ihr sofort ins Wort. »Das ist alles, was ich dazu zu sagen habe.«

Ellen musste sich damit zufriedengeben, zumindest vorerst, und widmete sich einem anderen Thema.

»Haben Sie Lycke an dem Tag, als sie verschwand, gesehen?«

»Ja. Ich kam wie immer morgens um sieben. Ich habe ihr Frühstück gemacht, sie angezogen und zur Schule gebracht. Wie jeden Tag.«

»War an diesem Tag irgendwas anders?«

Mona dachte nach.

»Eigentlich weiß ich nicht, ob etwas anders war. Freitag war nie ein guter Tag, egal, ob sie bei ihrer Mutter oder ihrem Vater war. Freitags gibt es oft Streit, da ist Tennis und dann ist Wochenende. An den Wochenenden habe ich frei«, erklärte sie.

Ellen nickte.

»Sie haben doch vorhin gefragt, ob wir uns nahestanden. Ich dürfte das zwar nicht sagen, aber andererseits wüsste ich auch nicht, was für einen Schaden es anrichten sollte. An dem Tag, als Lycke verschwand, haben sich Harald und Chloé wie immer gestritten. Sie streiten sich furchtbar oft, und meistens geht es um Lycke.«

»Gab es diesmal einen besonderen Grund?«

»Darauf möchte ich nicht eingehen.« Mona trank einen Schluck Kaffee. »Was wissen Sie eigentlich über Lycke?«

»Nicht genug, deshalb bin ich ja hier«, sagte Ellen.

»Und was haben Sie mit den Informationen vor, wenn ich fragen darf?«

Sie war wie ausgewechselt.

»Ich möchte dazu beitragen, dass sie gefunden wird.«

Mona sah sie wortlos an. Eine Weile herrschte absolute Stille im Raum. Nur die große Wanduhr tickte.

»Haben Sie selbst Familie?«, sagte Ellen schließlich mitten in das Schweigen hinein.

»Nein«, erwiderte Mona kurz angebunden. »Das war mir nicht vergönnt.«

Ellen empfand unwillkürlich Mitleid mit ihr, genau wie mit allen anderen, die keine eigenen Kinder hatten. Es spielte keine Rolle, ob die Kinderlosigkeit auf einer bewussten Entscheidung beruhte oder nicht. Im Grunde bemitleidete sie vor allem sich selbst.

»Gucken Sie doch nicht so traurig, Kindchen«, sagte Mona freundlicher. »Ich war in meinem Berufsleben immer von wunderbaren Kindern umgeben. Sie waren wie meine eigenen.« Es hörte sich überzeugend an.

»Darf ich Ihnen einen Sherry anbieten?«, fragte sie dann.

»Nein, danke«, antwortete Ellen. »Ich bin mit dem Auto da.«

»Ich werde trotzdem ein Gläschen trinken. Nur ein kleines, dann schläft es sich besser.«

Mona sah auf die Uhr über der Tür zur Küche. »Ich glaube, Sie sollten jetzt besser gehen.«

Ellen nickte. Sie faltete die Decke ordentlich zusammen, legte sie auf die Sofalehne und beugte sich hinunter, um die Strümpfe auszuziehen.

»Die schenke ich Ihnen«, sagte Mona.

Ellen lächelte.

Sie gingen gemeinsam in den Flur, wo Ellen in ihre nasse Jacke schlüpfte und die Füße in die Schuhe steckte.

»Sie haben etwas Dunkles in sich, das sehe ich«, sagte Mona plötzlich. »Sie wissen, dass man sich mit der Finsternis beschäftigen muss. Sonst kommt man zu Fall und tut Dinge, die man lieber nicht tun sollte.«

Ellen wusste nicht, was sie sagen sollte, und beschloss, gar keinen Kommentar abzugeben.

»Rufen Sie an, falls Ihnen etwas einfällt oder Sie einfach reden möchten«, sagte sie stattdessen und reichte ihr eine der Visitenkarten, die sie in der Jackentasche hatte.

Mona warf einen Blick auf die Karte und sah Ellen in die Augen. »Glauben Sie, dass die Zeit alle Wunden heilt?«

»Nein«, sagte Ellen.

»Ich auch nicht.«

Ellen 21.00 Uhr

Ellen bog in den Drottningholmsväg ein und war mitten auf der Tranebergbro, als das Handy klingelte.

»Hallo, hier ist Petter, Sie haben versucht, mich zu erreichen.«

Die Stimme kam ihr bekannt vor.

»Also, ich bin der Tennistrainer. Sie hatten mir eine Nachricht auf meiner Mailbox hinterlassen.«

»Ah, gut, vielen Dank, dass Sie zurückrufen! Ich würde gerne mit Ihnen reden. Können wir uns jetzt sofort treffen?«

»Doch, ich nehme an, das wird gehen. Ich bin in der Salkhalle in Alvik. Hier arbeite ich, solange die Königliche renoviert wird und die Sandplätze …«

»Perfekt, ich komme direkt zu Ihnen.«

Ellen fuhr einmal durch den ganzen Kreisverkehr am Rålambshovspark und wieder zurück über die Brücke.

Eine Weile später betrachtete sie Tennisbälle, die hin und her geschlagen wurden, während sie auf Petter wartete. Das Geräusch erfüllte sie mit einer gewissen körperlichen Ruhe.

»Ellen?«

Sie drehte sich um und stand einem großen und spindeldürren Mann im Tennisdress gegenüber.

»Tja, ich bin Petter.«

»Hallo!« Ellen bekam einen schlaffen Händedruck. Schweißige Handflächen hatte er auch. Ellen schätzte, dass er ungefähr zehn Jahre jünger war als sie.

»Danke, dass Sie sich Zeit genommen haben. Ich bin, wie gesagt, Kriminalreporterin bei TV4.«

»Ich weiß. Ich habe Sie schon mal gesehen.« Er grinste.

»Das ist ja toll«, sagte sie, weil ihr nichts anderes einfiel. Sie war immer um eine passende Antwort verlegen, wenn ihr Leute erzählten, dass sie sie aus dem Fernsehen kannten.

»Können wir uns irgendwo ungestört unterhalten?«

»Normalerweise arbeite ich hier ja nicht, aber ich glaube, im Büro wäre es möglich.« Er zeigte auf eine Tür am Ende des Flurs.

Es war ein typisches Sportvereinsbüro. Tennisschläger, Bälle und Ordner lagen überall verstreut, Sporttaschen stapelten sich, und an den Wänden hingen Urkunden und Medaillen.

»Ich weiß nicht genau, was das hier bringen soll, ich war ja, wie gesagt, noch nicht mal anwesend.« Er machte die Tür zu und drehte den Schlüssel um.

Hat er gerade die Tür abgeschlossen?

»Ich weiß, aber vielleicht können wir uns trotzdem unterhalten. Wo waren Sie, als Lycke verschwand?«

»Zu Hause. Sie sind doch keine Polizistin, oder?« Er lachte laut auf. »Das Tennistraining wurde abgesagt, weil es regnete. Draußen auf den Sandplätzen kann man nicht spielen, und in der Halle wird ja umgebaut.«

Ellen nickte. »Sie hatten also frei?«

»Ja, unfreiwillig frei, könnte man sagen. Ich will arbeiten, weil ich das Geld brauche und so. Hier habe ich gearbeitet, bevor ich in der Königlichen angefangen habe, und jetzt brauchten die noch eine Aushilfe. Mal sehen, wie lange, das hängt vom Regen ab.« Er schob einen Berg Kleidung von einem Hocker an der Wand, setzte sich breitbeinig hin und lehnte sich an.

»Haben Sie etwas dagegen, wenn ich mich auch setze?«, fragte sie säuerlicher als beabsichtigt. Mit einem Gentleman hatte sie es nicht zu tun.

»Klar«, antwortete er, ohne einen Finger zu rühren.

Es gab nur einen Stuhl im Raum, und der stand hinter dem vollgepackten Schreibtisch. Sie deutete fragend darauf.

»Setzen Sie sich, wohin Sie wollen.«

Sie tat, was er gesagt hatte, und ging um den Schreibtisch herum. Das braune Sitzpolster hatte Löcher, und an einigen Stellen war die Schaumgummifüllung herausgetreten. Sie zog ihre Jacke aus und legte sie sich unter den Po.

»Ist das Ihr Job?«, fragte Ellen und merkte sofort, wie abwertend sich das anhörte.

»Ja, was dagegen?«

»Nein, wirklich nicht. Ich dachte wohl, dass Sie vielleicht noch einen anderen Job hätten. Es scheint mir der reinste Luxus zu sein, den ganzen Tag Tennis zu spielen.«

»Als Trainer kommt man kaum dazu.« Er strich sich die etwas zu langen, mausgrauen Haare aus dem Gesicht.

»Wie funktioniert so eine Absage? Ruft man dann alle Eltern an, oder wie geht das?«

»Sind Sie verrückt? Man schafft es doch gar nicht, mit allen Eltern zu telefonieren. Ich schicke eine Mail.«

»Aber was ist, wenn jemand die Mail nicht liest?«

»Nicht mein Problem. Darauf müssen die Leute schon selbst achten. Und auf das Wetter übrigens auch. Es war doch offensichtlich, dass man nicht draußen spielen konnte.«

»Kann ich die Mail mal sehen?«

»Ja, das können Sie.« Er erhob sich, klappte das Notebook auf dem Schreibtisch auf und stützte sich dabei auf den einen Ellbogen. Ellen war gezwungen, ein Stück zur Seite zu rücken.

»Können Sie mal weggucken? Ich muss mein Passwort eingeben.«

»Auf jeden Fall«, sagte Ellen, sah aber im Augenwinkel, dass er eine ganze Reihe von Fenstern schloss. Facebook und irgendein Forum, das sie nicht erkennen konnte. Dann öffnete er sein Mailprogramm und scrollte zum Posteingang.

»Hier.« Er richtete sich auf.

Ellen überflog die Mail. Sie war kurz und präzise. »Aufgrund des Wetters fällt Tennis aus.« Er hatte die Mail am Morgen um Viertel nach acht gesendet.

Sie ging die Empfänger durch.

»Hier sind nur Frauen. Das sind die Mütter, nehme ich an. Schicken Sie die Mails nie an die Väter?«

»Äh, was? Nein, keine Ahnung. Ich schicke sie an die Adressen, die ich bekommen habe.«

Ellen nickte und las den Namen und die E-Mail-Adresse von Helena.

»Danke«, sagte sie.

»War noch was?« Bevor er sich wieder auf dem Hocker niederließ, hob er einen Tennisball vom Boden auf.

»Können Sie mir was über Lycke erzählen?«

»Was soll ich da sagen?« Er warf den Ball in die Luft und fing ihn mit der anderen Hand auf. »Im Tennis war sie eine Null.«

»Wie bitte?«

»Ja, sie war richtig schlecht.« Er grinste. »So was sagt man wahrscheinlich nicht, aber Sie haben mich gefragt. Jedenfalls im Vergleich zur restlichen Gruppe.«

»Hoffentlich haben Sie ihr das nicht gesagt.« Ellen konnte ihre Verärgerung nur schwer verbergen.

Elsa war die Schlauere von ihnen gewesen. Sie hatte zuerst lesen und rechnen gelernt. Sie konnte Monate eher sprechen als Ellen. Und gelaufen war sie auch vor ihr, bekam Ellen oft zu hören.

»Da gibt es eben enorme Unterschiede. Man sagt ja immer, dass manche Kinder sich körperlich früher entwickeln, während andere zunächst vor allem intellektuell Fortschritte machen, aber bei meinen Zwillingen hat sich das überhaupt nicht bestätigt, denn eine von beiden, unsere Elsa, war mit allem als Erste dran.«

Ellen wusste nicht, wie oft sie ihre Mutter das hatte sagen hören. Sobald sie Babys sah, musste sie den Leuten erzählen, wie es bei ihren Zwillingen gewesen war und was ihre Elsa für ein tüchtiges Mädchen auf allen Gebieten war.

Als eineiiger Zwilling wurde man permanent verglichen. Es war, als stünde einem »Stellen Sie ruhig Vergleiche an!« auf die Stirn geschrieben. Es hörte nie auf. Auch nicht, seit Elsa nicht mehr da war. Bis heute. Es war hart, mit einer Toten verglichen zu werden. Elsa war und blieb unüberwindlich. Ellen schämte sich, wenn sie sich daran erinnerte, wie eifersüchtig sie manchmal auf ihre Schwester gewesen war. Obwohl Elsa immer versucht hatte, Ellen aufzumuntern, indem sie erzählte, was Ellen alles gut konnte. Malen zum Beispiel. Oder schöne Perlenarmbänder machen. *Schwimmen.*

Sie zuckte zusammen, als Petter direkt über ihrem Kopf einen Ball an die Wand warf.

»Warum hat sie dann Tennis gespielt?«

»Was weiß ich? Manche Leute finden Tennis schick oder träumen davon, dass ihre Kinder Profis werden. Keine Ahnung.«

Ellen sah es vor sich.

»Was ist Lycke für ein Mensch?«

Er hielt den Ball fest. »Wenn ich ehrlich sein soll, total seltsam«, sagte er nach einer Weile. »Richtig merkwürdig. Still, gibt keinen Ton von sich. Irgendwie traurig.« Er zuckte mit den Schultern und warf den Ball wieder an die Wand.

Ellen hoffte, dass er zu den Kindern nicht ganz so ehrlich war.

»Sehen Sie manchmal die Eltern?«, fragte sie und merkte plötzlich, dass der Ball sie stresste. Das Geräusch hatte nichts Beruhigendes mehr an sich.

»Doch, klar, die bringen ihre Kinder ja und holen sie wieder ab, und hin und wieder bleiben sie auch da und gucken vom Hochsitz aus zu. Aber ich unterhalte mich selten mit ihnen.«

»Und wie war es mit Lyckes Eltern?«

»Die sind mir, glaube ich, noch nie über den Weg gelaufen. Ich glaube, ich kenne nur ihre Stiefmutter und ihre Oma oder wer das ist. Spielen Sie Tennis?«

»Ab und zu, aber das ist lange her.«

»Sagen Sie Bescheid, wenn Sie mal eine Privatstunde möchten.« Er lächelte. »Sind Sie gut in Schuss?«

»Wie bitte?«

Er starrte sie an, fixierte allerdings nicht ihre Augen, sondern ihren Ausschnitt.

»Ich gehe jetzt besser.« Sie machte die Jacke zu und ging zur Tür.

»Schon?« Petter blieb sitzen.

»Ja, ich muss zurück in den Sender. Da warten sie schon auf mich.«

»Na dann.«

Sein Ton gefiel ihr nicht.

Langsam stand Petter auf und streifte sie, als er an ihr vorüberging. Vor der Tür blieb er stehen.

Wollte er sie nicht rauslassen? Ellen versuchte, sich einzureden, dass sie sich nur einbildete, die Situation wäre seltsam.

Der Raum wirkte immer kleiner.

Dann drehte er den Schlüssel um und hielt die Tür auf. Ellen hastete hinaus.

Als sie am Rålambshovspark vorbeigefahren war, ging ihr nicht mehr aus dem Kopf, dass der Rucksack in der Nähe der Salkhalle gefunden worden war. Auch dass Lyckes Mutter höchstwahrscheinlich gewusst hatte, dass das Tennistraining ausfiel, ließ ihr keine Ruhe.

Ellen 22.00 Uhr

Ellen nahm den letzten Apfel aus der Obstschale am Empfang und biss widerwillig davon ab, um etwas Energie zu bekommen.

»Bist nur noch du da?«, fragte sie Krimiann, die an ihrem Schreibtisch saß.

»Ja«, antwortete Krimiann, ohne aufzublicken. »Reicht dir das nicht?«

»Doch, unbedingt. So habe ich es nicht gemeint.« Ellen sah zu Jimmys Platz hinüber und stellte fest, dass sein Stuhl nicht besetzt war.

Sie fragte sich, was Krimiann gesehen hatte, als sie das Material über Lycke zusammenstellte. Hatte sie den »Fall Elsa« mit Ellen in Verbindung gebracht? Doch dann hätte sie sich näher mit der Sache befasst haben müssen. Ellen hatte schließlich ihren Namen geändert. Eigentlich war es nicht schwierig, etwas über ihre Vergangenheit in Erfahrung zu bringen, aber man musste wissen, wonach man suchte, um im Medienarchiv etwas zu finden. Dafür hatte sie gesorgt. Noch am selben Tag, als ihr Vater wegzog, hatte sie den Mädchennamen ihrer Mutter angenommen und hieß nun Tamm statt von Blaten.

Und warum sollte Krimiann ihr mitten in der Nacht ein Foto von ihrer toten Schwester schicken? Warum sollte irgendjemand das tun?

»Ich gehe zu Andreas in den Schneideraum«, sagte sie, als ob es Krimiann interessieren würde, wo sie sich herumtrieb.

Sie mussten alles sichern, was sie tagsüber aufgenommen hatten, falls im Laufe der Nacht etwas Neues passierte.

»Ich verstehe das nicht. Warum finden die sie nicht?« Ellen setzte sich neben Andreas. »Was machen wir falsch? Was übersehen wir?«

»Nichts, du tust mehr als genug. Und es sieht so aus, als bräuchtest du Schlaf. Geh nach Hause. Ich mach das hier.«

Ellen schüttelte den Kopf. »Ich bleibe.« Nach Hause fahren war das Letzte, was sie wollte. Sie wünschte, sie hätte mit Andreas reden können, aber andererseits war es schön, dass er nichts wusste.

»Erhöhte Sicherheitsmaßnahmen an Schulen in Stockholm. Falls heute Nacht nichts passiert, stellen wir das morgen in den Fokus.«

Andreas schaltete das Schnittprogramm ein und lud noch mehr Material.

Schülerinnen flackerten vorbei. Sie alberten vor der Kamera herum und taten, als stolzierten sie über einen Laufsteg. Sie schauten in die Kamera, warfen Kusshändchen und rannten vorbei.

»Warte, das will ich noch mal sehen«, sagte Ellen.

Andreas hörte auf zu spulen und ließ den Film in normaler Geschwindigkeit laufen.

»Arbeiten Sie beim Fernsehen?«, fragte eins der Mädchen.

»Ja«, antwortete Ellen.

Die Mädchen steckten die Köpfe zusammen und kicherten.

»Ist das Ihr Auto?«

»Ja«, antwortete Ellen wieder. Zum Glück war sie nicht im Bild.

»Schön.«

»Danke.«

»Ich will auch ein rosa Auto haben, wenn ich groß bin«, sagte das andere Mädchen.

»Ich will beim Fernsehen arbeiten.«

»Haben Sie einen Freund?«

»Leider nicht.«

»Warum nicht?«

»Mann, sind die neugierig«, sagte Andreas.

»Sind Sie in jemanden verliebt?«

Regentropfen fielen auf das Objektiv, und Andreas wischte es ab. Die Mädchen sahen verschämt zu Boden und kicherten weiter.

»Wollt ihr nicht wieder reingehen, damit ihr nicht so nass werdet?«

»Nein, es gefällt mir, wenn es regnet«, sagte eine von beiden.

Die andere schlug ihr auf den Arm, dann lachten beide. Ihre Sachen sahen aus wie Erwachsenenkleidung in Miniatur.

»Mein Vater findet Sie hübsch.«

»Aha. Okay«, sagte Ellen. »Seid ihr mit Lycke befreundet?«

Das eine Mädchen flüsterte dem anderen etwas zu.

»Nein.«

»Sie ist weg.«

»Ich gehe in dieselbe Klasse wie Lycke.«

Sie redeten durcheinander.

»Sie ist abgehauen.«

»Wieso glaubt ihr, dass sie abgehauen ist?«

Sie zuckten mit den Schultern.

»Vielleicht ist sie tot.« Sie sahen sich an und fingen an zu lachen.

»Gucken Sie mal.« Eine von ihnen hielt einen bunten Plüschpapagei hoch. Als sie auf seinen Bauch drückte, fing er an zu sprechen. »Du bist okay, aber ich bin besser!«

»Glaubst du, es könnte eine von ihnen gewesen sein?«, fragte Ellen.

»Igitt, hör auf, sag nicht so was. Was meinst du damit? Denkst du, die beiden haben Lycke gekidnappt?« Er schüttelte den Kopf, als hätte er noch nie etwas so Unlogisches gehört.

»Nett waren sie nicht. Und Kinder können schreckliche Dinge tun.«

Die Kamera bewegte sich, und nun war Ellens Gesicht auf dem Bildschirm zu sehen.

»Halt bitte an!« Sie wendete sich ab.

Andreas seufzte. »Wann gewöhnst du dich endlich daran, im Fernsehen zu sein?« Er strich sich mit beiden Händen über den rasierten Schädel.

Ellen holte ein paarmal tief Luft.

Sie sah nur den Tod. Immer, wenn sie sich auf dem Bildschirm sah, war es das Gleiche. Genau wie im Spiegel. Sie sah Elsa. Als ob sie noch am Leben wäre. Für einen wunderbaren winzigen Moment, bevor die Wirklichkeit sie wieder einholte.

Ellen betrachtete sich selbst, während sie mit dem großen roten Mikro dastand und kurz davor war, in die Kamera zu sprechen. Wie würde Elsa aussehen, wenn sie noch leben würde? Wären sie dann immer noch identisch? Sie wusste, dass es für ihre Mutter schwer sein musste, Ellen anzuschauen, die personifizierte Erinnerung an die andere Tochter, die nicht mehr lebte.

Als sie klein waren, unterschied man sie, indem man ihnen verschiedene Farben anzog. Elsa rosa und Ellen gelb. Sie hasste gelb. Gelb war hässlich. Ihre Mutter zuckte noch heute zusammen, wenn Ellen Rosa trug. Ellen hatte das Auto gekauft, um zu provozieren. Oder die Farbe zu feiern. Ganz genau wusste sie es nicht, sie konnte die beiden Begriffe kaum auseinanderhalten. *Pink mist.*

»Kannst du mich einen Moment allein lassen?«, fragte sie Andreas.

»Klar, ich hole mir einen Kaffee. Willst du auch einen?«

Sie schüttelte den Kopf. »Trotzdem danke.«

Trauer und Schuld hatten sie noch immer fest im Griff. Obwohl Elsa vor mehr als zwanzig Jahren verschwunden war. Gestorben. Aber man sagte nur, sie sei verschwunden. Man erwähnte den Tod nicht. So war es eben.

Nach kurzem Anklopfen kam Krimiann herein.

»Kannst du dein Handy nicht mitnehmen, wenn du gehst? Ich komme kaum zum Arbeiten, wenn dauernd jemand anruft.« Sie reichte ihr das Mobiltelefon.

»Tut mir leid«, murmelte Ellen und schaute auf ihr Display. Fünf entgangene Anrufe. Alle von einer verborgenen Nummer. Keine Nachrichten.

Da ihr Akku fast leer war, ging sie zurück zu ihrem Platz und suchte unter den Papierstapeln auf ihrem Schreibtisch nach dem Ladekabel.

Wieder klingelte es. Unterdrückte Nummer.

Sie drückte auf den grünen Knopf.

»Hallo?«

Keine Antwort.

»Wer ist das?«, fragte sie. Nun hörte sie am anderen Ende der Leitung jemanden atmen.

»Wenn Sie nicht sagen, wer Sie sind und was Sie wollen, lege ich auf.«

Nach einigen Sekunden wurde wortlos aufgelegt.

Ellen starrte das Telefon an.

»Wer war das?« Krimiann sah sie von ihrem Platz gegenüber an.

Ellen zuckte die Achseln. »Ich weiß es nicht. Vielleicht dieselbe Person, die schon öfter angerufen hat?«

Im selben Moment klingelte es erneut.

Kriminann und Ellen sahen sich an.

Noch einmal drückte sie auf den grünen Hörer.

»Ellen.«

»Hallo, ich bin es.«

»Mama«, sagte sie laut und deutlich, um Krimianns nicht zu übersehende Neugier zu stillen.

»Ich störe doch wohl nicht?«

»Nein, keine Sorge, aber ich bin bei der Arbeit und kann nicht lange reden.« Sie hoffte, dass ihre Mutter das beherzigte. »Hast du es schon öfter versucht?«

»Nein. Wieso sollte ich?«

Ellen antwortete nicht.

»Das Essen gestern Abend war sehr nett.«

»Schön.« Ellen wehrte sich standhaft gegen das schlechte Gewissen, das ihr ihre Mutter zu machen versuchte. Die Märtyrerin. Während sie weitersprach, öffnete sie ihr Mailprogramm. »Es tut mir leid, dass ich nicht dabei sein konnte.«

»Es ist eben, wie es ist.«

»Wolltest du was Bestimmtes?«, fragte Ellen und scrollte sich durch die Mails mit den Hinweisen aus der Bevölkerung. Es schien nichts Relevantes darunter zu sein.

»Nein, nichts Besonderes.«

Beide schwiegen.

»Es ist so einsam hier«, sagte ihre Mutter.

»Okay.« Ellen lehnte sich zurück.

»Hast du mit Papa gesprochen?«

»Nein.«

»Was mag er wohl von der ganzen Sache halten? Dass ausgerechnet du dich mit einem verschwundenen Mädchen beschäftigen musst.«

»Ich weiß es nicht, und es ist mir auch egal.«

Sie wusste noch genau, wie sie in ihrem Kinderzimmer auf Örelo im Bett gelegen hatte. Eine Woche nach Elsas Verschwinden.

»Du musst Ellen gute Nacht sagen«, hörte sie ihre Mutter im Flur wispern.

»Ich weiß nicht, was ich sagen soll«, antwortete ihr Vater.

»Sag einfach gute Nacht. Das kann doch nicht so schwer sein.«

Ellen lag noch lange in ihrem Bett und starrte die Porträts ihrer Eltern an.

Ihr Vater kam an diesem Abend nicht mehr, um gute Nacht zu sagen. Einige Wochen später verließ er Örelo. Offenbar hatte er ohne Elsa nicht mehr das Gefühl, dass es sich lohnte, hier zu leben. Und als wollte er sich so weit wie möglich von Ellen entfernen.

Er fing noch einmal von vorne an. Gründete eine neue Familie.

Ein einziges Mal interessierte er sich für Ellens Leben. Da hatte ihre Mutter ihm erzählt, dass sie auf die Journalistenschule gehen und Kriminalreporterin werden wollte. Da rief er an.

»Warum musst du uns so provozieren? Hast du nicht mehr von uns gelernt? Warum kannst du nicht tun, was Elsa getan hätte, wenn sie noch leben würde? Warum kannst du nicht auch Juristin werden? Oder Ärztin?«

»Oder was anderes, was besser zur Familie passt, meinst du? Erstens sind wir keine Familie mehr, zweitens habe ich von dir nicht das Geringste gelernt und drittens – woher, zum Teufel, willst du eigentlich wissen, dass Elsa Juristin hätte werden wollen? Sie war acht Jahre alt. Acht Jahre! Sie träumte davon,

Delfinpflegerin zu werden, du Arschloch«, hätte sie am liebsten geschrien. Aber sie tat es nicht. Sie sagte nichts. Das war am einfachsten. Er würde weder verstehen noch darüber nachdenken, warum sie sich mit dem Tod beschäftigen musste. Außerdem hatte er ja recht. Elsa wäre mit Sicherheit Anwältin geworden.

»Weißt du nicht mehr, wie diese Geier uns bloßgestellt haben? Hast du vergessen, dass sie unsere Passfotos in der Zeitung abgedruckt haben? Erinnerst du dich an diese Journalistin, die sich im Gebüsch angeschlichen hatte? Und dir sind sie nach der Schule gefolgt. Hast du das vergessen?«

Natürlich erinnerte sie sich. Aber so eine Journalistin würde sie nicht werden.

»Wie kannst du dich freiwillig mit diesen Menschen gemein machen? Ich verstehe das nicht. Warum kannst du nicht einfach normal sein?«, fuhr ihr Vater fort.

Das war immerhin eine Reaktion. Und im Großen und Ganzen das einzige Gespräch seit Elsas Verschwinden. Abgesehen davon, dass sie sich frohe Weihnachten, ein gutes neues Jahr und einen schönen Sommer wünschten. Eisige Höflichkeitsfloskeln.

Zum Geburtstag wurde ihr auch nicht gratuliert. Aber das hatte sie selbst entschieden. Ohne Elsa Geburtstag zu feiern, fühlte sich komisch an.

Dagegen zündete sie immer eine Kerze an, wenn sich der Tag jährte, an dem Elsa verschwunden war.

Ihre Mutter räusperte sich. »Du hältst dich für unheimlich stark, aber das bist du nicht. Diese Sache reißt so viele Wunden wieder auf, Ellen, und ich kann nicht verstehen, warum ausgerechnet du das machst.«

Ellen schloss die Augen. »Mama, bitte.«

»Na gut. Mir tut heute die kleine Vera so leid, das Mädchen ist ganz verstört.«

»Aha, was ist denn passiert?« Ellen war dankbar, dass es nun um die Tochter ihres Bruders ging.

»Ihre kleinen Vogeljungen sind gestorben.«

»Gestorben?«

»Ja, allesamt. Die Mutter, Goldfeder oder wie sie noch mal heißt, hat offenbar den Verstand verloren und sie alle getötet. Wie furchtbar. Wir sagen, dass sie zusammen mit Elsa in die ewigen Jagdgründe eingegangen sind.«

Ellen holte einige Male tief Luft.

»Ja, die arme Vera ist am Boden zerstört. Das kleine Ding. Der Vogel hatte offenbar Angst bekommen und dachte, er würde seine Jungen retten, indem er sie umbringt. So hat mir das dein Bruder jedenfalls erklärt. Er hatte offenbar mit jemandem von der Zoohandlung Arche gesprochen. Es ist ein großer Verlust für Vera, das wirst du sicher verstehen.«

Ellen wusste nicht, was sie sagen sollte.

»Ich weiß noch, wie wir dein Kaninchen einschläfern lassen mussten. Du warst noch Wochen danach vollkommen niedergeschlagen.«

»Das war Elsas Kaninchen.«

Es herrschte Stille. Keine von beiden wollte den Mund aufmachen.

Nachdem sie aufgelegt hatten, fühlte Ellen sich bleischwer.

»Was ist passiert?«, fragte Krimiann. »Du bist ganz blass.«

»Nichts, ich bin nur müde. So viel zu tun in letzter Zeit.«

»Manchmal bekommt man einen Fall, der einen gar nicht loslässt. Völlig verrückt. Man kann nicht aufhören, daran zu denken.«

Ellen sah Krimiann fragend an.

»Ich kenne das. Manchmal ist man besonders betroffen. Manche Fälle rufen etwas in einem wach.«

Ellen starrte auf den Bildschirm.

»Wer ist denn gestorben?«, fragte Krimiann.

Ellen blickte langsam auf.

»Entschuldige, ich wollte nicht lauschen, aber ich habe gehört, worüber ihr geredet …«

»Ach«, sagte Ellen, »der Vogel von meiner Nichte hat seine Jungen getötet, um sie zu retten.«

»Oje. Das klingt makaber und widersprüchlich«, sagte Krimiann.

»Kann sein.« Ellen suchte immer noch ihr Ladekabel. »Kann man unterdrückte Nummern eigentlich zuordnen?«

Krimiann schüttelte den Kopf. »Nicht ohne Anzeige.«

* * *

Am Ende fand sie auf Höhe ihres Hauseingangs einen Parkplatz auf Skeppsbron. Eigentlich war es keine markierte Parkfläche, und sie würde mit Sicherheit einen Strafzettel bekommen, aber sie hatte keine Kraft mehr, noch länger herumzukurven und einen anderen Parkplatz zu suchen. Noch näher kam sie nicht heran an ihr Haus, und sie war viel zu müde, um durch den Regen zu laufen.

Sie schloss das Auto ab und rannte über die Straße.

Skeppsbron war menschenleer. Um diese Tageszeit und bei diesem Wetter war so gut wie niemand unterwegs. Normalerweise wimmelte es hier im Mai vor Touristen und Stockholmern.

Als sie vor der Tür angekommen war, suchte sie in der Jackentasche nach ihrem Schlüssel, aber da war er nicht. Sie öffnete ihre Handtasche und wühlte darin herum, bis sie ganz unten zwischen ihrem ganzen Kram – Quittungen, Make-up, einer kleinen Wasserflasche – ihren Schlüsselbund fand. Ich muss da aufräumen, dachte sie.

Sie wollte gerade den Schlüssel ins Schloss stecken, als sie einen kräftigen Schlag in die Seite bekam. Plötzlich lag sie auf der Erde.

Es dauerte einige Sekunden, bis sie begriff, was passiert war. Dann erblickte sie einen Mann, der in Richtung Slussen rannte.

»Hallo, stehen bleiben, was soll der Mist?«

Er musste in sie hineingerannt sein. Es war alles so schnell gegangen. Sie hatte nicht einmal gemerkt, dass jemand in der Nähe war. Bevor er aus ihrem Blickfeld verschwand, sah sie noch, dass er Jeans und einen Kapuzenpullover trug.

Sie blickte zu Boden. Verdammt, er hatte ihre Tasche mitgenommen!

»Halt!«, schrie sie, obwohl sie wusste, dass es sinnlos war. Zum Glück steckte der Schlüssel noch im Schloss, und das Handy hatte sie in der Hosentasche.

Dienstag, 27. Mai

Ellen 5.50 Uhr

Um kurz vor sechs Uhr morgens klingelte Ellens Handy. Sie rollte sich an die Bettkante und streckte die Hand nach dem Telefon aus.

»Schläfst du?«

Es war Jimmy.

»Nein, ich bin auf dem Weg zur Arbeit«, sagte sie sarkastisch. »Es ist doch noch nicht mal sechs, verdammt. Ganz ehrlich, ich habe keine Lust mit dir zu reden.« Sie setzte sich im Bett auf. »Ich muss mir über andere Dinge Gedanken machen.«

»Das ist wahr. Du musst zum Djurgården.«

Sie schluckte. »Ist was passiert?«

»Man hat die Leiche des Mädchens gefunden.«

»Was?« Ellen wickelte sich in die Decke.

»Lycke. Sie ist tot. Es tut mir leid, Ellen. Andreas holt dich in zehn Minuten ab. Oder sagen wir lieber in fünf.«

Ellen bekam kaum Luft. Die Zeit war abgelaufen.

»Ich weiß nicht …«

Sie wollte nicht hinfahren. Wollte nicht mehr dabei sein.

»Soll ich jemand anders dahin schicken?«, fragte Jimmy. »Falls du das nicht schaffst.«

Sie schwieg. Biss sich fest auf die Lippe und drängte ihre Tränen zurück.

»Andreas ist schon unterwegs. Wo bist du eigentlich? Schläfst du zu Hause?«

»Ja, aber …« Gestresst fuhr sie sich durchs Haar. »Philip muss mich fahren.« Sie legte auf.

Zuerst kamen die Worte wie ein schwaches Flüstern, aber dann atmete sie ein und füllte ihre Lunge mit Luft: »DER TOD, DER TOD, DER TOD!«

Die Nacht war mit Alpträumen angefüllt gewesen, und sie hatte das Gefühl, sich immer noch in einem von ihnen zu befinden. Als stünde sie wieder ganz am Anfang. Sie hätte sich von vornherein nicht in diese Sache stürzen dürfen. Wieso war sie nur so dumm gewesen? Alle anderen hatten recht gehabt.

Jetzt war es zu spät, um auszusteigen. Sie musste sich zusammenreißen und herausfinden, was passiert war.

* * *

Ihr ganzer Körper befand sich in einem so angespannten Zustand, dass sie bei jedem Schlagloch und jedem Tritt auf die Bremse das Gefühl hatte, kaputtzugehen.

Philip legte ihr sanft die Hand auf den Oberschenkel.

»Alles okay?«, fragte er.

Ellen nickte stumm und schluckte ein saures Aufstoßen hinunter.

»Du weißt, dass es nicht deine Schuld ist? Du hast doch getan, was du konntest. Du hast nichts damit zu tun.«

Wieder nickte sie. Sie wünschte, er würde aufhören.

Sie fuhren auf den Strandväg. Die Leute lagen noch im Bett und schliefen. Nicht ahnend, was der kleinen Lycke zugestoßen war. Ihr Leben ging weiter, als ob nichts passiert wäre. Bald würden sie aufstehen. Ihren Kaffee trinken, die Zeitung lesen. Über irgendwas Schreckliches nachdenken, das in der Welt passiert war, um es im nächsten Augenblick wieder zu vergessen und unter die Dusche zu gehen.

Sie schaltete das Radio ein, drehte die Lautstärke auf und

ließ den Regler erst los, als die Lautsprecher zu explodieren drohten. Als ein Lied kam, das sie kannte, lehnte sie sich zurück.

Der Regen war in ein leichtes Nieseln übergegangen. Philip wurde langsamer und ordnete sich hinter einem Streifenwagen ein, der vermutlich auf dem Weg zum selben Ort war. Ohne Martinshorn.

Sie fuhren an Skansen und Gröna Lund vorbei. Lycke würde nie wieder in den Tivoli gehen. Nie wieder Zuckerwatte essen oder Lose kaufen. Lachen.

Philipp fuhr auf den Parkplatz an dem kleinen See im östlichen Teil von Södra Djurgården, der ganz in der Nähe des Djurgårdsbrunnskanals lag.

Die Hyänen lachten, die Geier grinsten, und die Maden taten das Ihre dazu. Der ewige Kreislauf eines toten Körpers.

Als Elsa gefunden wurde, hatte sie auf der anderen Seite gestanden. *War eine Angehörige gewesen.* »Angehörige« gehörte zu den schlimmsten Worten, die sie kannte. Auf einer Ebene mit Opfer, jemandem, der keinen Einfluss auf seine Lage hatte. Der in einem schwarzen Loch feststeckte und von anderen bemitleidet wurde. Oder dem man Vorwürfe machte.

Noch heute hatte sie die Schreie ihrer Mutter im Ohr, als die Zivilpolizei vor dem Schloss parkte und langsam auf den Haupteingang zukam. Worte waren nicht nötig gewesen.

Elsa wurde gefunden. Im See. Hinter der Pferdekoppel und den Apfelbäumen. Unter der Wasseroberfläche.

Sie lag bei den Steinen im Schilf.

Es war ein Unfall, wurde gesagt. Unnötig. So schrecklich unnötig. Und falsch.

Wenn Ellen rechtzeitig Hilfe geholt hätte, wäre sie noch am Leben. Wenn Ellen sie nicht zum Schwimmen gezwungen hätte. Wenn Ellen …

Hinterher kam der Pastor aus der Bettnagemeinde. Er brabbelte komisches Zeug. Ellen wusste noch, dass sie versuchte, ihn zu verstehen, aber er schien eine fremde Sprache zu sprechen, während er ihre Hände festhielt. Sie wusste noch, dass sie dachte, wenn er wüsste, dass sie schuld an Elsas Tod war, würde er bestimmt nicht ihre Hände festhalten.

Die Trauer war erst später gekommen. In diesem Moment empfand sie nur das Schuldgefühl.

Und nun ging es um Lycke.

»Wie lange ist sie schon tot?«, fragte sie Philip.

»Ellen, du hast getan, was du konntest. Du musst loslassen. Jetzt sorg lieber dafür, dass der Schuldige gefasst wird.« Er stieg aus dem Auto.

Ellen folgte ihm widerwillig, schloss die Augen und atmete einige Male tief durch, bevor sie sich umschaute.

Sie machte den Reißverschluss ihres dunkelgrünen Parkas zu, weil es kühl war.

Die Polizei hatte das Gebiet unten am Isbadskärr schon abgesperrt.

Obwohl ihr Körper schrie, sie solle umkehren und nach Hause fahren, ging sie auf das blau-weiße Band zu.

»Ellen!«, rief Andreas. »Warte!« Er rannte ihr hinterher. »Das Partyzelt steht schon«, sagte er, als er sie mit der Kamera auf der Schulter eingeholt hatte.

Wenn die Feldarbeit zu belastend wurde, taten sie, als würden sie über etwas ganz anderes sprechen, um Abstand zu schaffen und das Ganze zu entdramatisieren. Heute funktionierte das nicht, aber sie war unfähig, ihm das zu sagen.

Unter dem Zeltdach, das den Fundort schützen sollte, hockten zwei Techniker in weißen Overalls.

Ellen blieb einige Meter vor dem Band stehen und schaute sich das übrige Gelände an. Die Absperrung erstreckte sich über eine große Grasfläche und endete unten am Wasser. Weiter rechts, hinter dem Parkplatz, lagen ein paar Häuser. Obwohl sie so oft im Djurgården spazieren oder joggen ging, konnte sie sich nicht erinnern, jemals hier gewesen zu sein. Sie kniff die Augen zusammen und versuchte, den Text auf einer Infotafel zu lesen. Die Schrift war zu klein, um sie aus der Entfernung entziffern zu können, aber sie konnte erkennen, dass es sich um ein Vogelschutzgebiet handelte.

Vom Parkplatz bis zum Tatort waren es sicher hundert Meter. Der Mörder musste sie getragen haben. Oder vielleicht hinter sich hergeschleift.

Einige Techniker liefen herum und starrten zu Boden, um nach Spuren zu suchen.

Das Partyzelt wurde von einem Blitzlichtgewitter beleuchtet. Sie fotografierten Lycke. Die dort weiß und kalt lag, nahm sie an.

»Ich mache ein paar Stockfotos, bevor noch mehr Journalisten kommen.« Andreas deutete auf den Wagen von SVT, der gerade auf den Parkplatz fuhr. »In zehn Minuten muss das Material weg. Glaubst du, die ist vom Mörder?« Grinsend stieß er mit dem Fuß eine Kippe an. Wieder ein Versuch, die Stimmung aufzulockern.

»Nicht heute, tut mir leid.«

Andreas schien sich zu schämen.

Ellen ging zu dem uniformierten Polizisten, der die Absperrung bewachte.

»Wissen Sie, was passiert ist?«

»Ich kümmere mich hier nur um die Absperrung. Wenn Sie Fragen haben, müssen Sie sich an den Einsatzleiter wenden. Er steht da drüben.« Er zeigte auf das Zelt.

»Er sieht ziemlich beschäftigt aus. Gibt es noch jemanden, mit dem ich reden kann?«

»Leider nicht, da müssen Sie warten.«

»Können Sie bestätigen, dass es sich bei der aufgefundenen Leiche um Lycke Höök handelt?«

»Ich bedauere, aber ich darf keine Informationen weitergeben.«

Plötzlich sah sie Ove vom Parkplatz kommen. Gebückt ging er unter dem Absperrband hindurch und auf die Zivilpolizisten am Zelt zu.

»Entschuldigung, kann ich mit irgendwem sprechen?«, rief sie, um seine Aufmerksamkeit zu erregen. »Hallo!«

Schließlich wurde sie bemerkt. Ove sagte ein paar Worte und kam zu ihr.

»Du hast also auch hergefunden. Ganz schön schnell.« Wieder warf er einen Blick auf seine Uhr.

»Ist es Lycke?«, fragte sie.

»Ich kann jetzt noch keine Fragen beantworten«, antwortete er in dem herablassenden Ton, den Ellen hasste.

»Ach komm!«

»Du weißt doch, wie das läuft. Wir sind wahrscheinlich bis heute Mittag hier fertig. Im Moment gibt es nicht viel zu sagen. Der Rechtsmediziner ist im Anmarsch, um den Tod zu bestätigen, und dann wird sie in der Pathologie in Solna obduziert.«

»Es ist also Lycke.«

Oves Lider flatterten.

»Das musst du doch bestätigen können. Soll ich jemand anders anrufen?« Ellen hatte keine Lust, mit ihm Katz und Maus zu spielen.

»Ja, es ist Lycke. Aber mehr sage ich nicht. Du musst warten.« Zögerlich beugte er sich nach vorne. »Eins kann ich jedoch schon verraten, es geht um Mord, aber das hat für unsere Zusammenarbeit ja keine Bedeutung.« Er zwinkerte mit einem Auge.

»Weiß es die Familie schon?«, fragte Ellen.

»Noch nicht, also haltet euch zurück. Ich glaube, es ist eine Streife zu ihnen unterwegs.«

»Was passiert als Nächstes?«

»Das Übliche. Gerichtsmedizinische Untersuchung, Vernehmungen und so weiter und so fort.« Er warf einen Blick über seine Schulter, um sich zu vergewissern, dass ihn niemand gehört hatte, und markierte damit das Ende des Gesprächs.

»Wer hat sie gefunden?«, bohrte sie nach und ignorierte, dass er nichts mehr sagen wollte.

»Ein Reiter, der mit seinem Hund vorbeikam«, erwiderte er nonchalant. »Und jetzt sind wir fertig miteinander. Melde dich, wenn du deine Arbeit gemacht hast. Dann können wir weiterreden.« Bevor sie noch mehr Fragen stellen konnte, drehte er sich um.

Geizhals, dachte sie.

»Gibt es hier jemanden, der mich mal kurz auf den aktuellen Stand bringen könnte?«, rief sie ihm hinterher, aber er antwortete nicht.

Helena 6.30 Uhr

Helena saß in ihrem Bademantel aus Frotté auf einem Stuhl in der Küche und zupfte Fäden aus dem abgewetzten Ärmel.

Ihr gegenüber saßen zwei Kripobeamte in Zivil.

Auf dem Tisch lag die Tageszeitung. Die Überschrift weckte Hoffnung – die Polizei hatte einen Hinweis darauf erhalten, dass Lycke noch am Leben war.

Die Zeitung war vier Stunden zuvor gedruckt worden.

»Bald veröffentlichen die Medien, dass sie tot aufgefunden wurde«, sagte einer der Polizisten und drehte die Zeitung um. »Es befinden sich Journalisten am Tatort, und die werden Sie und den Rest der Familie bald anrufen. Falls sie es nicht schon getan haben. Am besten informieren Sie also so schnell wie möglich Ihre Angehörigen.«

Die Angehörigen. Das Wort fraß sich unter ihre Haut.

»Brauchen Sie jemanden zum Reden?«

»Nein.«

»Ich glaube, es wäre gut, wenn jemand hier bei Ihnen sein könnte. Gibt es eine Person, die wir anrufen ...«

»Danke, vielen Dank, aber nein. Nein danke«, unterbrach sie ihn. »Was passiert jetzt? Darf ich sie sehen?«

»Ja. Sie wird in die Rechtsmedizin in Solna verbracht. Sie werden Gelegenheit haben, sich von ihr zu verabschieden.«

Sie schüttelte den Kopf. Gehen Sie, wollte sie schreien, hielt sich aber zurück. Stand auf und holte ihre Zigaretten. Ihre Hände zitterten so stark, dass ihr das Päckchen runterfiel. Sie hob es auf und schaffte es schließlich, eine Zigarette herauszuziehen.

»Warten Sie, ich helfe Ihnen.«

»Ich wäre übrigens froh, wenn Sie jetzt gehen würden. Ich komme zurecht.« Sie versuchte, überzeugend zu klingen.

»Wir möchten Sie nicht allein lassen ...« Die Polizisten sahen sich unsicher an und schienen nicht recht zu wissen, wie sie mit der Situation umgehen sollten. »Okay. Ich habe kein gutes Gefühl dabei, aber wir machen es so. Unsere Kollegen werden sich jeden Augenblick bei Ihnen melden. Man wird Sie zu einer Vernehmung einbestellen ...«

»Werde ich etwa verdächtigt?« Sie nahm einen tiefen Lungenzug.

»Sollen wir nicht doch Ihre Eltern oder Geschwister holen?«

Sie schüttelte den Kopf und aschte in die Spüle. »Ich bitte Sie, gehen Sie jetzt. Ich muss mich erst mal sammeln.«

Schließlich gingen die Polizisten.

Auf dem Tisch lag immer noch die Tageszeitung. Sie blätterte bis zum Anzeigenteil, wanderte mit dem Finger über das Papier und suchte nach der Nummer. Dann zog sie das Handy aus der Tasche und tippte die Ziffern ein.

»Anzeigenabteilung, Svenska Dagbladet. Sie sprechen mit Jenny.«

»Ich möchte eine Anzeige für meine Tochter in die Zeitung setzen.«

»Klar, gerne. Ist es eine Geburtsanzeige?«, fragte sie fröhlich.

»Nein, eine Todesanzeige.«

Helena schluckte ein wenig Magensäure hinunter.

»Mein Beileid. Normalerweise organisiert das der Bestatter, aber Sie wollen also selbst eine Annonce in die Zeitung setzen.«

»Ja.«

»Wie groß soll sie sein?«

»Wie groß?« Es juckte unter ihrer Haut. »Normal.« Sie blickte auf ihre Hand hinunter, die auf der Zeitung lag, und zeigte mit dem Finger auf eine der Todesanzeigen. »So wie die heute. Für Anna. Anna Turesson.«

»Okay. Wie soll der Text lauten?«

Der Text?

Verwirrt überflog sie die Anzeige. Oben stand etwas Kursives. Ein Gedicht. Dann waren die Angehörigen aufgelistet. Ganz oben diejenigen, die am meisten trauerten, denen es am schlechtesten ging. Die Buchstaben verschwammen. Ein trüber Film schien auf allem zu liegen. Ein Schutzfilter. Aber es kamen keine Tränen.

»Was steht denn da normalerweise?«, fragte sie stattdessen.

»Was da normalerweise steht? Oje, na ja, wir können ja mal mit der Verstorbenen anfangen.«

Helena rieb sich die Augen und versuchte, sich zu konzentrieren.

»Lycke. Lycke Höök.«

»Lycke Höök«, buchstabierte die Frau aus der Anzeigenabteilung. »Schreibt man den Vornamen mit zwei K?«, fragte sie, als wäre es irgendein Name.

»Nein, mit CK.«

»Schöner Name.«

Als ob das etwas nützen würde.

»Wann ist sie geboren?«

»23. 04. 2006«, antwortete Helena hastig und musste sich beherrschen, um nicht noch die Uhrzeit zu nennen.

Helena hörte die Frau tippen.

»Wann ist sie gestorben?«

Sie hielt sich die Hand vor den Mund. »Heute.«

»Heute?«

»Ja.«

»Und, das tut mir wirklich leid, aber ...«

Helena fiel ihr ins Wort.

»Ich weiß es eigentlich nicht.«

»Was wissen Sie nicht?«

Helena bekam kein Wort heraus.

»Hallo, sind Sie noch da?«

»Ich weiß nicht, wann sie gestorben ist.«

»Wie meinen Sie das?«

Helena bemühte sich, ihre Gefühle zurückzuhalten.

»Ich merke, Sie stehen unter Schock. Wollen Sie nicht lieber noch warten, bevor Sie eine Anzeige in die Zeitung setzen? Gibt es jemanden, mit dem Sie reden können?«

»Es juckt so, und es hört gar nicht auf. Dieser Juckreiz frisst mich von innen auf.«

»Soll ich Hilfe holen? Geht es um die vermisste Lycke? Die ermordet aufgefunden wurde?«

Helena holte tief Luft.

»Ich will, dass die Anzeige morgen in der Zeitung steht. Was müssen Sie wissen?«

Chloé 8.30 Uhr

»Es ist acht Uhr dreißig, Sie sehen die Nachrichten von TV4. Die achtjährige Lycke Höök, die seit Freitagnachmittag vermisst wurde, ist tot aufgefunden worden. Die Leiche ...«

Chloé stellte den Fernseher ab.

Harald saß wie gelähmt am Küchentisch und starrte vor sich hin. Seit einer halben Stunde wussten sie, dass Lycke tot war. Aus den Nachrichten.

Harald hatte sofort die Polizei angerufen. Noch nie hatte sie ihn so wütend erlebt. Sie bekam beinahe Angst. Aber sie konnte ihn verstehen. Warum hatte ihnen niemand gesagt, dass Lycke tot aufgefunden worden war? Musste der Vater das wirklich aus den Nachrichten erfahren?

Die Polizei sagte, sie hätten früh am Morgen Lyckes Mutter informiert, die wiederum sie beide davon in Kenntnis setzen sollte. Sie bedauerten, dass es dazu nicht gekommen war.

Und das sollte eine gleichberechtigte Gesellschaft sein? Warum meldeten sie sich nur bei der Mutter? Harald und Helena hatten doch das gemeinsame Sorgerecht. Chloé hätte Helena am liebsten angerufen und angeschrien. Wie konnte sie Harald so etwas antun? Diese Frau war eiskalt.

»Möchtest du vielleicht einen Kaffee? Oder ein Glas Wasser?« Sie legte ihm die Hand auf die Schulter.

Wortlos schüttelte er sie ab.

Es tat furchtbar weh, ihn so zu sehen, aber was sollte sie tun? Sie konnte ihn nicht trösten und durfte ihn nicht anfassen.

»Was hat die Polizei gesagt? Wie ist sie gestorben?« Sie bekam das Wort kaum über die Lippen.

Heute Nacht hat er offenbar zu Hause geschlafen, dachte sie und setzte sich neben ihn.

Um sieben war sie von Luddes Gebrabbel aufgewacht, aber als sie in sein Zimmer kam, war er nicht da. Sie ging in die

Küche, aus der die Geräusche kamen. Dort stand Harald und machte ihm ein Fläschchen. Sie wusste nicht, wann er nach Hause gekommen war. Er musste im Gästezimmer übernachtet haben, denn er war nicht bei ihr im Bett gewesen. Sie schaltete die Morgennachrichten ein.

»Ich habe Kaffee aufgesetzt.« Er küsste sie auf die Wange. Er sah erschöpft, aber trotzdem gutgelaunt aus. Zumindest nicht unzufrieden.

Ein kleiner Glückstaumel überkam sie. Er war zu ihnen zurückgekehrt. Sie schenkte sich eine Tasse Kaffee ein. Alles war fast wie immer. Bis zu den Nachrichten.

Und jetzt saß er da vollkommen erstarrt am Küchentisch.

»Was hat die Polizei gesagt, Harald? Wie ist sie ermordet worden?«, versuchte sie es noch einmal.

Er antwortete immer noch nicht.

»Wer bringt ein kleines Mädchen um? In was für einer Welt leben wir?«

Er verzog keine Miene. Als wäre sie überhaupt nicht da.

»Hallo? Würdest du bitte mit mir reden? Du kannst mich nicht länger ausschließen.«

Aber er stierte noch immer ins Nichts. Sie wedelte mit der Hand vor seinem Gesicht herum, um seinen Blick auf sich zu lenken, aber es nützte nichts. Sie fühlte sich so ausgegrenzt. Warum wollte er nicht mit ihr sprechen? Sie verstand es nicht.

Es war ein einziger langer Alptraum. Die kleine Lycke.

Die Telefone klingelten. Sie hatte ihre beiden Handys auf Lautlos gestellt, aber der Vibrationsalarm war ohrenbetäubend.

Bereits zweimal hatte sie den Fehler gemacht dranzugehen. Einmal war es eine Bekannte gewesen, die die schreckliche Nachricht gehört hatte und wissen wollte, wie es ihr und ihrer Familie ging. Das andere Mal war es ein Reporter, der sie mit Unmengen von Fragen bombardierte, auf die sie keine Antwort wusste.

»Ich halte das nicht aus. Die sollen einfach aufhören, hier anzurufen.« Sie ging zur Arbeitsplatte und drückte den Anruf weg, ohne nachzusehen, von wem er kam.

Haralds Handy vibrierte immer noch.

»Bitte, Harald, antworte mir.«

Langsam wendete er sich ihr zu.

»Das konnten sie mir nicht sagen.« Er sprach ganz ruhig. »Ich soll sie identifizieren.« Wieder starrte er einen Punkt an der Wand an.

»Ich begreife nicht, dass sie tot ist.« Sie lehnte an der Spüle. »Wie beklemmend, dass jemand, den wir kennen, tot ist.«

»Jemand, den wir kennen? Du sprichst von meiner Tochter. Kapierst du das? Meine Tochter!«

Finster schaute er sie an.

»Aber ...«

»Hör einfach auf.«

Chloé verstummte.

»Die Polizei kommt hierher, sie wollen uns lauter Fragen stellen ...« Er legte den Kopf in die Hände.

»Aber wir haben doch schon alles gesagt, was wir wissen.«

»Ich muss Helena anrufen.« Er stand auf.

»Was? Wie kann das sein? Nach allem, was sie uns angetan hat? Wenn die Polizei mit irgendjemandem sprechen müsste, dann mit ihr!«

Ellen 10.00 Uhr

Völlig sorglos stand Anette hinterm Tresen und legte frisch gebackene Zimtschnecken auf einen Teller. Als die Türglocke klingelte und Ellen hereinkam, grinste sie breit.

»Ich nehme einen Kaffee ... und eine Schnecke«, sagte Ellen, als sie an der Kasse angekommen war. Außer ihr war niemand im Kiosk, und sie konnte sich ein wenig entspannen.

»Einen normalen Kaffee, oder willst du heute vielleicht lieber einen Latte?« Anettes Grinsen entblößte ihre schiefen Zähne.

»Normalen Filterkaffee. Schwarz.«

Anette hatte ihre Augen zur Feier des Tages mit besonders viel schwarzem Kajal umrandet.

Im Hintergrund ruhige Lieblingssongs.

»Oh, ich liebe dieses Lied«, sagte sie fröhlich, setzte das Backblech mit den frischen Zimtschnecken ab und stellte einen Becher in die Kaffeemaschine.

»Möchtest du bar bezahlen oder mit Karte?«

»Bar bitte.«

Ein einstudierter Dialog.

Anette sang laut mit. *»Hoping that you ...«* Sie drehte sich um und gab ihr den heißen Kaffee *»... think of me too ...«*

Ellen reichte ihr die Scheine. Fünftausend Kronen. Ekelhaft war das.

Anette griff nach dem Bargeld. »Würdest du für eine Million dein Haustier umbringen?«, fragte sie, während sie die Scheine einsteckte.

»Äh, nein.« Ellen lief ein Schauer über den Rücken. Sie ist krank, dachte sie. Das hier ist total krank.

»Ich glaube, viele Leute beantworten diese Frage mit Nein, aber im Grunde würde jeder es machen. Man will nur so gerne gut erscheinen«, sagte Anette geschäftig. »Genau wie alle immer behaupten, sie würden sich im Fernsehen Reportagen anschauen, aber eigentlich tut das niemand.« Sie kicherte. »Aber das weißt du wahrscheinlich, du arbeitest ja beim Fernsehen.«

Ellen nickte. Es war am einfachsten so. Sie nahm ihren Kaffee und ihre Zimtschnecke und eilte zur Tür.

»Hoffentlich sehen wir uns bald wieder«, rief Anette ihr hinterher und trällerte weiter zu *Spending my time*.

Ellen warf die Zimtschnecke in den Mülleimer vor dem Kiosk. Essen war das Letzte, was ihr jetzt in den Sinn gekommen wäre. Ihr fiel ein, dass sie Kaugummis hätte kaufen sollen, aber jetzt war es zu spät. Stattdessen trank sie einen Schluck von dem heißen Kaffee, der brennend in ihrem Magen ankam.

Sie zog das Telefon aus der Tasche und schickte eine Nachricht. »Alles klar.« Dann setzte sie sich ins Auto und hatte gerade den Zündschlüssel umgedreht, als Ove anrief.

»Ich nehme an, wir können uns unterhalten?«

»Ja«, sagte Ellen.

»Schön. Hör mir gut zu, denn ich sage es nur ein Mal.«

»Okay.« Ellen kramte in ihrer Handtasche nach Stift und Papier.

»Nach der Obduktion morgen wissen wir mehr, aber ich fasse kurz den gegenwärtigen Stand zusammen. Die Todesursache ist eindeutig, punktförmige Blutungen hinter den Augenlidern ...«

Ellen hörte auf zu schreiben. »Sauerstoffmangel?«

»Ja, vermutlich mit einem Kissen, einem Stück Stoff oder Ähnlichem erstickt.«

»Gibt es Anzeichen von Gewalt?«

»Nein, soweit wir das im Moment erkennen können, nicht, aber der Obduktionsbericht wird noch genauer auf diese Fragen eingehen. Wahrscheinlich ist sie am Freitag gestorben.«

Ellen holte tief Luft. »Wisst ihr das genau?«

»Die Gerichtsmedizin muss es natürlich noch bestätigen.«

»Erschwert der Regen die Spurensicherung?«

»Ja, das ist natürlich nicht gerade ein Eldorado für die Techniker, wenn alles im Matsch verschwindet.«

»Gibt es Verdächtige? Hinweise auf den Täter? Woran arbeitet ihr gerade?«

»Na ja, zum gegenwärtigen Zeitpunkt haben wir keine Verdächtigen. Wir ermitteln. Die Polizei konzentriert sich auf den Fundort, und es werden alle vernommen, die etwas wissen könnten. Soll dich einer von den Kollegen auf den aktuellen Stand bringen?«

»Sind alle Angehörigen benachrichtigt worden?«

»Ja, inzwischen schon. Es ist ja ziemlich unglücklich gelaufen, dass ihr die Nachricht von ihrem Tod hinausposaunt habt, bevor wir den Vater informieren konnten.«

Scheiße, dachte sie, und holte tief Luft, bevor sie weitersprach.

»Wie sah sie aus, als sie gefunden wurde? War sie übel zugerichtet? Hatten Tiere an ihr geknabbert?«

»Sie war in eine Decke und ein Handtuch eingewickelt und mit Zweigen bedeckt.«

»Heißt das, der Täter hat sie begraben?«

»In gewisser Hinsicht könnte man es so sagen. Ich habe dir eine Mail geschickt. Ich muss jetzt los. Melde dich, wenn du ein Update brauchst.«

»Aber ...«

Er hatte bereits aufgelegt. Ellen lehnte sich zurück in den Autositz.

Mehrmals las sie ihre Notizen. Stolperte über einige Formulierungen. Sie versuchte, sich ein Bild zu machen, bevor sie erneut zum Handy griff und nach der Mail schaute, die Ove ihr geschickt hatte.

Sie zögerte, bevor sie sie öffnete.

Die Mail enthielt keinen Text, aber es war ein Foto angehängt. Sie klickte es an, und kurz darauf bedeckte es das gesamte Display.

Sie hielt sich die Hand vor den Mund.

Ellen 11.00 Uhr

Sie wusste kaum noch, wie sie zur Arbeit gekommen war. Sie musste wie ferngesteuert gefahren sein. Das Bild von Lycke hatte sich in ihre Netzhaut gebrannt. Sie konnte beim besten Willen nicht begreifen, warum Ove ihr ein Foto von der Leiche geschickt hatte.

Sie sah aus, als ob sie schlafen würde. Ihre Haut war schneeweiß. Der Mund war geschlossen, die Lippen dunkelblau. Ihr Haar war nass, und ein paar Strähnen lagen auf dem hübschen Gesicht. Makaber und ruhig zugleich.

Diesmal hatte sie zu viel für den Kaffee bezahlt, dachte sie, während sie in die Redaktion hinaufeilte. Für Ove hatte sich die Sache zu einer Goldgrube entwickelt! Das Ganze war schmutzig, widerwärtig und illegal, und sie schämte sich, dass sie da mitmachte.

Und was sollte sie mit dem Bild anfangen? Sie wollte und durfte es nicht auf ihrem Computer haben. Was, wenn es in die falschen Hände geriet?

Sie setzte sich an den Schreibtisch, doch kurz bevor sie das Foto und alles andere in den Papierkorb schieben wollte, hielt sie inne. Warum hatte der Mörder Lycke in eine Decke gewickelt? War das ein Ritual? Oder wollte der Mörder sie beschützen?

Sie vergewisserte sich, dass niemand ihren Monitor sehen konnte, und öffnete das Bild ein letztes Mal. Betrachtete Lycke. Irgendwas kam ihr bekannt vor, aber sie konnte nicht benennen, was es war.

Ohne sich zu sehr den Kopf darüber zu zerbrechen, bearbeitete sie das Foto mit Photoshop. Sie schnitt ein Stück von der gestreiften Decke und dem Handtuch aus. Legte den Bildausschnitt auf dem Desktop ab und löschte dann das Original.

»Wir haben die beste Sendung der Welt gemacht – schon wieder!« Jimmy stand von seinem Platz auf und klatschte in die Hände. »Die Ersten mit der Nachricht, wir waren als Erste vor Ort.« Er kam zu Ellen herüber und legte ihr die Hand auf die Schulter. »Richtig gute Arbeit! Außerdem habe ich gerade erfahren, dass Harald nun eine Belohnung für denjenigen ausgesetzt hat, der den Mörder findet.«

Hastig klickte Ellen das Foto der Decke weg. Jimmy war der Letzte, der es in die Finger bekommen durfte. Nicht auszudenken, was er von ihr verlangt hätte.

»Was passiert als Nächstes? Wie bleiben wir die Schnellsten und Besten?«, fragte er.

Sie bemühte sich, einen möglichst ungerührten Eindruck zu machen, und antwortete ihm sachlich. Bevor sie ihm vom Inhalt der Mail erzählte, wollte sie sich überlegt haben, wie viele Informationen sie überhaupt weitergeben und was sie noch recherchieren wollte.

»Ich sehe mir an, wie sie gefunden wurde, und nehme an, dass die Schule eine Gedenkfeier veranstaltet. Da machen wir was.«

»Schule in Trauer meinst du?«

Ellen nickte.

»Wie originell«, sagte Jimmy. »Das können wir besser.«

»Hör auf, ich mache keine Interviews mit den Eltern, das sollen die Kollegen aus dem Boulevard machen. Wir stochern jetzt nicht in offenen Wunden, wir haben schon genug …«

Ein dumpfer Schlag unterbrach sie. Krimiann hatte ihr einen Stapel Papier auf den Schreibtisch geknallt.

»Sei nicht so scheinheilig. Natürlich schnüffeln wir in Privatangelegenheiten herum. Hier sind das Scheidungsurteil und die Protokolle des Sorgerechtsstreits, die du haben wolltest.«

»Danke.« Ellen betrachtete den Stoß Papier. Sie hatte gehofft, dass Krimiann die Textmassen ein wenig aussieben würde.

»Igitt«, sagte Jimmy. »Dass es so weit kommen kann. Wie konnten sie ihrem Kind das antun?«

»Es ist doch besser, sich scheiden zu lassen, als zusammen unglücklich zu sein«, sagte Krimiann.

»Ja, vielleicht, aber ich finde, man sollte trotzdem Verantwortung übernehmen, wenn man sich Kinder angeschafft hat. Aber was weiß ich schon. Traurig ist es auf jeden Fall. Ellen, würdest du mich bitte begleiten und einen Kaffee mit mir trinken?«

Ellen wand sich.

»Es ist wichtig.«

Widerwillig tat sie ihm den Gefallen.

»Wie geht es dir?«

»Hör auf, mich das zu fragen.«

»Okay, entschuldige. Ist es wahr, dass du gestern überfallen wurdest?«

Ellen blieb stehen.

»Das hat mir Philip erzählt.«

»Was? Wieso hat er mit dir geredet?«

»Weil er sich Sorgen macht. Hast du mit der Polizei gesprochen?«

Ellen nickte.

»Wenn noch was passiert, übergebe ich den Fall an Leif.«

Sie nickte. Sie hatte nicht die Kraft, ihm die Meinung zu sagen, aber Philip würde sie sich vorknöpfen. »Wolltest du noch was?«, fragte sie.

»Nein, nur ...«

Ellen machte auf dem Absatz kehrt und ging wieder an ihren Platz. Öffnete eine neue Mail. Ins Adressfeld schrieb sie Krimianns Adresse. Dann hängte sie das Bild von der Decke an, das sie aus dem Foto von Lycke ausgeschnitten hatte.

Kannst du rausfinden, wo die Decke herkommt?

/Ellen

Ellen 22.30 Uhr

»Figuren, die in Horrorfilmen mitten in der Nacht an den Tatort oder ins Haus des Schreckens zurückkehren, habe ich immer verachtet«, sagte Philip, als Ellen in den Valhallaväg einbog. »Und jetzt verhalte ich mich genau wie diese Typen. Ich muss wohl dein bester Freund sein.«

»Nur weil sie dort aufgefunden wurde, muss es nicht unbedingt der Tatort sein«, korrigierte ihn Ellen.

Sie wollte zurück zum Isbadskärr. Vielleicht würde sie dort ein fehlendes Mosaiksteinchen finden.

»Warum hast du mit Jimmy über mich geredet?«, fragte sie.

»Was?«

»Hör auf, er hat mir alles verraten. Wie konntest du mir das antun?«

»Weil ich mir Sorgen mache.«

»Können nicht endlich alle aufhören, sich Sorgen um mich zu machen?«, brüllte sie und schlug aufs Lenkrad. »Ich will nichts mehr davon hören. Lasst mich einfach meine Arbeit machen. Und ausgerechnet du gehst damit zu Jimmy.«

»Ich habe mich entschuldigt. Aber er weiß schließlich alles. Ich wusste nicht, wen ich sonst hätte ansprechen sollen. Demnächst rufe ich noch deine Mutter an.«

»Bitte hör auf.«

Während der restlichen Fahrt schwiegen sie. Ellen hatte noch nicht mal Lust, das Radio einzuschalten.

Während sie durch Djurgården fuhren, wurde es dunkel.

»Kann es am Datum liegen? 25. Mai 2014?«, fragte Ellen in die Stille.

»Halt jetzt bitte die Klappe, und lass uns das hier durchziehen, ohne an etwas anderes zu denken. Hast du eigentlich was zu trinken dabei?«

Sie schüttelte den Kopf. »Guck mal in meine Tasche.«

»Vielleicht ist das ein Kapitel aus der Bibel? Oder eine Seitenangabe.« Ellen spann immer noch an ihrem Gedankengerüst.

»Ganz bestimmt.« Er wühlte weiter in der Tasche. »Oder Andreas hatte recht, und es hat was mit dem Tag der vermissten Kinder zu tun.«

»Ja, wenn man davon absieht, dass sie nicht mehr als vermisst gilt.«

»Auch wieder wahr.« Er hatte eine Flasche Mineralwasser entdeckt. Als er sie aufmachte, wurde er klitschnass gespritzt. »Scheiße!« Nachdem die Kohlensäure zur Ruhe gekommen war, trank er einen Schluck. »Könnte es nicht mit dem Muttertag zusammenhängen?«

Ellen dachte darüber nach, obwohl es absurd klang. »Der war doch Sonntag. Sie ist am Freitag verschwunden.«

»Ich nehme alles zurück. Es kommt nicht von ungefähr, dass ich mich mit Schminke und nicht mit so komplizierten Sachen beschäftige.«

»Ich bin trotzdem froh, dass du mitkommst.« Sie lächelte ihn an. »Das bist du mir schuldig.«

Als sie sich dem Isbadskärr näherten, fuhr sie langsamer.

Sie hatte sich ein wenig über den Ort informiert. Offenbar gab es in der Nähe von Lyckes Fundort eine alte Pumpe. Die Verwaltung des Djurgården benutzte sie seit 1982 nicht mehr, um das Wasser aus dem Sumpfgebiet abzupumpen. Das hatte man seit 1904 getan. Nun verzichtete man darauf, das Gelände hier trockenzulegen, und hatte damit ein Paradies für Vögel geschaffen.

Sie erreichten den Parkplatz.

»Weißt du, dass Kronprinzessin Viktoria und Daniel diesen Spazierweg zur Hochzeit geschenkt bekommen haben? Er wird Liebespfad genannt.«

»Machst du Witze? Von wem? Gehört die Insel nicht sowieso der königlichen Familie?«

Ellen zuckte die Achseln.

Das Gebiet war immer noch mit dem blau-weißen Band abgesperrt. An einer Stelle war es gerissen und flatterte im kräftigen Wind.

Vor ihnen lagen bergeweise Blumen, und Kerzen trotzten tapfer dem stürmischen Wetter.

Ellen ließ die Wärme des Autos hinter sich und ging langsam auf die Massen von Beileidsbekundungen zu. Ein riesiger Haufen aus Blumen und Kuscheltieren.

»Wie schrecklich.« Philip stellte sich neben sie.

Er beugte sich hinunter und setzte einen durchnässten Teddy wieder hin, der kopfüber ins matschige Gras gefallen war.

»Stell dir vor, alle, die hier etwas hingelegt haben, hätten sich für Lycke interessiert, als sie noch lebte.« Ellen betrachtete eine Puppe in einem rosa Regenmantel, die ganz oben auf dem Berg lag. »Jetzt ist sie tot, jetzt ist es genehm. Da kommen die Leute und bringen Blumen und Teddybären und Geschenke mit. Als wir in der Schule gefilmt haben, war es genauso. Plötzlich schienen alle Lycke total nahegestanden zu haben. Es macht mich so traurig. Kapieren die nicht, dass es zu spät ist?«

»Doch, aber sie haben ein wahnsinnig schlechtes Gewissen und versuchen, es mit Blumen und so Zeug zu beruhigen«, sagte Philip. »Ich finde es aber trotzdem besser, ihr diese Ehre zu erweisen, als gar nichts zu tun.«

»Ja, vielleicht.« Ellen las den Text auf einer Karte, die an einem Strauß rosa Rosen befestigt war.

Schlaf gut, Lycke.

Es war eine Kinderschrift. Von jemandem, der das Schreiben gerade erst gelernt hatte.

»Was zum Teufel ist das denn?«, fragte Philip und beugte sich zu einem bunten Papagei hinunter.

»Du bist okay. Aber ich bin besser!«, krächzte er. Beide zuckten vor Schreck zusammen.

Ellen erkannte ihn wieder. Diesen Papagei hatten die Mädchen in der Schule gehabt.

»Kannst du dir vorstellen, dass Lycke hier nächtelang ganz allein gelegen hat?« Schaudernd schaute sie zu der Pumpe hinüber, wo das Mädchen aufgefunden worden war.

»Warum ausgerechnet hier?« Philip flüsterte fast.

»Wenn ich das wüsste.«

Sie sah sich um, ohne zu wissen, wonach sie suchte. Irgendetwas, das sie der Wahrheit näherbrachte. Sie suchte nach einem Gefühl. Was auch immer.

»Wir sind ein ganzes Stück von der Königlichen Tennishalle entfernt. Bestimmt fünfzehn Minuten mit dem Auto. Ich verstehe das nicht. Die Straße hier führt nirgendwohin, sie endet hier. Man kann einmal um die Insel fahren, aber dann?« Sie ging zur Absperrung. Jeder Schritt erzeugte ein schmatzendes Geräusch, und ihre Füße wurden in den sumpfigen Untergrund gesogen.

Der Djurgården, in dem normalerweise Trubel herrschte, war aufgrund des Regens menschenleer. Daher war es dem Mörder gelungen, sie hierher zu verfrachten, ohne Aufmerksamkeit zu erregen. Dann konnte die Tat aber nicht geplant gewesen sein. Es konnte doch niemand wissen, dass es so regnen würde.

Ein kurzer Schrei ließ sie zusammenschrecken.

Sie wagte kaum, sich zu rühren. Von wo war der Schrei gekommen?

Zögernd sah sie sich um. Philip stand reglos vor dem Berg aus Blumen und Kuscheltieren und wirkte genauso panisch wie sie.

Wieder ertönte der Schrei. Hastig drehte sie den Kopf in die Richtung, aus der er gekommen sein musste. Kurz darauf hörte sie kräftige Flügelschläge.

Ein Vogel.

Sie atmete auf. Erinnerte sich daran, dass das Isbadskärr für seine Vogelvielfalt bekannt war, aber so ein Schrei?

Ihre Nerven waren immer noch zum Zerreißen gespannt und machten es ihr schwer, sich zu konzentrieren, obwohl ihre Sinne gleichzeitig geschärft waren. Sie schaute zum Parkplatz hinüber.

Der Mörder konnte es nicht besonders eilig gehabt haben. Zuerst musste er – oder sie – Lycke hierhergeschleppt und sie dann sorgfältig eingewickelt haben.

Wurde sie hier ermordet oder schon vorher? Vielleicht war sie den Weg selbst gegangen. Oder? Ellen musste das überprüfen. Wie hatten ihre Füße oder Schuhe ausgesehen? Waren sie voller Matsch gewesen?

Der Mörder hatte nicht die geringste Spur hinterlassen. Ove sagte, das läge am Regen, aber vielleicht war es auch ein routinierter Mörder gewesen, der genau wusste, was er tat.

»Können wir jetzt gehen?«, rief Philip von der Absperrung.

Langsam ging sie zurück. Den Tatort im Rücken zu haben, aktivierte ihre Urinstinkte. Sie wollte wegrennen, so schnell sie konnte, kämpfte aber gegen dieses Gefühl an und verringerte ihr Tempo noch mehr. Sie versuchte, sich zu erinnern, was sie als Nächstes tun wollte. Die Verwaltung des Djurgården hatte sie bereits kontaktiert, aber denen war nichts Ungewöhnliches aufgefallen oder gemeldet worden. Sie hatte einen kleinen Beitrag darüber gemacht. Einer der Verwalter erzählte, wie er der Polizei bei der Suche geholfen hatte.

»Fahr du, ich muss mir ein paar Gedanken notieren.« Sie öffnete die Beifahrertür.

»Klar.« Philip sprang auf der Fahrerseite ins Auto. »Hello Pink Mist, jetzt fahren wir, dass es spritzt.« Während er den Gang einlegte, sah er sie von der Seite an. »Entschuldige. Ich musste einfach einen Witz machen. Sonst ertrage ich das nicht.«

Ellen nickte. Sie wünschte, sie hätte es genauso machen können.

Philip drückte ein paarmal aufs Gaspedal, bevor er den Hügel hinauf und einmal um die Kuppe herumfuhr. Ein starkes Licht blendete sie.

»Was ist das denn?« Er hielt an.

Ellen kontrollierte sicherheitshalber, ob die Türen abgeschlossen waren, bevor sie in die dunkle Nacht schaute. Der Regen machte es fast unmöglich, etwas zu erkennen. Sie drehte sich um und sah aus dem Heckfenster.

»Fahr zurück«, forderte sie ihn auf.

»Was? Bist du verrückt? Direkt in die Falle?«

»Reiß dich zusammen und tu, was ich sage.«

Philip legte den Rückwärtsgang ein und rollte langsam zurück.

»Okay, jetzt kannst du weiterfahren«, sagte sie.

Verwundert guckte er sie an. »Wie bitte? Einfach so?«

»Das musst du bezahlen.«

»Bezahlen?«

»Das war ein Blitzer. Du bist in eine Radarfalle gefahren.« Sie grinste. »Das wird teuer. Hier darf man bestimmt höchstens dreißig fahren.«

»Was? Die blitzen auf Djurgården, der Königlichen Insel? Hat er das erlaubt?« Philip seufzte. »Hoffentlich ist wenigstens ein gutes Bild dabei herausgekommen.«

»Vielleicht wollte Lyckes Mörder ja auch schnell hier weg.«

Philip sah sie fragend an. »Meinst du nicht, dass die Polizei das schon überprüft hat?«

»Das haben sie bestimmt, aber uns Journalisten erzählen sie ja nicht alles.«

Sie zog ihr Handy aus der Tasche, wählte die Nummer von Krimiann und bat sie nachzusehen, ob hier am Freitag jemand geblitzt worden war.

Ellen 24.00 Uhr

Ellen zog ihre dicke Strickjacke an, um sich aufzuwärmen.

Der Papierstapel mit den Protokollen aller Vernehmungen, die im Zusammenhang mit dem Sorgerechtsstreit stattgefunden hatten, war noch höher, als sie ihn in Erinnerung gehabt hatte.

Eigentlich hätte sie ins Bett gehen sollen, aber sie musste den Stapel durchackern. Nicht, dass sie gewusst hätte, wonach sie suchte, aber irgendwas stimmte mit Familie Höök nicht, und sie würde herausfinden, was es war.

Sie musste die Kraft mobilisieren. Musste sich konzentrieren, redete sie sich ein.

Sie machte es sich auf dem Sofa gemütlich und breitete die Dokumente auf dem großen runden Tisch aus, um sich einen Überblick zu verschaffen. Aber zuerst brauchte sie ein Glas Wein.

Als sie den Weinkühlschrank öffnete, stellte sie fest, dass er demnächst wieder aufgefüllt werden musste. Zum Glück waren noch ein paar Flaschen von ihrem Lieblingswein da.

Leise ploppte der Korken aus der Flasche und der Geruch legte sich wie Watte auf ihre Nerven. Sie nahm ein großes Glas aus dem Schrank und füllte es bis zum Rand. Trank einige Schlucke und betrachtete die Bilder an der Wand. Ihr Blick wanderte zwischen Lycke und Elsa hin und her. Als das Foto, das Ove ihr geschickt hatte, auf ihrer Netzhaut auftauchte, schloss sie die Augen.

Sie ohrfeigte sich.

»Konzentrier dich, Ellen, konzentrier dich«, sagte sie laut und setzte sich aufs Sofa.

Sie begann mit dem Gerichtsurteil. Es war beschlossen worden, dass die elterliche Sorge bei beiden Eltern gemeinsam verbleiben sollte. Weiterhin wurde festgelegt, dass Lycke abwechselnd bei ihren Eltern sein und immer am Montag umziehen sollte.

Sorgfältig las sie, was die befragten Personen, darunter die Eltern und hinzugezogene Zeugen, ausgesagt hatten. Lycke selbst war aufgrund ihres Alters nicht befragt worden.

Ellen trank einen Schluck Wein. Und noch einen.

Aus der Vernehmung von Harald ging hervor, dass er der Ansicht war, Helena wäre an einer Art Wochenbettdepression erkrankt und habe noch immer Schwierigkeiten, eine Beziehung zu Lycke aufzubauen. Lyckes Mutter hingegen bestritt das. Sie gab zu, dass sie kurz nach der Geburt Probleme gehabt, sich aber nach ein paar Wochen davon erholt hatte. Die Krankenakte bestätigte das.

Sie hingegen warf Harald vor, die Familie im Stich gelassen zu haben. Damit habe er sein Recht, die Tochter zu sehen, verwirkt.

Und in dem Ton ging es weiter. Seitenweise.

Anwälte, Eltern, Angehörige und mittendrin ein kleines Mädchen.

Vermutlich war der Fall genau wie jeder andere Sorgerechtsstreit. Vorwürfe, die vor Gericht keinen Bestand hatten, aber während der Vernehmungen trotzdem zur Sprache kamen.

Lyckes Mutter hatte behauptet, Harald habe seine Tochter beim Baden so merkwürdig angeschaut. Nicht so, wie ein Vater seine Tochter normalerweise ansah. Ellen blickte auf. Sie wollte nicht weiterlesen, aber sie zwang sich dazu.

Weitere Beispiele wurden angeführt, und die Vorwürfe lenkten die Verhandlungen in eine andere Richtung. Das Verfahren wurde unterbrochen.

Ellen seufzte laut. Sie war unangenehm berührt. Davon darf Jimmy nichts erfahren, dachte sie. Das darf nicht ans Licht kommen.

Arme, arme kleine Lycke. Ellen rief sich ihren persönlichen

Eindruck von Harald ins Gedächtnis. Sie konnte sich kaum vorstellen, dass er zu etwas so Abstoßendem fähig war.

Doch was, wenn es wirklich stimmte? Dass Lycke von ihrem Vater sexuell missbraucht worden war. Oder war das nur der letzte verzweifelte Versuch der Mutter, dass alleinige Sorgerecht zu bekommen?

Ellen wusste, dass Mütter in ähnlichen Situationen den Vätern öfter sexuelle Übergriffe vorwarfen, als man angenommen hätte. Ohne irgendeinen Grund.

Sie schenkte sich noch mehr Wein ein. Trank ihn in einem Zug aus und las weiter.

Lycke wurde untersucht. Physisch und psychisch. Nichts deutete auf sexuellen Missbrauch hin.

Es wurde festgestellt, dass sie zurückhaltend, schüchtern und introvertiert war. Aber sie bekam keine Diagnose.

Der Ton in den Vernehmungen wurde schärfer.

Die Eltern überschütteten sich weiterhin mit Vorwürfen.

Ellen schenkte Wein nach. Trank einen großen Schluck und beschloss, dass es nach diesem Glas genug war.

Viele Seiten später nahm die Mutter die Vorwürfe offenbar zurück. Also hatte sie ihren Exmann wider besseres Wissen der schlimmsten Tat beschuldigt, die man sich vorstellen konnte. Wie hatte sie das Harald, aber vor allem, wie hatte sie das ihrer Tochter antun können?

Harald hatte merkwürdigerweise eingewilligt, als Lycke nur jedes zweite Wochenende bei ihm verbringen sollte, aber da hatte Helena plötzlich protestiert, Zitat: »Warum soll ich mich um alles kümmern? Ich will die elterliche Sorge fifty-fifty teilen. So leicht kommt er nicht davon.« Zitat Ende.

Des Weiteren verlangte Harald einen Vaterschaftstest. Was hatte ihn veranlasst, in Frage zu stellen, ob er der Vater war?

Hastig blätterte Ellen zum Ergebnis. Es bestätigte, dass Harald Höök Lyckes Vater war. Gemeinsame Sorge wurde beschlossen.

Hass, Eifersucht und Egoismus. Darum ging es im ganzen Dokument. Wütend schob Ellen den Papierstapel beiseite und legte den Kopf in die Hände.

Konnte es sein, dass einer von beiden zu weit gegangen war? Sie drehte ein Blatt um und schrieb auf die Rückseite:

Vaterschaftstest
Wochenbettdepression
Bindungsschwierigkeiten
Falsche Missbrauchsvorwürfe
Neid
Gier

Wie ekelhaft, dachte sie und stand auf. Sie schenkte ihr Glas noch einmal voll und ließ sich in die Sofakissen sinken.

Jetzt kam es darauf an, zwischen den Zeilen zu lesen. Sie schloss die Augen, sah aber nur Lycke vor sich.

Schlagartig wurde es ihr bewusst. Jetzt erinnerte sie sich.

Als sie aufstand, drehte sich alles. Sie wankte zum »Regal des Todes«. Stieg eine Leiter hinauf, um das Bord mit den Tatorten zu erreichen. Warum war sie nicht früher darauf gekommen?

Sie holte den Ordner herunter und setzte sich in den Erker. Blickte hinaus auf die Bucht und den wieder stärker gewordenen Regen, der die Wasseroberfläche aufpeitschte, bevor sie zu blättern begann. Sie wusste genau, was sie suchte. Es war ein Artikel, den sie sich in dem Jahr, als sie bei CNN in New York arbeitete, ausgeschnitten hatte. Sie konnte sich an fast alles erinnern, musste sich aber einiger Einzelheiten vergewissern.

Die Überschrift lautete »Mothers Touch«.

Allein die Worte jagten ihr einen Schauer über den Rücken.

Es war ein kurzer Artikel aus der *Times*. Jemand hatte im Wald ein totes Kind gefunden. Drei Jahre alt. Auch ein kleines Mädchen. Tief im Wald unter Blättern und Zweigen begraben. Eingewickelt in warme Decken und Stoffstücke. Man begriff sofort, dass jemand aus dem engsten Umfeld dahintersteckte. Die Zeichen waren eindeutig.

Love and guilt.

Die Mutter legte sofort ein Geständnis ab.

Liebe und Schuld. Ebenso widersprüchlich wie selbstverständlich.

Falls Ellen nicht alles täuschte, war es ein typisch weibliches Phänomen. Deswegen hatte sie es ja behalten. Weil es so ungewöhnlich war.

Es musste eine Frau gewesen sein, auch in diesem Fall. Warum sah das niemand außer ihr? Oder war sie nur betrunken? Und müde.

Sie würde am nächsten Morgen weitermachen müssen. Es war wahrscheinlich nötig, die Sache nüchtern zu betrachten.

Unten klingelte jemand.

Ellen sah auf die Uhr. Kurz nach eins. Wer stand so spät bei ihr vor der Tür? Das muss Philip sein, dachte sie, ging zum Fahrstuhl und drückte auf die Sprechanlage.

»Hallo?«, fragte sie.

Unten keuchte jemand angestrengt und übertrieben.

»Hallo, wer ist da?«, versuchte sie es erneut und bekam eine Gänsehaut. Die Person schien zu stöhnen.

Sie schaltete den Monitor der Kamera unten am Eingang ein. Zögerte einen Moment, bevor sie einen Blick darauf warf. Sie hatte Angst vor dem, was sie zu sehen bekommen würde.

Als Ellen das Bild sah, wich sie erschrocken zurück.

Obwohl er sein Gesicht unter der Kapuze verbarg, erkannte sie, dass es der Mann war, der ihr am Vorabend die Tasche geklaut hatte.

»Ich sehe dich, was willst du?«, schrie sie.

Sie rannte zum Sofa und wühlte nach ihrem Handy. »Wo ist das Scheißding?«, sagte sie zu sich selbst, entdeckte es schließlich auf dem Fußboden und rannte zum Fahrstuhl.

Als sie wieder auf den Bildschirm guckte, war er weg.

Sie stürzte ans Fenster und schaute auf die Straße, sah aber nichts.

Dann wählte sie die Nummer der Polizei, drückte aber nicht auf den grünen Hörer. Er kann hier nicht rein, dachte sie. Und was soll die Polizei eigentlich machen?

Nichts.

Jimmy würde ihr den Fall wegnehmen. Sie würde Lyckes Mörder nicht finden. Alle würden erfahren, was sie ihrer Schwester angetan hatte.

Sie löschte die Nummer und machte ihr Handy wieder aus.

Mittwoch, 28. Mai

Ellen 7.00 Uhr

Es war schmerzhaft, die tapferen Versuche der beiden Teenager mit anzuhören, Anette weiszumachen, sie wären über achtzehn und dürften Zigaretten kaufen.

Anette dagegen schien sich prächtig zu amüsieren und zog das Ganze künstlich in die Länge, in dem sie die Mädchen auf den Arm nahm.

»Entschuldigung, seid ihr jetzt fertig?« Ellen musste sich einmischen, sie konnte nicht anders. Sie fand die erniedrigende Situation unerträglich, war vollkommen durchnässt und wollte ihre Laufrunde fortsetzen. Einen Kater hatte sie auch. Warum hatte sie gestern eine ganze Flasche getrunken?

»Tut mir leid, Mädels, das wird nichts.« Anette scheuchte sie aus dem Laden. Offenbar befürchtete sie, Ellen könnte wieder gehen, bevor sie bezahlt hatte.

»Mann! Super unfreundlich. Blöde Kuh.« Die Mädchen drängelten sich an Ellen vorbei.

»Kommt in ein paar Jahren wieder«, rief Anette ihnen hinterher. »Nicht zu glauben, wie viel die jungen Leute heutzutage quarzen. Was ist passiert? Rauchen ist anscheinend wieder in Mode. Jedenfalls unter den Jüngeren. Weißt du, worauf man das zurückführt?«

Ellen schüttelte den Kopf.

»Das Fernsehen.« Sie sprach das Wort aus, als hätte sie zum einen endlich ein Wundermittel gegen Krebs oder so entdeckt und wollte Ellen zum anderen wegen ihres Berufs in den Knast stecken.

»In vielen Fernsehserien wird offenbar geraucht«, fuhr sie fort. »Nichts dagegen, ich würde meine Zigaretten gerne an alle verkaufen, die sie haben möchten, aber die Behörden sind da so pingelig. Rauchst du?«

Ellen zuckte die Achseln.

»Aha. Und was wünscht Ellen heute?« Anette schien den Weg zu verstehen. »Du bist früh auf den Beinen. Noch dazu in Sportsachen. Bei dem Wetter?«

»Einen kleinen Kaffee ohne Milch.« Ellen versuchte, das leere Gerede zu umgehen.

»Aha, noch was?«, fragte Anette, während sie sich umdrehte und einen Becher in die Maschine stellte.

»Nein, danke.«

Ellen sah sich im Laden um und las die Titelseiten.

MÄDCHENMORD GIBT RÄTSEL AUF

Sie griff nach einer Zeitung und blätterte bis zu den Seiten über den Mord. Offenbar enthielten sie keinerlei Information über die Todesursache.

»Pfui Teufel, diese Sache da ist so schrecklich.« Anette stellte den Kaffee auf den Tresen.

Ellen ignorierte die Bemerkung und reichte ihr das Geld.

»Oh, schönes Armband.« Anette hielt Ellens Handgelenk fest.

»Danke.« Ellen wollte ihre Hand zurückziehen.

Doch Anette hielt sie fest und besah sich das Kettchen aus der Nähe.

»Was hat es gekostet?«, fragte sie.

»Das weiß ich nicht, ich habe es geschenkt bekommen«, antwortete Ellen und zog ihre Hand weg.

Ellen trank den Kaffee in einem Zug und verbrannte sich wie üblich die Zunge. Fluchend warf sie den Becher in den Abfalleimer vor dem Kiosk.

Sie warf einen Blick auf die Uhr. Bald würde sie sich im Präsidium mit Andreas treffen, um mit ihm zusammen Kripobeamte zu interviewen, die Einblick in den Stand der Ermittlungen hatten, wie es so vornehm hieß.

Sie stöpselte sich ihre Kopfhörer in die Ohren, stellte die Musik auf volle Lautstärke und lief auf dem Sveaväg in Richtung Sergels torg. Regen klatschte ihr ins Gesicht, während sie im Geiste die Ereignisse des vergangenen Tages durchging. Und versuchte, die Informationen zu ordnen. Sie dachte an den Artikel über das dreijährige Mädchen. *Love and guilt.*

Als sie den Kungsträdgård durchquerte, piepte ihr Handy. Ein wenig außer Atem blieb sie stehen.

Eine Mail von Ove. Das ging ja schnell, dachte sie. Er schickte seine Mails jedes Mal von einer anderen gmail-Adresse, damit man ihm nicht auf die Spur kam. Es hatte immer irgendwas mit Essen zu tun, damit sie wusste, dass sie von ihm kamen. Heute lautete der Absender paella@gmail.com. Genauso geschmacklos, wie es sich anhörte.

Sie stand unter den blühenden Kirschbäumen im Kungsträdgård. Trotz des bewölkten und nasskalten Wetters war es wunderschön hier. Man konnte sich kaum sattsehen. Rosa Blüten überall. Sie stellte sich vor, dass es im Himmel so aussah, wenn man starb.

Sie versuchte, sich die Obduktion nicht vorzustellen. Wie man Lyckes kleinem Körper die Haut abgezogen hatte, um zu überprüfen, ob sich darunter Rötungen zeigten, die von außen nicht zu sehen waren. Wie man die Organe entnommen und sie abgewogen hatte, als ob es Lebensmittel wären. Wie man ihren kleinen Körper zerlegte und einzelne Teile zur Untersuchung ins Labor schickte.

Ove hatte die Informationen zusammengefasst, die er für interessant hielt:

Die Todesursache ist Ersticken, vermutlich ist sie mit einem Stück Stoff, einem Kissen oder Ähnlichem erstickt worden. Keine Abwehrverletzungen an den Armen, Händen, Fingernägeln und im Gesicht. In beiden Ohren waren Reste von Radiergummi gefunden worden.

Todesursache Intoxikation gefolgt von Ersticken. Schlafmittel.

Der Tod ist am Freitag zwischen 18 und 24 Uhr eingetreten. Vermutlich ist sie zu dem Platz getragen worden. Kein menschliches Sekret in oder auf dem Körper.

Das war alles.

Lycke hatte also keine Gewalt oder einen sexuellen Übergriff erlitten. Hatte ein Schlafmittel bekommen. Wahrscheinlich, damit man sie leichter ersticken konnte. So deutete sie zumindest die Information. Aber bei Ove wusste man nie. Es gab vieles, was er möglicherweise bewusst verschwiegen hatte. Lügen konnte er nicht, denn er wusste, dass ihre Zusammenarbeit dann beendet war. Er konnte die Dinge nur in ein für die Polizei und die Ermittler günstiges Licht rücken.

Aber jetzt hatte sie immerhin einen Anhaltspunkt.

Ellen 11.00 Uhr

Da die Sitzung erst in einer Stunde anfing, hatte sie noch etwas Zeit.

Sie ging an ihren Platz, öffnete ein leeres Word-Dokument und nahm den Zettel mit ihren Notizen vom Vorabend zur Hand. Sie wollte so vieles loswerden und begann mit den Worten, die sie sich aufgeschrieben hatte. Danach lief es wie von selbst. Am Ende hatte sie ganze zehn Seiten.

Einer der Kollegen aus der Onlineredaktion, ein Nordschwede, den alle Internet nannten, betrat den Raum und rollte den Wagen mit den Lunchtabletts herein. »Auf der Speisekarte steht heute Pangasius, und dieser wird mit Kartoffelsalat serviert.« Er strahlte übers ganze Gesicht, während sich intensiver Fischgeruch ausbreitete und an die Mensa in ihrer Schulzeit erinnerte.

Das restliche Team kam auch dazu. Alle nahmen sich ein Tablett und setzten sich an den langen roten Lacktisch. Inklusive Leif.

»Bist du bei dem Meeting dabei?«, fragte Ellen.

»Ja, Jimmy hat mich darum gebeten. Ich soll euch ein bisschen im Auge behalten.« Er grinste.

Wollte Jimmy, dass Leif ihren Fall übernahm, oder worum ging es? Ellen stieß ihr Tablett von sich. Sie hatte keinen Appetit.

Krimiann saß schweigend da und sah den anderen beim Essen zu. Ihre neongrüne Lesebrille baumelte an einer Schnur vor der Brust. Sie wirkte gefasst. Vor ihr lag ein Haufen Papier.

Jimmy wirkte ebenfalls ernst. Ellen fragte sich, was in seinem Kopf vorging.

»Großartiger Tag, großartige Redaktion, großartiger Beitrag. Aber schwer. Wahnsinnig schwer. Wie macht man das Unmögliche möglich?« Er ließ seinen Blick in die Runde schweifen. »Weiß es jemand?«

Niemand antwortete.

»Keiner? Was seid ihr denn für eine Truppe? Jetzt gebt euch mal ein bisschen Mühe. Man nimmt die Vorsilbe weg, und schon ist es möglich. Kennt ihr das nicht? Dabei arbeitet ihr hier doch schon viel länger als ich. Es ist eine klassische Frage aus *Fort Boyard*.« Er machte eine Pause. »Bevor wir den Lycke-Mord durchsprechen, möchte ich über etwas anderes mit euch reden. Die Kommentare auf Facebook und in anderen sozialen Netzwerken, in denen wir repräsentiert sind, werden immer aggressiver. Wir dürfen diese Drohungen nicht auf die leichte Schulter nehmen.« Um seinen Worten Nachdruck zu verleihen, durchbohrte er Ellen geradezu mit seinem Blick. »Natürlich sind vor allem Moderatorinnen und Moderatoren betroffen, aber auch Reporter und andere, die regelmäßig zu sehen sind. Besonders Ellen. Ihr sollt wissen, dass wir Anzeige erstattet haben und uns bemühen, dieser Entwicklung entgegenzuwirken.«

»Was sind das für Drohungen?«, fragte Krimiann, die kaum wusste, was Facebook war. Sie war dort noch nie gewesen, wie sie es ausdrückte.

Bevor Jimmy den Mund öffnen konnte, antwortete der Nordschwede alias Internet.

»Da wird mit Vergewaltigung und Mord gedroht. Einige Leute haben Ellens Adresse veröffent...«

Jimmy unterbrach ihn. »Danke, das reicht. Wir brauchen nicht ins Detail zu gehen. So, und jetzt wechseln wir das Thema. Der Lycke-Mord. Wie ist der Stand, Ellen?«

Der Lycke-Mord. Es gefiel ihr nicht, dass er den Fall so nannte. Es klang so hart und technisch.

Ellen stand auf. In gewisser Weise war es dann leichter.

»Andreas und ich kommen gerade von der Polizei. Wir haben einen kleinen Bericht über den aktuellen Stand der Ermittlungen für die Abendnachrichten gemacht. Andreas schneidet ihn nach dem Mittagessen.«

Sie berichtete kurz von der Todesursache und dem Ort, an dem Lycke gefunden worden war.

»Gut.« Jimmy stocherte im Essen. »Sind in der Sauce Shrimps?«

Internet nickte. »Ich glaube schon, bist du allergisch?«

Jimmy schob das Tablett von sich. »Nein, aber ich esse keine Shrimps. Noch was?«

»Die Polizei konzentriert sich auf den Fundort und ermittelt sozusagen ausgehend von dort«, sagte Ellen. »Sie putzen Klinken in der Umgebung und überprüfen ungewöhnliche Vorkommnisse, befragen ihr gesamtes Umfeld. Außerdem vernehmen sie die Eltern noch mal, um eventuelle fehlende Puzzleteile zu entdecken. Die Kripo scheint im Dunkeln zu tappen. Der Tatort hat eigentlich keine Anhaltspunkte ergeben. Es gibt keine Spuren, die man verfolgen könnte. Keine Zeugen. Alle Angehörigen und das komplette Umfeld von Lycke zu kontaktieren, nimmt viel Zeit in Anspruch. Die Polizei sucht nach einem Mann mit anomaler sexueller Orientierung, der sich zufällig zur selben Zeit am selben Ort wie Lycke befand. Sie glauben also immer noch, dass etwas Sexuelles dahintersteckt, obwohl es keinerlei Hinweise darauf gibt, dass Lycke sexueller Gewalt ausgesetzt gewesen wäre. Ich kapiere einfach nicht, was in deren Köpfen vorgeht. Sie scheinen sich richtig auf Missbrauch eingeschossen zu haben.«

»Was meinst du damit?«, fragte Jimmy.

»Keine Ahnung, es kommt mir so eindimensional vor.« Ellen holte tief Luft, bevor sie fortfuhr. »Ich glaube, dass sie auf der falschen Fährte sind. Ich glaube, es war eine Frau.«

»Eine Frau? Natürlich glaubst du das. Das ist ja ein kleines Hobby von dir.« Leif verdrehte die Augen.

»Ja, eine Frau«, betonte sie, ohne seinem Seitenhieb Beachtung zu schenken.

Sie erzählte von dem amerikanischen Fall, bei dem ein in Decken eingewickeltes ermordetes Mädchen gefunden worden war. Die Mutter stellte sich als die Mörderin heraus. Sie berichtete auch von dem Fall, bei dem die Mutter einen Fäustling zurückgelassen hatte, und zog einen Vergleich zu Lyckes Rucksack.

»Stellt euch mal die Überschriften vor, wenn es eine Frau wäre«, sagte Jimmy.

»Ist es denn nicht extrem ungewöhnlich, dass Frauen morden?«

»Doch. Einer von zehn Morden wird von einer Frau begangen. Seit 1990 sind in Schweden ungefähr sieben Kinder von ihren Eltern getötet worden, in der Hälfte der Fälle war die Frau die Täterin. Frauen, die Kinder von anderen umbringen, sind so selten, dass es praktisch keine Statistik über sie gibt, und die wenigen Fälle, die es gibt, kennen wir alle gut. Die Deutsche in Arboga zum Beispiel. Es könnte jemand aus der Familie gewesen sein.«

»Die Mutter, meinst du?«, fragte Krimiann.

»Wenn man die Protokolle der Sorgerechtsstreitigkeiten durchgeht, entdeckt man durchaus Hinweise darauf, dass mit ihr irgendwas nicht stimmt.«

»Stimmt, ich habe auch darin geblättert. Aber wenn wir da schon so rangehen, scheint mir der Vater auch nicht ganz koscher zu sein.«

»Auf jeden Fall, aber ich finde trotzdem, dass einiges auf eine weibliche Täterin hindeutet. Frauen fügen ihren Opfern zum Beispiel oft übertrieben viel Gewalt zu, also zahlreiche Messerstiche oder Schläge. In Lyckes Fall war die Dosierung des Schlafmittels so hoch, dass man darin auch eine exzessive Form von Gewalt sehen könnte.«

»Oder Unfähigkeit«, fügte Krimiann hinzu.

»Aber ich verstehe nicht, was das Motiv ist«, fragte Internet.

»Ich habe etwas über einen anderen Fall gelesen«, fuhr Ellen fort. »Da ist ein Kind von seinem Vater ermordet worden, nachdem dessen Freundin großen Druck auf ihn ausgeübt hatte. Ihrer Meinung nach stand das Kind ihrer Beziehung im Weg. Die Freundin hatte den Vater zuvor zu einem Vaterschaftstest gezwungen, genau wie Lyckes Stiefmutter. Das geht aus dem Scheidungsurteil hervor.«

»Die Stiefmutter also. Es wird immer besser«, sagte Jimmy.

»Ja, vielleicht, aber Lyckes Mutter hatte eine Wochenbettdepression, eine Art von psychischer Erkrankung, die unter Täterinnen häufig vorkommt.«

»Jetzt hör aber auf. Kann irgendjemand sie zum Schweigen bringen?«, fragte Leif.

»Ich begreife nicht, warum einer aus Lyckes Familie die Absicht gehabt haben sollte, Lycke zu ermorden«, sagte Krimiann.

»Vielleicht stand Lycke ihrer Beziehung im Weg. Eifersucht.«

Leif schüttelte den Kopf. »Ich glaube nicht daran. Ich glaube, du bist auf dem Holzweg. Wir verfolgen dieselbe Spur wie die Polizei.«

»Warte mal, Leif«, sagte Jimmy. »Natürlich verfolgen wir die Spur der Polizei, solange wir nicht mehr wissen, aber Ellen geht der Sache bitte nach. Vielleicht ist ja doch was dran.«

»Was treibt eine Frau zum Mord?«, fragte Krimiann.

»Eifersucht, Hass und Egoismus. Oft ist die naheliegendste Antwort die richtige. Wisst ihr, dass die Eifersucht zwischen Mutter und Tochter am stärksten ist?«

Jetzt schüttelte Krimiann den Kopf. Was sie zu hören bekam, gefiel ihr nicht. Entweder glaubte sie Ellen nicht, oder sie dachte an ihre eigene Tochter.

»Ja, ja, aber warum geht die Polizei dann nicht diesem Verdacht nach? Hast du dich das schon mal gefragt?«, fuhr Leif fort.

»Weil es so ungewöhnlich ist. Die Statistik veranlasst sie zu anderen Vermutungen. Die Polizei denkt, es wäre ein Mann gewesen, weil das meistens so ist. Sie sind unfähig, über den Tellerrand zu gucken, aber das ist ja nichts Neues. Die Polizei sucht nur nach Beweisen, die ihre eigenen Annahmen untermauern, und sie haben schon die ganze Zeit dieses Pädophilending im Kopf. Anstatt sich mal die Realität anzugucken, sehen sie nur, was sie sehen wollen.«

»Gut gesagt. Wir machen hier erst mal Schluss. Was steht heute Abend im Fokus?«

Krimiann berichtete, dass sie Material aus den Landesstudios eingesammelt hatte. In ganz Schweden waren Kerzen für Lycke angezündet worden.

Jimmy nickte, wirkte aber nicht ganz zufrieden. »Schon wieder kuscheliges Kinderfernsehen, meinetwegen machen wir das, aber es kommt hoffentlich noch was rein. Was schreiben die Agenturen?«

»Eigentlich nichts.«

»Ann, hast du was über die Radarfalle in Erfahrung gebracht?«, fragte Ellen.

Krimiann schüttelte den Kopf. »Nein, noch nicht, aber ich weiß jetzt, wo diese Decke herkommt.«

Ellen 12.30 Uhr

Nach dem Meeting ging Ellen in den Schneideraum.

Die gemusterte Fleecedecke war in gut sortierten ICA-Supermärkten im Zweierpack zum Preis von einer verkauft worden und hatte nur 99 Kronen gekostet. Es konnte also jeder in diesem langgestreckten Land so eine besitzen. Oder zwei.

Sie schrieb *Grooming?* auf einen Zettel. Die Polizei hatte ja Lyckes Computer beschlagnahmt, vielleicht hatten sie darauf etwas gefunden?

Sie griff zum Telefon und rief Ove an.

»Ich verstehe nicht, warum ihr glaubt, dass es sich um ein Sexualdelikt handeln könnte. Laut Obduktion gibt es doch keinen Hinweis auf einen sexuellen Übergriff.«

»So was ist manchmal nicht leicht zu erkennen. Ich brauche dir doch nicht zu erklären, dass es Kondome gibt. Die werden zwar nicht immer benutzt, aber in diesem Fall ist es anzunehmen, weil es keinen Hinweis auf einen sexuellen Übergriff gibt.«

Sie versuchte, die Bilder von sich fernzuhalten, die ihr in den Sinn kamen.

»Aber das ist doch unwahrscheinlich. Ihr denkt also, es war ein Pädophiler? Warum sollte er sie umbringen und anschließend in eine Decke wickeln?«

»Unser Täterprofil weist eben in diese Richtung. Und um deine zweite Frage zu beantworten: Er wusste offenbar nicht, was er mit ihr machen sollte. Die meisten Pädophilen haben nicht das Gefühl, ein Verbrechen begangen zu haben. Sie glauben, sie hätten auch das Kind zufriedengestellt.«

»Sie stellen es also erst zufrieden, und dann ermorden sie es.«

»Vielleicht ist was schiefgegangen. Dafür gibt es tausend Gründe. Die Polizei muss sich auf die zugänglichen Fakten konzentrieren. Wir glauben nicht. Und wir spekulieren auch nicht. Wir lassen uns von den greifbaren Fakten leiten.«

»Was sind das denn für Fakten?«

»Zum Beispiel das, worüber wir eben geredet haben.«

»Wie ist sie zu der Pumpe gekommen?«

»Wie meinst du das?«

»Ist sie getragen worden, oder hat man sie durchs Gras geschleift?«

»Sie wurde gezogen.«

»Wenn es ein kräftiger Mensch gewesen wäre, hätte er sie doch wohl getragen.«

»Mag sein ...«

Wieso war das Denken der Polizisten nur so beschränkt? Sie schienen auf ein bestimmtes Gleis geraten zu sein, von dem sie nicht mehr runterkamen. Vielleicht war es bei ihr genauso? Hatte sie sich ebenfalls darauf versteift, dass es eine Frau war? Verschloss auch sie die Augen vor allem, was nicht ihre Theorie bekräftigte?

»Könnte es eine Frau gewesen sein?«, fragte sie trotzdem.

»Eine Frau? Das ist höchst unwahrscheinlich.«

»Statistisch gesehen?«

»Ja, unter anderem. Nichts deutet darauf hin, dass es eine Frau war.«

»Wo waren die Mutter und die Stiefmutter, als Lycke verschwand?«

»Beide haben Zeugen, die bestätigen können, dass sie es nicht waren.«

»Habt ihr gesehen, dass es einen Scheidungskrieg und einen schmutzigen Sorgerechtsstreit gab?«

»Klar, das haben wir im Auge.«

»Die Mutter wusste höchstwahrscheinlich, dass das Tennistraining ausfiel, zumindest hatte sie die Mail bekommen. Was sagst du dazu?«

»Glaubst du, die Polizei macht ihre Arbeit nicht? Wir schließen niemanden aus und vernehmen alle, aber es gibt jetzt Hinweise, die in eine andere Richtung deuten.«

»Was für welche?«

»Darauf kann ich jetzt und hier leider nicht näher eingehen. Ich muss weiterarbeiten.«

»Warte mal, habt ihr auf Lyckes Computer was gefunden?«

Er legte auf.

Sie rief noch mal an.

»Hallo ...«

»Ove, verdammt ...«, begann sie, doch dann begriff sie, dass es sinnlos war.

»... Sie sprechen mit dem Anrufbeantworter von Ove Svensson, Polizei Stockholm, ich kann Ihren Anruf im Moment ...«

»Du altes Arschloch«, brüllte sie.

Sie holte sich einen Kaffee aus der Küche und ging zurück in den Schneideraum.

Den Abschnitt, in dem Lyckes Mutter zu sehen war, fand sie im Medienarchiv sofort. Sie sah sich das Interview von vorne bis hinten an und dann gleich noch einmal. Zwischendurch drückte sie auf Pause und zoomte das Gesicht ran. Dann schaute sie sich in Zeitlupe Bild für Bild an.

Es war genau, wie sie gedacht hatte. Helena liefen keine Tränen über die Wangen. Sie tupfte sich das Gesicht ab, als *ob* sie geweint hätte. Ellen fiel ein, was Philip ihr erzählt hatte. Helena hatte gewollt, dass er sie traurig schminkte.

Ehe sie länger darüber nachdenken konnte, klingelte das Telefon erneut.

»Du, Ellen, es tut mir leid, dass ich mich nicht früher gemeldet habe.«

Es war Clara aus der Programmabteilung.

»Hier war so viel los. Wie geht es dir? Das mit diesem kleinen Mädchen ist so schrecklich, aber es stellt sich leider kein Medium aus *Das Unbekannte* zur Verfügung. Jetzt ist es ja auch zu spät. Ich schäme mich, weil ich nicht früher angerufen habe. Die Polizei will diese Art von Unterstützung nicht, sie halten das alles für Hokuspokus und Zeitverschwendung, deshalb haben unsere Medien die Lust verloren.«

Ellen seufzte. Clara hatte recht. Es war sowieso zu spät.

»Haben sie was über Lycke gesagt? Vielleicht bemerken sie trotzdem Dinge, die uns und der Polizei entgehen?«

»Nein, leider nicht. Nichts. Ich wünschte, ich könnte irgendwas tun.«

»Danke, Clara, lieb von dir, dass du versucht hast zu helfen. Wir hören voneinander.«

»Du, übrigens«, sagte Clara. »Mingus, ein Medium von uns, hat tatsächlich etwas gesagt, aber ich weiß nicht, ob dir das etwas nützt.«

»Doch, erzähl mal«, sagte Ellen.

»Mit dem Mädchen wäre irgendwas, sagte er. Sie habe etwas Dunkles an sich. Er sagte, es sei alles anders, als man glaube, und es seien viele für ihren Tod verantwortlich, aber eine Person hätte letztendlich den Knopf gedrückt. Mehr wollte er nicht sagen, obwohl ich mir wirklich Mühe gegeben habe. Wie gesagt, vielleicht bringt es dich auch nicht weiter. Keine Ahnung.«

Ellen bedankte sich noch einmal bei Clara und legte auf. Sie dachte über das nach, was Clara ihr erzählt hatte, als es klopfte. Es war der Nordschwede aus der Onlineredaktion.

»Entschuldige, falls ich störe. Es gibt da etwas, was wir übersehen haben. Wir haben so viele Hinweise bekommen, dass wir kaum hinterherkamen, das verstehst du hoffentlich.«

»Okay?« Er machte Ellen wahnsinnig, weil er so langsam sprach.

»Ja, also, wir haben einen Hinweis von einer Frau bekommen, die am Tag, als Lycke verschwand, im Lill-Janswald einen Exhibitionisten gesehen hat. Einen jungen Mann in den Zwanzigern. Sie hat das anscheinend auch der Polizei geschickt, die sind also bestimmt im Bilde, aber hier steht jedenfalls alles noch genauer.« Er reichte ihr ein Stück Papier.

Beharrte die Polizei deshalb darauf, dass es ein Pädophiler gewesen war?, überlegte sie.

»Danke.« Ellen nahm ihm die ausgedruckte E-Mail aus der Hand und fragte sich im selben Moment, warum der Nordschwede, genannt Internet, sie nicht einfach an sie weitergeleitet hatte.

Sie machte die Tür hinter ihm zu und las die Mail. Sie war am Sonntag abgeschickt worden.

Die Absenderin war nachmittags in der Nähe der Königlichen Tennishalle durch den Lill-Janswald geradelt. Sie war auf dem Weg in die Privatklinik Sophiahem im Valhallaväg, als sie im Wald den Exhibitionisten entdeckte. Ein großer Mann im dunklen Mantel. Am Tag, als Lycke verschwand.

Warum hatte Ove ihr das nicht erzählt?

Ihr Telefon brummte. Sie hatte eine Nachricht von Philip bekommen.

Ich glaube, du bist auf der richtigen Fährte. Man sagt, Mädchen stehlen ihrer Mutter die Schönheit. Da hast du dein Motiv. Küsse

Sie lächelte, weil man das Leben aus so unterschiedlichen Blickwinkeln betrachten konnte.

Unter *Grooming* schrieb sie Eifersucht. Wieder. Es war ein wiederkehrendes Wort. Trotz allem, was Ove behauptete, musste sie ihrem eigenen Instinkt vertrauen. Ihrem Bauchgefühl.

Lyckes Mutter.

Anrufen ging nicht. Das hatte sie bereits mehrmals versucht. Mails hatte sie ihr auch geschickt, aber natürlich beantwortete Helena die nicht.

Kein Journalist schien bislang mit ihr gesprochen zu haben. Es gab kein Interview. Ein Fotograf hatte sie erwischt, als sie den Müll rausbrachte, und auf dem Bild war angeblich zu sehen, wie sie Lyckes Spielsachen wegwarf. Es wurde wild spekuliert. Ellen hatte beinahe Mitleid mit ihr.

Wieder wurde an die Tür geklopft.

Es war Krimiann.

»Die haben sich wegen des Blitzers gemeldet.« Sie war kreidebleich.

Donnerstag, 29. Mai

Ellen 8.00 Uhr

Ellen starrte den Eingangsbereich des Ruby Hotels an. Bald würde er herauskommen, dachte sie. Die Angestellten behaupteten, er wäre nicht da, aber sie wusste, dass sie logen. Haralds weißer Range Rover Sport parkte gar nicht weit entfernt.

Vor fünf Minuten hatte sie an der Rezeption angerufen und vor Politessen gewarnt. Vielleicht würde ihn das aufscheuchen.

Da war er! Der Trick hatte funktioniert. Selbst aus einer gewissen Entfernung konnte sie erkennen, dass er erschöpft aussah. Sein Rücken war gebeugt, und die Bartstoppeln hatten sich zu einem kurzen und ungleichmäßigen Bart ausgewachsen.

Ellen holte ein paarmal tief Luft, bevor sie ausstieg.

»Harald!«

Verwirrt blickte er sich um. Einen Moment lang hatten sie Augenkontakt, aber er schaute hastig weg und ging zu seinem Auto.

»Warten Sie!«, rief Ellen und rannte über die Straße. »Haben Sie kurz Zeit?«

Harald drehte sich zu ihr um. »Was machen Sie hier? Ich habe es eilig.« Er öffnete die Fahrertür.

Ellen stutzte, als sie die beiden Kindersitze bemerkte. Ein großer, rückwärts eingebauter, der vermutlich für Lyckes Halbbruder gedacht war, und eine einfachere Sitzschale, wahrscheinlich für Lycke.

»Ich bin noch nicht dazu gekommen, den Sitz rauszuholen«, sagte er entschuldigend, als hätte er ihre Gedanken gelesen. »Was wollen Sie von mir?«

Mit den dunklen Augenringen und dem Bart sah er wie eine vollkommen andere Person aus. »Sie wissen, dass ich Ihnen gerne weiterhelfe, aber jetzt gerade habe ich es ein wenig eilig. Wir treffen gleich die Pfarrerin, die morgen den Trauergottesdienst macht.«

»Es tut mir alles so leid ...«, sagte Ellen.

Er sah sie an und schluckte. »Das muss es nicht. Sie haben getan, was Sie konnten.« Er setzte sich ins Auto.

Kurz bevor er die Tür zumachte, hielt Ellen sie fest.

»Ich weiß, dass Sie nicht bei der Arbeit waren, als Lycke verschwand.«

Harald tat, als hätte er sie nicht gehört. Er drehte den Zündschlüssel um, und der Dieselmotor sprang an. Sie kannte das Brummen vom Auto ihrer Eltern.

»Wie gesagt, ich muss jetzt los.« Wieder versuchte er, die Tür zu schließen.

»Sie sind auf einem Foto aus dem Blitzgerät im Djurgården. Erinnern Sie sich?«

Es dauerte einen Augenblick, bis er den Motor abschaltete und sie anstarrte.

Ellen holte tief Luft, bevor sie weitersprach. »Am Freitag, als Lycke verschwand. Was haben Sie da im Djurgården gemacht? Genau dort, wo man sie gefunden hat?«

Harald stierte sie noch immer an. Mit diesem finsteren Blick. Sie kannte ihn von dem Bild bei Harald und Chloé zu Hause.

Plötzlich schlug er gegen das Lenkrad.

»Verdammt noch mal! Kann ich jetzt endlich in Ruhe trauern? Was wollen Sie eigentlich?«

»Ich will wissen, was Lycke zugestoßen ist.«

»Was soll denn das heißen? Glauben Sie, ich hätte sie umgebracht? Herrgott, ich bin doch ihr Vater. Keinen Moment Ruhe hat man. Alle schreien mich an und zerren an mir, und die Polizei macht mir die Hölle heiß …« Er blickte auf. »Entschuldigung. Ich weiß nicht, mir ist das nur alles zu viel. Steigen Sie ein, ich zeige Ihnen was.«

Ellen sah sich zögernd um. Sie wusste nicht genau, wie sie mit der Situation umgehen sollte.

»Warten Sie mal, haben Sie Angst vor mir?«, fragte er. »Hören Sie, ich kann alles erklären, aber ich muss Ihnen etwas zeigen.«

»Können Sie es mir nicht einfach erzählen?« Sie hatte nicht die geringste Lust, sich in sein Auto zu setzen. Wer wusste, was für ein Mensch er war?

»Sie würden mir niemals glauben. Los, steigen Sie ein.«

»Ich stehe da etwas ungünstig.« Sie zeigte auf ihr Auto. »Aber ich kann Ihnen hinterherfahren.« Ausnahmsweise war sie froh, keinen besseren Parkplatz gefunden zu haben.

Genau wie Haralds Range Rover bog Ellen nach dem Hotel in die Birger Jarlsgata ein und fuhr dann den Strandväg in Richtung Djurgården hinunter.

Laut Krimiann wurden die Fotos aus der Radarfalle automatisch an die Polizei geschickt. Warum hatte Ove ihr dann nicht erzählt, dass Lyckes Vater geblitzt worden war? Sie mussten doch davon wissen. Oder etwa nicht? Konnte es sein, dass die Polizei das nicht gründlich überprüft hatte? Dass die Abteilungen nicht gut vernetzt waren? Sie spürte Verärgerung in sich aufsteigen. Warum machten die Leute ihre Arbeit nicht ordentlich?

Sie fuhren an Skansen und Gröna Lund vorbei und weiter zu Waldemarssudde. Waren sie unterwegs zum Tatort? Sollte sie umdrehen?

Plötzlich wurde er langsamer und bog in einen schmalen Schotterweg ein, der Ellen bisher nicht aufgefallen war. Er fuhr den etwas löchrigen Weg entlang, bis sie vor einem dunkelbraunen Holzhaus mit Zinnen und Turm standen. Einem richtigen Spukschloss.

Direkt vor ihr befand sich ein Nebengebäude, das wie eine Art Doppelgarage aussah und viel später als das Haus selbst gebaut worden sein musste. Es passte überhaupt nicht hierher, und sie wunderte sich, dass man dafür hier auf der Insel, wo fast alles unter Denkmalschutz stand, überhaupt eine Baugenehmigung bekommen hatte.

Harald stieg aus und zeigte ihr, wo sie parken konnte.

»Hier wohnt mein Freund Adam.« Er knallte die Fahrertür zu.

Ellen nickte und schaute sich um. Sie versuchte, nicht darüber nachzudenken, dass es in Sichtweite keinen einzigen Nachbarn gab.

»Los, ich zeige Ihnen was.« Er ging auf das Garagentor zu. In das Tor war auch eine normale Tür integriert. Sie war offen. Man brauchte keinen Schlüssel.

Ellen zögerte.

»Kommen Sie.« Er hielt die Tür auf.

Ellen umklammerte in der Tasche ihr Handy und machte sich bereit, jemanden anzurufen, falls etwas passierte.

Während sie über die Schwelle trat, spürte sie seinen Atem im Nacken.

Als die Tür hinter ihnen zufiel, wurde es stockdunkel.

»Moment, ich mache das Licht an. Der Schalter muss hier irgendwo sein.«

Ellen hörte, wie sich seine Hand an der Wand entlangtastete. Als er ihren Arm streifte, zuckte sie zusammen.

Bumm.

Die Neonröhren gingen an.

Ellen 8.30 Uhr

Es standen keine Autos in der Garage, aber die Wände waren von oben bis unten mit Werkzeug behängt. Unter der Decke hingen eine alte Dachbox und ein Surfbrett. In der Ecke stand ein großer Tresor, daneben eine orangefarbene Kühltruhe. Fenster gab es nicht. Nur eine Tür an der hinteren Wand.

Harald durchquerte entschlossen den Raum.

Ellen blieb an der Tür stehen. Sie war sich unsicher, ob sie ihm folgen sollte.

Vor der Gefriertruhe blieb Harald stehen und drehte sich zu ihr um. »Kommen Sie.« Er winkte sie heran.

»Was ist das?«, fragte sie. »Für so was habe ich eigentlich keine Zeit. Ich verstehe nicht ...«

»Kommen Sie«, wiederholte er. »Es geht ganz schnell.«

Sie tat, was er sagte, und ging langsam auf ihn zu. Ihr Herz pochte laut, und in den Händen spürte sie ein Stechen.

»Was machen Sie da?«, fragte Harald.

Sie blieb stehen. »Was meinen Sie?«

»Sie schnipsen mit den Fingern.«

Ellen hörte sofort auf.

Sie erinnerte sich, wie Harald auf der Pressekonferenz gestanden und die Allgemeinheit um Hilfe gebeten hatte. Wie er sie selbst gebeten hatte, ihn bei der Sache mit dem Finderlohn zu unterstützen. Und daran, dass bei ihm in der Wohnung kein Foto von Lycke hing. Und jetzt stand sie hier und sollte sich irgendetwas in einer Kühltruhe ansehen.

Harald klappte den Deckel hoch und beugte sich hinunter. Es hörte sich an, als würde er nach etwas suchen. Es knisterte eisig.

»Was soll denn der Mist?«, murmelte er. »Hat er es noch nicht zerlegt?«

Er knallte die Truhe wieder zu.

»Warten Sie, es muss hier sein. Kommen Sie«, sagte er zum wiederholten Mal und ging zur Tür.

»Nein, jetzt erzählen Sie mir erst mal, was hier vor sich geht.« Sie klang viel gefasster, als sie sich fühlte.

Harald ignorierte sie und öffnete die Tür.

Ellen blieb stehen. Ein widerlicher Geruch schlug ihr entgegen.

»Der Geruch ist kein gutes Zeichen. Es ist ranzig geworden.«

»Entschuldigung«, sagte Ellen. »Wovon sprechen Sie?«

»Das Reh hier hat zu lange in dem warmen Raum gehangen.«

»Was? Was zum Teufel reden Sie da?«

Harald kam aus dem Nebenraum und lehnte sich an den Türrahmen.

»Mein Freund Adam hat am Freitag ein Reh angefahren. Er bat mich, zu kommen, es zu töten und verzehrfertig zu machen. Ich weiß«, sagte er und hielt schuldbewusst beide Hände hoch, »das ist verboten, aber ich habe es gemacht und wollte es der Polizei nicht sagen.« Er strich sich über den ungewohnten Bart. »Das ist die Erklärung. Verstehen Sie jetzt, warum ich es Ihnen zeigen musste? Sie hätten mir doch sonst nie geglaubt.«

Bevor Ellen etwas erwidern konnte, sprach er weiter.

»Auf dem Weg hierher wurde ich geblitzt. Ich dachte, die Kamera wäre nicht eingeschaltet, weil ich nichts gehört habe. Sie haben doch bestimmt auch schon gehört, dass manche Kästen nur blitzen, aber kein Foto machen. Und deshalb dachte ich auch, dass ich es nicht unbedingt erzählen müsste. Als Helena mich anrief, um mir mitzuteilen, dass Lycke verschwunden war, habe ich mich zu Hause umgezogen, weil meine Kleidung von dem Reh ganz blutverschmiert war, und dann bin ich zur Tennishalle gefahren. Den Rest kennen Sie ja.« Seine Stimme zitterte, und der intensive Blick verschwand hinter einem Tränenschleier. »Ich war hier. Verstehen Sie? Ich war hier, als Lycke ermordet wurde. Nur ein paar hundert Meter von meiner

Tochter entfernt. Wie zum Teufel soll ich damit leben? Und all das für ein bisschen Fleisch und weil ein Kumpel von mir in der Klemme steckte.«

Ellen ging ein paar Schritte und warf einen Blick durch die Tür.

Unter der Decke hing ein totes Reh.

Bevor ihr etwas einfiel, was sie hätte sagen können, piepte ihr Telefon.

Wichtiges Extrameeting bei Fakten. Anwesenheitspflicht für das gesamte Team. /Jimmy

Ellen 10.15 Uhr

Als Ellen den Konferenzraum von *Fakten* betrat, waren alle Plätze außer einem besetzt. Die gesamte Nachrichtenredaktion hatte sich versammelt.

Schweigend starrten alle sie an, während sie sich auf den leeren Stuhl setzte. Die Stimmung war ziemlich gedämpft.

»Was ist denn passiert?«, fragte Ellen.

»Wo bist du gewesen?«, fragte Leif vorwurfsvoll.

»Ich bin einer Spur nachgegangen, die Lyckes Vater betrifft. Es hatte sich herausgestellt, dass er geblitzt worden war und ...«

»Hör auf damit. Wenn du deine Arbeit ordentlich gemacht hättest, hätten wir die News jetzt nicht als Letzte«, fuhr Leif fort.

»Was?« Ellen verstand kein Wort.

Die Antwort ließ nicht lange auf sich warten. »Lyckes Mörder. Die Polizei hat einen Mann in Abwesenheit verhaftet.« Leif lehnte sich mit verschränkten Armen zurück. »Und wir haben nichts davon gewusst.«

»Wie bitte? Was sagst du da?« Ellen schaute fragend in die Runde.

Krimiann nickte. »Es ist ganz groß auf *Aftonbladet.se*. Der *Expressen* und alle anderen haben es auch schon gebracht.«

Jimmy stand ruckartig auf. »Wie kann es sein, dass wir nichts davon wissen? Wie kommt es, dass wir nicht den Hauch einer Ahnung davon hatten?« Er knallte seinen Kuli so fest auf den Tisch, dass der Stift zerbrach. »Hier arbeitet ein ganzes Team am Lycke-Mord, und wir wissen nichts. GAR NICHTS! Wir können es uns nicht leisten, das Schlusslicht zu bilden.«

»Aber ich begreife das nicht, ich habe doch erst vor kurzem mit meinem Informanten gesprochen ...«

»Das habe ich doch die ganze Zeit gesagt. Vielleicht bist du unfähig, die Hinweise deines Informanten richtig zu interpretieren.« Leif sah sich Beifall heischend um.

»Wer ist denn verhaftet worden?«, fragte sie. Die Blicke der Kollegen ignorierte sie, so gut es ging.

»Du hast wirklich keine Ahnung, oder?« Leif lachte laut.

»Halt die Schnauze, ich habe echt genug von dir und deiner ...« Bevor sie weitersprechen konnte, fiel Jimmy ihr ins Wort.

»Petter Nilsson. Lyckes Tennistrainer.«

»Was? Ist das wahr?«, brach es aus Ellen heraus. Sie war verwirrt. Warum hatte Ove ihr davon nichts gesagt? Wieso wusste sie das nicht? Was war überhaupt los?

»Wir müssen alles darüber wissen, sofort! Nicht zu ändern, dass wir es als Letzte bringen, aber jetzt müssen wir die Besten sein. Alle müssen mithelfen. Wir sehen uns hier in einer Stunde wieder. Für die Webseite schreiben wir den Artikel aus dem *Aftonbladet* um. Wir brauchen Zitate ...«

»Entschuldigt mich.« Ellen stand auf. Irgendwas stimmte hier nicht. Sie musste Ove erreichen.

Während sie den Raum verließ, spürte sie eisige Blicke im Rücken.

Ellen 10.30 Uhr

Sie fuhr erst langsamer, als sie die Reihenhaussiedlung im Solängsväg in Sollentuna erreicht hatte.

Wut war gar kein Ausdruck. Warum hatte Ove ihr nicht erzählt, dass sie den Tennistrainer verhaftet hatten?

Er war nicht ans Telefon gegangen. Schließlich bekam sie einen Kollegen an den Apparat, der ihr erzählte, dass Ove von zu Hause arbeitete.

Jetzt saß er auf seiner mit Plastikfolie abgehängten Veranda und rauchte Pfeife. Als er sie in die Auffahrt zu seinem Carport einbiegen sah, stand er hastig auf. Seine Körpersprache machte unmissverständlich klar, dass er ihren Besuch nicht guthieß.

Ellen stieg aus und ging direkt auf die vollgequalmte Veranda.

»Was machst du hier?«, zischte er. »Ich habe dir doch gesagt, dass du hier nichts zu suchen hast. Schon gar nicht in diesem Auto. Was sollen die Nachbarn denken? Die Leute fragen sich doch, was wir beide miteinander zu tun haben.«

»Was sollte ich denn machen? Du gehst ja nicht ans Telefon. Und wenn du dich an deinen Teil der Abmachung gehalten hättest, wäre ich auch niemals hergekommen.« Sie musste husten, weil es so verraucht war.

Ermattet sank er auf einen Gartenstuhl aus Plastik. »Ich habe mich an unsere Vereinbarung gehalten.« Er blickte zur Seite. »Wenn du von mir verlangst, dass ich jederzeit erreichbar bin, müssen wir den Preis neu verhandeln.«

»Entschuldigung?« Wieder hustete Ellen, aber diesmal lag es nicht am Rauch. Die Gier hatte ihn offenbar übermütig gemacht. »Einen besseren Deal bekommst du nicht, Ove, und das weißt du auch. Diesmal bist du zu weit gegangen. Das ist Erpressung.«

»Da hast du vollkommen recht. Und es beruht auf Gegenseitigkeit. Die Frage ist nur, was du dagegen machen willst. Wir sitzen im selben Boot, wie man so schön sagt.«

»Bist du nicht zufrieden mit deinem Grill?« Ellen warf einen bedeutungsvollen Blick auf den neuen Weber-Grill. »Und dem 70-Zoll-Fernseher? Ich habe deiner Frau in der vergangenen Woche so viel Geld gegeben, dass ihr das ganze Haus damit finanzieren könntet.«

Die Terrassentür ging auf.

»Oh, hallo! Zweimal an einem Tag, das muss mein Glückstag sein«, sagte Oves Frau Anette, als sie auf die Veranda kam. Sie war umhüllt von einem kräftigen Vanilleduft, der Ellen an Lou Lou erinnerte, ein beliebtes Parfüm in ihrer Schulzeit. »Du kommst doch bestimmt nachher bei mir im Kiosk vorbei, wenn ich Schicht habe? Ich freue mich schon drauf.« Sie kniff Ellen in die Wange.

Ellen nickte und bemühte sich, durch den Mund zu atmen. Rauch und Vanilleduft waren keine vorteilhafte Allianz eingegangen.

Anette trug ein aufreizend tief ausgeschnittenes Top, das sie in eine viel zu enge rote Hose gesteckt hatte. Normalerweise kannte Ellen sie nur in einem blauen T-Shirt.

»Was darf es denn diesmal sein? Wollt ihr meine Standardsätze hören?« Lachend sah sie ihren Mann an, der über ihren Auftritt offenbar nicht so amüsiert war.

»Sie möchte nichts«, sagte Ove. »Sie wollte gerade gehen.«

Anettes Lächeln verflüchtigte sich.

»Ich trinke gerne eine Tasse Kaffee.« Ellen setzte sich an den Gartentisch. »Und ich habe nicht vor, ihn zu bezahlen. Mir scheint, als hätte ich im Kiosk in letzter Zeit zu viel bezahlt. Man könnte auch sagen, ich habe mein Geld zum Fenster rausgeworfen.« Sie sah Ove wütend an, doch der wendete sich ab.

»Wie nett, dass du noch ein bisschen bleibst.« Anette schien die miese Stimmung entweder nicht zu bemerken oder übersah sie gekonnt. »Ich habe schon eine Kanne aufgesetzt. Ich bin gleich wieder da. Tirili.«

Ellen beugte sich zu Ove vor. »Was ist los? Wärst du bitte so freundlich, mir das zu erklären? Wie kommt es, dass ihr jemanden verhaftet und ich nichts davon weiß? Was soll ...«

»So, jetzt gehen wir das mal ganz ruhig an«, sagte er bedächtig und hielt beide Hände hoch, um sie zu bremsen. »Du bist ungerecht. Ich hab dir im Lauf der Zeit unheimlich viele Informationen verschafft. Das darfst du nicht vergessen.«

Irgendwas an seiner Stimme klang jetzt anders.

»Hör auf mit dem Gerede. Was ist hier los? Warum erfährt das *Aftonbladet* eher als ich, dass ihr jemanden verhaftet habt? Jetzt will ich alles wissen!«, sagte sie. »Und wieso hast du mir nichts von Lyckes Vater und der Radarfalle erzählt? Und den Exhibitionisten im Lill-Janswald hast du mir auch verschwiegen.«

»Eins nach dem anderen. Ich kann dir nicht alles erzählen, und die Sache mit dem Tennistrainer ist kompliziert«, sagte Ove. »Leider. Egal, wie teuer der Kaffee bei Anette ist.«

»Du verarschst mich doch! Ich werde die Leute vom *Groschengrab* auf dich ansetzen.« Ellen stand so hastig auf, dass der Plastikstuhl umkippte.

»Hörst du nicht, was ich sage? Setz dich wieder hin!« Er sah sich ängstlich um. »Darum geht es nicht. Ich kann dir nichts erzählen. Das hat nichts mit unserer Abmachung zu tun«, fuhr er fort, als hätte er einen Sprung in der Platte.

»Ach, ja! Und wieso nicht?«

»Jetzt hör mir mal genau zu.« Er hielt einen strengen Zeigefinger hoch. »Was ich jetzt sage, weißt du nicht. Okay?« Nachdem er sich erneut umgeschaut hatte, sprach er leise weiter. »Es ist nur eine Frage der Zeit, bis die Polizei dich kontaktiert.«

»Was?«, fragte sie.

Anscheinend viel zu laut. Ove hielt gestresst den Zeigefinger an die Lippen.

»Hör mir genau zu, Ellen. Du bist in den Fall involviert.«

»Inwiefern? Was redest du da für einen Stuss? Natürlich bin ich involviert, ich arbeite schließlich an der Sache ...«

»Die Sache ist mehr als kompliziert. Du wirst vom Täter bedroht und bist daher mittlerweile ein Teil der Ermittlungen.«

Ellen 11.30 Uhr

»Was?« Jimmy knallte die Tür so fest hinter ihr zu, dass die Glasscheibe zur Sportredaktion erbebte. »Warte mal. Noch einmal ganz von vorne, bitte. Du bist Teil der Ermittlungen? Bedroht? Von wem?« Er zog die roten Vorhänge zu und schloss die Kollegen vom Sport aus, die zu ihnen herüberstarrten.

»Vom Täter. Gegen den in Abwesenheit Haftbefehl erlassen wurde. Lyckes Tennistrainer.«

»Ich verstehe das nicht. Wieso bedroht er dich, und was sind das überhaupt für Drohungen?« Jimmy wirkte aufrichtig besorgt, und das machte ihr ein wenig Angst.

»Er hat mich im Netz bedroht«, erklärte sie. »Richtig unheimlich. Ich weiß nicht genau, was da stand. Da er sich verschiedene Identitäten zugelegt hat, kann man das nicht genau zuordnen.«

»Und wieso weiß die Polizei davon?«

»Sie haben seinen Computer beschlagnahmt. Offenbar hatte er darauf massenhaft Fotos von Frauen verschiedenen Alters abgespeichert. Unter anderem auch von mir und Lycke. Da der Idiot manche Sachen auch von seinem privaten Facebookprofil geschickt hat, war es nicht schwer, ihm auf die Spur zu kommen. Ich weiß nicht. Er hat mir mitgeteilt, wann und wo er mich vergewaltigen wird. Es ist vollkommen krank.« Ellen hatte einen Eisengeschmack im Mund.

Ganz langsam blinzelte Jimmy mit den Augenlidern. »Was? Wann?«

»Ich weiß nicht, das wollten sie nicht sagen. Die Polizei ist schon auf dem Weg hierher. Sie wollen lauter Fragen stellen. Keine Ahnung. Ich habe ihn nur einmal gesehen ...« Plötzlich ging ihr die Luft aus, und sie musste sich auf einen der Stühle an dem ovalen Konferenztisch setzen. »Sie haben auch meine Handtasche bei ihm zu Hause gefunden. Er war derjenige, der mich überfallen hat, und er hat auch vor meiner Tür rumgelungert.«

»Soll dich jemand beschützen?«

»Beschützen? Wer denn? Die Polizei? Ich weiß nicht. Woher hat er nur das mit Elsa gewusst?« Sie fühlte sich gespalten.

»Ich muss nachdenken.« Jimmy setzte sich neben sie. Legte den Kopf in die Hände. »Nein, ich kann keinen klaren Gedanken fassen.« Er stand wieder auf. »Im Moment weiß ich nur, dass du nicht weiter an dem Fall arbeiten kannst.«

»Was?« Nun sprang Ellen auf. »Sag, dass das ein Witz war. Was soll ich denn sonst machen?«

»Verstehst du das denn nicht?«

»Wenn ich nicht mehr an dem Fall arbeiten darf, bekommt dieser Dreckskerl doch genau das, was er will. Wir dürfen uns davon nicht kirre machen lassen.«

»Nein, aber wir können auch nicht jemanden, der Teil der Ermittlungen ist, über den Fall berichten lassen. Das geht einfach nicht.« Jimmys Lider flatterten, und er schien nicht zu wissen, was er tun sollte. Seine Sorge um sie beunruhigte sie noch mehr.

»Leif soll den Fall übernehmen. Fahr nach Hause, Ellen. Geh nach Hause und schließ die Tür ab.«

Ellen 23.00 Uhr

Ellen saß auf dem Sofa und starrte ins Leere. Auf dem Wohnzimmertisch standen eine leere Weinflasche und ein voller Aschenbecher. Normalerweise rauchte sie nicht so viel, aber heute war kein normaler Tag.

Der Wein hatte sie nicht entspannt. Kein bisschen. Die Zigaretten auch nicht. Trotzdem rauchte sie weiterhin Kette.

Das Telefon klingelte, aber anstatt ranzugehen, stand sie ächzend vom Sofa auf und ging hinüber zum Weinkühlschrank. Sie holte die vorletzte Flasche heraus und nahm sich zum wiederholten Mal vor, ihren Vorrat aufzufüllen. Während sie die Flasche entkorkte, sagte sie sich, dass sie ruhig noch mehr trinken konnte – weil sie morgen ohnehin nichts zu tun hatte.

Es war nicht der Tennistrainer gewesen.

Das sagte ihr Bauchgefühl, und meistens hatte es recht. Natürlich war er ein Widerling. Aber er war nicht Lyckes Mörder.

Die Polizei hatte ihr von seinen aggressiven Äußerungen im Netz berichtet. In der vergangenen Woche war die Sache eskaliert. Er war ein Troll. Aber kein Mörder.

Sie zog eine Zigarette aus der Packung. Zündete sie an und nahm einen tiefen Lungenzug, der in der Luftröhre brannte. Hustete. Schenkte das Weinglas voll. Kleckerte auf den Tisch, beschloss aber, die kleine Lache später wegzuwischen.

Schaudernd dachte sie an ihren Besuch in der Salkhalle zurück. Nur er und sie. Sie erinnerte sich noch an seinen muffigen Geruch. Ungewaschene und abgetragene Sportsachen. Und an seinen Blick.

Jetzt klingelte es auch unten an der Haustür. Zuerst erfüllte sie das mit Unbehagen, aber sie wusste, dass sie zu Hause sicher war. Niemand konnte in die Wohnung gelangen. Philip war nicht zu erreichen, er amüsierte sich offenbar mit den Tänzern von *Let's Dance* auf einem Partyschiff, das durch den Schärengarten kreuzte.

Zuerst ignorierte sie das Klingeln, aber nachdem es sich mehrmals wiederholt hatte, schleppte sie sich zum Fahrstuhl und drückte auf die Sprechanlage.

»Hallo, wer ist da?«

»Ich bin es. Kann ich raufkommen?«

Sie überlegte einen Augenblick, ob das eine gute Idee war, holte aber schließlich den Fahrstuhl nach oben. Hastig warf sie einen Blick in den Spiegel und kniff sich in die Wangen, um ein bisschen Farbe zu bekommen. Dann stieß sie mit dem Fuß die Post von der Fußmatte und versuchte vergeblich, den Rauch wegzuwedeln.

»Das ist jetzt das zweite Mal innerhalb von einer Woche. Hast du nichts Besseres zu tun?«, fragte sie, als sich der Fahrstuhl öffnete.

»Bist du allein?« Er schaute sich im Zimmer um.

»Ja. Wieso? Suchst du jemanden?«

»Nein.«

Kurz trafen sich ihre Blicke.

»Gut, dass du wenigstens gefragt hast, wer es ist, bevor du mich in deine Wohnung gelassen hast.«

»Willst du damit sagen, dass von dir keine Gefahr ausgeht?« Sie zwang sich zu einem Lächeln. »Dich hier reingelassen zu haben, gehört zu den größten Fehlern meines Lebens«, murmelte sie. »Was willst du?« Sie ging zurück zum Sofa und taumelte ein wenig, bevor sie sich wieder zwischen die weichen Kissen sinken ließ.

»Bist du betrunken, Ellen?«

»Ich? Betrunken? Nein. Du?«

Er setzte sich auf die Armlehne des Sofas und sah sie an.

»Willst du diese nasse Jacke nicht ausziehen?«

»Willst du nicht erst mal deine ausziehen?«

Sie sah an sich hinunter und bemerkte, dass sie immer noch ihren grünen Parka anhatte.

»Du bist besoffen, Ellen. Komm, ich helfe dir, die Jacke auszuziehen.«

»Nein danke. Nicht nötig.« Sie stand auf und versuchte, sich den Parka selbst auszuziehen, aber er klebte ihr noch immer klitschnass am Körper.

Jimmy sah ihr belustigt zu.

»Ich bin überhaupt nicht besoffen. Einmal war ich das, davon muss ich dir erzählen. Das war ...«, sie fing an zu lachen, »bei einem Date.«

»Okay. Weißt du was, du brauchst nicht weiterzureden«, unterbrach er sie.

»Was? Wieso nicht? Hör mir doch mal zu. Es war ein Blind Date.« Allein der Gedanke an die Geschichte brachte sie zum Lachen. »Vollkommen sinnlos. Hattest du schon mal ein Blind Date?«, fragte sie, merkte aber im selben Moment, dass sie es gar nicht wissen wollte.

Jimmy schüttelte den Kopf.

»Nein, natürlich nicht. Du zeigst wahrscheinlich nur auf die Leute, die du haben willst, und schon überschlagen sich alle vor Begeisterung.« Ach, das habe ich schön gesagt, dachte sie. »Also, ich war jedenfalls betrunken. So richtig. Schon von Anfang an. Ich hatte vorher aufgetankt, wenn man so will. Apropos, möchtest du auch was?«

Jimmy schüttelte den Kopf.

Sie schenkte sich noch etwas ein. »Wie auch immer. Wo war ich stehengeblieben?«

»Ich weiß nicht, du hattest ein Date, und du warst betrunken.«

Er wirkte nicht übermäßig amüsiert, aber das war ihr egal, und außerdem war die Geschichte lustig. Das würde er bald merken.

»Mann, war ich voll. Mir war schon richtig schlecht. Kannst du mir folgen?«

Jimmy nickte.

Sie musste lauthals lachen, als sie ihn todernst auf ihrem Sofa sitzen und ihr zuhören sah. Puh. Jetzt schämte sie sich.

»Entschuldige.« Sie schluckte ein Hicksen hinunter.

»Was ist dann passiert?«

»Willst du das wirklich wissen?« Wieder hatte sie Schluckauf.

»Ich weiß nicht. Will ich das?« Er lachte auf.

»Okay, und dann haben wir angefangen zu reden, und es stellte sich heraus, dass er total deprimiert war. Und hässlich war er auch.«

Hick.

»Glaube ich. Jede Frage eine Sackgasse. Du weißt schon, die Sorte. Ich frage ihn, was er beruflich macht, und er gibt irgendeine Antwort. Scheißlangweilige Frage eigentlich, aber mir fiel nichts anderes ein. Wir unterhielten uns ein bisschen, und dann fragte ich ihn, was er beruflich macht. Noch mal!« Vor Lachen liefen ihr Tränen übers Gesicht. »Verstehst du?«

Hick.

»Ja, ich verstehe, aber willst du nicht mal diese Zigarette ausmachen, bevor du das Haus in Brand steckst?«

Artig drückte sie die Zigarette im Aschenbecher aus. »Warum hast du dann nicht gelacht?«

»Die Geschichte ist doch noch nicht zu Ende. Erzähl weiter, es wird gerade richtig spannend.« Er grinste. Und zeigte sein hübsches Lächeln. Wenn er so strahlte, sah man seine Grübchen.

Sie merkte, dass er es ironisch gemeint hatte, sprach aber weiter. »Warte, du wirst es schon noch kapieren. Er weist mich also darauf hin, dass ich ihm diese Frage schon einmal gestellt habe, aber ich kann mich nicht an seine Antwort erinnern. Wir plappern weiter, oder besser gesagt ich plappere weiter, und plötzlich …«, nun bekam sie einen solchen Lachkrampf, dass sie nicht weitersprechen konnte, »... plötzlich frage ich ihn, was er beruflich macht. Zum dritten Mal!« Hemmungslos schüttete sie sich aus vor Lachen.

Jimmy lachte auch, allerdings nicht so kräftig.

»Was ist dann passiert?«

»Tja, was war dann? Er sagte so was wie: Du hast sie ja nicht alle. Und dann hat er sich verpisst.«

»Was hat er denn beruflich gemacht?«

»Weiß ich nicht mehr.«

Beide lachten.

Aber nach einer Weile wurden sie still.

Jimmy sah sie mit seinen großen braunen Augen an. »Wie geht es dir?«

»Wie es mir geht? Warum fragst du?« Sie blickte zur Seite.

»Das liegt doch auf der Hand. Ich wollte nachsehen, ob bei dir alles in Ordnung ist. Nach allem, was los war.«

»Ich brauche niemanden, der bei mir nach dem Rechten schaut oder an mich denkt. Schon gar nicht dich.«

»Wie meinst du das? Ich mache mir Sorgen um dich.«

»Warum machst du dir Sorgen?« Sie schüttelte den Kopf.

»Weil du mir etwas bedeutest.« Er stand auf und stellte sich auf die andere Seite des Wohnzimmertischs. »Und weil dieser widerliche Tennistrainer noch auf freiem Fuß ist.« Er ging vor ihr auf und ab.

»Du, erstens weiß ich, dass ich dir gar nichts bedeute. Was soll das Gelaber von den Sorgen, die du dir angeblich um mich machst? Gehört das zu den Aufgaben eines Vorgesetzten?« Sie biss sich auf die Lippe, ließ ihn aber nicht aus den Augen. »Und zweitens war es nicht der Tennistrainer.«

»Das kannst du nicht wissen.« Er blieb stehen. »Laut Polizei war er es. Zumindest hat er dich bedroht, und das muss ernst genommen werden. Du musst auf der Hut sein, Ellen. Ich habe mit der Polizei gesprochen, aber ihnen fehlen die Ressourcen, um dir jemanden vor die Tür oder besser gesagt in den Fahrstuhl zu setzen«, korrigierte er sich selbst. »Aber sie werden regelmäßig hier vorbeifahren.«

»Wieso das denn? Das bringt doch nichts.«

»Nein, aber mich beruhigt es ein wenig.«

»Ich bin dir doch scheißegal.« Hicksend zog Ellen die Beine hoch.

»Du bedeutest mir mehr, als du glaubst, und nein, nicht, weil ich dein Vorgesetzter bin. Ist das nicht offensichtlich?«

»Offensichtlich?«

»Du musst vorsichtig sein.«

Sie biss sich auf die Lippe.

»Hör auf, dir auf die Lippe zu beißen. Das macht mich ganz verrückt.« Er wendete sich ab. »Was machst du mit mir, Ellen?« Kopfschüttelnd setzte er sich zu ihr aufs Sofa. »Ist dir kalt?«

»Nein.«

»Aber du zitterst doch.«

Erst jetzt merkte Ellen, dass sie am ganzen Körper bebte.

Mit seiner warmen Hand griff er nach ihrer. Zuerst wollte sie ihre Hand wegziehen, aber als sie merkte, wie schön sich das anfühlte, ließ sie es bleiben.

Jimmy rückte noch dichter heran. Sie hatte das Gefühl, heftiger zu zittern, je näher er ihr kam. Als ihre Beine sich berührten, ging ein Stromstoß durch ihren Körper.

Jimmy beugte sich zu ihr herüber. Seine Bewegungen wirkten selbstsicher und zielstrebig. Seine Lippen berührten ihren Hals. Er flüsterte ihren Namen und sah sie lange an, bevor er zärtlich ihre Lippen küsste.

Sie schloss die Augen und ließ es geschehen.

Er küsste sie zart und behutsam. Genauso wundervoll, wie sie es in Erinnerung hatte.

Wie konnte sie nur so dumm sein, ihm gleich noch einmal in die Falle zu gehen? Doch sie konnte nicht widerstehen.

»Dein Mund …« Zärtlich fuhr er mit dem Finger über die Konturen ihrer Lippen und atmete schwer. Seine Hand tastete in ihrem Nacken nach dem Haargummi, zog ihn heraus und ließ ihr Haar den Rücken hinunterfallen. Jede kleinste Bewegung oder Berührung ließ sie erbeben.

Sie schloss die Augen und spürte, wie ihr Körper sich entspannte. Sie war gesprungen. Noch einmal. Es sollte niemals aufhören. Niemals. Sie wollte, dass er ihr die Kleider vom Leib riss …

Der Klingelton von Ellens Handy zerriss die Atmosphäre.

»Du musst da rangehen.« Jimmy hörte von einer Sekunde auf die andere auf.

Es war wie eine kalte Dusche.

Als sie die Augen öffnete, war sie wie benommen.

Jimmy streckte den Arm nach dem Telefon aus und drückte es ihr in die Hand. Ohne Protest nahm sie ab. »Hallo.«

Keine Antwort.

Eine unbekannte Nummer. »Hallo?«, wiederholte sie. »Was wollen Sie?«

Keine Antwort.

Jimmy drückte ihre Hand.

Ellen hörte jemanden atmen, und es klang, als wäre da ein Geräusch im Hintergrund. Sie war sich nicht ganz sicher, aber es hörte sich fast wie ein Kind an. Ihr war schwindlig.

Jimmy nahm ihr das Telefon ab.

»Hallo, wer zum Teufel ist da?«

»Hörst du was?«, fragte Ellen.

»Pscht.« Er drehte sich weg.

Dann legte er auf. Ließ ihre Hand los und stand vom Sofa auf.

»Was ist denn? Was hast du gehört?«

Kreidebleich schüttelte er den Kopf. »Es geht einfach nicht. Ich muss gehen.«

»Was?« Ihr wurde schlecht.

»Verzeih mir.« Wieder ging er auf und ab.

»Verzeih mir? Warum wolltest du das überhaupt? Was geht hier eigentlich vor? Du hast doch damit angefangen. Bist du gekommen, um mich zu verletzen?« Er zog sich zurück. Schon wieder. Er hätte sie genauso gut anspucken können.

Jimmy blieb stehen und sah sie an.

»Was? Wie kannst du so was sagen? Ich will dich nicht verletzen. Dich zu verletzen ist das Letzte, was ich will.«

»Wie nett von dir. Vielleicht sollte ich mich bei dir bedanken, weil du dich diesmal gleich zurückziehst, bevor meine Gefühle zu stark werden. Ist das deine Absicht? Du entziehst dich mir, bevor du mich mit deiner überwältigenden Erscheinung zu sehr verletzt?« Sie stand vom Sofa auf. »Wie armselig. Danke, sehr freundlich, dass du diesmal einen Rückzieher machst, bevor wir miteinander geschlafen haben. Oder bevor ich dir etwas von mir erzähle, womit du mich später kränken kannst. Du solltest jetzt gehen.« Zielstrebig ging sie zum Aufzug und drückte auf den Knopf. Plötzlich hatte sie das Gefühl, nüchtern zu sein. Viel zu nüchtern. »Und ich kündige. Ich will dich nie wiedersehen. Du weißt alles über mich, und ich habe kapiert, dass du mich nicht willst, aber treib bloß nie wieder deine Spielchen mit mir.«

»Es kam mir überhaupt nicht falsch vor …« Er rührte sich nicht von der Stelle.

»Nein, aber mir.« Sie kochte vor Wut. Er sollte jetzt endlich gehen, damit diese Demütigung ein Ende hatte. Nie wieder würde sie in diese Falle tappen.

»Im Gegenteil. Es hat sich noch nie etwas so richtig angefühlt, und ich hatte nicht die Absicht, dich zu verletzen. Was meinst du damit? Die Sache, die du mir über deine Schwester erzählt hast?«

»Ja, genau. Außerdem hast du mir den Fall Lycke aufgezwungen.«

»Ich weiß, das war ein Fehler. Verzeih mir.« Er senkte den Blick, als würde er sich schämen. »Ich dachte, es wäre gut für dich, und als du dann dastandst ... ich weiß nicht, ich war wahnsinnig nervös und habe irgendeinen Unsinn von mir gegeben. Ich dachte doch, dass du vielleicht an dem Fall arbeiten möchtest, weil ...«

»Hör auf, da so rumzustehen und dich zu entschuldigen. Deine Ausreden sind ätzend. Ich begreife nicht, wie du hierherkommen und mit mir spielen kannst, wenn du sowieso nicht glaubst, dass es funktionieren würde. Tust du das aus dem gleichen Grund, aus dem du mir den Fall Lycke aufs Auge gedrückt hast? Weil du Angst hattest, dass ich sonst sauer werde? Nett, dass du gekommen bist, aber jetzt sei bitte so freundlich und geh.«

Er sah sie an, als könnte er ihr nicht ganz folgen, aber vielleicht machte das nichts.

»Das mit uns würde nicht funktionieren. Es geht nicht.«

»Stimmt, das sagtest du bereits. Sei so lieb und verschone mich mit dem Stuss. Willst du mir jetzt noch erzählen, ich wäre zu gut für dich, oder dass es nicht an mir liegt, sondern an dir? Spar dir das für eine andere auf. Seh ich aus wie eine Frau, die an deinen Klischees interessiert wäre?«

Der Fahrstuhl kam, und die Türen öffneten sich. Ununterbrochen drückte sie auf den Knopf, damit der Lift nicht ohne ihn wieder hinunterfuhr. »Geh jetzt.«

Langsam kam er auf sie zu.

»Nein, ich glaube nicht, dass du an meinen abgedroschenen Floskeln interessiert bist. Ich glaube auch nicht, dass du an mir interessiert bist.« Er betrat den Fahrstuhl und drückte auf das E wie Erdgeschoss.

»Was? Wie meinst du das?«, fragte sie und stellte sich in die Tür, damit er nicht hinunterfahren konnte.

»Das ist kompliziert, Ellen. Wir würden nicht zusammenpassen. Zwischen uns ist zu viel passiert. Du würdest es bald merken.« Er strich sich mit den Händen übers Gesicht. »Wir stammen aus verschiedenen Welten. Es spielt keine Rolle, was ich für dich empfinde.«

»Wie bitte? Hast du nicht gehört, was ich gesagt habe? Spar dir diesen Mist für eine andere auf.« Sie drückte den Knopf, mit dem man die Fahrstuhltür schloss.

Doch nun stellte Jimmy den Fuß dazwischen.

»Es klingt vielleicht abgedroschen, aber es stimmt. Wir würden nicht zusammenpassen. Ich würde nicht in dein Leben passen und du nicht in meins.«

»Ich dachte, du kennst mich besser. Sag doch einfach, wie es ist. Du bist ein Arschloch und spielst mit mir.«

Mit entschiedenen Schritten kam er zurück in die Wohnung.

Sie versuchte, ihn aufzuhalten, aber er war nicht zu stoppen.

»Ich bin vieles, klar, und vielleicht bin ich sogar ein Arschloch, aber nicht jetzt und hier. Es ist für uns beide am besten so, und es tut mir leid, dass ich es beim letzten Mal nicht früher beendet habe. Dass ich es so weit kommen ließ ...«

»Hör endlich auf!«

»Es war wunderschön, und das hat es mir nicht leichter gemacht. Ich will, dass du das weißt. Glaubst du, ich habe Lust, mir Geschichten von deinen Dates anzuhören? Denkst du das wirklich?«

Jetzt wirkte er verärgert.

»Was glaubst du, wie ich mich fühle, wenn du jeden Tag mit Andreas losziehst? Wissend, dass ihr mal zusammen wart. Jedes Mal, wenn ich dich anrufe, bin ich in Panik. Ich frage mich, wo du bist. Wo du übernachtet hast. Ich habe panische Angst, dass du jemanden kennenlernst. Dich verliebst. Ich denke die ganze Zeit an dich, verdammt noch mal.« Er fuhr sich durchs Haar. »Als ich Sonntag vorbeikam und das Kaminfeuer und die brennenden Kerzen sah. Ich bin fast durchgedreht, als ich mir vorgestellt habe, dass du vielleicht Besuch hast. Heute war es genauso. Ich kann den Gedanken nicht ertragen, dass du mit einem anderen zusammen bist. Gleichzeitig kann ich nicht mit dir zusammen sein.«

Schweigend stand er da.

Er winkte ab, als er ihren erstaunten Gesichtsausdruck sah. »Tu doch nicht so, als ob du das nicht gemerkt hättest.« Er ging wieder in den Fahrstuhl und drehte sich zu ihr um. »Es ist nicht so einfach, wie du glaubst. Es ist extrem kompliziert. Ich wusste, dass es so kommen würde, als ich den Job bei TV4 angenommen habe. Das hätte ich nicht tun sollen. Es tut mir leid. Irgendwie dachte ich, es würde schon gehen. Wir wären übereinander hinweg, aber ...«

Nachdem sie auf den Knopf gedrückt hatte, schlossen sich die Türen. Sie wünschte, sie hätte eine Tür gehabt, die sie zuschlagen konnte.

Er war weg.

Freitag, 30. Mai

Ellen 10.00 Uhr

Sobald sie ihren Computer geholt hatte, würde sie direkt wieder nach Hause fahren und sich einschließen. Für niemanden auf den Fahrstuhlknopf drücken und nicht ans Telefon gehen. Sie hatte sich die Kappe tief in die Stirn gezogen und starrte auf den Fußboden, um niemanden grüßen zu müssen.

Morgen würde sie sich um sich selbst kümmern. Dann würde sie sich einen neuen Job suchen. Hier konnte sie nicht bleiben. Außerdem hatte sie vage in Erinnerung, dass sie bereits gekündigt hatte. Die Kopfschmerzen wogten mit ihrer Angst im Takt.

»Ich dachte, du hättest heute frei«, sagte Leif, als sie in die Redaktion kam.

»Ich will nur meinen Computer holen. Gibt's was Neues?«

»Was Neues?«, echote er, als hätte sie eine merkwürdige Frage gestellt. »Es passiert doch ständig irgendwas.«

»Im Fall Lycke, meine ich natürlich«, antwortete sie. Sie hatte seine Spielchen satt.

»Die ist doch tot.«

Idiot.

»Die Polizei hat gestern den Tennistrainer geschnappt. Er hatte sich bei einem Kumpel versteckt. Dringend tatverdächtig.«

Gestern?, überlegte Ellen. »Um welche Uhrzeit?«

»Gegen elf, glaube ich.«

Dann war er nicht derjenige, der mich angerufen hat.

»Er war es nicht.«

»Ach, nee?«

»Die Polizei irrt sich«, sagte Ellen. Sie knüllte eine To-do-Liste zusammen und warf sie in den Papierkorb.

»Was meinst du damit?«

»Dringender Tatverdacht. Das ist eine Ermessensfrage. Nicht eindeutig. Genau wie die Bewertung eines Sprungs vom Zehner«, sagte sie. »Aber das weißt du ja selbst. Der Tennistrainer ist ein Ekel und ein Idiot, aber das bedeutet nicht, dass er Lycke umgebracht hat. Nur, weil man irgendeine Korrespondenz zwischen ihm und Lycke auf ihrem Computer gefunden hat und sich anschließend herausstellt, dass er Hinz und Kunz und mich dazu im Internet bedroht. Das sind leere Drohungen. Er ist nicht vorbestraft. Das haben wir doch überprüft, oder, Ann?«

Krimiann blickte von ihrem Bildschirm auf und nickte. Heute trug sie eine neongelbe Brille mit witzigen Blümchen.

»Nur weil man im Netz ein widerlicher Troll ist, muss man nicht unbedingt ein Mörder sein«, fuhr Ellen fort. »Du weißt, was ein Netztroll ist?« Sie konnte sich die Frage nicht verkneifen.

Leif rümpfte die Nase. »Es gibt noch mehr Dinge, die gegen ihn sprechen. Wie erklärst du dir zum Beispiel, dass der Rucksack im Rålambshovspark gefunden wurde? Das liegt doch auf dem Weg zu seinem Arbeitsplatz in der Salkhalle.«

»Ja, aber es gibt viele Leute, die da oben wohnen und am anderen Ende der Stadt arbeiten.« Sie merkte, dass sie vergeblich versuchte, seine Gedanken in andere Bahnen zu lenken. Er war genauso beschränkt wie die Polizei.

»Wie geht es dir?«, fragte Krimiann und schien wirklich besorgt zu sein.

»Ganz okay, danke.«

Im Augenwinkel nahm sie Jimmy wahr. Sie musste sich anstrengen, um nicht in seine Richtung zu sehen.

Es brannte hinter ihren Lidern. Sie war überempfindlich. Wie immer, wenn sie einen Kater hatte. Im Moment hätte sie wahrscheinlich sogar bei einer Folge *Baywatch* geheult.

Sie packte ihren Computer ein, aber als sie gerade gehen wollte, fing Leif wieder an.

»Glaub ja nicht, dass ich mich freue, den Scheiß hier zu übernehmen. Weißt du, wozu er mich gezwungen hat?« Leif deutete mit seinem kahlen Schädel in Jimmys Richtung. »Zuerst verdonnert er mich dazu, morgen eine Reportage über den Gedenkgottesdienst für das Mädchen zu machen, und als Sahnehäubchen darf ich einen Beitrag über den entscheidenden Hinweis machen, der die Polizei zu dem Tennistrainer geführt hat. So einen Mist hat es hier früher nicht gegeben. Und jetzt komm mir nicht und behaupte, früher wäre auch nicht alles besser gewesen.«

Krimiann nickte eifrig.

»Sind sie nicht aufgrund von Lyckes Computer auf den Tennistrainer gekommen?«, fragte Ellen.

»Also nee. Bevor man hier was vom Turmspringen erzählt, sollte man sich lieber einen Gesamteindruck verschaffen. Es gab offensichtlich einen Hinweis auf einen Exhibitionisten im Lill-Janswald, der nicht nur an die Polizei, sondern auch an uns ging. Die Person, die den entscheidenden Hinweis gegeben hat, rief bei der Polizei an. Offenbar konnte sie den Tennistrainer identifizieren. Was hast du noch mal über den dringenden Tatverdacht gesagt?«

»Hör auf. Wieso identifizieren? Was heißt das?«

»Was weiß ich, aber das werde ich jetzt rausfinden. Zwei Millionen bar auf die Hand. Nett.« Er grinste höhnisch. »Es reicht mir schon, dass in den Morgennachrichten jetzt Bingo gespielt wird, aber mich mit so einem Mist zu befassen, ist wirklich unter meiner Würde.«

Ellen wurde übel.

Es konnte nicht wahr sein.

Bevor sie die Redaktion verließ, ging sie in den Schneideraum. Neben einem der Computer lag ein Stapel Papier. Hastig blätterte sie ihn durch und fand die Mail mit dem entscheidenden Hinweis, die ihr Internet ausgedruckt hatte. Die Mail über den Exhibitionisten.

Genau das hatte sie geahnt.

Der Absender lautete dorsch@gmail.se. Natürlich. Es war ihr vorher gar nicht aufgefallen. Aber konnte es wirklich stimmen? Was war er nur für ein Idiot, dachte er, sie würde es nicht merken?

In dem Moment klingelte ihr Handy.

Es war die Rezeption. Sie hatte Besuch.

* * *

Als sie die Treppe hinunterkam, sah sie ihre Mutter hinter der Glaswand an der Rezeption. Was machte sie hier?

Sie sah im selben Maße schick aus, wie Ellen sich ungepflegt fühlte. Beigefarbener Mantel und der Rest in Grau. Das waren ihre Farben. Ellen konnte sich nicht erinnern, sie jemals in anderen Farbtönen gesehen zu haben.

Ellen ging langsamer. Sie wusste nicht, ob sie die Kommentare ihrer Mutter heute ertragen konnte.

»Ellen. Warte!«

Sie blieb auf halber Treppe stehen, drehte sich um und sah Jimmy aus dem dritten Stock eilen.

»Warte, bitte!« Er holte sie ein und fasste sie sanft an der Schulter.

Die Stelle brannte, und sie schüttelte seine Hand ab.

»Verzeih mir«, sagte er.

»Was denn?« Widerwillig sah sie ihn von unten an.

»Dass ich …« Er fuhr sich durchs Haar. »Dass ich ein Idiot

bin. Du hast recht. Ich will, dass du weißt, dass ich dich auf gar keinen Fall verletzen will, aber, verdammt, ich dachte eben, du empfindest nichts mehr für mich und ... ich stecke in der Scheiße.«

Ein paar Kollegen kamen vorbei und sahen sie neugierig an.

Er griff nach ihrem kleinen Finger. »Hör mir bitte zu, Ellen ...«

»Meine Mutter wartet an der Rezeption.« Sie zog ihre Hand weg.

»Lass mich dir doch erklären ...«

Ellen ging die letzten Stufen hinunter und durch die Sicherheitstüren, die zwei scharfen Messern ähnelten. Wenn man sich nicht beeilte, schnitten sie einen in der Mitte durch. Heute wäre ihr das durchaus recht gewesen.

Sie hatte das Gefühl, dass er noch auf der Treppe stand, und drehte sich nach ihm um. Hätte sie ihm von der Mail mit dem entscheidenden Hinweis erzählen sollen? Sie musste sich wirklich einen neuen Job suchen.

Ihre Mutter kam auf sie zu.

»Meine Güte, Ellen, wie siehst du denn aus? Ich habe dir doch gesagt, dass dieser Fall nichts für dich ist. Schau dich mal an, du bist ganz blass.«

»Du brauchst dir keine Sorgen zu machen, denn ich arbeite nicht mehr an dem Fall«, antwortete sie, ohne weitere Erklärungen abzugeben, und stieß Margaretas Hand weg.

»Ellen ...«

Ellen zuckte mit den Schultern und warf einen verstohlenen Blick in Richtung Treppe. Jimmy war weg.

Ihre Mutter zog den Tragegurt ihrer Handtasche glatt. »Schön hier«, sagte sie etwas bemüht und sah sich im Eingangsbereich um. »Ich war ja noch nie hier. Wollen wir einen Kaffee zusammen trinken?« Sie zeigte auf das Restaurant neben der Rezeption.

»Warum bist du gekommen?«

»Oder hast du vielleicht Hunger? Es ist fast Mittagszeit. Hier riecht es nach Essen«, sagte sie, ohne verbergen zu können, dass sie den Geruch alles andere als verlockend fand.

»Es gibt Erbsensuppe und Pfannkuchen. Hast du da Lust drauf?«, fragte Ellen grimmig. »Leider gibt es keinen Punsch dazu.«

»Ich wäre mit einer Tasse Kaffee zufrieden.«

Ellen nickte. Sie gingen ins Restaurant und setzten sich auf die weichen roten Sofas in der Mitte.

Von den anderen Tischen war fast keiner besetzt. Bislang. Erbsensuppe und Pfannkuchen waren normalerweise der Hit, da stand hier der ganze Freihafen Schlange.

Neben ihnen hatte sich die Konzeptabteilung zusammengesetzt, und ein paar Tische weiter saß Agneta Sjödin und diskutierte irgendwas mit dem Programmchef.

Ellens Mutter konnte den Blick gar nicht losreißen. Es schien sie schwer zu beeindrucken, eine Prominente zu sehen, aber das hätte sie niemals zugegeben.

Ellen trank einen Schluck Kaffee und biss von der frisch gebackenen Zimtschnecke ab.

»Also gut, dann mal raus mit der Sprache. Ich nehme an, du bist nicht nur hier, um nett mit mir Kaffee zu trinken.« Ihr Ton war schärfer als beabsichtigt.

»Bitte, Ellen, fang nicht damit an. Du klingst so wütend. Ich will mich einfach mit dir unterhalten, ist das so seltsam? Weißt du was? Es macht mich traurig, dass du glaubst, ich würde Dinge tun, um dich zu verletzen.« Ellens Mutter senkte den Blick und nahm neuen Anlauf. »Du hast es schwer gehabt. Das hat dich sicher geprägt, und als deine Mutter wünschte ich wirklich, dein Leben würde anders aussehen. Niemand sollte ein Geschwisterkind verlieren und die Scheidung seiner Eltern miterleben und sich gleichzeitig schuldig fühlen.« Sie trank einen Schluck

Kaffee. Schielte verstohlen in Agnetas Richtung. »Ich verstehe nicht, wie dein Vater und ich so scheitern konnten. Aber das Leben entwickelt sich nicht immer so, wie man es sich vorgestellt hat, und alle machen Fehler. Aber wir tun das nicht, um dich zu verletzen. Das musst du verstehen. Wieso kannst du nicht ...«

»Wie Elsa sein?«

»Versuchen, mich zu verstehen, wollte ich sagen. Verstehen, dass wir nicht deine Gegner sind. Wir sind nicht diejenigen, die dich mit Elsa vergleichen. Das bist du selbst.«

»Hör auf. Du vergleichst uns die ganze Zeit, und immer bin ich die Niete. Weißt du, wie es sich anfühlt, ständig mit einer Toten verglichen zu werden? Man kann unmöglich gewinnen.«

»Nein, ich vergleiche euch nicht ständig, aber es ist mir aufgefallen, dass du das tust, und es tut mir jedes Mal weh. Ich nehme aber an, dass es bei Zwillingen einfach so ist, auch wenn man nicht mehr zusammen ist.« Ihre Augen wurden wässrig.

Ellen blickte zur Seite.

»Hat Philip dich angerufen?« Sie stippte ein bisschen Hagelzucker von ihrem Teller auf und steckte ihn sich in den Mund.

»Ellen, ich mache mir Sorgen um dich.« Ihre Mutter griff nach ihrer Hand. »Kannst du nicht mal diese Kappe abnehmen?«

Ellen schüttelte den Kopf. »Das ist ja nett. Und da kommst du mich an meinem Arbeitsplatz besuchen und willst plötzlich reden. Es tut mir leid, aber ich kann heute keine Vorwürfe ertragen.« Sie stand auf.

Margareta fixierte sie. »Setz dich wieder hin. Ich habe dir niemals Vorwürfe wegen Elsas Tod gemacht. Niemals«, sagte sie mit Nachdruck. »Ihr wart acht Jahre alt, Ellen. Ihr wart kleine Kinder, und wir haben euch alleine zu Hause gelassen. Es war nicht deine Schuld, sondern die Schuld von mir und Papa.«

Sie nahm Ellens Hand. »Sieh mich an, Ellen. Es war nicht deine Schuld. Hörst du das? Es war nicht deine Schuld, dass Elsa verschwunden ist.«

»Sie ist gestorben«, korrigierte Ellen sie.

»Es war nicht deine Schuld, dass sie gestorben ist. Bitte setz dich hin!«

Ellen tat, was sie sagte.

»Wir haben dich nie beschuldigt. Das spielt sich alles in deinem Kopf ab. Mich hat man beschuldigt, bevor sie meine kleine Elsa gefunden haben.«

Die Eifersucht schlug zu und breitete sich in ihrem Körper aus.

»Aber ich wollte doch schwimmen gehen ... Ich wusste, dass sie nicht gut schwimmen konnte.« Ellen waren jetzt alle anderen im Restaurant egal. »Weißt du, warum ich das gemacht habe?«

»Bitte nicht so laut, Ellen.«

»Weil es das Einzige, hörst du, das Einzige war, was ich besser konnte als Elsa. Weißt du noch? Du warst am Boden zerstört, weil Elsa noch kein Schwimmabzeichen hatte, und du hast dich nur darauf konzentriert, wie leid einem die arme Elsa tun konnte. Kein einziges Mal hast du zu mir gesagt, dass ich das toll mache. Nicht ein einziges Mal.«

Margareta sah sie entsetzt an.

»Sag es doch! Wenn ich nicht ...« Wieder das Stechen in den Händen. Sie schüttelte ihre Mutter. »Es ist meine Schuld. Sag es ruhig. Los, sag es!«, schrie Ellen. Das Gemurmel im Restaurant verstummte.

»Aber Ellen!«, brach es aus ihrer Mutter heraus. »Es war zu viel für dich. Du hättest nicht an dieser Sache arbeiten dürfen. Das habe ich dir die ganze Zeit gesagt, aber du hörst mir ja nicht zu.«

»Was geht hier vor?« Krimiann starrte sie verwundert an.

Ellen antwortete nicht.

»Ich störe ungern, aber du hast dein Handy oben liegengelassen, und es hat geklingelt. Ich wollte nur auf Lautlos schalten, aber in dem Moment kam ein Bild.« Krimiann reichte ihr das

Mobiltelefon. »Ich wollte nicht herumschnüffeln, es war unvermeidlich.«

Ellen nahm das Handy an sich.

Jemand hatte das Foto von Elsa geschickt. Erneut. Der Text lautete: Wenn du jetzt nicht aufhörst, wirst du sterben, genau wie deine Zwillingsschwester.

»Was ist das? Du bist ja ganz weiß im Gesicht.« Margareta nahm ihr das Telefon aus der Hand und sah sich, bevor Ellen sie davon abhalten konnte, das Bild an.

Kein Laut war mehr zu hören.

»Was ist das?«, fragte sie nach einer Weile.

Tränen liefen Ellen übers Gesicht. Sie konnte nichts dagegen machen.

»Du musst Kontakt zur Polizei aufnehmen«, sagte Krimiann.

»Was ist denn nur los?« Ellens Mutter war wie vom Donner gerührt.

»Wir müssen mit Jimmy sprechen.« Krimiann sah Ellen an.

»Nein«, sagte Ellen, »ich rufe die Polizei.« Völlig benommen stemmte sie sich vom Sofa hoch. Ihre Beine trugen sie kaum, als sie zu den Toiletten am anderen Ende des Lokals ging.

Sie wählte Oves Nummer und berichtete ihm mit zitternder Stimme von der Nachricht.

»Da bereits eine polizeiliche Anzeige vorliegt, müssten wir doch den Absender ausfindig machen dürfen, oder?«, fragte sie. »Der Tennistrainer kann es ja nicht gewesen sein, der hat wahrscheinlich im Moment keinen Zugang zu einem Telefon.«

»Weißt du, dass dein Chef versucht hat, die Anzeige zurückzuziehen?«

»Was? Warum das denn?«

»Das musst du ihn fragen. Jedenfalls lässt sie sich nicht zurückziehen.«

Ellen schüttelte den Kopf. Sie verstand kein Wort.

»Kannst du mir helfen, herauszufinden, wer mir dieses Bild geschickt hat?«

»Das ist nicht einfach.«

Ellen öffnete die Tür zu einer der Toiletten, knallte sie wieder zu und schloss sich in dem kleinen Raum ein.

»Hör mir mal ganz genau zu!« Plötzlich konnte sie wieder klar denken. »Ich nehme an, ihr habt einen Strohmann verwendet, aber wie dämlich kann man denn eigentlich sein? Dorsch@gmail.se? Was würden Anette, du und diese dritte Person denn eigentlich noch tun, um den Finderlohn zu kriegen?«

Ellen 18.45 Uhr

Ellen kurvte durch Söder und musste eine Weile suchen, bis sie die Stelle fand.

Was sie hier tat, entbehrte jeglicher Logik, aber sie musste ganz sicher gehen. Sie hatte genug.

Ove, der nicht riskieren durfte, dass Ellen ihm womöglich Schaden zufügte, blieb nichts anderes übrig, als ihr zu helfen. Vermutlich wusste er genauso gut wie sie, dass der Tennistrainer nicht schuld an Lyckes Tod war. Das ganze System und dass sie sich nur auf Pädophile konzentriert hatten, widerte sie an. Sie fragte sich, ob die beiden wirklich jeden einzelnen Schritt geplant hatten oder ob sie die günstige Gelegenheit erst am Schluss ins Auge gefasst hatten, als sich herausstellte, dass der Tennistrainer ein Widerling war.

Die Nummer konnte Ove nicht identifizieren, weil sie zu einer nicht registrierten Prepaidkarte gehörte, aber er gab Ellen einen Auszug aus der Liste aller Anrufe und Nachrichten, die von diesem Handy verschickt worden waren.

Nachdem sie einige der Nummern angerufen hatte, konnte Ellen sich ausrechnen, wem die Prepaidkarte gehörte.

Sie hieß Jeanette und wohnte in der Rosenlundsgata 34 im Erdgeschoss. Sie hatten Ellen offensichtlich schon öfter kontaktiert, immer von derselben Nummer.

Jeanette. Sie kannte niemanden mit diesem Namen.

Ellen hatte sie gegoogelt, aber der Name Jeanette Eriksson war nicht ungewöhnlich.

Ellen stellte ihren Wagen so ab, dass sie alles im Blick hatte. Ganz an der Seite, neben dem Garagentor, war ein großes Fenster zur Straße. *Wohnt sie dort?*, fragte sich Ellen und blieb im Auto sitzen.

Das Gebäude sah aus wie eine Fabrik, die zu einer Art Loftwohnung mit integriertem Studio umgebaut worden war. Hohe Decken. Die Küche war so groß wie ein Klassenzimmer, und daneben lag ein schneeweißes Fotostudio mit schwarzen Lampen an der Decke. Überall brannte gleißendes Licht, aber es war niemand zu sehen.

Sie wollte sie nur sehen, aber warum eigentlich? Um ihr zu sagen, dass sie nicht mehr anrufen sollte?

»Fahr nach Hause, Ellen«, sagte sie zu sich selbst.

Sie drehte gerade den Zündschlüssel im Schloss, als jemand in die Küche kam. Es dauerte ein paar Sekunden, bis sie begriff, wer es war. Die falsche Person am falschen Ort.

Jimmy.

Was machte er dort? Hatte man ihr die falsche Adresse genannt? Oder hatte Ove alles durcheinandergebracht?

Oder war Jeanette seine Schwester? Sie wohnte ja in Söder.

Jimmy öffnete den Kühlschrank und machte ihn wieder zu, ohne etwas herauszunehmen. Er sah sich rastlos um. Ließ den Wasserhahn laufen. Zog eine Schublade heraus.

Ohne nachzudenken, griff Ellen zum Handy und rief ihn an. Es klingelte bei ihm.

Sie sah ihn in die Jeanstasche greifen und sein Handy herausholen. Er warf einen Blick darauf und legte es auf den Esstisch, ohne den Anruf entgegenzunehmen.

Eine Frau mit langen blonden Haaren kam in die Küche. Auf ihrer Hüfte saß ein Kind. Ein Jahr alt vielleicht. Dunkelhaarig, rosa Schlafanzug.

Erst als die blonde Frau Jimmy einen Kuss auf den Mund gab, fiel der Groschen.

Ellen donnerte die Hände aufs Lenkrad und drückte dann auf die Hupe.

Jimmy und Jeanette wandten sich zum Fenster um und sahen sie.

Ellen ließ die Hupe nicht los, bevor Jimmy aus dem Garagentor neben dem Studio gekommen war. Er gestikulierte wie wild, damit sie aufhörte, und schließlich ließ sie los. Öffnete ihm die Beifahrertür.

»Setz dich«, sagte sie entschieden. Sie zitterte am ganzen Körper.

»Das ist keine gute Idee.« Er beugte sich zu ihr ins Auto. Warf einen besorgten Blick zu Jeanette, die sie vom Studio aus anstarrte.

»Steig ein. Sonst hupe ich wieder.«

Schließlich setzte er sich neben sie und hatte kaum die Tür zugemacht, als sie losfuhr.

Ellen 19.00 Uhr

Ellen fuhr auf der Rosenlundsgata bis zur Magnus Ladulåsgata, aber dann wusste sie nicht weiter. Sie war zwar vorhin schon durcheinander, aber im Vergleich zu ihrem jetzigen Zustand war das nur ein blasser Abklatsch von Verwirrung. Konnte Jimmy nicht endlich den Mund aufmachen?

Sie bog in den Ringväg ein und hielt an einer roten Ampel. Als es grün wurde, blieb sie stehen. Die Autos hinter ihnen begannen zu hupen.

»Fahr zum Sportplatz Zinkensdamm.« Jimmy wirkte ruhig.

Ohne nachzudenken tat sie, was er gesagt hatte, und fuhr auf den leeren Parkplatz.

»So war das also?« Sie schaltete den Motor ab. »Ich war nur ein kleines Hobby, mit dem du dich nebenbei amüsiert hast?«

»Nein. Es ist nicht so, wie du denkst.«

»Ah ja. Wie denn dann? Seid ihr verheiratet?« Sie redete weiter, bevor er etwas darauf erwidern konnte. »Deine Schwester ist sie jedenfalls nicht.«

Jimmy saß wie versteinert da.

»Dieses Foto von Elsa, das ich dir gestern auf meinem Handy gezeigt habe, das habe ich heute noch einmal bekommen. Und der Absender will, dass ich sterbe, genau wie meine Schwester.« Sie zog ihr Telefon aus der Tasche. »Willst du mal sehen?«

»Nein.«

»Etwa nicht? Liegt das vielleicht daran, dass du weißt, von wem ich die Nachricht bekommen habe?«

Jimmy fuhr sich mit den Händen durchs Haar.

»Deine Freundin? Oder wer weiß? Vielleicht hast du dir mal ihr Handy ausgeliehen?«

»Was?« Jetzt sah er sie an. »Warum sollte ich dir solche Nachrichten schicken? Wie kannst du so was glauben?«

»Keine Ahnung, aber du hast ja offenbar versucht, die Anzeige zurückzuziehen. Und du warst nach all den Drohungen, die ich erhalten habe, ja so besorgt um mich. War das auch ein Teil deines Spiels?«

Jimmy starrte aus dem Fenster.

»Hallo, würdest du mir bitte antworten?« Sie klang genauso wütend, wie sie war.

»Verzeih mir«, sagte er schließlich und legte den Kopf in die Hände. »Ich habe wirklich versucht, mich nicht in dich zu verlieben.«

»Wovon zum Teufel redest du?«, schrie sie.

»Beruhige dich, bitte, und lass es mich dir erklären.«

»Ich verstehe das einfach nicht.« Sie hörte den Frust in ihrer eigenen Stimme.

»Weil ich Familie habe. Ich habe eine Tochter«, murmelte er, ohne sie anzusehen.

Seine Tochter. Es tat weh, es bestätigt zu bekommen.

»Warum hast du mir nicht erzählt, dass du eine Tochter hast? Und übrigens auch eine Freundin«, fragte sie verzweifelt.

Jimmy seufzte schwer. »Was hätte ich denn sagen sollen? Dass ich ein Arschloch bin, das seine Familie betrügt? Findest du, das hört sich gut an?«

»Nein, aber es ist doch so. Stattdessen hast du dich feige zurückgezogen. Und hast es darauf geschoben, dass wir aus verschiedenen Welten stammen würden und der ganze Mist.«

»Das tun wir ja auch.«

Schweigend betrachteten sie die Lichtkegel der Scheinwerfer im Stadion am Zinkensdamm. »Bist du in sie verliebt?«, fragte sie nach einer Weile.

»Ob ich in sie verliebt bin?« Er schüttelte den Kopf. »Was spielt das für eine Rolle?«

»Antworte auf meine Frage. Bist du in sie verliebt?«

»Ja, ich mag sie ganz gerne.«

Wieder umklammerte Ellen das Lenkrad.

»Weißt du was? Es ist völlig egal, was ich für Jeanette empfinde. Wir haben Bianca zusammen, und das wird nicht leichter, wenn ich mich ständig frage, ob ich in ihre Mutter verliebt bin oder nicht. Es ist, wie es ist.«

Bianca.

Bianca.

»Bist du in sie verliebt oder nicht?« Sie brauchte eine Antwort.

»Nein, ich bin nicht in sie verliebt. Leider. Was soll ich denn sagen? Wir haben ein Kind zusammen, und das ist ein lebenslanges Projekt. So ist es eben. Ich würde niemals zulassen, dass sie gezwungen wird, mit geschiedenen Eltern aufzuwachsen, Sorgerechtsstreitigkeiten mitzubekommen und die ganze Scheiße, die dazugehört. Alleine dieses Ding mit jeder zweiten Woche. Nee.« Er schüttelte den Kopf. »Bianca braucht uns beide, und sie kann nichts dafür, dass ich nicht in ihre Mutter verliebt bin. Nein, natürlich bin ich kein bisschen in sie verliebt.«

Ellen wusste sie nicht, wie sie mit dem, was er gerade gesagt hatte, umgehen sollte.

»Wie alt ist deine Tochter?«

»Fast ein Jahr.«

»Ein Jahr.« Ellen rechnete zurück. »Okay, dann war sie also schwanger, als du vor einem Jahr mit mir gespielt hast.«

»Sag bitte nicht gespielt. Mit dir zu spielen, war das Letzte, was ich getan habe.«

»Was soll ich denn dann sagen?«

Jimmy zuckte die Achseln. »Ja, Jeanette war schwanger. Obwohl. Damals wusste ich das noch nicht. Wir hatten gerade Schluss gemacht, als ich dich kennengelernt habe.«

»Ah, alles klar, ihr hattet gerade Pause.«

»Hör auf, nein, so war es nicht. Es war wirklich vorbei. Dachte ich, aber dann hat Jeanette sich plötzlich gemeldet. An unserem letzten Abend, du weißt schon.« Er sah sie an. »Übrigens im schönsten Moment meines Lebens. Ich habe mich noch nie, und das meine ich vollkommen ernst, Ellen, noch nie jemandem so nah gefühlt, aber mir ist klar, dass das jetzt schwer zu verstehen ist.«

Da stimmte Ellen ihm zu. Sie wollte es laut sagen, aber sie hielt den Mund.

»An dem Abend hat sie mir erzählt, dass sie schwanger ist. Ich konnte nichts dagegen tun. Für eine Abtreibung war es schon zu spät, und darüber bin ich jeden Tag froh, auch wenn es so ist, wie es ist. Versteh mich nicht falsch, ich würde Bianca für nichts auf der Welt wieder hergeben.«

»Aber hättest du mir nicht einfach erzählen können, wie die Dinge lagen? Ich hätte das verstanden.«

»Tatsächlich? Wie hätte ich dir begreiflich machen sollen, dass ich verliebt in dich war, aber ...«

»Woher weiß sie, dass es mich gibt?«

»Sie weiß es seit dem Tag, an dem wir uns kennengelernt haben. Jeanette ist, wie soll ich sagen, intensiv. Sie hat nicht lockergelassen, wenn man so will, hat sie mich gestalkt. Am Ende habe ich es kaum noch gewagt, mich mit dir zu verabreden, weil ich Angst hatte, dass sie mir und dir etwas antun könnte.«

»Was?«

»Ja, keine Ahnung, sie hat mir Angst gemacht. Sie ist wie besessen, und jetzt haben wir es ja schwarz auf weiß. Sie hat gemerkt, dass wir uns wiedersehen. Wahrscheinlich hat sie es mir angemerkt, und nun wirst du in diese Scheiße mit hineingezogen. Sie ist gestörter, als ich dachte. Und ja, ich weiß, dass ich ein Arschloch bin. Ich war nicht treu, aber was zum Teufel ...« Er knallte den Ellbogen an die Tür. »Ich weiß nicht, was mit mir los ist. Ich kann nicht aufhören, an dich zu denken.« Er drehte sich zu ihr um. »Ich hatte gehofft, ich wäre über dich hinweg, aber das war ich nicht. Ich hätte nie geglaubt, dass ich überhaupt in der Lage bin, für jemanden das zu empfinden, was ich für dich empfinde.«

»Aber …« Sie wusste nicht, was sie sagen sollte. »Warum bist du einfach gegangen? Hast du nicht gemerkt, dass ich am Boden zerstört war?« Es brannte hinter ihren Lidern.

»Doch.« Er zögerte einen Augenblick. Streichelte ihre Hand, die noch immer fest das Lenkrad umschlossen hielt. »Ich war doch auch vollkommen am Ende, kann ich dir sagen, aber was hätte ich denn machen sollen?« Er schüttelte den Kopf.

Sie saßen schweigend da.

»Tja, was soll ich dazu sagen? Wie konntest du so blöd sein, sie zu schwängern?«

»Bitte, Ellen, das bringt nichts. Bianca …«

»Aber was ist mit dir? Du bist nicht glücklich.« Ihrer Stimme war deutlich anzuhören, wie ohnmächtig sie sich fühlte.

»Es ist, wie es ist.« Er zuckte mit den Schultern.

Einfach so.

»Wäre es nicht besser, wenn sie glückliche Eltern hätte? Auch wenn sie getrennt sind, meine ich.« Sie griff nach jedem Strohhalm.

»Nein«, erwiderte er kurz. »Das geht nicht. Du verstehst es nicht. Es ist so verdammt kompliziert. Jeanette ist nicht gesund, sie hat dich ja bedroht und dir diese irrsinnigen Nachrichten geschickt. Und ich kann nicht zulassen, dass Bianca jede zweite Woche bei ihr wohnt. Verzeih mir, Ellen. Verzeih mir, dass ich dich da mit reingezogen habe.«

»Wusstest du das? Hast du mir deswegen mit dem Netzhass in den Ohren gelegen?«

»Ich wusste nicht, dass sie es war. Das habe ich erst gestern kapiert, als du angerufen wurdest und ich Bianca im Hintergrund hörte.«

»Aber wieso …«

»Ich musste die Anzeige zurückziehen, Bianca zuliebe. Als

ich zu Hause war, habe ich Jeanettes Computer kontrolliert. Sie hatte sich bei gmail mit einer Adresse eingeloggt, die ich nicht kannte. Also nicht mit ihrer normalen. Dann habe ich gesehen, dass sie dir E-Mails geschickt hat, und die waren nicht freundlich, das kann ich dir sagen. Als ich sie darauf ansprach, drohte sie, mir Bianca wegzunehmen.«

»Das kann sie nicht.«

Er seufzte. »Ich weiß nicht, wozu sie in der Lage ist. Sie muss das Foto von Elsa zwischen den Unterlagen gefunden haben, die ich mit nach Hause gebracht hatte.«

»Wie hat sie es denn mit mir in Zusammenhang gebracht?«

»Sie weiß anscheinend fast alles über dich.«

Ellen biss sich auf die Lippe und versuchte, das zu verdauen.

»Willst du sie anzeigen?«, fragte Jimmy.

Ellen zuckte die Achseln.

Beide starrten in den Regen hinaus, der in Rinnsalen über die Frontscheibe lief.

»Stell dir doch mal vor, wenn ich Anzeige erstatte, dann könnten wir ...« Zögernd hielt sie inne und senkte den Blick.

»Nein, das geht nicht. Natürlich habe ich auch schon mal darüber nachgedacht. Als mir klarwurde, dass Jeanette dich angerufen hatte, dachte ich, ich hätte jetzt vielleicht endlich etwas Konkretes gegen sie in der Hand. Aber dann habe ich mir ausgemalt, was das mit Bianca machen würde. Ich werde dafür sorgen, dass Jeanette dich in Ruhe lässt. Ich hätte nicht gedacht, dass es so kommen würde. Ich dachte, ich wäre über dich hinweg, aber mich selbst zu quälen, ist eine Sache. Ich will dich nicht verletzen, und ich muss an Bianca denken. Deshalb müssen wir jetzt einen Schlussstrich ziehen. Es muss aufhören.«

Eifersucht versetzte ihr einen kleinen Stich. Es war ein unangenehmes Gefühl, und es richtete sich nicht gegen Jeanette. Es ging um Bianca. Ein einjähriges Mädchen. Sie schämte sich.

»Scheiße. Es wäre leichter für mich, wenn du ein Vampir wärst«, sagte sie.

Er lachte kurz. »Ellen Tamm ...«

»Kann ich irgendwas für dich tun?« Sie merkte, wie verzweifelt sie klang. Alles, was sie wollte, war, ihn festzuhalten. Das Letzte aus ihm herauszusaugen. Sie begriff, dass dies das Ende war.

»Weinst du?«, fragte er.

Sie wollte ihm nicht zeigen, wie weh es tat, aber sie konnte sich nicht zurückhalten.

»Verzeih mir.« Sanft strich er ihr über die Wange und wischte die Tränen weg. Sie war vollkommen benebelt.

Kein Wort wurde gesprochen, während sie ihn nach Hause fuhr.

Als sie ihn abgesetzt hatte und die Rosenlundsgata wieder hinauffuhr, zitterte sie vor Kälte.

Im Rückspiegel sah sie, wie er ihr hinterherschaute.

Sie klappte den Spiegel hinunter.

Samstag, 31. Mai

Ellen 10.00 Uhr

Endlich regnete es zur Abwechslung mal nicht, aber der Himmel war dunkel. Die Gräber auf dem kleinen Friedhof waren Zeugen des Todes.

Ellen blinzelte hinauf zum Kirchturm von Danderyd. Die Luft war kalt. Zum ersten Mal seit, ja, seit sie denken konnte, sehnte sie sich danach, ihre Mutter auf Örelo zu besuchen. Sie hatte beschlossen, sich nach dem Trauergottesdienst auf den Weg zu machen und übers Wochenende zu bleiben. Sie würden bei Elsas Grab vorbeifahren und hatten anschließend einiges zu klären. Nach dieser Woche hatte sie begriffen, dass sie sich um sich selbst kümmern musste. So konnte es nicht weitergehen. Diese eisige Trauer in ihr, dachte sie bibbernd. Vielleicht war nicht alles so eindeutig schwarz oder weiß, wie sie es sich vorgestellt hatte. Sie war gezwungen gewesen, sich in die Lage von anderen hineinzuversetzen, deren Perspektive einzunehmen und ihre eigene zu überdenken.

Elsa war tot.

Lycke war tot.

Und Jimmy war aus ihrem Leben verschwunden. Wieder einmal.

»Was machst du denn hier, Ellen?« Auf dem Sandweg kam ihr Andreas mit der Kamera auf der Schulter entgegen. Dicht gefolgt von Leif.

»Hast du nicht frei?«, fragte Leif.

»Doch, aber ich bin privat hier«, antwortete Ellen kurz angebunden und wandte sich an Andreas. »Wie läuft es bei euch? Habt ihr was zustande gebracht?«

»Jetzt steh da nicht so rum und plaudere aus, was wir gerade machen«, sagte Leif. »Sie ist privat hier. Wir packen jetzt unsere Sachen und verziehen uns. Ich habe genug von dem Quatsch. Man möchte sich am liebsten im Grab umdrehen«, grunzte er.

»Kommt ihr nicht mit zur Trauerfeier?«, fragte Ellen.

»Nein, ich glaube, die lassen wir ausfallen«, sagte Andreas. »Es käme mir irgendwie würdelos vor.«

* * *

Ellen war noch nie auf einer Trauerfeier gewesen und wusste nicht, was sie erwartete.

Statt eines kleinen Sargs stand vorne eine Staffelei mit einem großen Foto von Lycke. Es war ein Schulfoto. Die Staffelei war von Sträußen und Kränzen in verschiedenen Farben umgeben. Daneben standen einige Kerzen, die im Wind flackerten. Menschen in dunkler Kleidung verteilten sich auf die alten Holzbänke.

Ellen setzte sich in eine leere Kirchenbank ganz hinten. Sie ließ den Blick über die biblischen Bilder an den Wänden schweifen. Die Kerzen am Kronleuchter brannten nicht, und sie verstand nicht, warum.

Die Reihen vor ihr füllten sich unter leisem Gemurmel. Ellen konnte sich die Frage nicht verkneifen, wie gut diese Menschen Lycke eigentlich gekannt hatten.

Einige Journalisten waren an Jeans und Turnschuhen zu erkennen. Sie setzten sich in eine Bank auf der anderen Seite des Mittelgangs. Manche kannte sie, andere nicht. Es war ungewöhnlich, Journalisten einzuladen. Sie versuchte, zu verstehen, warum die Eltern das getan hatten.

Jetzt verstand sie sogar, was Leif gemeint hatte, als er sagte, man würde sich am liebsten im Grab umdrehen. Trotzdem saß sie hier.

Von Elsas Begräbnis hatte sie nur in Erinnerung, dass sie ihre Schwester nach der Zeremonie zwischen den Grabsteinen hatte spielen sehen. Fröhlich war sie in ihrem weißen Sommerkleid herumgetollt, und ihre Haare flatterten im Wind. Sie lachte und wirkte so glücklich, als hätte sie eben Zuckerwatte bekommen und dürfte gleich Karussell fahren. Als Ellen ihrer Mutter davon erzählte, bekam diese einen roten Kopf und zischte, so was dürfe sie nicht sagen.

Danach verschwand das Bild der lebenden Elsa. Das Einzige, was zurückblieb, war Ellen selbst.

Harald und Chloé gingen auf den Altar zu. Chloé blieb ein paar Schritte hinter Harald und starrte zu Boden. Sie berührten sich nicht.

Der Jäger, der sich den Bart abrasiert hat, und die böse Stiefmutter, dachte sie.

Als Harald Ellen entdeckte, blieb er neben ihrer Bank stehen und sah sie mit diesem unvergesslichen Blick an.

»Ich habe gehört, dass Sie auch betroffen waren. Es tut mir schrecklich leid. Er hat das uns allen angetan.« Er hörte sich fast an wie ein Pastor.

Ellen nickte. »Hoffentlich wird es ein schöner Abschied«, sagte sie, weil ihr nichts Besseres einfiel. *Nur damit du Bescheid weißt, es war nicht der Tennistrainer.*

»Unsere Familie hat vorhin Ihre Kollegen getroffen. Ich hoffe, Sie machen einen schönen Beitrag über Lycke.« Er zupfte an seiner Krawatte.

»Ganz bestimmt.« Ellen versuchte, überzeugend zu klingen.

Er nickte ein paarmal zu oft, als wollte er sich dafür rechtfertigen, dass sie die Presse zu dem Trauergottesdienst eingeladen hatten.

Ellen sah Harald nach, während er weiter in Richtung Altar ging.

Chloé hatte sich bereits ganz vorne hingesetzt. Als stünde sie Lycke am nächsten.

Egoismus.

Ein älterer Herr kam alleine durch die Tür.

Haralds Vater. Sie waren sich verblüffend ähnlich, und außerdem erkannte ihn Ellen von dem Bild bei Harald zu Hause wieder.

Er hinkte und zog beim Gehen beinahe ein Bein nach. Als wäre jeder Schritt, den er ging, ein Schritt auf die bittere Wirklichkeit zu.

Hinter ihm kam die Schulleiterin.

War sie hier, um Lyckes Schule zu repräsentieren, oder hatte sie ein schlechtes Gewissen, weil das Kollegium nichts unternommen hatte, um Lyckes schweren Stand unter den Mitschülern zu verbessern?

Ellen sah ein paar Eltern, aber keine Klassenkameraden von Lycke.

Als Helena eintrat, erschauerte Ellen. Es war, als würde man der Trauer persönlich ins Gesicht schauen.

Sie begrüßte sie mit einem zaghaften Nicken. Helena blickte auf den Steinfußboden und ging auf die vorderen Reihen zu.

Konnte sie ihr Kind getötet haben? War sie so verrückt? Oder böse?

Sie sah einsam aus. Niemals mehr würde sie mit ihrer Tochter sprechen. Sie nie wieder um Verzeihung bitten oder in den Arm nehmen. Ein Nie war nie so mächtig, wie wenn vom Tod die Rede war. Falls man nicht gläubig war, dachte sie und betrachtete das Kreuz über dem Altar.

So einsam darf ich niemals werden. Ellen sah ihre eigene Mutter vor sich und versuchte sich vorzustellen, wie es für sie gewesen sein musste, Elsa zu verlieren.

Helena setzte sich auf die andere Seite von Harald.

Zwei Frauen und ein Mann.

Neid.

Die Kirchentüren wurden geschlossen, und in der Kirche herrschte atemlose Stille.

Ellen konnte kaum atmen. Kein Hauch regte sich. Die Kerzen auf dem Altar flackerten nicht mehr.

Als die Kirchenglocken läuteten, hatte sie wieder Platz, um Luft zu holen.

Es brannte hinter ihren Lidern. Es war so merkwürdig. Manchmal überkam einen die Trauer wie ein reißender Fluss und ließ sich nicht kontrollieren. Sie wollte nicht weinen. Sie hatte kein Recht, bei Lyckes Beerdigung zu weinen. Sie kannte Lycke gar nicht.

Die Trauer, die nicht ihre eigene war, schmerzte im Nacken und kroch ihr den Rücken hinunter. Sie hätte nicht herkommen dürfen.

Die Glocken kamen zur Ruhe.

»Die Trauer macht viel mit uns«, sagte der Pastor. »Wir beginnen diesen Trauergottesdienst, indem wir unsere Hände falten und alle gemeinsam ein letztes Abendgebet für Lycke sprechen.«

Ellen tat, was er gesagt hatte.

»Ich bin klein, mein Herz ist rein. Soll niemand drin wohnen, als Gott allein.«

Plötzlich stand in den vorderen Reihen jemand auf. Ellen reckte den Hals, um die Person zu erkennen.

Es war Mona, die sich entschuldigte, weil sich einige Leute erheben mussten, um sie aus der Kirchenbank in den Mittelgang zu lassen.

Ellen streckte sich noch mehr.

»Jetzt möchte ich, dass wir alle unsere Gedanken auf Lycke richten. Bitte nehmen Sie die Gesangbücher zur Hand«, forderte der Pastor die Trauergemeinde auf. »Wir singen das Lied mit der Nummer 248.«

Mona starrte vor sich hin, während sie auf den Ausgang zuging.

Der Organist begann zu spielen, und der Pastor sang mit seiner zitternden Stimme. »Weißt du, wie viel Sternlein stehen, an dem blauen ...«

Leise stimmte die Gemeinde ein.

»Himmelszelt. Weißt du, wie viel Wolken gehen, weithin über alle ...«

Ellen schlich sich aus ihrer Bank.

* * *

In der unmittelbaren Umgebung der Kirche war Mona nicht. Sie muss ins Gemeindehaus gegangen sein, dachte Ellen und eilte dorthin. Sie öffnete die schwere Tür. Die Scharniere quietschten laut.

Der Raum war größer, als sie erwartet hatte. Beinahe wie ein Saal. An den Wänden waren Stühle aufgereiht, und auf dem Fußboden lagen ein paar alte Flickenteppiche.

Dort, ganz nah an einem Fenster, saß sie. Zusammengekauert auf einem einfachen Stuhl.

Mona schien nicht zu reagieren, als Ellen den Raum betrat.

Ellen blieb schweigend an der Tür stehen und betrachtete die alte Dame, die wie ein Vogeljunges unter ein paar Wolldecken gekrochen war.

Jetzt merkte Ellen, dass sie zitterte. Eine der Decken glitt vom Stuhl herunter und fiel auf den Boden.

Ellen machte die Tür hinter sich zu und trat vorsichtig näher. Der Boden unter ihren Füßen knarrte, aber Mona nahm anscheinend keine Notiz von ihr.

Ellen hob die Wolldecke auf und erinnerte sich in dem Augenblick, als sie sie Mona umlegte, wie Mona sie zugedeckt hatte, als sie vom Regen so durchnässt gewesen war.

Ellen sah die Fleecedecke vor sich. Sie war gestreift.

Erst jetzt passten alle Puzzleteile zusammen.

Zwei zum Preis von einer bei ICA.

Monas Decke hatte das gleiche Muster wie die, in die Lycke eingewickelt gewesen war. Streifen in den gleichen schrillen Farben.

Natürlich gab es viele von diesen Decken, dachte sie. Aber ein merkwürdiges Zusammentreffen war es trotzdem.

Love and guilt.

Aber warum? Mona schien doch die Einzige gewesen zu sein, der Lycke wirklich etwas bedeutet hatte. Oder hatte Ellen auch das missverstanden?

Mona.

Böse oder verrückt?

»Sie waren diejenige, die sie umgebracht hat«, sagte sie langsam, aber lauter als beabsichtigt.

Mona reagierte nicht.

»Warum?«

Mona antwortete noch immer nicht, aber das Zittern wurde heftiger.

Ellen rückte einen Stuhl von der Wand, setzte sich ihr gegenüber und nahm ihre Hand. Dabei war sie geschockt von ihrem eigenen Verhalten.

»Ich verstehe das nicht. Sie waren doch die Einzige, der Lycke etwas bedeutet hat.« Ellen sprach mit sanfter Stimme, um Mona nicht zu verschrecken, denn sie hatte Angst vor ihrer Reaktion. Die Frau vor ihr stand unter Schock. Sie musste besonnen vorgehen. Von Sekunde zu Sekunde wurde sie sich ihrer Sache unsicherer.

Mona hatte gewusst, dass Lycke beim Tennis war. Sie kam an Lycke heran, ohne Gewalt anzuwenden. Wenn Ellen das Ganze richtig verstanden hatte, war Mona die Einzige gewesen, der Lycke sich anvertraut hatte. Ihr Magen krampfte sich zusammen. Unbewusst drückte Ellen Monas Hand fester.

Mona erwiderte den Druck.

Ellen atmete schwer. Der Tod, der Tod, der Tod ...

Sie blickte auf Monas Gesundheitsschuhe und die kräftigen Waden hinunter. Durch die schwarze Nylonstrumpfhose waren Krampfadern zu sehen.

So sah er aus, der Tod. Er hatte viele Gesichter.

Plötzlich war ihr alles vollkommen klar. Sie hatte sich auf Hass und das Böse konzentriert, doch in Wahrheit war es umgekehrt, es war das Gute gewesen.

Helena war Lyckes böse Mutter, die es an den richtigen Muttergefühlen mangeln ließ, Chloé war die bösartige Stiefmutter, Harald der selbstsüchtige Vater, und dann war da Mona, die sich als Einzige wirklich für Lycke interessiert hatte und tatsächlich wie eine Mutter zu ihr gewesen war. Ellen dachte an das, was das Medium Mingus gesagt hatte. Er glaube, dass viele für den Tod von Lycke verantwortlich seien. Vielleicht stimmte das. Obwohl sie nichts davon wussten.

Sie erinnerte sich an den Vogel, der seine Jungen getötet hatte, um sie vor etwas zu beschützen, wovor er Angst gehabt hatte. War das die Erklärung? Hatte Mona Lycke gerettet, und wenn ja, wovor? Vor ihrer Familie? Gab es wirklich keinen anderen Ausweg? Hatte sie sie getötet, um sie zu schützen? Es war so widersprüchlich.

»Sie haben sie gerettet«, sagte Ellen und staunte erneut über ihre eigenen Worte, die jeder Logik widersprachen und all ihre Bewertungen von Gut und Böse auf den Kopf stellten.

Den Blick, mit dem Mona sie ansah, würde Ellen nie vergessen.

»Ich hatte nicht vor, sie zu töten.« Sie schüttelte den Kopf. »Aber irgendetwas schien mich zu übermannen.«

Hinter der runden Brille füllten sich die Augen mit Tränen.

Ellen konnte kaum glauben, was sie hörte, und noch weniger die Widersprüchlichkeit dieser ganzen Tragödie erfassen. Es war zu viel für sie.

»Es ist so furchtbar, aber es gab keinen anderen Ausweg«, fuhr Mona fort.

Sie legt ein Geständnis ab.

Das hier ist Wahnsinn. Es ist gottverdammter Wahnsinn, dachte Ellen. Ich sitze hier mit einer Mörderin.

Es zuckte in ihrer Hand. Sie wollte sie zurückziehen, zwang sich aber, sie liegen zu lassen.

»Und diese Schweinehunde sitzen jetzt in der Kirche. Ich habe es nicht mehr ausgehalten. Ich bin keine von denen.« Mona hob den Kopf, streckte den Rücken und wurde laut. »Das ist Heuchelei. Sie tun, als würden sie um jemanden trauern, der ihnen bisher vollkommen egal war. Warum jetzt? Können Sie mir das erklären? Diejenigen, die jetzt in Gottes Haus in den Kirchenbänken sitzen, sind doch schuld an Lyckes Leiden.« Ihr Blick wurde klarer. »Ich habe sie getötet, aber das war ihre Rettung. Ich hatte keine Wahl. Sie war bereits verloren. In einer Welt, in der niemand, und ich meine das wirklich ernst, niemand etwas für dieses kleine Mädchen empfunden hat. Niemand! Außer mir!«

Sie sackte in sich zusammen. Als hätten sie soeben ihre letzten Kräfte verlassen. Sie griff sich an die Brust und murmelte etwas von Druck.

Ellen verstand kein Wort, sie sprach so undeutlich.

Mona wiegte sich auf dem Stuhl vor und zurück und warf ihren Kopf hin und her. Ihr Verhalten war beängstigend. Ellen sah zur Tür und hoffte, dass jemand reinkäme. Mona hielt noch immer ihre Hand umklammert.

»Ich habe sie vor dem Bösen gerettet«, flüsterte sie. »Vor der Familie.« Langsam schüttelte sie den Kopf. »Ich habe mein Leben lang getrauert, weil ich kein Teil meiner eigenen Familie sein durfte. Mein Vater hat mich verleugnet, und meine Mutter hat mich behandelt wie Dreck. Ich konnte nicht mit ansehen, dass es Lycke genauso erging. Was ist das für ein Leben, können Sie mir das sagen?«

Ellen schüttelte den Kopf. Sie dachte an den Rucksack im Rålambshovspark. Der lag auf dem Weg zu Monas Wohnung in Abrahamsberg. Sie musste ihn in Panik weggeworfen haben. Warum war Ellen nicht darauf gekommen?

Weil es so falsch war.

»Jetzt geht es ihr besser.« Mona tätschelte Ellens Hand. »Sie ist endlich bei Gott. Er wird sich um sie kümmern.« Sie nickte entschieden. »Endlich kann sie sich geborgen und geliebt fühlen. Diese Familie, dieses Muster an Vollkommenheit, hat sich gegen Gottes Willen aufgelehnt. Genau wie der Teufel. Von dem kommen sie.« Sie sagte es mit Nachdruck. »Lycke hat unter dem Bösen gelitten. In Lyckes Leben hat es nie aufgehört zu regnen. Wie soll man da wachsen? Ich wünschte, mich hätte in dem Alter jemand gerettet, dann wäre es mir erspart geblieben, den Rest dieses Lebens immer und immer wieder zu erleben.«

»Wie meinen Sie das? Warum haben Sie nicht dafür gesorgt, dass Lycke Hilfe bekommt, anstatt sie zu töten?«

»Hilfe? Seien Sie doch nicht so naiv. Es gibt keine Hilfe. Menschen lassen sich nicht verändern, und keine Institution dieser Gesellschaft hätte sie retten können. Sie machen alles nur noch schlimmer. Glauben Sie mir, ich weiß das. Alle haben sie im Stich gelassen.« Ihr Blick verfinsterte sich. »Die Schule, die Klassenkameraden, die Lehrer. Nach dem Sommer wollten sie etwas unternehmen. Nach dem Sommer! Der Teufel nahm die Gestalt eines Engels an …« Sie verstummte und sah Ellen noch tiefer in die Augen. »Ich sehe, was Sie denken. Sie sind der Meinung, ich hätte sie umgebracht.« Sie schüttelte den Kopf. »Die

Familie und die anderen Menschen in ihrem Umfeld haben sie langsam umgebracht, das fing lange an, bevor ich ...«

»Aber ich verstehe nicht ...«

Mona holte tief Luft. »Ich konnte sie vor diesem schrecklichen Regen nicht mehr beschützen. Dieses Mädchen hatte genug gelitten. Wie oft soll man zu hören bekommen, dass man nicht geliebt wird? Können Sie mir das sagen? Wie viel soll so ein kleines Mädchen verkraften müssen? Sie konnte es nicht mehr ertragen, und ich stand kurz vor meiner Pensionierung. Wer hätte sich denn dann um sie kümmern sollen?« Sie wiegte sich im Rhythmus ihrer Worte. »Als ich die Nachricht von Harald auf Chloés Handy sah, habe ich sie gelöscht. Ich wusste, dass niemand sie vermissen würde. Sie waren alle zu beschäftigt mit ihrem eigenen Kram. Niemand wollte etwas mit Lycke zu tun haben.« Sie zog die runden Schultern hoch. »Ich habe sie vom Tennis abgeholt. Sie war so froh, mich zu sehen. Sie hätten ihr Lächeln sehen sollen, als ich auf den Parkplatz fuhr. Chloé hatte sie da ganz allein im Regen stehen lassen. Also nahm ich eine Schachtel von Chloés Schlafmittel ...« Sie verstummte.

Ellen biss sich auf die Lippe. Sie hatte Angst vor Monas Worten.

»Dann gab es kein Zurück mehr.«

Mona legte den Kopf schief.

»Wissen Sie, wie es sich anfühlt, wenn man nichts mehr tun kann? Es gibt kein Märchen, das sie aus der furchtbaren Wirklichkeit hätte erlösen können, in der sie leben musste. Armes Mädchen. Möge das Licht des Herrn auf deinem Weg leuchten und uns immer in der Wahrheit wandeln lassen. Genau das habe ich getan. Ich bin durch die Gegend gefahren und schließlich, ohne zu wissen, was mich dorthin geführt hat, im Djurgården gelandet, aber als ich ankam, war ich mir so sicher, dass es das einzig Richtige war ... und mit Hilfe einer Decke ...«

Tränen liefen ihr über die speckigen Wangen, aber sie machte sich nicht die Mühe, sie wegzuwischen.

»Ich war die Einzige, die sie geliebt hat. Die Einzige, die sie kannte. Es geht ihr jetzt besser, das weiß ich.« Lächelnd schien sie zur Ruhe zu kommen. »Ich habe sie vor dem Bösen gerettet.«

Ellen 15.00 Uhr

Um drei Uhr nachmittags kamen sie auf Örelo an.

Als die Polizei eingetroffen war, um Mona von der Kirche abzuholen, war Ellen in die Stadt gefahren und hatte ihre Mutter abgeholt, die über Nacht geblieben war. Gemeinsam fuhren sie aus Stockholm hinaus.

Sie war fertig. Das Mobiltelefon klingelte in einem fort, und alle wollten, dass sie in die Redaktion kam und von dem Geständnis berichtete, aber sie sagte Nein. Es war jetzt vorbei. Schließlich schaltete sie das Handy ganz aus.

Mona war die Schuldige. Sie hatte Lycke ermordet.

Im Auto hatte Ellen versucht, ihrer Mutter zu erklären, was passiert war, aber das war nicht leicht.

»Mona ist doch nicht die Böse«, sagte Ellen, als sie durch die Allee aufs Schloss zufuhren. Es war so schön hier, jedes Mal, wenn sie kam, staunte sie über die Blicke, die sich ihr boten. Äcker, Felder und der Wald. Die gepflegten alten Bäume am Straßenrand hießen sie willkommen.

Sie war seit Weihnachten nicht zu Hause gewesen, da hatte Schnee die Insel bedeckt, jetzt aber stand alles in voller Blüte.

Genau wie bei Elsas Tod.

»Sie hat ein Kind getötet«, sagte Margareta, als ob es so einfach wäre.

Ellen schüttelte den Kopf. »Ich war bei Mona zu Hause, ich habe auf ihrem Sofa gesessen. Sie hat mir eine Decke umgelegt. Vielleicht hätte ich nicht die Polizei rufen sollen«, sagte sie. »Dadurch kommt Lycke auch nicht zurück. Ich kann nicht schlecht von Mona denken. Vielleicht war es so wie bei dem Vogel, von dem du mir erzählt hast. Sie waren wie eine Familie. Mona war die Einzige, die sich Gedanken um Lycke gemacht hat.«

Ellens Mutter legte ihr die Hand auf den Arm. »Versuch, nicht mehr darüber nachzudenken. Nicht heute. Du hast die Schuldige gefunden, mehr konntest du für Lycke nicht tun.«

»Mona ist mit einer alkoholabhängigen Mutter aufgewachsen, die sich nicht um sie gekümmert hat, und der Vater wollte sie nicht haben. Er hat sich nur für ihre Brüder interessiert, aber nicht für sie. Genau wie bei Lycke.«

Genau wie bei mir.

»Sie hat ein Kind getötet, Ellen. Und jetzt möchte ich nicht mehr darüber reden.«

Ellen nickte. Ihre Mutter hatte recht.

Sie fuhr auf die Kiesfläche vor dem Schloss und parkte vor dem Kücheneingang. Dort machte sie den Motor aus, zögerte aber einen Moment, bevor sie ausstieg. Sie betrachtete die Flügel des Schlosses und den Hof davor.

»Vor fünfundzwanzig Jahren ist Elsa verschwunden«, sagte ihre Mutter, die auch nicht die Kraft zu haben schien, auszusteigen.

»Sie ist gestorben, Mama.«

Ellen schlug auf das Lenkrad. »Der Tod, der Tod, der Tod.«

Margareta griff nach ihrer Hand. »Hör auf, Ellen, hör auf.«

Schweigend blieben sie sitzen. Nach einer Weile stieg ihre Mutter aus dem Auto, ging einmal um den Wagen herum, öffnete die Fahrertür und nahm Ellen an der Hand. »Komm, wir machen das zusammen.«

Zusammen gingen sie durch den Kücheneingang hinein.

»Ich koch uns einen Kaffee«, sagte sie, nachdem sie ihre Jacken aufgehängt hatten.

Ellen sah sich in der Küche um. Zu Hause hatte sich nichts verändert. Sie setzte sich an den Küchentisch und schaute auf den See hinaus, der Elsa das Leben gekostet hatte.

Am Steg blühten Seerosen. Zögerlich fummelte sie an ihrer Halskette herum.

Margareta stellte die Kaffeetassen auf den Tisch und setzte sich neben sie. »Ich habe gesehen, dass du die Kette trägst. Schön.«

»Kann ich nicht vielleicht ein Glas Wein haben?«

»Aber Ellen, so löst man seine Probleme nicht.«

Ellen verdrehte die Augen. Das musste ausgerechnet sie sagen, die jeden Abend einen Gin Tonic trank, bevor sie ins Bett ging. »Ich weiß, ich habe nur einen Witz gemacht.«

»Nein, das hast du nicht. Es reicht jetzt. Ich kann nicht mitansehen, wie auch meine andere Tochter in diesem schwarzen Loch verschwindet. Du kannst deinen Schmerz nicht mit Wein betäuben. Wir müssen dem jetzt ein Ende machen.«

»Schick mir nicht schon wieder so eine Quasseltante, es bringt nichts, mit denen zu reden.«

»Keine Sorge, das habe ich nicht vor. Wir sollten endlich anfangen, miteinander zu reden. Als ich gestern diese schreckliche Nachricht auf deinem Handy sah«, sie griff sich an die Brust, »hab ich solche Angst bekommen. Ich würde es nicht verkraften, wenn dir etwas zustieße.«

»Wünschst du dir, dass ich tot wäre und nicht Elsa?«

»Wie kannst du so etwas sagen, Ellen? Glaubst du wirklich, dass ...«

Ellen zuckte mit den Schultern.

»Es tut so weh, dich so etwas sagen zu hören. Ich weiß, dass ich viele Fehler gemacht habe, aber ich wünschte, ich könnte dir begreiflich machen, wie sehr ich dich liebe.« Sie drückte ihre Hand. »Wenn du Kinder hast, wirst du mich verstehen. Man wird verrückt, wenn man ein Kind verliert, das hört nie auf.«

»Was glaubst du, wie es ist, eine Schwester zu verlieren?«

»Schrecklich.«

Ellen sah, wie sich ihre Augen mit Tränen füllten.

»Es gibt so vieles, worum wir uns nie gekümmert haben. Heute haben wir gesehen, was das mit einem Menschen machen kann. Wenn man sich nicht mit dem Gepäck beschäftigt, das man mit sich herumschleppt.«

Ohne darüber nachzudenken, beugte sich Ellen vor und nahm ihre Mutter in den Arm. Sie wusste nicht mehr, wann sie das zuletzt getan hatte. Sie atmete das Parfum ein, das ihre Mutter trug, seit Ellen denken konnte. Allmählich entspannte sich ihr Körper. Es war ein seltsames, aber angenehmes Gefühl.

Plötzlich stand Ellen auf.

»Wo willst du hin?«, fragte Margareta.

»Ich komme gleich wieder.« Ellen ging hinunter in den Weinkeller. Dort nahm sie eine Flasche aus dem Regal, das sie eigentlich nicht anfassen durfte. Diese Weine sollten aufbewahrt werden, hieß es. Für eine besondere Gelegenheit, aber Ellen konnte sich keinen geeigneteren Moment vorstellen als diesen.

Mama hatte recht. Philip hatte recht.

Mindestens einmal in der Stunde dachte sie an den Tod. Seit dem Tag, an dem ihre Schwester tot aufgefunden worden war. In der vergangenen Woche war das Ganze eskaliert. Sie war eine tickende Zeitbombe, und sie wollte nicht wie Mona enden.

Sie ging wieder nach oben. Sie nahm zwei Tassen aus dem Küchenschrank und machte sich nicht die Mühe, die guten Kristallgläser aus dem Speisezimmer zu holen.

Margareta sah sie an. »Was machst du da?«

Ellen kramte den Weinöffner aus der Schublade.

»Nicht diesen Wein, Ellen ...«

Mit einem Plopp war der Korken draußen.

»Ach, Ellen.« Kopfschüttelnd tupfte sich Margareta die Haut unter den Augen ab.

Ellen schnupperte an dem Wein. Das Aroma kam in den Tassen nicht zur Geltung, aber was spielte das für eine Rolle. Sie trank einen Schluck.

»Wollen wir nicht wenigstens andere Gläser nehmen?« Margareta konnte sich ein Lächeln nicht verkneifen.

Ellen schüttelte den Kopf und setzte sich neben ihre Mutter.

»Du hast recht. Ich muss mich darum kümmern, aber du auch. Wir tun genau das, was du vorgeschlagen hast. Wir reden darüber. Wo wollen wir anfangen?«

Dank an:

Kristoffer Lind – weil du an mich geglaubt hast.
Katja Tydén – weil du mich ertragen hast.
Denise Rudberg – weil du mich inspiriert und mir geholfen hast.
Caroline Dinkelspiel – weil du mich unterstützt hast und eine wunderbare Freundin bist.
Alexander Wallenius – für die fachliche Beratung rund um die Arbeit der Polizei.
Per Faijersson – für die fachliche Beratung rund um den Journalismus.

Dag – für alles! Ohne dich hätte ich niemals dieses Buch schreiben können.
Hermine, Lily und Douglas – dass ich eure Mama sein darf.
Mama – dass du mich geprägt und mich gelehrt hast, was richtig und was falsch ist.
Papa – weil ich von dir meinen Dickschädel habe.
Markus – weil niemand mich so pusht wie du.
Victoria – die beste kleine Schwester auf der Welt, die den Titel so schön geschrieben hat.
Die Familien Bley und Bengtsson – weil ich zu euch gehöre.
Oma Ingrid – für alles, was du mir gegeben hast.
Oma Britta – weil ich *ich* bin. Ich wünschte, du wärst noch bei uns.

Und Dank an ALLE, die an mich geglaubt, mich unterstützt
und sich für mich gefreut haben!
Ihr bedeutet mir unglaublich viel!